Mirka Mai
Ich darf dich nicht vermissen

Mirka Mai

Ich darf dich nicht vermissen

Georgiana und Noah

PIPER

Mehr über unsere Autoren und Bücher:
www.piper.de

Wenn Ihnen dieser Roman gefallen hat, schreiben Sie uns unter Nennung des Titels »Ich darf dich nicht vermissen« an empfehlungen@piper.de, und wir empfehlen Ihnen gerne vergleichbare Bücher.

ISBN 978-3-492-50308-2

Redaktion: Ulla Mothes
Covergestaltung: Alexa Kim »A&K Buchcover«
Covermotiv: PNGTree
Printed in Germany

Für die von uns, die in der Dunkelheit
gefangen zu sein glauben und
Georgies blaue Tage nur zu gut kennen.
Ihr seid stark und wundervoll.

Für die von uns, die jemanden vermissen.
Ihr seid nicht allein.

Und für Stephan, der mehr zu dieser Geschichte
beigetragen hat, als er weiß. Danke für alles.
Du bist etwas Besonderes!

Ein Blick.
Ein Lächeln.
Und schon bin ich gefangen.

Ich sage:
»Ich bin kompliziert.«

Du bist nicht gegangen.

Ein kurzer Abend
und schon sind da Gefühle
die nicht sein sollen

Denn ich weiß nicht
ob wir beide
auch tatsächlich
ein und dasselbe wollen.

Bestimmt nicht.

Denn wie könntest du
nach hundert Wörtern
in denen die Zeit sich diesmal misst
so sicher wie ich sagen
dass es Liebe ist?

Kim Stapelfeldt

Prolog

Georgie

»Wir haben also wirklich einen Mitbewohner gefunden?«, frage ich bereits zum zweiten Mal, und Erleichterung macht sich in mir breit. Obwohl ich seit ein paar Tagen dauererschöpft bin, belebt diese Neuigkeit meinen Geist.

»Allerdings«, antworten Jessy und Ben, meine beiden Mitbewohner, wie aus einem Mund und strahlen bis über beide Ohren. Ich kann nicht anders und erwidere ihr Lächeln. Es ist auch wirklich eine tolle Neuigkeit.

Wir suchen jetzt schon seit fast drei Monaten nach jemandem, der zu unserer kleinen Gruppe, bestehend aus drei Studenten mitsamt schwarzem Labrador, passt. Eigentlich hatte ich gehofft, meine Freundin Lacy würde bei uns einziehen, wenn sie aus Frankreich zurück wäre, aber das hat nicht wie geplant geklappt.

Lacy war meine Mitbewohnerin im Wohnheim der Wesleyan University. Vor etwas mehr als einem Jahr hat sie mir dann spontan mitgeteilt, dass sie ins Ausland gehen würde, und kurz darauf zog Jessy bei mir ein und wurde schnell zu einer meiner engsten Freundinnen.

Während Lacy nicht da war, standen wir zwar regelmäßig in Kontakt, aber ich habe bis heute das Gefühl, dass sie mir übel nimmt, dass ich mich mit Jessy angefreundet habe.

Nachdem sie sich entschloss, nicht mit uns zusammenzuziehen, mussten wir mit der Suche noch einmal ganz von vorn anfangen. Inzwischen hat sich meine Freundschaft mit Lacy nach einer Auseinandersetzung aufgelöst, aber immerhin scheint sich das Mitbewohnerproblem geklärt zu haben.

Anfangs waren wir noch der Meinung, es würde einfach, aber mit jedem Vorstellungsgespräch sanken unsere Hoffnungen, jemanden zu finden, der zu uns passen könnte.

Ein absolutes Highlight war ein Kerl, der dachte, dass es sich bei uns um eine reine Frauen-WG handeln würde, und bei Bens Anblick schnaubend abzog. Inzwischen war ich mir fast sicher, dass wir niemanden mehr finden würden, und ausgerechnet an dem Wochenende, das ich bei meiner Cousine verbracht habe, sind meine Freunde offensichtlich fündig geworden. Wenn das immer so funktionieren würde mit wichtigen Entscheidungen, dann würde ich gern öfter wegfahren und den beiden alles überlassen.

»Noah passt wirklich perfekt zu uns«, erklärt meine beste Freundin und lächelt mich strahlend an. »Er kommt gleich her, damit du ihn kennenlernen kannst und bringt den unterschriebenen Vertrag mit.«

Bei ihren Worten rutscht mir das Lächeln aus dem Gesicht. Der Name bohrt sich wie ein Pfeil in mein Herz und das Gift der Erinnerung beginnt langsam sich auszubreiten. Mit einem Mal fällt mir das Atmen schwer, der Raum beginnt sich zu drehen und die Konturen verschwimmen vor meinen Augen. Ich taumle und taste panisch nach der Wand, um mich abzustützen.

Noah. Ich schüttle innerlich den Kopf, versuche mich zu beruhigen und mir einzureden, dass es viele Männer mit diesem Namen gibt. Viele Männer, die nicht *er* sind. Er kann es gar nicht sein, das wäre ein zu großer Zufall.

Die Gedanken rasen unaufhaltsam durch meinen Kopf, egal wie sehr ich mir einrede, dass er es nicht ist. Die Erinnerungen an das letzte Jahr strömen auf mich ein, und ich unterdrücke ein Keuchen. Dieses Jahr hat mein Leben komplett auf den Kopf gestellt.

Alles lief großartig, bis ich Noah kennenlernte. Den Noah, mit den zerbrochenen Träumen. Noah Portman. Den Mann, der mir das Herz zerriss.

Meine Gedanken wandern weiter zu dem Tag, als Doktor Soniac mir die Neuigkeiten verkündete, die mein Leben von Grund auf veränderten.

Teil 1

Kapitel 1

Georgie

»Na, wie geht es uns denn heute, Georgiana?«, erkundigt sich Dr. Soniac mit einem freundlichen Lächeln.

»Sie wissen genau, dass ich diese Frage hasse, Doc«, gebe ich zurück, und sie schmunzelt. Dieses Gespräch führen wir bei jeder Sitzung aufs Neue.

»Und Sie wissen, dass ich sie jedes Mal wieder stelle«, antwortet sie gelassen und entlockt mir ebenfalls ein Lächeln.

»Wir sind eben ein gutes Team.«

Meine Therapeutin lächelt mich mit diesem immer heiteren Therapeutenlächeln an, das Sonnenschein in meinen trüben Gedanken verbreiten soll und mir oft tierisch auf die Nerven geht.

Als ich Dr. Soniac kennengelernt habe, konnte ich diese Stimme und das dazugehörige »Alles wird gut« kaum ertragen. Heute sind es die – inzwischen unregelmäßigen – Termine bei ihr, die mir immer wieder Kraft zum Weitermachen geben.

Bis vergangenen Sommer hatte ich wöchentliche Termine bei ihr, inzwischen melde ich mich dann, wenn ich es gerade dringend brauche oder ich einfach das Gefühl habe, wir haben uns vielleicht zu lange nicht gesehen. So wie heute.

»Es geht mir gut«, erkläre ich, und es stimmt. Heute fühle ich mich mit mir und der Welt um mich herum im Reinen und bin glücklich darüber, dass es diese Tage gibt und sie immer mehr werden.

Depression ist ein hässliches Wort, und wenn man es ausspricht, dann haben Menschen oft gleich ein bestimmtes Bild vor Augen und drücken einem einen gedanklichen Stempel auf. »Aber du bist doch so ein fröhlicher Mensch«, höre ich immer wieder, und es nervt mich.

Ja, ich bin ein Mensch, der sehr oft gut gelaunt ist. Ich bin die lebenslustige Georgie, mit der man Pferde stehlen kann und die andere zum Lachen bringt. Aber es gibt leider nicht nur die gelben Tage voller Sonnenschein und Einhornstaub. Es gibt auch die blauen.

Meine blauen Tage sind die, an denen ich all meine Stärke aufwenden muss, um überhaupt aufzustehen. An denen mich die Georgie, die lustig ist und Spaß macht, unendlich viel Kraft und Nerven kostet und an denen jedes Lächeln eine Qual ist.

Bis heute kann ich nicht sagen, warum die Depression in mein Leben kam, aber ich erinnere mich sehr gut an ihre Anfänge in meinen ersten Highschool-Jahren. Damals war es, als hätte sich von einem Tag auf den anderen ein dunkler, tiefblauer, Schleier über die Welt um mich herum gelegt, und bis heute weiß ich nicht, warum. Ich fühlte mich allein, unverstanden und unendlich traurig. Meine Gefühle erdrückten mich, und ich wollte nicht mehr weiterleben. Meine Familie konnte mir nicht helfen, aber sie überzeugte mich, dass ich Hilfe brauche. Und sie hatte recht. Allein wäre ich verloren gewesen.

In dieser Zeit habe ich gelernt, Dr. Soniac zu vertrauen, und bin froh darüber. Sie hat mir geholfen, stärker zu werden, mit den blauen Tagen zu leben und sich mit mir gefreut, als sie mit der Zeit seltener wurden.

»Das ist gut, Georgie«, spricht mich die alte Dame nun mit einem so freundlichen Unterton an, der in mir ein ungutes Gefühl auslöst. Es ist ein Schlechte-Neuigkeiten-Tonfall. »Ich muss Ihnen heute nämlich etwas sagen.«

Um mich herum wird es ganz still. Ich höre nur noch meinen Atem und das laute Ticken der großen Uhr, die hinter Dr. Soniac an der Wand hängt. Das Engegefühl in meiner Brust verstärkt sich, und ich bekomme Angst vor dem, was gleich kommen wird.

»Ja?«

Leider kann ich zu meinem Ärger nicht verhindern, dass meine Stimme leicht zittert. Ich wittere schlechte Neuigkeiten, und davon brauche ich momentan eigentlich keine. Es soll ein guter Tag bleiben, bitte.

»Ich werde in Rente gehen«, sagt sie ruhig und reißt mir mit einem einzigen Satz den Boden unter den Füßen weg.

»Was?«, keuche ich erschrocken, während sich die Panik in meinem Körper ausbreitet wie eine Welle. Die Person, mit der ich über alles spreche, wird mich verlassen.

»Aber was soll ich denn ohne Sie machen?«, frage ich und klinge so verzweifelt, wie ich mich fühle. Egal wie oft ich herkomme, sie ist immer hier, wenn ich sie brauche. Das kann doch nicht plötzlich anders sein.

Dr. Soniac sieht mich mit einem Ausdruck ehrlichen Bedauerns an, und ich registriere die tiefen Falten um ihre Augen herum.

»Es dauert ja noch eine Weile, bis es so weit ist«, sagt sie sanft. »Ich will Sie nur auf die Übergangszeit vorbereiten.«

»Übergangszeit?«, echoe ich und presse die Lippen zusammen, bevor sich der Papageienmodus aktivieren kann und ich nur noch ihre Worte nachplappere.

»Ich kann Ihnen versprechen, dass Sie nicht auf sich allein gestellt sein werden«, sagt sie und reißt mich damit aus meinen Gedanken. »Bald fängt ein junger, sehr fähiger Kollege bei mir an, und wenn ich in Rente gehe, wird er meine Patienten weiter betreuen, bis meine eigentliche Nachfolgerin ihr Jahr bei *Ärzte ohne Grenzen* beendet hat.«

Mühsam versuche ich, all diese Informationen zu verarbeiten, als sie schon weiterspricht.

»Sie können dann natürlich entscheiden, ob Sie hier bei meiner Nachfolgerin als Patientin bleiben oder wie Sie weiter verfahren wollen. Wir werden das alles gut vorbereiten, versprochen.«

Anders als sonst hat ihre Stimme heute keine beruhigende Wirkung auf mich. Zwar habe ich in der letzten Zeit oft darüber nachgedacht, ob ich die Therapie überhaupt noch brauche, aber in diesem Moment fühlt es sich an, als könnte ich nicht mehr ohne sie leben. Die irrationale Furcht vor einer ungewissen Zukunft legt sich wie eine kalte Hand um mein Herz und lässt mich zittern.

»Wenn Sie nicht mehr da sind, dann will ich gar nicht mehr in Therapie«, platze ich mit den Gedanken heraus, die sich gerade in meinem Kopf manifestieren. »Ich brauche doch sowieso keine regelmäßigen Termine mehr.«

»Diese Entscheidung würde ich nicht so voreilig treffen«, sagt Dr. Soniac sanft. »Lassen Sie sich Zeit. Noch bin ich ja eine Weile da, und vielleicht kommen Sie gut zurecht.«

»Sicher«, sage ich und kann ein wütendes Schniefen nicht unterdrücken.

»Machen Sie sich jetzt nicht zu viele Gedanken, Georgie«,

bittet meine Therapeutin freundlich, und ich unterdrücke ein gequältes Lachen. Sorgen? Wer, ich? Aber nicht doch.

Später am Abend sitze ich im Studentenzimmer meiner Freundin Lacy und versuche standhaft, ihren bettelnden Welpenblick zu ignorieren.

»Komm schon, Georgie«, jammert sie nun schon zum wiederholten Mal. »Wir wollen doch nur in eine Bar. Bitte komm mit.«

Ich seufze schwer und lasse meinen Blick durch das Zimmer wandern. Ich war noch nicht oft hier, seitdem Lacy wieder da ist. Ein Grund dafür ist auch, dass Lacy mit meiner erklärten Erzfeindin Jenna zusammengezogen ist und mir allein schon der schwere Duft von Parfüm auf die Nerven geht, der hier immer in der Luft hängt. Außerdem habe ich das Gefühl, direkt in Barbies Traumhaus gelandet zu sein, wenn ich das WG-Apartment der beiden betrete. Viel Pink, viel Kitsch, viel Grauen.

»Georgie, was ist jetzt?«, drängt Lacy erneut und zwingt mich dadurch, mich wieder auf ihr Anliegen zu konzentrieren.

Mir ist gerade überhaupt nicht nach einem Abend in einer Bar. Nach der Schreckensbotschaft von Dr. Soniac bin ich immer noch ziemlich durch den Wind.

Ben gibt noch Klavierunterricht, und Jessy verbringt die Zeit mit ihrem Schatz.

Weil ich es heute Abend aber definitiv nicht ertragen kann, allein zu sein, habe ich mich zu Lacy gesellt und weiß gerade nicht, ob ich es bereue. Seitdem sie nach ihrer Rückkehr aus Frankreich beschlossen hat, doch nicht wie geplant in die WG von Ben, Jessy und mir zu ziehen und stattdessen Jennas neue beste Freundin zu werden, haben wir uns nicht oft gesehen, und gerade wirkt sie auf mich genauso falsch und aufgesetzt wie ihre Mitbewohnerin. Ihre Mitbewohnerin ist Jenna, das Biest, also known as erste Cheerleaderin höchstpersönlich. Es fühlt sich an, als würden wir uns nicht mehr wirklich kennen.

»Du weißt doch, dass das nie meine Welt war und ich mit Jenna und ihrer Clique nichts mehr zu tun habe«, maule ich halbherzig und erinnere mich mit Grauen an mein erstes Semester, als ich in kurzen Sporttröckchen herumgehüpft bin, um die Hohlköpfe aus dem Basketballteam der Wesleyan University anzufeuern.

Ich kann mir nicht mehr erklären, wie ich damals auf die hirnverbrannte Idee gekommen bin, das könnte zu mir passen.

Zum Glück habe ich aber schnell verstanden, dass dem nicht so ist, und meide seitdem alles, was mit Cheerleading und Sport zu tun hat, wie die Pest.

»Ich weiß.« Lacy seufzt und fasst ihre langen hellblondierten Locken zu einem Pferdeschwanz zusammen. »Aber die Mädels sind wirklich nicht so schlimm, wie du es immer darstellst.«

Ich schnaube, merke aber selbst, wie meine Abwehr zu bröckeln beginnt. Zwar stimme ich mit Lacys Einschätzung gar nicht überein, aber vielleicht ist ein unbeschwerter Abend ja genau das Richtige für mich? Und ich muss ehrlicherweise zugeben, dass nicht alle Cheerleader wie Jenna sind. Einige waren sogar wirklich okay und das, obwohl ich absolut nicht zu ihnen gepasst habe.

»Na gut«, gebe ich also nach, und Lacy strahlt. »Wenn ich mich nicht umziehen muss«, setze ich schnell hinzu, weil sie sich für diesen Abend ziemlich aufgetakelt hat.

»Musst du nicht«, antwortet sie nachsichtig und mustert

meinen großen, dünnen Pulli sowie die ausgeblichene Jeans kritisch. Sie passen perfekt in den Spätsommer, und ich bin damit zufrieden. Lacy allerdings nicht, wie es aussieht.

»Aber bitte zieh wenigstens nicht diese grässlichen Sneaker an«, sagt sie mit einem abschätzigen Blick auf meine ausgetretenen Lieblingsschuhe. »Größer sein steht dir, und Absätze bringen deine knackigen Beine toll zur Geltung.«

»Ich mag meine Sneaker, meine Beine ohne Absätze, und mit meiner Größe habe ich auch kein Problem«, verteidige ich bockig meine Kleiderwahl, und Lacy verdreht die Augen.

»Also das hat sich wirklich nicht geändert, während ich weg war«, murmelt sie kopfschüttelnd. »Du bist immer noch der größte Dickkopf unter der Sonne.«

»Ich habe nicht vor, das zu ändern«, gebe ich mit einem kurzen Lachen zurück und spüre im selben Moment, dass meine Sorgen kleiner werden, weil sie mich ablenkt.

Weil Lacy es inzwischen wirklich eilig hat, ziehen wir unsere Jacken an und machen uns auf den Weg. Man merkt, dass der Sommer sich langsam verabschiedet, denn jetzt, am frühen Abend, kühlt es bereits merklich ab.

Das Joe's ist ein gemütlicher Irish Pub in der Nähe des Campus. Auf dem Weg dorthin schreibe ich Jessy eine Nachricht, damit sie weiß, wo ich bin.

Die grüne Fassade des Pubs lädt zum Eintreten ein, der Name prangt auf einem großen Schild aus Holz, und das Ambiente wirkt friedlich. Aber dieser Eindruck täuscht gewaltig, denn drinnen erschlägt mich der Lärmpegel aus einer Unzahl verschiedener Stimmen. Es ist einer der beliebtesten Treffpunkte für Studenten und immer gut besucht.

»Die anderen sind da drüben«, ruft Lacy mir über den Lärm hinweg zu und deutet auf einen Tisch, um den eine Gruppe junger Frauen versammelt ist. Ich kenne die meisten von ihnen. Jenna sitzt am Kopfende des Tisches und hält Hof. Als wir näher kommen, gibt sie gerade die Geschichte ihrer neusten Eroberung zum Besten.

»Er ist natürlich reich und sieht umwerfend gut aus. Das Armband hier ist von ihm.«

Sie hält ihr Handgelenk hoch, an dem ein silbernes Bettelarmband glitzert. Es ist hübsch, aber ich wundere mich immer wieder, wie diese Frau es schafft, jede Woche einen anderen Typ aufzureißen, während sie eigentlich nur einen haben will. Einen, der kein Interesse an ihr hat. Rider, Jennas Traummann, hat mehr als deutlichgemacht, dass sie bei ihm keine Chance hat. Seitdem hat sie eine Menge One-Night-Stands, und den Bettelarmband-Kerl wird sie sicher auch spätestens nächste Woche wieder los sein.

»Hi, Ladys«, grüße ich in die Runde und unterbreche damit Jennas Erzählung. Sie dreht sich um und mustert mich mit zusammengekniffenen Augen.

»Georgiana«, sagt sie, und aus ihrem Mund klingt der Name sogar noch schlimmer, als er ohnehin schon ist.

Wir haben uns nie wirklich verstanden, und seitdem Jessy gut mit Rider befreundet ist, hat sich Jennas Hass auf uns verzehnfacht. Sie hat ihre damalige Mitbewohnerin Anne gegen Lacy ausgetauscht, weil Anne inzwischen ebenfalls zu unserem Freundeskreis gehört, und ignoriert uns alle seitdem so gut wie möglich.

»Jenna«, gebe ich im selben Tonfall zurück, und wir starren uns einen Augenblick lang an. Schließlich unterbricht sie unseren Blickkontakt, und ihr Gesichtsausdruck wird zuckersüß, als sie sich Lacy zuwendet.

»Da bist du ja, Schatz«, begrüßt sie sie, und die beiden tauschen Küsschen rechts, Küsschen links aus.

Ich lasse mich neben Adriana fallen und lächele sie an.

Sie ist eine der Cheerleaderinnen, die mir nicht konstant auf die Nerven gegangen sind. Außerdem ist sie eine niedliche kleine Person, die niemandem etwas Böses will und höchstens etwas zu viel von ihrem Dauerschwarm Todd Williams redet.

»Na, Georgie«, beginnt sie ein Gespräch und zwirbelt eine ihrer braunen Korkenzieherlocken zwischen ihren Fingern hin und her. »Wie geht es dir?«

Bei ihrer Frage denke ich automatisch wieder daran, was heute Mittag in der Sitzung mit Dr. Soniac passiert ist. Der Gedanke daran, mich einem neuen Menschen zu öffnen, macht mir Angst. Wie er wohl sein wird, der Übergangstherapeut? Ich würde mich selbst als eine generell offene Person beschreiben, aber wenn meine blauen Tage mich gefangen halten, will ich niemanden sehen. Genauso wenig möchte ich allerdings über diese Phasen sprechen.

Ich kann nicht einmal bei meinen besten Freunden mein Herz ausschütten, weil ich das Gefühl habe, dass niemand es wirklich verstehen kann. Ben und Jessy wissen von meinen Terminen bei Dr. Soniac, und ich vermute, dass gerade Jessy sich ihren Teil dabei denkt, aber ausgesprochen habe ich es ihnen gegenüber nie.

All diese Gedanken schießen mir bei Adrianas Frage durch den Kopf, aber es gibt nur eine Antwort, die ich jedes Mal gebe, wenn mich jemand fragt.

»Mir geht es gut«, antworte ich, und sie lächelt beinahe erleichtert. Es ist ein Lächeln, das ich immer wieder bei Menschen wahrnehme. Ein Lächeln, das zeigt, dass sie Angst davor hatten, man könnte die Frage ehrlich beantworten.

»Freut mich zu hören. Zeichnest du eigentlich immer noch?«

Ich bin überrascht von diesem abrupten Themenwechsel,

gehe aber darauf ein, weil es ein Gebiet ist, bei dem ich mich auskenne und das ich liebe.

»Ja, ich habe dieses Semester sogar nur noch Vorlesungen in diesem Bereich belegt.«

»Oh, wirklich?«, fragt sie und hebt überrascht die Augenbrauen. »Und was ist mit der Neurobiologie?«

Heute scheint ein Tag der unangenehmen Fragen zu sein, und ich verkneife mir mit Mühe ein Stöhnen. Die Tatsache, dass ich in diesem Semester die Kunst in den Vordergrund gerückt habe, hat mir schon einiges an Kopfschmerzen bereitet und mehr als eine Diskussion mit meinem Vater nach sich gezogen, der davon alles andere als begeistert war.

»Ja, dieses Semester wollte ich mal was anders machen«, antworte ich abgelenkt und lasse meine Augen durch den Pub wandern.

Die Einrichtung im Joe's ist wie bei den meisten Irish Pubs in dunklem Holz gehalten, was im gedämpften, goldenen Licht der Lampen ein verwunschenes Flair erschafft. In der Mitte des Raumes ist die Bar zu finden, die sich als Blickfang präsentiert. Vor dem Tresen stehen einige langbeinige Barhocker, und dahinter ist eine riesige Auswahl an Flaschen mit alkoholischen Getränken malerisch in Szene gesetzt. Im weiteren Raum verteilt stehen runde Tische, um die dunkelgrüne Sessel und Hocker drapiert sind. Alles in allem ist der Pub urgemütlich, und ich bin gerne hier.

Normalerweise ist es mir aber lieber, wenn ich nicht von kichernden Cheerleadern umgeben bin.

»Schaut euch mal den Typ da an«, höre ich in diesem Moment Jenna kreischen, und obwohl ich es nicht will, wandern meine Augen automatisch in die Richtung, in die sie zeigt.

Mein Blick wandert suchend über die Menge, und mit einem Mal fängt ein Augenpaar ihn auf. Selbst auf die Entfernung erkenne ich, dass es die blausten Augen sind, die ich jemals gesehen habe.

Um mich herum scheint die Zeit stillzustehen, und ich nehme nichts anderes mehr wahr als diese Augen, deren Blick sich über den Abstand einiger Meter direkt in meinen bohrt. Der Mann, zu dem die Augen gehören, ist …

»Meinst du den Knackarsch?«, unterbricht die quietschende Stimme eines der Mädchen, die mit uns am Tisch sitzen, den Moment. Sie deutet auf den Mann, zu dem die Augen gehören, von denen ich mich noch immer magisch angezogen fühle. Er steht an der Bar. Neben ihm ein zweiter Mann, wahrscheinlich ein Kumpel von ihm.

»Genau den«, ruft Jenna und schüttelt mit einem neckischen Augenaufschlag ein weiteres Mal ihre Haare. »Ich lasse mich jetzt von ihm auf einen Drink einladen.«

»Aber was ist mit dem Bettelarmbandtyp?«, rutscht es mir heraus, und der Blick, den ich ernte, würde selbst eine Feuersbrunst in Sekundenschnelle vereisen.

»Lass das mal meine Sorge sein.«

Ohne es zu wollen, bin ich eifersüchtig bei der Vorstellung, dass sie heute Abend mit diesem Mann nach Hause gehen könnte. Ich bin nicht auf der Suche nach einem Mann. Warum also stört es mich, dass Jenna ihr taktisches Talent im Flirten bei diesem Kerl anwenden will, den ich gar nicht kenne?

»Alles okay, Georgie?«, flüstert Lacy mir zu, und ich spüre zu meinem Ärger, wie ich rot werde.

Schnell nicke ich und stehe auf.

»Ja klar, ich habe nur Durst und brauche einen Drink«, sage ich schnell und verhaspele mich bei den Worten. Lacy zieht skeptisch eine Augenbraue hoch, und ich weiß genau, dass sie mir kein Wort glaubt.

Ich trinke nie Alkohol, weil ich es nicht mag, wie es den Charakter eines Menschen verändert, und obwohl ich gerade am liebsten mit dieser Regel brechen würde, weiß ich, dass es ein Fehler wäre. Ich bin nicht gut mit Veränderungen. Gar nicht.

Auf dem Weg zur Bar achte ich darauf, nicht zu Jenna und dem Fremden zu sehen, sondern zum anderen Ende des Tresens zu laufen.

»Was darf es denn sein«, erkundigt sich der Barmann bei mir. Ich atme einmal tief durch und treffe eine Entscheidung.

»Ich kriege bitte einen alkoholfreien Caipirinha«, sage ich und nicke ihm zu. Er sieht aus wie ein typischer Barmann aus einer Sitcom. Sein muskulöser Oberkörper steckt in einem enganliegenden weißen Shirt und spannt an den Oberarmen.

»Dasselbe wie die Lady bitte«, höre ich eine Stimme neben mir und entdecke einen Mann, der nicht mehr ganz jung ist. Er steckt in Cordhose und Pullunder und mustert mich anzüglich. Seine Augen sehen wässrig aus, und er schwankt, als er sich neben mir auf einen freien Barhocker schiebt.

»Der geht auf mich, Süße«, macht er mir mit einem maliziösen Lächeln ein eindeutiges Angebot.

Es ist immer dasselbe. Entweder die Kerle sehen in mir den Kumpeltyp, oder sie denken, sie hätten leichtes Spiel bei mir, weil ich so klein bin. Damit sind sie aber schiefgewickelt. Ich plustere mich unwillkürlich auf.

Jessy behauptet immer, dass ich sogar ziemlich furchteinflößend wirken kann und sie anfangs ordentlichen Respekt vor mir hatte. Sonst weise ich derartige Behauptungen strikt von mir, aber jetzt ist einer der Augenblicke gekommen, in denen ich genau das will. Ich hole tief Luft, und dann kommt alles ganz anders als geplant. In dem Moment als, ich mich bereitmache, dem Typ die Abfuhr entgegenzuschleudern, die er sich verdient hat, legt sich eine warme Hand auf meine Hüfte, und ich höre eine tiefe Männerstimme dicht hinter mir.

Noah

»Siehst du, ich hatte recht.« Mein bester Kumpel Josh wirft mir einen Blick zu, und in seinen Augen liegt ein triumphierender Ausdruck. Grinsend verdrehe ich die Augen.

»Ja, du hattest nicht ganz unrecht«, gebe ich zu. Der Abend im Joe's war seine Idee, und ich hatte absolut keine Lust. Heute ist nicht mein Tag, und eigentlich will ich niemanden sehen. Und weil ich auch nicht der Typ dafür bin, meine Laune in Alkohol zu ertränken, war mir nicht klar, was ich im Pub sollte.

Dass ich mich schließlich doch zu diesem Abend habe überreden lassen, ist eindeutig darauf zurückzuführen, dass Josh einer der überzeugendsten Menschen ist, die ich kenne. Er hat, ganz der künftige Anwalt, so lange auf mich eingeredet, bis ich alles gesagt hätte, was er will, nur damit er die Klappe hält.

Jetzt gerade muss ich aber zugeben, dass er seine Idee, in den Pub zu gehen, gut war. Auch wenn ich wahrscheinlich andere Gründe habe als er. Schon seit dem Moment, in dem wir den Pub betreten haben, liegt Joshs Aufmerksamkeit auf einem Tisch, um den eine große Gruppe junger Frauen sitzt. Keine von ihnen hat sich auf ihre natürliche Schönheit verlassen, sondern sie sehen aus, als hätten sie Stunden damit verbracht, sich aufzustylen.

»Sind die heiß«, murmelt Josh, und ich verbeiße mir ein Grinsen.

»Hör auf zu sabbern«, befehle ich schmunzelnd, als sich zwei weitere Frauen zu der Gruppe gesellen, von denen aber nur eine zu ihr zu passen scheint. Die andere tanzt völlig aus der Reihe. Mein Blick bleibt an ihr hängen, obwohl ich zu weit weg bin, um sie richtig erkennen zu können. Anders als bei den anderen sind ihre schwarzen Haare nicht lang, sondern kurz und fallen in Locken bis zu ihrem Kinn. Mir fällt ebenfalls positiv auf, dass sie Pulli und Jeans trägt und sich nicht übertrieben aufgebrezelt hat.

»Das musst du gerade sagen«, reißt Joshs Stimme mich aus meinen Gedanken, und ich zucke leicht zusammen, als er mir einen fragenden Blick zuwirft. »Wo bist du denn mit deinen Gedanken, Noah?«

»Ach, nicht so wichtig«, murmle ich, sehe wieder zu dem Tisch und blicke direkt in ein Paar dunkler Augen. Die junge Frau mit den kurzen Haaren sieht direkt zu mir, und selbst auf die Entfernung fühlt es sich an, als würde ihr Blick in meine Seele dringen, sich mit ihr verhaken, um sie nie wieder loszulassen. Mein Mund wird trocken, und die Zeit bleibt stehen. Ich kann nicht beschreiben, was es ist, aber etwas an ihr zieht mich an, und mir ist klar: Ich will sie kennenlernen!

»Na, was geht in deinem Kopf vor, schöner Mann?«, gurrt mit einem Mal eine weibliche Stimme an meinem Ohr, und ich drehe widerwillig den Kopf von der Unbekannten weg. Neben mir steht eine der geklont wirkenden Frauen. *Barbie*, schießt es mir durch den Kopf. *Sie sieht aus wie eine Barbie.* Den Kopf hat sie neckisch zur Seite geneigt und klimpert mit den Wimpern. Diese Geste soll wohl verführerisch wirken, lässt mich aber völlig kalt. Das Erste, was mir auffällt, ist die dicke Make-up-Schicht, mit der sie ihre Haut zugekleistert hat, und gleich danach steigt mir ein süßlicher Parfümgeruch in die Nase.

»Jetzt gerade überlege ich, ob wir uns kennen«, antworte ich abgelenkt, während ich mit meinen Gedanken ganz woanders bin. Die schwarzhaarige junge Frau hat sich vom Tisch erhoben und läuft Richtung Tresen.

»Noch nicht«, flirtet mein Gegenüber drauflos. »Aber das können wir ja ändern.«

»Äh, was?«, frage ich und beobachte aus dem Augenwinkel, wie sich ein merkwürdiger Kerl neben die schwarzhaarige junge Frau auf einen Barhocker fallen lässt. Sie ist jetzt keine fünf Meter von mir entfernt, und ich stelle fasziniert fest, wie zart ihr Profil ist. Sie hat eine gerade Nase, hohe Wangenknochen, und obwohl ich sie noch nicht richtig anschauen konnte, weiß ich einfach, dass sie wunderschön ist. Allein wie ihre Haare sich verspielt bis zu ihrem Kinn locken …

»Ich meinte, dass ich dich unbedingt kennenlernen muss«, sagt Barbie, und ihre Stimme klingt ein bisschen gereizt. »Willst du mich nicht auf einen Drink einladen?«

»Tut mir leid«, antworte ich mechanisch und beobachte angespannt, wie der merkwürdige Kerl sich zu meiner Unbekannten beugt. »Kein Interesse. Ich muss jetzt auch etwas erledigen. Aber danke für das Angebot.«

Ich nicke Barbie kurz zu, stoße mich vom Tresen ab und gehe dann zielstrebig auf meine Unbekannte zu.

»Darf ich dich vielleicht auf einen Drink einladen?«, höre ich Joshs Stimme hinter mir und verbeiße mir mühsam ein Lachen. Mein Kumpel hat es definitiv nötig, wenn er ein

Mädchen angräbt, das gerade sein Glück bei mir versucht hat.

Kurz drücke ich ihm die Daumen, denn solch eine Frau ist genau sein Typ. Dann konzentriere ich mich wieder auf das Geschehen vor mir. Ich höre, wie der Mann die schwarzhaarige Frau auf einen Drink einlädt, und erkenne sofort, dass sie das nicht will. Ihre ganze Haltung strahlt Ablehnung aus, und in mir macht es klick und mein Beschützerinstinkt schlägt Alarm.

Ohne groß darüber nachzudenken, trete ich hinter die beiden und lege eine Hand auf die Hüfte meiner Unbekannten. Dann räuspere ich mich und beuge mich ein Stück nach vorn.

»Kein Bedarf, Kumpel. Für ihre Getränke bin ich zuständig«, sage ich, und meine Stimme klingt autoritär.

Die schwarzhaarige Frau dreht sich zu mir um, und mir stockt der Atem.

Ich hatte recht. Sie ist wunderschön.

Kapitel 2

Georgie

Ich fahre herum und traue meinen Augen kaum. Vor mir steht der Mann mit den strahlend blauen Augen und lächelt mich an. Sein Blick ruht fest auf mir, und ich kann meine Augen nicht von ihm abwenden. Er mustert mich intensiv und drückt kurz meine Hüfte.

»Oder, Liebling?«, fragt er mit einem halben Lächeln und beugt sich zu mir. Seine warmen Lippen streichen über meine Schläfe, und ich bekomme keine Luft mehr. Was passiert hier gerade?

»Liebling?«, fragt er erneut, und ich reiße mich zusammen.

»Ja«, bringe ich krächzend hervor, und der schmierige Kerl hebt abwehrend die Hände.

»Sorry, Mann«, sagt er, und seine Stimme klingt verwaschen. Er muss schon ziemlich viel getrunken haben. »Ich wusste nich, dass die Kleine vergeben is. Alles cool, Mann.«

Er wendet sich von uns ab und zieht schwankend davon. Ich sitze einen Augenblick lang wie paralysiert da. Was. Ist. Hier. Gerade. Passiert?

Wie kommt der Typ, der eben noch bei Jenna stand, zu mir? Und warum liegt seine Hand immer noch auf meiner Hüfte, obwohl der schmierige Kerl schon auf der Suche nach einem anderen Opfer ist?

Als ich den Blick hebe, wird mir klar, dass die blauen Augen mich immer noch intensiv mustern. Sie sind sogar noch blauer, als ich dachte. Ich sollte wohl etwas sagen, aber mir fällt nichts ein. Mein Gehirn ist wie leergefegt.

»Danke«, krächze ich schließlich, und ein Lächeln zupft an den Mundwinkeln meines Retters.

»Kein Problem«, sagt er und strahlt mich an. »Ich hatte irgendwie das Gefühl, du könntest Hilfe gebrauchen.«

Erleichtert stelle ich fest, dass ich mich wieder ein bisschen gefangen habe.

»Ich glaube, ich wäre auch allein klargekommen«, gebe ich zurück und lächele ihn an. »Eine Frau hat da so ihre Methoden, was aufdringliche Kerle angeht.«

Wieder zuckt es um seine Mundwinkel, und ich möchte nicht, dass unser Gespräch jetzt schon endet. Schnell spreche ich weiter.

»Das bedeutet aber nicht, dass ich eine ritterliche Geste nicht zu schätzen weiß.« Ich schmunzele und strecke ihm meine Hand entgegen. »Ich bin übrigens Georgie.«

Mein Retter hat sich inzwischen auf den freigewordenen Barhocker neben mir fallen lassen, stützt sich mit den Ellenbogen auf dem Tresen ab und bettet sein Kinn so auf seine Hände, dass er mich ansehen kann.

»Freut mich, Georgie. Ich bin Noah, und da wir uns jetzt schon mal vorgestellt haben und ich weiß, dass du ritterliche Gesten durchaus schätzt: Darf ich dich auf einen Drink einladen?«

Überrascht sehe ich ihn an. Sein Angebot überrascht mich, und im ersten Moment zögere ich.

»Ach komm schon«, sagt mein Retter, oder vielmehr Noah, und lächelt gewinnend. »Ich verspreche dir, dass ich kein Irrer bin, der dir K.o.-Tropfen unterjubeln will. Vor allem nicht, weil ich jetzt weiß, dass Frauen da ihre Methoden haben.«

Seine Worte bringen mich zum Lachen. Es gluckst geradezu aus mir heraus. Seine offene und lockere Art fasziniert mich, und es spricht ja nichts dagegen, sein Angebot anzunehmen.

»Einen Drink habe ich zwar schon bestellt, aber ich würde mich freuen, wenn du ihn mit mir zusammen trinkst«, antworte ich deshalb, und ein jungenhaftes Grinsen erhellt sein Gesicht.

»Dann kriege ich bitte dasselbe wie die Lady«, sagt er und lehnt sich auf seinem Hocker zurück, mit dem Rücken gegen den Tresen. Ich unterdrücke ein Grinsen. Er wird sich wundern, wenn in seinem Getränk der Sprit fehlt.

»Und jetzt erzähl mal, Georgie. Wer bist du?«, sagt Noah nach einem Augenblick des Schweigens.

Seine unverblümte Frage überrascht mich, und ich nehme erst einmal einen tiefen Zug aus dem Glas, das der Barkeeper mit den Worten »Bitte schön« vor mich hingestellt hat. Wer ich bin ... Das ist eine Frage, die mir nie jemand so direkt gestellt hat. Normalerweise erkundigen sich die Menschen nach deinem Beruf, deinen Hobbys oder Ähnlichem, aber ich habe es noch nie erlebt, dass jemand, den ich in meinem normalen Alltag treffe, nach mir als Mensch fragt. Deswegen wirft mich diese kurze Frage ziemlich aus der Bahn.

Ich kaue auf meiner Unterlippe herum und zupfe an einem losen Stück Nagelhaut. Schließlich hebe ich den Kopf und sehe in Noahs blaue Augen.

»Ich weiß es glaube ich gar nicht«, sage ich und erschrecke im selben Moment über meine Ehrlichkeit. Auch wenn er andere Dinge fragt, als ich es gewohnt bin, kann ich mir nicht vorstellen, dass ihn wirklich interessiert, was im Innern einer völlig Fremden vor sich geht. Außerdem bin ich gar nicht der Typ dafür, einen Seelenstriptease vor einem Mann hinzulegen, nur weil er mir eine persönliche Frage stellt.

Ungewohnt verschüchtert für meine Verhältnisse sehe ich auf und begegne seinem Blick. Er sieht nicht genervt oder abgeschreckt aus. Stattdessen erkenne ich ehrliches Interesse in seinen Augen, und Wärme flutet meinen Körper. Was macht er mit mir?

»Das ist nichts, wofür du dich schämen müsstest«, sagt er sanft, und es kommt mir vor, als sei er ein Stück näher an mich herangerückt. »Ich glaube, die meisten Menschen kommen irgendwann an einen Punkt, an dem sie feststellen, dass sie sich erst einmal selbst finden müssen.«

»Uhh, klingst du weise. Bist du Yoda?« Ich versuche, der Situation durch diese scherzhafte Bemerkung den Ernst zu nehmen, und es gelingt mir. Noah lacht und trinkt ebenfalls einen Schluck aus seinem Glas. Einen Augenblick lang zögert er, nippt noch mal an seinem Glas und runzelt die Stirn. Dann schüttelt er den Kopf und mustert mich.

»Warten deine Freundinnen nicht auf dich?«, fragt er mit einem unbestimmten Kopfnicken hinter mich. Da wird mir klar, dass ich tatsächlich einen Moment lang vergessen habe, dass ich heute nicht allein hier bin.

Langsam drehe ich mich um und stelle fest, dass sehr viele Cheerleaderaugenpaare gespannt auf uns gerichtet sind. Die meisten von ihnen sehen einfach nur neugierig aus, aber es gibt ein Augenpaar, das wütende Funken in meine Richtung sprüht. Dieses Augenpaar ist es auch, das mich an etwas erinnert.

»Wie bist du eigentlich darauf gekommen, mir zu helfen?«, erkundige ich mich und wende mich wieder an Noah. »Ich dachte, du hättest ein eindeutiges Angebot bekommen.«

Ich fluche innerlich, weil meine Stimme spitz und eifersüchtig klingt. Was passiert mit mir? Ich bin nicht so!

»Du meinst von Barbie?«, fragt Noah, und ich kichere, weil diese Bezeichnung für Jenna nicht treffender sein könnte. Und ein bisschen auch, weil es mich freut, dass er ihrem Charme nicht erlegen ist, sondern so erfrischend direkt ist.

»Sie klang so, als stündest du definitiv auf ihrer Liste«, murmle ich und weiche seinem Blick aus.

Er lacht leise, und der warme Ton klingt so, wie flüssiges Karamell schmeckt. Samtig und angenehm süß.

»Das kann schon sein«, antwortet er, und ich hebe den Blick, weil seine Stimme so spitzbübisch klingt. »Aber sie stand definitiv nicht auf meiner Liste und so …« Er lässt den Rest des Satzes offen, und mein Herz macht einen Satz. Will er damit sagen, dass ich auf seiner Liste stehen könnte?

»Aber warum bist du stattdessen zu mir gekommen?«, frage ich nach, und mein Mund fühlt sich trocken an. Schnell nehme ich einen weiteren Schluck aus meinem Glas und befeuchte meine Lippen mit meiner Zungenspitze. Sie fühlen sich an wie Schmirgelpapier. »Bin ich deine Ausrede für eine Flucht?«

»Oh nein, Georgie.« In seinen Augen funkelt es. »Du interessierst mich, seit du den Raum betreten hast.«

Seine Worte sind wie ein lauter Knall in völliger Stille.

»Was?«, frage ich, und meine Stimme ist nicht mehr als ein Wispern. Seine Worte saugen den Sauerstoff aus dem Raum, und ich spüre, wie mir die Hitze in die Wangen steigt.

»Du bist mir sofort aufgefallen«, sagt er leise, und ich versuche, mir meine Unsicherheit nicht anmerken zu lassen.

»Wie meinst du das?«, frage ich, und meine Stimme zittert.

»Es waren deine Augen«, sagt er, und mir bleibt einen Augenblick lang die Luft weg. Noah spricht weiter, und ein

Lächeln umspielt seine Mundwinkel. »Als ich deine Augen gesehen habe, war ich sofort von dir fasziniert. Deine ganze Ausstrahlung ist so besonders, dass man dich einfach bemerken muss.«

Mir fehlen die Worte, und ich sehe ihn einfach nur an. So sieht er mich?

»Du bist mir auch aufgefallen«, platze ich heraus, als ich plötzlich Lacys Stimme hinter mir höre.

»Kommst du nicht mehr zu uns, Georgie?«, erkundigt sie sich, und als ich mich zu ihr umdrehe, sehe ich die Neugier auf ihrem Gesicht sofort.

»Es tut mir leid, ich habe sie aufgehalten«, mischt sich Noah mit einem charmanten Lächeln ein. »Ich bin Noah.«

Lacys Blick wandert von Noah zu mir und wieder zurück.

»Lacy«, antwortet sie mit kurzer Verzögerung und fährt sich mit der Zunge über die Lippen. Mit einem Mal strafft sie die Schultern.

»Die Mädels und ich wollten noch tanzen gehen. Hast du nicht Lust, uns zu begleiten, Noah?«, fragt sie, und mir stockt der Atem.

»Ihr wollt tanzen gehen?«, frage ich möglichst unbeteiligt nach und versuche meine Wut über die Tatsache zu verdrängen, dass meine Freundin einen Typen anbaggert, der mit mir beschäftigt war.

»Ich bin eigentlich nicht so der Tänzer«, beginnt Noah, und mir rutscht das Herz in die Hose. Er wird sich von ihr überreden lassen. Ganz sicher. Er wird mit ihnen weggehen.

»Aber wenn Georgie möchte, dann komme ich natürlich mit«, sagt er in diesem Moment, und ich traue meinen Ohren kaum. Als ich meinen Kopf hebe, liegt sein Blick freundlich auf mir, und Lacy steht der Mund offen. So hat sie vermutlich noch nie ein Mann abblitzen lassen.

»Georgie tanzt auch nicht«, sagt sie und klingt eingeschnappt. Das Lächeln auf Noahs Gesicht wird eine Spur breiter.

»Das passt ja perfekt. Ich hätte eigentlich auch eher Hunger. Hast du Lust, etwas mit mir essen zu gehen, Georgie?«

Jetzt ist es mein Mund, der offensteht. Dieser Mann muss verrückt sein, sonst würde er doch keinen Abend mit mir einem Abend mit tanzenden Cheerleader-Barbies vorziehen.

»Willst du, Georgie?«, unterbricht Noah meine Gedanken des Selbstzweifels, und ich spüre, wie ich nicke.

»Ja, sehr gerne«, sage ich und drehe mich zu Lacy, deren Augen Funken sprühen. »Viel Spaß euch.«

»Ja, dir auch«, motzt sie, macht auf dem Absatz kehrt und rauscht durch den Raum zu dem Tisch zurück. Sie sagt etwas zu den anderen, wirft ihre Haare über die Schultern, und im nächsten Moment stehen sie alle auf.

»Ich sollte schnell meine Tasche holen«, sage ich zu Noah, der Lacy amüsiert nachsieht.

»Ja, mach das.« Seine Stimme klingt ebenfalls amüsiert, und als ich aufstehe und mich auf den Weg zu meiner Tasche mache, habe ich weiche Knie, was nicht am Drink liegen kann.

Noah löst etwas in mir aus, das ich nicht verstehe. Ich kann es nicht einmal benennen. Es fühlt sich warm und gut an, so, wie Süßigkeiten oder der perfekte Sommertag. Ich freue mich, dass er den Abend mit mir verbringen möchte.

Schnell hole ich mein Handy aus der Tasche und tippe eine Nachricht an Jessy.

Georgie: Hey, Süße. Ich bin ein bisschen länger weg. Wir gehen noch was essen.

Ich weiß, dass ich ihr damit einen wichtigen Teil vorenthalte, und mein Gewissen schlägt auch an, aber ich will ihr nicht erzählen, mit wem ich etwas essen gehe. Zu gut erinnere ich mich daran, wie ich sie einmal ausgelacht habe, als sie frisch in ihren Freund Alex verliebt war.

Sie hat mir damals prophezeit, dass ich auch noch dran wäre. Im Brustton der Überzeugung verneinte ich und war mir völlig sicher. Natürlich bin ich schon mit Jungs ausgegangen, aber noch nie hat es einer geschafft, mein Herz höherschlagen zu lassen. Nach einigen Fehlversuchen war ich überzeugt, dass ich dafür einfach nicht der Typ bin, aber jetzt, in diesem Moment, gerät meine Einstellung zu diesem Thema doch ziemlich ins Wanken.

Jetzt übertreib mal nicht gleich, Georgie. Das ist ein Typ, den du heute zum ersten Mal siehst. Also lass das Hochzeitskleid im Schrank!

Als ich am Tisch ankomme, sind die anderen im Aufbruch begriffen. Sowohl Jenna als auch Lacy erdolchen mich mit ihren Blicken. Irritiert stelle ich fest, dass der Kerl, der vorhin bei Noah stand, jetzt in der Gruppe der Barbies steht und sich pudelwohl zu fühlen scheint.

»Alles okay?«, wende ich mich an meine Freundin, obwohl offensichtlich ist, dass sie gerade ein Problem hat.

»Ja klar, was soll sein?«, fragt sie und klingt dabei so zickig, dass ich zurückzucke.

»Entschuldige mal!« Meine Stimme wird eine Spur lauter. Ich bin nicht der Typ Mensch, der sich von anderen herumschubsen lässt oder alles hinnimmt, ohne den Mund aufzumachen. »Was ist gerade dein Problem? Ich gehe doch nur etwas essen.«

»Klar, mit einem Typ, der zum Niederknien heiß ist«, faucht sie, und ich hebe überrascht eine Augenbraue.

»Jetzt komm mal klar, Lacy. Es ist meine Sache, mit wem ich weggehe, und seine, dass er mich eingeladen hat. Also entspann dich bitte.«

»Gut, wenn du das so willst«, sagt sie, und ihre Stimme klingt gefährlich leise. »Aber dann brauchst du dich bei mir nicht mehr zu melden. Unsere Freundschaft ist Geschichte.«

Mit klappt die Kinnlade herunter. Habe ich gerade richtig gehört?

»Du kündigst mir wegen so etwas die Freundschaft?«, frage ich fassungslos, und Lacy zuckt die Achseln.

»Weißt du, Georgie«, sagt sie dann und klingt beinahe gelangweilt. »Ich glaube, wir haben beide gemerkt, dass unsere Wege nicht mehr zusammenpassen. Seitdem ich wieder da bin, hängst du doch lieber mit Jessy und Ben rum. Ich glaube, wir haben uns auseinandergelebt.«

Wie angewurzelt stehe ich da und starre sie an. Ich warte auf den Schmerz, aber er bleibt aus.

»Wenn du meinst«, sage ich schließlich ruhig und greife nach meiner Handtasche. »Mach es gut, Lacy«, sage ich noch, bevor ich mich umdrehe und gehe. Seitdem Lacy wieder zurück ist, habe ich mich immer häufiger über sie geärgert. Sie war in Frankreich und ist mit der offensichtlichen Annahme zurückgekehrt, dass alles nach ihrem hübschen Kopf laufen muss. Allerdings verstehe ich ihr Verhalten in diesem Moment überhaupt nicht. Mir jetzt einfach so die Freundschaft zu kündigen, ist doch ein bisschen drastisch. Wenn sie sich zurückgesetzt fühlt, weil ich mit einem »Typ, der zum Niederknien heiß ist«, essen gehe, spricht das nicht für sie.

»Da bist du ja wieder«, begrüßt Noah mich, als ich mit meiner Tasche zurückkomme. »Was war da denn los? Sah emotional aus.«

Die Schmetterlinge in meinem Bauch schlagen beim Klang seiner Stimme heftig mit den Flügeln, und ich schüttele den Kopf.

»Nur eine ganze Menge unnötiges Rumgezicke«, wiegele ich ab und warte gespannt darauf, was er jetzt vorhat.

»Wollen wir chinesisch essen gehen?«, erkundigt er sich, und ich nicke.

»Ich liebe chinesisches Essen«, sage ich, und in diesem Moment knurrt mein Magen so laut, dass Noah es definitiv gehört hat. Sofort laufe ich puterrot an, aber er lacht nur.

»Dann komm, ich kenne hier einen hübschen Laden.«

Kapitel 3

Noah

Gemeinsam verlassen wir das Joe's und treten auf die Straße. Der Sommer geht langsam in den Herbst über, und überall werden die Kleider dicker, die Ärmel und die Röcke länger. Heute ist einer der vermutlich letzten warmen Tage, und ich glaube, Georgie ist die Einzige, die das heute Abend nicht ausgenutzt hat. Sie trägt einen leichten Pullover und eine verwaschene Jeans, die sich wie eine zweite Haut an ihre kurvige Figur schmiegt. Sie sieht in diesem legeren Outfit heißer aus als jede andere Frau, die sich extra in Schale schmeißt.

Sie wirkt selbstbewusst. Stark. Gleichzeitig habe ich das unstillbare Bedürfnis, sie zu schützen. Als ihre Freundin eben versuchte, mich von ihr wegzulotsen, habe ich Unsicherheit und Angst in ihren Augen erkannt, und dabei hätte selbst eine ganze Schar Victoria-Secret-Models mich nicht von ihr wegholen können.

»Dein Freund ist mit den Barbies abgehauen«, sagt Georgie plötzlich, und ich halte inne.

»Josh?«, frage ich, und sie nickt.

»Der, der mit dir am Tresen stand. Er hat sich an meine«, sie zögert kurz, und ihre Nase kräuselt sich. »Na ja, meine jetzt wohl ehemalige Freundin gehängt.«

»Ehemalig?«, frage ich, als die Bedeutung ihrer Worte bei mir ankommt.

»Akuter Fall von ›Ich lade dich nicht zu meinem Geburtstag ein, bäh‹, aber ich will nicht darüber reden«, sagt sie knapp, und ich verbeiße mir ein Lachen bei dieser bildlichen Beschreibung.

»Und mit ihr ist mein bester Freund also abgezogen«, murmle ich vor mich hin und schüttele kurz den Kopf. Das ist typisch Josh. Ein Frauenheld, wie er im Buche steht.

So ist er einfach, und wenn er nicht mein Freund wäre, dann hätte ich vermutlich keine gute Meinung von ihm. Aber Josh ist seit dem Kindergarten an meiner Seite und hat mich auch in der schwersten Zeit meines Lebens nicht alleingelassen. Das rechne ich ihm wirklich hoch an, und wahrscheinlich sind wir auch deshalb noch befreundet.

Jetzt konzentriere ich mich aber auf Georgie, die neben mir die Straße entlangläuft und offensichtlich nicht weiß, wie sie das Gespräch mit mir weiterführen soll.

»Ist Georgie eigentlich eine Abkürzung?«, mache ich es ihr leichter, und sie verzieht kurz und unwillig den Mund.

»Ja«, gibt sie dann in einem ungnädigen Tonfall zurück, und ich muss mir ein Lachen verbeißen, weil sie gerade unfassbar komisch aussieht.

»Schlechtes Thema?«, erkundige ich mich, und sie schürzt zustimmend die Lippen.

»Wenn du wüsstest. Meine Eltern haben mich mit dem Namen Georgiana gestraft.«

»Georgiana«, wiederhole ich leise und lasse den Namen auf meiner Zunge zergehen. »Ich mag den Namen, aber ich finde, dass Georgie besser zu dir passt«, stelle ich dann fest, und meine Worte zaubern ihr ein Lächeln ins Gesicht. Selbst von der Seite erkenne ich dabei ein niedliches Grübchen.

»Ja, nicht wahr? Georgiana klingt so hochgestochen.«

Sie rümpft ihre gerade, zierliche Nase und bringt mich damit schon wieder zum Lachen. Ich kann mich nicht erinnern, wann ich mich das letzte Mal mit einem Menschen, den ich gerade erst kennengelernt habe, so unbeschwert unterhalten habe.

»Ben nennt mich immer Eure Hoheit oder Lady Georgiana«, erklärt sie, und mit einem Schlag ist es mit meiner guten Laune wieder vorbei.

Georgie

»Wer ist denn Ben?«, fragt Noah mit einem Mal deutlich ernster, und als ich ihn von der Seite ansehe, erkenne ich, dass sein Kiefer angespannt aussieht und kantiger hervortritt als eben noch. Er wird doch nicht eifersüchtig sein?

»Ben ist mein bester Freund«, erkläre ich schnell. »Er und meine beste Freundin Jessy sind meine Mitbewohner.«

»Ach so!« Noah klingt wirklich erleichtert, und jetzt grinse ich ihn an.

»Was dachtest du denn, wer er ist? Mein Zuhälter?«

Ihm klappt der Mund auf, und ich muss mir ein Grinsen verbeißen.

»Nein«, sagt er dann, und ich glaube zu sehen, dass sich seine Wangen leicht röten. »Ich dachte, er wäre dein Freund.«

Ich bleibe stehen und drehe mich zu ihm. Ich möchte ihn fragen, warum ihn das stören würde, aber ich bringe die Frage nicht über die Lippen. Noch nicht.

»Ist er aber nicht«, gebe ich zurück, und in diesem Moment meldet sich zum Glück mein Magen wieder zu Wort.

»Und da wir das jetzt geklärt hätten: Ich habe echt Hunger. Ist es noch weit bis zu dem Chinarestaurant?«

»Da drüben ist es schon«, sagt er und deutet auf die gegenüberliegende Straßenseite.

»Na dann mal los.«

Das Restaurant entspricht wirklich in jedem Punkt den Klischees eines Chinarestaurants. Als wir den Raum betreten, werden wir von einer Menge Rot und Gold begrüßt, und ich nehme sanfte, sphärische Musikklänge wahr. Mein Blick landet direkt auf einem dicken, nackten Buddha aus Gold. Ein Gedanke schiebt sich in meinen Kopf, aber bevor ich ihn aussprechen kann, werden wir von einem kleinen Chinesen in bunter Tracht im Empfang genommen, der sich tief vor uns verbeugt.

»Krass«, flüstere ich Noah zu. »Das ist ja wirklich mega traditionell hier.«

»Ich hab dir doch gesagt, dass es schön ist«, antwortet er genauso leise, während wir dem kleinen Mann zu einem kleinen Tisch in einer Ecke des verwinkelten Raumes folgen.

Noah rückt mir den Stuhl zurecht und setzt sich dann mir gegenüber hin, und wir geben unsere Bestellungen auf. Mit einer leichten Verbeugung verschwindet der Chinese, und wir bleiben allein zurück.

Einen Moment schweigen wir uns an, aber dann fragt Noah plötzlich: »Warum hast du eigentlich diese Buddha-Statue so angegrinst?«

Ich spüre, wie ich rot werde. »Das Ding erinnert mich ein bisschen an meinen Mathelehrer aus der Highschool«, erkläre ich und deute mit dem Kopf in die Richtung des dicken Leibes.

Noahs Körper bebt vor unterdrücktem Lachen.

»Du bist definitiv etwas Besonderes, Georgie«, sagt er, als er sich wieder beruhigt hat. »Das habe ich sofort gesehen.«

Besonders bekloppt vielleicht, unkt meine innere Stimme, wird aber sofort wieder still, als mir die Bedeutung seiner Worte bewusst wird. Jetzt liegt ein Knistern in der Luft, und ich kann meinen Blick nicht von Noah abwenden.

Ich nutze die Gelegenheit, ihn genauer zu betrachten. Er sieht wirklich gut aus. Schwarze Haare, stechend blaue Augen und einen dunklen Bartschatten auf den hohen Wangenknochen. Sein Gesicht ist schmal und dennoch markant. Seine trainierten Oberarme kommen in dem engen T-Shirt, das er trägt, gut zur Geltung, und ich erkenne ein Tattoo, das unter dem Ärmel seines T-Shirts hervorsieht.

Er erinnert mich ein bisschen an einen Schauspieler, dessen Name mir gerade partout nicht einfällt. Aber unter Noahs intensivem Blick vergesse ich sogar, wie ich heiße.

»Wirklich?«, bringe ich irgendwann heraus und komme mir so unbeholfen vor, als hätte ich in meinem Leben noch nie mit einem Mann gesprochen. Ich bin nervös und kribbelig und weiß nicht, wohin mit meinen Händen.

»Ja, wirklich«, sagt Noah und streckt vorsichtig seine Hand über den Tisch in meine Richtung. Mir bleibt die Luft weg. Was kommt jetzt?

Die Antwort auf diese Frage bleibt leider offen, denn in diesem Moment bringt die Bedienung die Getränke und zwei Salatteller.

»Guten Appetit«, wünsche ich und greife nach meinem Besteck.

»Gleichfalls«, antwortet Noah und schiebt sich eine Gabel in den Mund, auf die er ein Salatblatt sowie eine Gurkenscheibe und ein Stück Tomate gespießt hat.

Eine Weile herrscht zufriedenes Schweigen, und ich finde es fast schade, als Noah es unterbricht.

»Und, Georgie, was machst du so?«, beginnt er eine Unterhaltung und lehnt sich auf seinem Stuhl zurück.

»Ich studiere Kunst«, antworte ich wie aus der Pistole geschossen, und es fühlt sich gut an. So lange, bis Noah seine nächste Frage stellt.

»Du studierst also Kunst?« Seine Nase kräuselt sich, während er überlegt. »Ist es dein einziges Hauptfach?«

»Nein«, gebe ich zu, korrigiere mich aber schnell. »Ich habe mein Studium mit zwei Hauptfächern begonnen und ziemlich schnell gemerkt, dass mir nur eines davon wirklich liegt. Genau genommen ist Kunst aktuell doch mein einziges Hauptfach.«

»Das klingt ja interessant.« Noah nimmt einen Schluck aus seinem Glas und räuspert sich. »Was war denn dein zweites Hauptfach?«

»Neurobiologie« antworte ich und spüre prompt ein unangenehmes Ziehen in der Magengegend.

»Wirklich?« Noahs Stimme klingt erstaunt. »Das hätte ich jetzt ehrlich gesagt nicht gedacht. Wie kam es denn dazu?«

Ein nervöses Lachen kommt über meine Lippen, und ich zwirbele an einer meiner lockigen Strähnen herum, die mir ins Gesicht fällt.

»Mein Dad meinte, es wäre eine gute Möglichkeit für mich«, erzähle ich mit einigem Zögern und fixiere die Muster auf der hölzernen Tischplatte. »Er wollte, dass ich es versuche.«

»Und du?« Ich hebe den Kopf und begegne Noahs Blick. In seinen Augen schimmert Mitleid. »Du wolltest das nicht, oder?«

Mein Atem geht flach, und mein Mund fühlt sich trocken an.

»Nein«, gebe ich schließlich zu. »Aber ich wollte ihm gefallen.«

»Das verstehe ich«, sagt Noah sanft. »Wenn man Eltern hat, dann will man ihnen gefallen.«

In seinen Worten schwingt ein trauriger Unterton mit, der aber schon in seinem nächsten Satz nicht mehr herauszuhören ist.

»Also hast du beschlossen, dass du dich auf das konzentrierst, was dir mehr liegt. Das finde ich wirklich großartig!« Er strahlt mich an, und mir wird ganz warm. »Aber was für eine Künstlerin bist du eigentlich genau?«

Meine Gedanken wandern zu meinem kleinen Atelier auf unserem Dachboden, und ohne mein Zutun heben sich meine Mundwinkel.

»Ich male«, sage ich, und Noah schmunzelt.

»Ach, so ist das.«

»Findest du das albern?«

»Nein, natürlich nicht«, beteuert er. »Es ist nur so, dass du gerade das erste Mal wirklich gelächelt hast.«

Überrascht sehe ich ihn an, und die nächsten Worte purzeln geradezu über meine Lippen.

»Es ist das, was mich glücklich macht.«

Kaum habe ich es ausgesprochen, als mir auch schon der Schreck in die Glieder fährt. Das habe ich bisher noch niemandem verraten.

Noah nickt leicht, und seine Augen lächeln. »Dann solltest du es weiterverfolgen«, ermutigt er mich. »Glaubst du, dass du damit auch etwas verdienen kannst?«

Das ist ein Thema, über das ich mir schon viele Gedanken gemacht habe.

»Bisher ist es maximal ein netter Nebenverdienst«, gebe ich zu und streiche mir eine widerspenstige Haarsträhne hinters Ohr. »Allerdings habe ich schon in einigen Galerien Landschaftsbilder von mir ausgestellt und auch ein paar verkauft.«

»Dann musst du wirklich gut sein«, stellt Noah beeindruckt fest. »Ich würde gerne mal deine Arbeiten sehen.«

Plötzlich ist es mir unangenehm, dass wir nur über mich reden. Hitze steigt mir ins Gesicht, und ich überlege, wie ich das Thema wechseln könnte.

»Vielleicht zeige ich dir ja mal was.« Ein nervöses Kichern begleitet meine Worte. Aber dann fällt mir ein, wie ich das Gespräch von mir ablenken kann.

»Jetzt haben wir so viel über mich geredet und gar nicht über dich«, stelle ich fest und zwinkere ihm zu. »Also verrate mir: Was ist dein Lebenstraum?«

Noahs blaue Augen werden bei meiner Frage dunkel. Es sieht aus, als hätte sich ein Schatten über seine Iriden gelegt.

»Ich habe keinen Traum.« Seine Stimme ist tonlos und so kühl, dass eine Gänsehaut meinen Körper überzieht. Eine innere Stimme rät mir, es dabei zu belassen, aber ich kann nicht.

»Aber jeder hat doch einen Traum«, sage ich leise, und an Noahs Kinn zuckt ein Muskel.

»Mag sein. Ich habe jedenfalls keinen mehr, okay?«

Es ist, als hätte er einen Eimer mit Eiswürfeln über mir ausgekippt. Mir wird kalt.

»Okay«, murmle ich und bin froh, dass gerade unsere Hauptspeisen gebracht werden. Es hilft, den unangenehmen Moment zu überspielen, und als die Bedienung geht, wirkt Noah wieder deutlich gelöster.

»Sag mal«, beginnt er nach einer Weile und mustert mich aufmerksam. »Die jungen Frauen, mit denen du unterwegs warst: Ich hatte das Gefühl, dass du dich bei ihnen nicht wirklich wohlgefühlt hast.«

Ich höre das unausgesprochene Fragezeichen am Ende seiner Aussage und beiße mir auf die Unterlippe.

»Du hast recht«, gebe ich verlegen zu. »Sie sind ganz anders als ich, und ich war nur meiner Freundin zuliebe dabei.«

»Na, das ist ja ein Zufall.« Noah lacht auf. »Ich war auch nur meinem Freund zuliebe da.«

»Wir sind zu nett«, albere ich und erinnere mich daran, dass ich Essen auf meinem Teller habe. In Noahs Gegenwart wird Nahrung zur absoluten Nebensache.

Nachdem ich einen Bissen genommen habe, greife ich den Faden wieder auf.

»Ich bin überrascht, dass du gemerkt hast, wie es mir ging. Du hast offenbar eine wirklich gute Intuition.«

Noahs Lippen verziehen sich zu einem ansprechenden Lächeln.

»Wundert dich das wirklich? Immerhin habe ich mich für das schönste Mädchen im ganzen Raum entschieden.«

Zack. Seine Worte holen mich sofort aus der gelösten Stimmung und pressen mir die Luft aus den Lungen. Mein Herz stolpert, und in meinem Bauch kribbelt es.

Das ist der vermutlich merkwürdigste Abend meines Lebens. Die Begegnung und das Essen mit Noah. Dazu diese Mischung aus Verlegenheit und Flirt, die meinen Körper elektrisiert und mich unter Hochspannung setzt.

Ich kann damit nicht umgehen, denke ich verzweifelt und krame in den Tiefen meines Gehirns nach einer passenden Antwort. Komplimente sind etwas, auf das ich nie eine passende Antwort habe. Was soll man denn bitte in so einer Situation sagen?

»Ich weiß.«
»Äh, das meinst du doch nicht ernst.«
»Ich finde mich eigentlich gar nicht schön.«
»Du hast eben einen hervorragenden Geschmack.«

Bei jedem anderen Mann wäre die letzte Option meine erste Wahl, denn das bin ich. Frech, manchmal etwas zu forsch, aber immer einen lockeren Spruch auf den Lippen. Bei Noah ist das allerdings etwas ganz anderes. Sein Kompliment versetzt mein Gehirn in einen watteartigen Zustand zwischen Verlegenheit und Glück.

»Danke«, bringe ich schließlich lahm hervor. Eine unangenehme Stille folgt, in der ich nur gedämpft die Gespräche von den Nachbartischen höre, die zu uns herüberdringen. Nach einer gefühlten Ewigkeit spüre ich plötzlich eine Berührung an meiner Hand und zucke unmerklich zusammen. Ich hebe den Kopf und begegne wieder Noahs Blick. Seine Augen haben einen liebevollen Ausdruck angenommen.

»Entschuldige«, sagt er leise, und seine Finger streichen sanft über meine Hand. »Ich habe dich ganz offensichtlich in Verlegenheit gebracht.«

»Das stimmt allerdings.« Vorsichtig ziehe ich meine Hand zurück. »Ich meine, wir kennen uns doch kaum. Ist das nicht merkwürdig?«

Noah zieht seine Hand ebenfalls zurück, streckt sich und fährt sich mit allen zehn Fingern durch die Haare.

»Ich glaube nicht, dass man jemanden kennen muss, um sich ihm verbunden zu fühlen«, antwortet er schließlich, greift wieder nach seiner Gabel und schiebt sich den letzten Rest seines Essens in den Mund. »Ich glaube, manchmal reicht ein einziger Blick.«

Ich weiß nicht, was ich darauf antworten soll. Deshalb schweige ich, stochere in meinem Essen herum und weiß genau, dass ich keinen Bissen mehr herunterbringe.

»Magst du?«, frage ich spontan, deute auf meinen Teller, und Noah hebt überrascht die Augenbrauen. »Schon satt?«, erkundigt er sich, und ich nicke.

»Na gut, bei mir geht noch was«, sagt er und zieht meinen Teller zu sich herüber. Dann reicht er mir seinen.

Innerhalb weniger Augenblicke hat er den Teller geleert und klopft sich zufrieden auf den Bauch.

»Ah, das war gut«, sagt er dann und schmatzt spaßhaft.

»Wo versteckst du all das?«, erkundige ich mich und lasse meinen Blick auffällig über seine wohlgeformten Muskeln wandern. Sein enges T-Shirt hebt seine Figur nur noch mehr hervor. »Man sieht dir nicht an, dass du so ein Fresssack bist«, füge ich augenzwinkernd hinzu.

»Fresssack.« Noahs Augen funkeln amüsiert. »Wie kannst du so etwas sagen?«

Ich werfe einen beredten Blick auf die leeren Teller.

»Du hast eineinhalb Teller gegessen, plus einen Salat.«

»Ich muss doch groß und stark werden«, sagt Noah und scheint kein bisschen verlegen zu sein. Ich habe vielmehr das Gefühl, dass er den kleinen Schlagabtausch zwischen uns in vollen Zügen genießt.

Durch den Raum fange ich den Blick der Bedienung auf und nicke ihr zu. Noah mustert mich mit erhobenen Augenbrauen.

»Dir ist schon klar, dass ich der Mann bin, oder?«, fragt er. »Ich zahle.«

»Wirklich?«, frage ich mit einem kleinen Grinsen, und eigentlich soll es ein Scherz sein, aber Noah bleibt ernst.

»Es ist doch wohl selbstverständlich, dass ich dich einlade, oder?«, fragt er, und als mir die Kinnlade herunterklappt, wirkt er regelrecht verwundert.

»Das gehört sich so«, sagt er im Brustton der Überzeugung, und ich lächele in mich hinein. Hier habe ich eindeutig einen Gentleman der alten Schule vor mir.

»Dankeschön«, sage ich leise, und in dem Moment, als er nach dem Rechnungsbuch greift, berühren sich unsere Finger einen kurzen Moment lang.

Kapitel 4

Georgie

An der Stelle, an der unsere Haut aufeinandertrifft, beginnt es zu kribbeln. Ein Stromschlag fährt direkt in meine Körpermitte, und ich spüre, wie mir heiß wird.

»Das ist doch selbstverständlich«, wiederholt Noah, und es kommt mir vor, als wolle er mir viel mehr sagen als das. Anstatt seine Hand zurückzuziehen, legt er sie auf meine und mustert mich intensiv. »Ich bin eben ein Gentleman.«

Ein atemloses Lachen kommt über meine Lippen, denn ich bin sicher, dass er genau weiß, was seine Stimme in mir auslöst. Dass sie mein Gehirn in Zuckerwatte verwandelt, mich zum Glühen bringt wie nichts sonst und mir bei ihrem Klang wohlige Schauer über den Körper laufen.

»Hör auf damit«, flüstere ich atemlos und seine Mundwinkel heben sich zu einem trägen Schmunzeln.

»Womit soll ich aufhören?«, fragt er und streicht sanft mit seinem Daumen über meinen Handrücken. Nur mit äußerster Selbstbeherrschung kann ich mir den Anschein geben, ruhig zu wirken, während mein Herz sich geradezu überschlägt.

»Das weißt du ganz genau«, sage ich leise, ziehe unter Aufbringung all meines Willens meine Hand unter seiner weg und deute mit dem Kinn auf die Rechnung. »Los, lass uns gehen.«

»Aye, aye, Madame!« Noah bezahlt.

»Danke dir für diesen schönen Abend.«

Ich lächle zu Noah hoch, und er legt seinen Arm um mich, während wir miteinander das Restaurant verlassen.

Auf der Straße bleiben wir stehen, und meine Gedanken fahren Achterbahn. Ich möchte mich noch nicht von ihm verabschieden, und greife deshalb nach dem ersten Gesprächsstrohhalm, der mir durch den Kopf geht.

»Ich wollte dich noch etwas fragen«, sage ich leise und unterbreche damit die Stille zwischen uns. »Warum hätte es dich gestört, wenn Ben mein Freund gewesen wäre?«

Noahs Augenbrauen wandern ein Stück nach oben.

»Was ist denn das für eine Frage?«

Innerlich verpasse ich mir eine schallende Ohrfeige, denn ich muss ihm recht geben. Ich habe schon intelligenter gefragt.

»Eine bescheuerte?«

Ich nuschele und spüre, wie mir heiß wird. Verlegen senke ich den Blick.

»Georgie, schau mich an«, sagt Noah kurz darauf leise. Ohne darüber nachzudenken, hebe ich den Kopf, und unsere Blicke treffen sich. Ein süßes, schmerzhaftes Ziehen breitet sich in meinem Körper aus, bis in meine Fingerspitzen.

»Ich habe auch eine bescheuerte Frage«, sagt Noah, und ich sehe deutlich das verräterische Zucken seiner Mundwinkel.

»Ach ja?«, meine Stimme kratzt, und ich räuspere mich umständlich. »Was für eine Frage?«

Statt zu antworten, mustert Noah mich ein Weilchen, legt mir seinen Arm um die Taille und sieht mir mit einem zärtlichen Ausdruck in die Augen.

»Was machst du mit mir, Georgie?«, flüstert er. »Du faszinierst mich vom ersten Augenblick an, und ich habe so etwas noch nie gefühlt.«

Das Feuer, das in seinem Blick leuchtet, überwältigt mich. Es ist hell und warm, und ich nehme meinen ganzen Mut zusammen für meine Antwort.

»Mir geht es mit dir genauso«, flüstere ich.

Noahs Augen weiten sich. »Du bist wirklich die faszinierendste Frau, die mir jemals begegnet ist«, murmelt er, und wie von selbst wandert seine Hand an meine Wange. Dort, wo seine Finger meine Haut streifen, setzt sich das Kribbeln fort.

»Aber wir kennen uns doch gar nicht«, murmle ich, und unsere Blicke verhaken sich miteinander. Mein Herz, die Zeit, alles bleibt stehen.

»Nicht?«, wispert er, und seine Lippen sind nur Millimeter von meinen entfernt. Ich spüre seinen Atem auf der empfindlichen Haut meiner Oberlippe und atme seinen besonderen Geruch ein. »Es kommt mir nämlich vor, als würde ich dich ewig kennen.«

Im nächsten Moment streifen seine Lippen meinen Mund. Erst ist es nur ein Hauch, aber dann zieht er mich mit einem leisen Seufzen näher an sich heran und presst seine Lippen auf meine.

Ohne darüber nachzudenken schlinge ich meine Arme um seinen Hals und erwidere seinen Kuss. In meinem Innern drehen die Schmetterlinge völlig frei. Noah küsst mich intensiv, knabbert sanft an meiner Unterlippe und als er dann noch verführerisch seine Zunge darübergleiten lässt, unterdrücke ich ein Stöhnen. Ich vergrabe meine Hand in seinen Haaren und fahre mit den Fingernägeln sanft über die Haut in seinem Nacken. Sein Seufzen lässt mich vergessen, wo wir uns befinden, und ich verliere mich im Gefühl dieses Kusses.

Als Noah sich nach einer gefühlten Ewigkeit sanft von mir löst, gerate ich ins Schwanken. Einen Augenblick stehen wir uns heftig atmend gegenüber, und in Noahs Blick liegt dieselbe lustverhangene Fassungslosigkeit, die ich empfinde.

»Das war …«, beginne ich nach einer Weile atemlos, und er nickt.

»Ja …«, antwortet er rau, und dann verfallen wir beide wieder in ein langes Schweigen. Nach einer Weile löst sich Noah aus der Starre, fährt sich in einer fahrigen Bewegung durch die Haare und wirft einen Blick auf seine Armbanduhr.

»Ich glaube, ich sollte mich langsam auf den Weg machen«, sagt er, und ich nicke, viel zu verwirrt, um einen klaren Gedanken zu fassen.

»Danke dir für diesen schönen Abend«, sagt Noah, beugt sich wieder zu mir vor und küsst mich auf die Wange. Dann dreht er sich um … und geht.

Wie paralysiert starre ich ihm hinterher, und erst, als er aus meinem Blickfeld verschwunden ist, kommt mir ein Gedanke, der mich aus meiner Starre reißt.

Ich habe weder Noahs Nachnamen, seine Handynummer oder sonst irgendeine Möglichkeit, ihn zu erreichen. Wie kann man so blöd sein?

»Neeeeein!«, brülle ich entsetzt und renne los. Meine Beine bewegen sich schneller als jemals zuvor. Gut, dass ich mich für meine Sneaker entschieden habe. Aber all meine Anstrengungen sind vergebens, denn von Noah ist keine Spur mehr zu entdecken.

Keuchend bleibe ich stehen und stütze mich auf meinen

Oberschenkeln ab. Meine Lunge brennt, und meine kurzen Locken fallen mir verschwitzt ins Gesicht.

Wie kann man so blöd sein? Da begegnet dir einmal ein Kerl, der dir gefällt, und dann lässt du ihn auf Nimmerwiedersehen verschwinden?

So ungern ich es zugebe: Die Stimme in meinem Kopf hat recht. Ich bin dämlich. Wie konnte ich so etwas Wichtiges vergessen? Auf die Wirkung des Alkohols kann ich es nicht schieben, denn ich habe ja nichts getrunken.

Ein fieser Gedanke macht es sich in meinem Kopf bequem. Noah hat auch nicht nach meiner Nummer gefragt. Was, wenn er nur auf einen netten Abend aus war und ihm das alles hier gar nichts bedeutet hat? Wahrscheinlich küsst er regelmäßig Frauen, die er danach nie wiedersieht.

Mein Herz krampft sich zusammen und mir wird übel. Das passiert mir oft, wenn ich mich über etwas aufrege oder gestresst bin. Gewohnheitsmäßig presse ich eine Hand gegen meinen Bauch, in dem Versuch, das Gefühl einzudämmen.

Eine Träne rollt über meine Wange. Wütend wische ich sie weg, aber es folgen so viele weitere, dass ich es aufgebe. Schluchzend krümme ich mich zusammen.

»Was soll denn das?«, stöhne ich, und es ist mir egal, dass jemand mein Selbstgespräch verfolgen könnte. »Du kennst den Kerl doch gar nicht! Warum ist es so wichtig, ob du ihn wiedersiehst?«

Rein logisch gesehen ist mir klar, dass Noah nur eine Bekanntschaft aus einer Bar ist, und doch war er mehr für mich. Der erste Mann, der mich weder gelangweilt noch genervt hat, und der erste, zu dem ich mich auf Anhieb hingezogen gefühlt habe.

Er hat mich gesehen und nicht nur meinen Körper oder was Männer sonst so sehen. Er hat sich intelligent mit mir unterhalten, wollte mich kennenlernen, hat mich so geküsst, dass mein ganzer Körper gekribbelt hat, und jetzt … ist er weg.

»Verdammt«, schluchze ich, lehne mich an den nächstbesten Baum und trommele wütend mit den Fäusten auf den Stamm ein. Schon nach wenigen Schlägen spüre ich den brennenden Schmerz, als meine Haut zu reißen beginnt. Ich ignoriere die warme Flüssigkeit, die gleich darauf über meine Hand läuft. Es ist mir egal, dass meine Knöchel zu brennen beginnen.

Ich hole gerade zum nächsten Schlag aus, als eine Berührung an meiner Schulter mich zu Tode erschreckt. Mit einem Schreckenslaut fahre ich herum, hebe meine Fäuste und starre in das Gesicht eines jungen Mannes, der mir vage bekannt vorkommt. Er hat mittelbraunes Haar, das ihm verspielt in die Stirn fällt. Darunter sehen mich hellblaue Augen besorgt an.

»Ist alles okay bei dir?«, fragt er und seine Stimme macht deutlich, dass ich schlimm aussehen muss.

»Ja, schon.« Ich schniefe, und mir ist klar, dass ich nicht gerade überzeugend bin. Der junge Mann räuspert sich, und ich sehe ihm seine Unsicherheit sogar durch meinen Tränenschleier an.

»Es tut mir leid«, beginnt er langsam. »Aber ich finde nicht, dass du so aussiehst.«

So viel Ehrlichkeit entlockt mir ein müdes Schmunzeln.

»Eigentlich geht es mir auch nicht gut«, antworte ich, weil ich es nett finde, dass er sich Sorgen um mich macht, und ich ihn nicht vor den Kopf stoßen will. »Aber ich möchte wirklich nicht mit einem Fremden darüber reden.«

Der junge Mann seufzt. »Darf ich dich dann vielleicht zum Campus begleiten?«

Bei seiner Frage reiße ich den Kopf hoch.

»Woher weißt du …?«, beginne ich in scharfem Ton, und er hebt abwehrend die Hände, bevor ich den Satz beenden kann.

»Ganz ruhig. Ich bin kein Stalker oder so. Und ich bin kein wirklicher Fremder. Wir haben die Vorlesung über Kunstgeschichte zusammen.«

Mit einem Mal macht etwas in meinem Kopf klick.

Daher kommt er mir also bekannt vor. Aber obwohl das wirklich nett von ihm ist und er vermutlich nur ehrenwerte Absichten hat, ändert es nichts daran, dass ich gerade nicht reden will. Mit niemandem.

»Das ist sehr lieb von dir …«, beginne ich und stocke, weil ich keine Ahnung habe, wie er heißt. »Aber ich bin heute wirklich lieber allein.«

Ich sehe ihm an, dass er damit nicht zufrieden ist. Er hadert mit sich und atmet tief durch.

»Darf ich dir dann vielleicht in sicherem Abstand folgen?«, fragt er, und ich hebe leicht irritiert eine Augenbraue.

»Du … willst mir folgen?«, wiederhole ich vorsichtig, und ein Hauch Röte breitet sich von seinem Hals aufwärts aus.

»Das klingt anders, als ich es meine«, beginnt er sich stotternd zu rechtfertigen. »Ich will nur sicher sein, dass du gut am Campus ankommst.«

Seine Fürsorglichkeit treibt mir wieder die Tränen in die Augen. Verzweifelt blinzle ich sie weg und überlege verkrampft, was ich als Nächstes tun soll.

»Mach, was du willst«, sage ich schließlich ruppiger als geplant und drehe mich von ihm weg. Gleich darauf tut es mir leid. Mit einem leisen Seufzen drehe ich mich noch einmal um.

»Wie heißt du eigentlich?«

»Paul.«

»Danke, Paul.«

Bei diesen Worten drehe ich mich auf dem Absatz um und setze mich in Bewegung. Während ich die kaum belebte Straße entlanggehe, ist mein Blick starr auf den Gehweg gerichtet.

In meinem Kopf sind die Gedanken viel zu laut.

Als ich am Campus ankomme und den Weg zu unserem kleinen Häuschen einschlage, beschleunigen sich die Schritte hinter mir.

»Wo willst du denn hin?«, ruft Paul atemlos. Ich verdrehe die Augen, bevor ich stehenbleibe und ihn ansehe. Er meint es sicher gut, aber wir kennen uns nicht, und ich finde ihn aufdringlich.

»Ich wohne nicht auf dem Campus«, antworte ich und schlucke meine Gereiztheit herunter. »Ich bin aber gleich zu da. Also danke fürs Begleiten. Man sieht sich, Paul.«

Ich drehe mich ohne ein weiteres Wort um und eile davon.

Hoffentlich sehe ich ihn nicht zu bald wieder, denke ich, und dann schweifen meine Gedanken zu dem Mann ab, den ich unbedingt wiedersehen will.

Ich liebe unser Zuhause, obwohl der Garten ein kleiner Dschungel und das Haus deutlich in die Jahre gekommen ist. Schäbig, hat Lacy es genannt, aber für mich ist es einfach nur heimelig und gemütlich mit den roten, moosbewachsenen Dachziegeln und den nicht immer ganz dichten Fenstern. Meine Mundwinkel heben sich beim Anblick unserer grünen Haustür, von der die Farbe schon ein bisschen abblättert.

Ich schließe auf und atme tief ein, als ich die kleine, enge

Garderobe betrete. Ich liebe den vertrauten Geruch, der mich im Haus wie eine wohlige Decke umgibt und mir ein Gefühl von Geborgenheit vermittelt.

Schnell kicke ich mir die Sneaker von den Füßen und gehe weiter in den Flur. An den Wänden hängen Bilder von Jessy, Ben und mir, in den unterschiedlichsten Situationen. Beim Umzug, ein Selfie, das wir im Sommer am See aufgenommen haben. Auch Darcy und Jessys Freund Alex tauchen immer wieder auf.

»Wo seid ihr?«, rufe ich, weil mich die Stille irritiert.

»Im Wohnzimmer«, höre ich Jessys dumpfe Antwort.

»Okay.«

Als ich die Tür zum Wohnzimmer öffne, empfängt mich ein idyllisches Bild. Meine Freunde sitzen auf der Couch. Sie liest in einem Buch, und er brütet über einer Partitur. Bens dunkelblonden Haare fallen ihm in die Stirn, und Darcy, Jessys schwarzer Labrador, liegt zwischen den beiden.

»Na, ihr«, grüße ich in die Runde, und Jessy sieht auf.

»Hey«, beginnt sie, stockt und wird im nächsten Moment kreidebleich.

»Wie siehst du denn aus?«, ruft sie schockiert. Ihr Ausruf holt Ben aus seiner Musikwelt. Er hebt den Kopf.

»Ach du Scheiße.« Mein bester Freund reißt die Augen auf, und langsam wird mir mulmig. Wie schlimm sehe ich bitte aus? Jessy springt auf und packt mich an den Schultern, um mich von allen Seiten zu betrachten.

»Was ist mit dir passiert? Hat dich jemand überfallen? Geht es dir gut?«, sprudelt sie ihre Fragen schneller hervor, als ich auch nur eine einzige davon beantworten kann. Auch Ben ist aufgestanden, steht neben uns und streichelt unsicher meinen Arm. Er kennt mich in vielen Situationen. Wütend, lustig, hilfsbereit, ja, auch traurig, aber in Tränen aufgelöst hat er mich in der ganzen Zeit unserer Freundschaft nie erlebt.

»Alles okay«, flüstere ich und lüge mir damit selbst in die Tasche.

»Ja, klar«, sagt Jessy sarkastisch und sieht mich mit einem Ausdruck strafender Besorgnis an.

»Ihr wisst ja inzwischen, dass ich zur Therapie gehe«, beginne ich zögernd und fühle mich unglaublich schäbig, weil ich nur deshalb mit ihnen darüber spreche, um etwas anderes zu verheimlichen. Aber ich möchte ihnen nicht von Noah erzählen, und meine Depressionen sind zumindest eine Erklärung für meinen Aufzug.

Die beiden sehen erst sich und dann mich betreten an.

»Also wirklich wissen tun wir gar nichts«, beginnt Jessy langsam. »Wir haben nur unsere Vermutungen, schließlich hast du nicht mit uns gesprochen.«

Sie klingt verletzt, und Ben zieht unbehaglich die Schultern hoch.

»Möchtest du vielleicht jetzt darüber reden?«, fragt er und sieht dabei so hilflos aus, dass ich ein bisschen lachen muss, während ein warmes Gefühl meine Brust durchdringt.

»Ach, Bennie, ich liebe dich so sehr«, sage ich inbrünstig, mache einen Schritt nach vorn, schlinge meine Arme um seine Mitte und schmiege mich an ihn. Er zögert einen Augenblick, bevor er mich seinerseits an sich zieht und mich ganz fest an sich drückt. Als mir der vertraute Geruch meines besten Freundes in die Nase steigt, spüre ich, wie in mir ein Knoten platzt.

Meine Schultern beginnen zu zucken, mein Hals wird ganz eng, und ich breche in haltloses Schluchzen aus. Ben streicht mir immer wieder vorsichtig über den Rücken und murmelt beruhigende Worte in meine Haare. Es dauert eine halbe Ewigkeit, bis ich den ganzen Frust herausgeheult habe, und irgendwann ist sein Shirt tränennass.

Erst als ich wieder ruhiger atme und mein Schluchzen abebbt, löst sich Ben vorsichtig von mir und hält mich auf Armeslänge von sich weg.

»Und jetzt erzählst du uns, was dich dermaßen aus der Bahn geworfen hat«, sagt er sanft.

Jessy nickt dazu. »Es hat also mit der Therapie zu tun?«

Wieder bekomme ich ein schlechtes Gewissen, weil ich ihnen nicht die ganze Wahrheit sage.

»Meine Therapeutin geht in Rente«, beginne ich leise und traue mich nicht, meine Freunde anzusehen.

»Oh«, sagt Jessy nach einer Weile und klingt dabei sehr vorsichtig. Aus ihren Worten höre ich ganz klar eine unausgesprochene Frage heraus, und weil ich ihnen wenigstens das schulde, erzähle ich von meinen blauen Tagen. Ich rede offener darüber, als ich es je zuvor außerhalb meiner Sitzungen getan habe, und als ich am Ende angekommen bin, herrscht wieder Stille im Raum. Nach einer Weile räuspert meine beste Freundin sich.

»Ich kann dir gar nicht sagen, wie leid es mir tut«, murmelt sie, und ich reiße überrascht die Augen auf.

»Was …?«, setze ich an, aber sie redet schon weiter.

»Ich habe dich im letzten Jahr mit meinem Problem belastet, und dabei ging es dir die ganze Zeit über auch nicht gut.«

Jetzt muss ich etwas klarstellen, weil es unfair wäre zuzulassen, dass sie sich Schuldgefühle macht.

»Jessy«, sage ich sanft. »Du siehst das falsch.«

»Was sehe ich falsch?«

»Ich hätte dir letztes Jahr schon erzählen können, wohin ich immer wieder gegangen bin«, fahre ich fort und sehe zuerst ihr und dann Ben direkt in die Augen. »Aber ich rede nicht gerne darüber, weil ich Angst habe, dass die Menschen mich dann in eine Schublade stecken. Es gibt so viele Vorurteile über Depressionen.«

»Geht es dir auch wirklich gut?«, fragt Jessy sanft.

Ich nicke. Ja, die blauen Tage sind aktuell mein kleinstes Problem. »Bitte versprecht mir, dass ihr mich jetzt nicht anders behandelt«, sage ich ernst, denn das war schon immer meine größte Angst.

»Wenn du uns versprichst, dass du mit uns redest, wenn wir dir helfen können«, sagt Ben und erwidert meinen Blick ebenso ernst.

»Ich verspreche es«, wispere ich mit von Tränen belegter Stimme. Es fühlt sich nicht wie eine Lüge an, denn bei der Sache mit Noah können sie mir nicht helfen.

»Vielleicht wird der neue Therapeut ja noch viel besser«, versucht Jessy mich aufzumuntern.

»Und wenn nicht er, dann sicher die Tante, die danach kommt«, fügt Ben hinzu, und ich kann ein Grinsen nicht unterdrücken.

»Es reicht jetzt, ihr beiden«, rufe ich und ziehe die Nase hoch. »Ich sollte jetzt definitiv mal ins Bad.«

»Da hast du allerdings recht«, stimmt Ben mir mit bierernster Miene zu, und ich puffe ihn in die Seite. Es tut gut, dass meine Freunde sich normal verhalten.

Beim Blick in den Badezimmerspiegel schnappe ich nach Luft. Ach du Schande. Meine Augen sind rot gerändert, die dunklen Iriden stechen aus dem bleichen Gesicht heraus, und die Haare stehen wild in alle Richtungen vom Kopf ab.

Entschlossen drehe ich den Wasserhahn auf und wasche mir die Hände. Als das Wasser auf meine lädierten Fingerknöchel trifft, beiße ich die Zähne zusammen. Es brennt wie Feuer. Nachdem ich vorsichtig das angetrocknete Blut ab- und mir das Gesicht gewaschen habe, schlüpfe ich in einen bequemen Onesie und fühle mich gleich etwas wohler in meiner Haut.

Abschließend desinfiziere ich meine Fingerknöchel, atme durch und sehe meinem Spiegelbild fest in die Augen.

»Du bist stark, Georgie! Es wird besser!«

Nach einigen Tagen muss ich mir leider eingestehen, dass ich unrecht hatte. Zwar hat sich auf meinen sichtbaren Verletzungen eine dicke Schicht Schorf gebildet, aber seelisch fühle ich mich kein Stück besser.

Jeden Abend gehe ich ins Joe's, gebe den Namen *Noah* in allen möglichen Varianten in unterschiedlichste Suchmaschinen ein und versuche, jedes kleine Detail unseres Gesprächs zu analysieren. Ohne Erfolg.

Der September geht in den Oktober über, die Blätter fallen von den Bäumen und es wird kalt, aber mehr passiert in meinem Leben nicht.

Noah taucht nicht wieder im Pub auf, die Männer auf den Fotos im Internet sehen ihm nicht ansatzweise ähnlich, und langsam wird mir klar, dass ich diesen Mann wohl nie wiedersehen werde.

Kapitel 5

Noah

Riiiing! Das schrille Geräusch meines Weckers reißt mich aus dem Schlaf, und ich richte mich erleichtert auf, um das nervige Klingeln zu beenden. Wenn ich allerdings ehrlich bin, dann bin ich heute sogar dankbar dafür, dass es mich geweckt hat.

»Du bist so ein Trottel«, knurre ich wütend vor mich hin und lasse meinen Kopf noch einmal aufs Kissen sinken. Heute ist der erste Tag an meinem neuen Arbeitsplatz, und mein Plan war, taufrisch und ausgeschlafen dort aufzutauchen. Das allerdings kann ich mir abschminken. Wie so oft in den letzten Nächten hat sich Georgies Gesicht in meine Träume geschlichen. Die Träume von ihr sind erschreckend realistisch und lösen in mir ein Gefühl von Selbsthass aus, das sich mehr und mehr steigert. Immer wieder könnte ich mich dafür ohrfeigen, dass ich einfach abgehauen bin, ohne sie nach ihrer Nummer zu fragen.

Als ich schließlich aufstehe und auf meinem Weg ins Bad einen Blick auf die Uhr werfe, wird mir heiß. Wenn ich mich jetzt nicht beeile, dann werde ich am ersten Arbeitstag zu spät kommen. So schnell es geht erledige ich meine Morgenroutine, schiebe mir im Laufen eine Scheibe Toast in den Mund und sprinte nach draußen.

Ich habe es so eilig, dass ich auf dem Gehweg vor dem Haus in einen älteren Mann hineinlaufe, der daraufhin mit erhobener Faust hinter mir herschimpft. Meine hastige Entschuldigung interessiert ihn gar nicht.

Als ich das Auto vor einem großen Gebäude parke, spüre ich den ersten Anflug von Nervosität und steige mit steifen Bewegungen aus. Sofort fällt mein Blick auf das Schild, das vor dem Haus auf dem Rasen steht.

Dr. med. Patricia Soniac
Fachärztin für Psychiatrie und Psychotherapie.

Das ist es also. Hier geht es für mich weiter. Einen Moment lang schließe ich die Augen und atme die klare Morgenluft ein.

»Dr. Portman?«

Beim Klang der freundlichen Stimme hinter mir drehe ich mich um. Vor mir steht Dr. Soniac, eine kleine Frau, die mir schon beim Bewerbungsgespräch auf den ersten Blick sympathisch war.

»Dr. Soniac«, begrüße ich meine neue Chefin und strecke ihr eine Hand hin. Als ich ihre weiche, leicht faltige Haut berühre, bekomme ich eine Gänsehaut. Wie bei unserem ersten Treffen erinnert sie mich so sehr an meine Mutter, dass es schmerzt.

»Danke noch mal, dass Sie mir diese Chance geben, mich neben der Arbeit mit Patienten auch umfassend auf meine eigene Praxis vorzubereiten«, sage ich schnell. »Und nennen Sie mich doch bitte Noah.«

»Ich freue mich, auf meinen letzten Metern noch einem jungen Menschen wie Ihnen helfen zu können, Noah«, lautet ihre schlichte Antwort, bevor sie mich ohne weitere

Umschweife in die Praxis führt. Anders als die psychiatrischen Praxen, in denen ich bisher gearbeitet habe, ist diese hier klein und gemütlich.

»Es war immer mein Ziel, einmal eine eigene Praxis zu haben. Deshalb freue ich mich, bei Ihnen alles über Praxisführung zu lernen und zu sehen, wie ich damit zurechtkomme. Allein für alles verantwortlich zu sein, ist wirklich ein Privileg.«

Ich lächele Dr. Soniac verlegen an. Hoffentlich habe ich das Richtige gesagt.

»Ich glaube, dass Ihnen die Zeit, in der wir zusammenarbeiten, viel bringen wird«, sagt sie nachdenklich und mustert mich aufmerksam. »Aber ich bin mir sicher, dass gerade die Zeit, die Sie allein für die Praxis verantwortlich sein werden, noch einmal deutlichmachen wird, ob Sie diesen Weg gehen wollen.«

Bei ihren Worten spüre ich einen Anflug von Wut in meinem Innern. Ich erinnere mich an die Menschen, die mir nach meinem Unfall immer wieder vorgeworfen haben, dass ich den falschen Weg einschlage.

»Sind Sie sicher, dass eine psychotherapeutische Ausbildung das Richtige für Sie ist?«

»Mr Portman, können Sie sich nicht vorstellen, dass der Fußball auch weiterhin ein Teil Ihres Lebens ist?«

»Noah, möchtest du nicht die Jugendmannschaft trainieren? Wir hätten eine Stelle als Assistenztrainer frei.«

Das letzte Angebot hat mir den Boden unter den Füßen weggezogen. Ich war mit neunzehn Jahren gerade auf dem Weg in die Nationalmannschaft, als mein großer Traum platzte, und sollte nun anderen helfen, die Träume zu verwirklichen, die für mich endgültig verloren waren? Niemals. Ich wollte einen Weg abseits des Sports finden, und acht Jahre später bin ich hier. Und egal, ob ich manchmal Bedauern über meine Entscheidung verspürt habe: Das hier ist der Ort, an dem ich sein muss.

»Ich denke, hier bin ich richtig«, bringe ich hervor und versuche, mein krampfhaftes Lächeln möglichst ehrlich wirken zu lassen. Anscheinend gelingt mir das nicht besonders gut, denn Dr. Soniac mustert mich schweigend.

»Wir werden sehen«, sagt sie nach einer Weile leichthin und wechselt das Thema. »Ich sage Ihnen jetzt, was Sie heute erwartet.«

Sie führt mich in das Sprechzimmer, das, abgesehen von dem großen Schreibtisch an der Wand gegenüber der Tür, wie ein Wohnzimmer wirkt.

»Meine Sprechstundenhilfe kommt in etwa einer halben Stunde«, verkündet sie, nachdem wir uns gesetzt haben, mit einem Blick auf die Uhr und nickt zufrieden. »Bis dahin haben wir Zeit.«

In den folgenden Minuten besprechen wir die kommenden Wochen und Monate, bevor sie schließlich in den Ruhestand gehen wird. Bei dem Gedanken überläuft mich ein nervöses Kribbeln. In diesem Dreivierteljahr werde ich zunächst die neuen und nach und nach ihre Patienten übernehmen und mehr über das Thema Praxisführung lernen. Mein Plan sieht außerdem vor, dass ich mich gleichzeitig nach Angeboten für meine eigene Praxis umsehen und danach so schnell wie möglich durchstarten werde.

»Gerade in den ersten Wochen wird es natürlich darum gehen, dass die Patienten Sie kennenlernen und Vertrauen zu Ihnen fassen«, erklärt Dr. Soniac in diesem Moment. »Natürlich habe ich die kommenden Veränderungen schon angekündigt, und Sie werden schon bald die ersten Sitzungen übernehmen.«

»Kommen die Leute denn damit klar?«, frage ich und habe so meine Zweifel. Vielen Menschen, die in den vergangenen Jahren bei mir in Therapie waren, fällt es nicht leicht, sich auf neue Situationen einzustellen. Und in diesem Fall steht den Patienten sogar ein zweifacher Wechsel bevor.

Dr. Soniac wiegt den Kopf.

»Natürlich sind nicht alle begeistert, aber damit hatte ich auch nicht gerechnet. Es ist natürlich auch nicht ideal, dass Grace die Praxis nicht gleich übernehmen kann«, spricht sie meine Gedanken aus. »Aber ich habe deutlichgemacht, dass ich es für die beste Lösung halte und dass alle, für die ein zweifacher Wechsel zu viel ist, sich zeitnah nach einer neuen Möglichkeit umsehen können.«

»Hoffentlich geht das gut«, murmele ich mehr zu mir selbst, und da tätschelt sie mir mit einem beruhigenden Lächeln den Arm.

»Keine Sorge, Noah. Das wird schon werden.«

In diesem Moment klopft es an der Tür, und eine Frau streckt den Kopf ins Zimmer.

»Die erste Patientin ist da, Doc.« Sie hält inne und nickt mir grüßend zu. »Ich bin Patty.«

»Noah«, antworte ich und spiegele ihre Geste.

Dr. Soniac zwinkert mir zu, bevor sie sich an ihre Sprechstundenhilfe wendet.

»Danke, Patty.« Sie streicht sich mit einer Hand über die Haare und strafft die Schultern. »Dann wollen wir doch mal. It's Showtime, Noah.«

Einige Stunden später schwirrt mir der Kopf. Ich habe viele Patienten kennengelernt, ihren Gesprächen mit Dr. Soniac gelauscht und mir eifrig Notizen gemacht. Jetzt kommt gleich eine der letzten Patientinnen für heute, und Dr. Soniac lächelt mich an.

»Miss Chapman ist da, Doktor«, ruft Patty, und Dr. Soniac lächelt mich an. »Endspurt.«

Die Tür öffnet sich, und mein Herz bleibt stehen. Um ein Keuchen zu unterdrücken, presse ich instinktiv eine Hand vor meinen Mund, als ich die Frau vor mir sehe, die mich jede Nacht in meinen Träumen besucht. Georgie. Was um alles in der Welt macht sie hier? Ich wende mich schnell ab, um mich zu sammeln, und fülle die Taschentuchbox nach.

»Hallo, Georgiana. Wie geht es uns denn heute?«, begrüßt Dr. Soniac sie freundlich, und die bescheuerte Frage klingt wie ein Ritual. Ich atme zittrig ein und versuche, meinen rasenden Herzschlag zu beruhigen. Sie ist hier. Sie ist wirklich hier.

»Schön, Sie zu sehen, Doc«, erwidert Georgie, »und gehen tut es mir mittelprächtig.«

Dr. Soniac sagt: »Heute möchte ich Ihnen den jungen Kollegen vorstellen, von dem ich Ihnen schon erzählt habe. Dr. Portman?«

Jetzt muss ich mich umdrehen, die Aufforderung ist unmissverständlich. Georgies Blick trifft auf mein Gesicht, und im nächsten Moment klappt ihr die Kinnlade herunter.

Georgie

Ich habe Halluzinationen. Ganz eindeutig. Wie sonst ließe es sich erklären, dass der Kerl, an den ich in den letzten Wochen ununterbrochen gedacht habe, hier in der Praxis von Dr. Soniac steht? Ich habe heute meinen ersten Termin, seit meine Therapeutin mir verkündet hat, dass sie in Rente geht. Ob ich in der Zeit verrückt geworden bin?

Schnell schließe ich den Mund wieder und kneife mich unauffällig in die weiche Haut meines Unterarms. Aua! Okay, definitiv ein echter Schmerz, und Noah ist immer noch da.

Fieberhaft grübele ich, wie ich mich verhalten oder mich überhaupt erst mal bewegen soll. Meine Augen kleben an ihm, mustern jedes einzelne Detail, von dem ich geglaubt habe, ich würde es nie wiedersehen. Er trägt ein helles, langärmliges Hemd und eine dunkle Hose und sieht wahnsinnig attraktiv aus. Der Stoff spannt an seinen Oberarmen, und sofort spüre ich wieder das schmerzhaft-süße Ziehen der Sehnsucht.

»Guten Tag, Miss Chapman«, sagt Noah in diesem Moment, stellt die Taschentuchbox auf das Sideboard macht einen Schritt in meine Richtung. »Ich bin Noah Portman. Schön, Sie kennenzulernen.«

Er streckt mir die Hand entgegen, und ich bin erst irritiert und dann wütend. Dass er so tut, als würde er mich nicht kennen, ist wie ein Schlag ins Gesicht. Mit zusammengebissenen Zähnen schüttle ich ihm die Hand und drehe mich dann zu meiner Therapeutin um, die alles beobachtet hat und sich jetzt räuspert.

»Dann wollen wir jetzt wie gewohnt arbeiten«, verkündet sie, und ich bin nicht sicher, ob da ein merkwürdiger Unterton in ihrer Stimme mitschwingt oder ich mir das nur einbilde.

Noah nickt dem Fußboden zu und setzt sich auf einen Stuhl in der Ecke.

»Es stört Sie hoffentlich nicht, dass Dr. Portman bei unserer Sitzung dabei ist, oder, Georgiana?«, fragt die Ärztin, und ich schüttle mechanisch den Kopf. Nein, natürlich nicht. Warum auch? Der Kerl, vor dem ich gleich einen Seelenstrip hinlegen soll, hat mich ja nur vor gar nicht allzu langer Zeit geküsst. Warum sollte das denn ein Problem sein? Ist doch ganz normal.

Wie ferngesteuert lasse ich mich auf meinen üblichen Platz gegenüber von Dr. Soniac fallen und warte ab. Noah hat einen Notizblock hervorgezogen und notiert etwas darauf. Verzweifelt versuche ich, nicht darüber nachzudenken, was er schreibt.

Eine Stunde später fühlt sich mein Gehirn an, als wäre es aus Kaugummi nach der seltsamsten Sitzung, die ich jemals mit Dr. Soniac hatte.

Alles was sie gesagt hat, ist mehr oder weniger unverarbeitet von einem Ohr zum anderen durch mein Gehirn geschwebt, und an meine Antworten erinnere ich mich beim besten Willen nicht.

Jetzt stehe ich draußen vor dem Haus, lehne mich an das große Tor und atme tief durch, während die warmen Sonnenstrahlen meine Haut liebkosen.

»Das gibt es doch nicht. Das kann einfach nicht wahr sein«, murmle ich und schüttle immer wieder den Kopf, während ich mich auf den Heimweg mache. Was denkt der Kerl sich eigentlich? Wie konnte er einfach so tun, als würden wir uns nicht kennen, und bei meiner Sitzung dabeibleiben? Das war doch unseriös. Aber wahrscheinlich wollte er vor seiner neuen Arbeitgeberin nicht zugeben, dass er ein Typ ist, der mal einfach so eine Frau küsst und sich dann aus dem Staub macht. Und ich habe ihm das auch noch ermöglicht, indem ich mitgespielt habe. Ich hätte alles aufklären können. Ich Vollidiot.

Ich habe Jessy versprochen, dass ich eine Abendrunde mit Darcy drehe, weil sie heute einen Artikel für die Universitätszeitung *Argus* abgeben muss und Bens Tante Autumn, bei der Jessys Hund sonst oft Zeit verbringt, nicht zu Hause ist. Normalerweise gehe ich morgens mit ihm joggen, aber nach diesem Tag ist eine zweite Runde Sport genau das, was ich brauche.

Der Weg nach Hause reicht längst nicht aus, um meine verwirrten Gedanken zu sortieren, die immer nur um Noah Portman kreisen.

Ein leises Maunzen durchbricht mein Gedankenchaos, und ich bleibe stehen. Verwirrt sehe ich mich um und entdecke ein verwahrlost aussehendes dreifarbiges Kätzchen, das mir gefolgt sein muss und sich schnurrend an meine Beine schmiegt. Obwohl es struppig ist und ihr Fell stumpf, ist es unglaublich niedlich, und mein Herz wird weit.

»Na, wer bist du denn?«, frage ich mit schmeichelnder Stimme und gehe in die Knie. Ich liebe Tiere und spende gemeinsam mit Jessy immer wieder für den Tierschutz. Meine Freundin engagiert sich schon seit Jahren in dieser Richtung und hat mich schnell damit angesteckt. Jetzt richte ich meine Aufmerksamkeit wieder auf das Kätzchen.

»Hast du kein Zuhause?«, frage ich zärtlich und streiche ihr über den Rücken. Ich kann jeden einzelnen ihrer Knochen spüren, und eine Welle des Mitleids breitet sich in meinem Herzen aus.

Ich spüre instinktiv, dass dieses kleine Wesen kein Zuhause hat, in dem es gut versorgt wird, und mein Beschützerinstinkt schlägt an.

»Was mache ich denn jetzt mit dir?« Ich seufze und weiß doch schon ganz genau, was ich jetzt tun werde.

Es ist nicht mehr weit bis zu unserem kleinen Haus, und

ich ziehe schnell mein Handy aus der Tasche, um Jessy eine Nachricht zu schreiben.

Georgie: Jessy? Nimm doch Darcy bitte mal eben zu dir. Ich hab hier einen kleinen, flauschigen, hilfsbedürftigen Vierbeiner.

Sie schickt mir eine Sprachnachricht zurück, der ich entnehmen kann, dass das klargeht und sie gespannt ist, wen ich gleich mitbringen werde. Vorsichtig gehe ich ihn die Knie und betrachte die kleine Katze.

»Darf ich dich hochheben?«, erkundige ich mich, und sie maunzt so laut, dass ich es einfach als Aufforderung verstehen muss. Vorsichtig schiebe ich meine Hand unter ihren Bauch und stütze sie mit der anderen unter dem Hintern. Ich warte kurz ab, ob die Kleine sich wehrt oder wieder nach unten auf den Boden will, aber anscheinend ist sie von derartigen Wünschen weit entfernt.

Sie macht es sich auf meinem Arm bequem, schmiegt ihr Köpfchen in die Armbeuge und beginnt wieder zu schnurren. Sie ist erschreckend leicht, und mir ist klar, dass sie dringend gefüttert werden muss.

»So, wir suchen dir jetzt erst mal was Feines zum Essen«, sage ich und setze mich in Bewegung. Die letzten Meter bis zu unserem Haus lege ich im Stechschritt zurück und atme erleichtert auf, als ich sehe, dass Jessy schon an der Haustür auf mich wartet.

»Darcy ist in meinem Zimmer und schläft«, sagt sie, und ihre Augen werden riesengroß, als sie das Kätzchen auf meinem Arm entdeckt.

»Ach du meine Güte, ist die süß.« Vorsichtig streckt sie die Hand aus und streicht über den Rücken des Tierchens.

Im nächsten Augenblick reißt sie erschrocken die Augen auf.

»Oh nein, die Kleine ist ja komplett abgemagert.«

Sie runzelt die Stirn, presst die Lippen zusammen und sieht mich entschlossen an.

»Sie braucht erst einmal etwas zu fressen. Unsere Nachbarin hat doch diese Katze, die nie raus darf. Ich laufe schnell rüber und bitte sie um etwas Futter, okay?«

Ich nicke dankbar und bin wieder einmal froh, dass meine Freundin und ich uns in Sachen Tierliebe so ähnlich sind.

Meine Eltern haben einen großen Hof, den sie seit einigen Jahren als Campingplatz betreiben. Leider haben wir dort aktuell keine Tiere mehr, aber ich bin damit großgeworden, dass eine schnurrende Katze neben mir auf dem Sofa liegt. Es gibt kaum ein schöneres oder heilsameres Geräusch.

Mit der kleinen Streunerin auf dem Arm gehe ich ins Haus und lege sie vorsichtig aufs Sofa. Jetzt kann ich sie auch besser unter die Lupe nehmen. Trotz des stumpfen Fells sind die verschiedenen Farbstufen – rot, grau und braun – gut zu erkennen, und mir schießt sofort das Wort *Glückskatze* durch den Kopf.

»Lucky«, murmele ich und streiche zart über den kleinen Körper. »Der Name würde gut zu dir passen.«

Träge blinzelnd öffnet die Katze ein Auge und mustert mich kurz. Die Iris ist knallig grün, und obwohl es ja nur ein Auge ist, fasziniert mich der Ausdruck darin. In diesem Moment streckt sie sich und öffnet ihr kleines Mäulchen zu einem herzhaften Gähnen. Dabei entblößt sie spitze Zähnchen und eine pinke Zunge, die sich beim Gähnen rollt.

»Oh, bist du aber müde, Lucky«, sage ich und klinge wie jemand, der mit einem Baby spricht.

»So, so«, ertönt da Jessys Stimme von der Tür her. »Unsere neue Mitbewohnerin hat also schon einen Namen, ja?«

Ich drehe mich mit einem schuldbewussten Lächeln zu ihr um, und sie grinst amüsiert.

»Für mich ist das kein Problem, Georgie. Wir sollten nur zuerst herausfinden, ob sie nicht doch jemandem gehört, müssen mit ihr zum Tierarzt und natürlich mit Ben sprechen, bevor wir eine Katze fest in unsere Zukunft einplanen.«

»Du hast recht«, stimme ich ihr zu und bin doch sicher, dass Lucky bei uns bleiben wird. Ich kann mir nicht vorstellen, dass sie ein Zuhause hat, und falls doch, kann ich nur sagen: Wenn jemand seine Katze so verwahrlosen lässt, dann sollte man ihm ohnehin den Tierschutz auf den Hals hetzen.

»Hast du etwas zu fressen für sie bekommen?«, fällt mir ein, und Jessy nickt.

»Klar.« Sie deutet auf ihren Arm, und jetzt sehe ich einen Beutel mit etwas Trockenfutter und einige Konserven mit Nassfutter.

»Sie war richtig froh, einem armen Tierchen helfen zu können«, erzählt sie und geht mit ihrer Ausbeute in die Küche. Ich höre, wie sie darin hantiert, und gleich darauf kommt sie mit einer Untertasse, auf der sich Trocken-, und Nassfutter befinden, sowie einem Schälchen Wasser zurück.

Beides stellt sie jetzt in einer Zimmerecke ab, und wir beobachten gespannt, wie die kleine Katze mit einem Mal hellwach zu sein scheint.

Mit einem Satz springt sie vom Sofa und kauert nun vor dem provisorischen Napf. Hastig beginnt sie damit, das Futter zu verputzen, und mir wird warm ums Herz bei diesem Anblick.

»Weißt du, wann Ben nach Hause kommt?«, erkundige ich mich bei Jessy und werfe einen Blick aus dem Fenster.

Die Sonne steht schon tief am Himmel, und die Schatten werden länger.

»Keine Ahnung.« Sie zuckt die Achseln und schüttelt den Kopf. »Er hat eine Klavierstunde und wollte dann noch gemeinsam mit Autumn einen Besuch machen.«

Mir ist sofort klar, dass Ben ihr nichts über seinen Besuch erzählt hat, und ich bekomme ein schlechtes Gewissen. Ich verstehe einfach nicht, warum er ihr nicht erzählt, was ihn immer wieder beschäftigt. Und obwohl so viele Geheimnisse und Dramen unsere Freundschaft kennzeichnen, sind wir immer füreinander da.

»Er kommt bestimmt bald«, sage ich und versuche zu überspielen, dass ich genau weiß, wen er besucht. »Glaubst du, er hat ein Problem mit Lucky?«

Jessy wiegt nachdenklich den Kopf.

»Ben mag Tiere, das weißt du ja, aber ich kann es ehrlich gesagt überhaupt nicht einschätzen.«

Lucky hat inzwischen das Schälchen mit dem Futter vollständig geleert und schlabbert etwas Wasser, bevor sie wieder zurück aufs Sofa springt und sich dort in einer Ecke einrollt.

»Du bist doch sicher noch nicht fertig mit deinem Artikel«, fällt mir in diesem Moment siedend heiß ein. »Wie wäre es, wenn ich jetzt Darcy hole und eine Runde mit ihm joggen gehe, und du bleibst hier bei Lucky?«

Jessy nickt zustimmend. »Das ist ein guter Plan, aber warst du nicht heute Morgen schon joggen?«

»Ja«, gebe ich zu. »Aber heute reicht mir das definitiv nicht.«

Noch während ich es ausspreche, fällt mir auf, dass ich Noah in der letzten Stunde komplett vergessen hatte. Die Begegnung mit Lucky hat ihn einfach verdrängt. Aber jetzt ist er wieder da, und ich bin froh, dass Jessy meine Worte anders zu verstehen scheint.

»Na dann mal los. Tu dir und meinem armen Hund was Gutes!«

Lachend mache ich mich auf in mein Zimmer und schlüpfe in meine Sportkleidung. Noch sind die Tage lang genug, um abends problemlos meine Lieblingsstrecke zu laufen, bevor es dunkel wird. Als ich in Jessys Zimmer komme, ist Darcy sofort auf den Beinen und kommt schwanzwedelnd auf mich zugesprungen.

»Na, du Hübscher«, begrüße ich ihn lächelnd und kraule seine weichen Ohren. Er schnüffelt wie verrückt an meiner Hand, und sein warmer Hundeatem kitzelt auf meiner Haut.

»Ah, du riechst sicher Lucky, stimmt's?«, frage ich und schnalze mit der Zunge, damit Darcy mir folgt. »Du lernst sie später kennen, wenn wir beide uns ein bisschen ausgepowert haben.«

Jessys Zimmer ist das einzige, das im unteren Stock liegt, was praktisch ist, weil Darcy so nicht ständig Treppen laufen muss.

Die Tür zum Wohnzimmer habe ich vorsorglich geschlossen, aber trotzdem schnüffelt Darcy verrückt daran herum und hört erst auf, als ich ihm sein Laufgeschirr überstreife und die Leine daran festmache.

»Wir sind dann mal weg«, rufe ich und bekomme von Jessy eine dumpfe Antwort, die ich nicht verstehen kann.

»Dann mal los.«

Kapitel 6

Georgie

Kaum passieren wir den ersten Baum, da hebt Darcy schon sein Bein. Gemütlich machen wir uns auf den Weg in Richtung Wald. Dort beginnt meine tägliche Joggingstrecke. Während Darcy immer wieder stehenbleibt, um eine besonders interessante Geruchsnote zu erschnüffeln, kreisen meine Gedanken nur um ein einziges Thema.

Noah arbeitet nicht nur bei Dr. Soniac, sondern ist selbst Doktor der Psychologie. Es ist so verrückt, dass wir uns so wiederbegegnet sind, und gleichzeitig hinterlässt es ein ungutes Gefühl in meinem Bauch. Ich kenne mich nicht in solchen Angelegenheiten aus, aber selbst mir ist klar, dass ein privater Kontakt zwischen Therapeut und Patientin sicher nichts ist, was gern gesehen wird. Allerdings ist es genau das, was ich von ganzem Herzen will.

Der Gedanke, dass ich Noah wiedergefunden habe und er gleichzeitig in unendlich weite Ferne gerückt ist, tut weh. Wieso muss mein Leben eigentlich immer so entsetzlich kompliziert sein? Wäre *einfach* nicht auch mal eine Option?

Ein heftiger Ruck an der Leine reißt mich aus meinen trübsinnigen Gedanken. Darcy wirft mir über die Schulter einen auffordernden Blick zu.

Was ist los, Trantüte? Wann rennen wir, fragen seine Augen, und erst jetzt begreife ich, dass wir am Anfang der Laufstrecke angekommen sind.

»Tut mir leid, Junge«, entschuldige ich mich und löse seine Leine. »Ich hab geträumt.«

Sofort springt Darcy los, und ich mache ein paar Aufwärmübungen, bevor ich zu laufen beginne.

Es dauert eine Weile, bis ich meinen Rhythmus finde, aber bald werden meine Bewegungen zu einer Art Tanz, und langsam beruhigt sich auch das Chaos in meinem Kopf. Ich höre Darcys fröhliches Hecheln neben mir und beginne, mich zu entspannen.

Nach etwas mehr als einer halben Stunde komme ich keuchend und schweißüberströmt wieder am Ausgangspunkt an. So schnell habe ich die drei Meilen noch nie geschafft. Darcy drückt seine kalte, feuchte Hundeschnauze gegen meine Hand, und ich kraule ihn hinter den Ohren, während ich trotz der Anstrengung über das ganze Gesicht strahle.

»Ja, das haben wir toll gemacht«, bestätige ich und schiebe ihm einen Hundekeks ins Maul. Schwanzwedelnd – Darcy – und keuchend – ich – machen wir uns auf den Rückweg. Ich genieße das sanfte Brennen in den Oberschenkeln, weil ich alle paar Schritte einen kurzen Squad einbaue. Neben dem Malen und Zeichnen ist die tägliche Bewegung ebenfalls eine eigene Form von Therapie für mich, auch wenn ich in unserer kleinen WG damit allein auf weiter Flur bin.

Obwohl Jessy leidenschaftlich gerne schwimmt, lässt sie sich nicht dazu bewegen, mit mir gemeinsam zu trainieren.

»Ich habe in meinem Leben schon genug mit dieser gesellschaftlich anerkannten Selbstfolter zu tun gehabt«, lautete ihre Antwort, als ich es vor ein paar Tagen wieder einmal versucht habe.

»Und ich hasse Sport!«, mischte Ben sich ein, woraufhin

ich ihn mit gehobenen Augenbrauen musterte und die Arme vor meiner Brust verschränkte.

»Ich hab dich doch gar nicht gefragt.«

Daraufhin zuckte er die Achseln und grinste mich verschmitzt an.

»Umso besser. Das war rein präventiv.«

Ich schmunzle bei der Erinnerung und schüttle den Kopf. Die haben ja keine Ahnung, was sie verpassen. »Wenigstens gehst du mit mir laufen, Darcy«, sage ich und hole mein Handy hervor, als es in der Hosentasche vibriert.

Jessy: Ben ist jetzt da!
Ben: Der Moment, auf den Sie alle gewartet haben, ist gekommen! Der König des Hauses ist zurück ... Oh, und Alex ist auch da!
Jessy: :-D
Georgie: Spinner! xD

Kichernd und außer Atem beschleunige ich meinen Schritt, und als wir zu Hause ankommen und ich die Tür aufschließe, zieht Darcy wie verrückt, um so schnell wie möglich zu Jessys Freund zu gelangen, den er über alles liebt.

»Achtung, Darcy im Anmarsch«, rufe ich und lasse die Leine los. Sofort donnert der Hund nach nebenan, und Sekunden später höre ich Alex' angenehmes Lachen.

Schnell ziehe ich meine Laufschuhe aus und stelle sie ordentlich in die Garderobe. Über dem Schuhschrank hängt ein Spiegel, und ich versuche provisorisch, mein wirres Haar zu ordnen. Dann gehe auch ich nach nebenan und bleibe bei dem idyllischen Bild, das sich vor mir ausbreitet, lächelnd im Türrahmen stehen.

Ben sitzt in dem großen Ohrensessel, den meine Eltern

für unsere Einrichtung gespendet haben, und auf seinem Schoß entdecke ich ein Fellknäuel, das sich häuslich eingerichtet zu haben scheint. Lucky. Ben krault sie, und ich spüre, wie mein Herz leicht wird. Mit Ben werden wir wegen des Kätzchens sicher keine Probleme bekommen.

»Hallo, alle zusammen«, grüße ich in die Runde und lasse meinen Blick zum Sofa wandern, auf dem Jessy und Alex sitzen. Sie schmiegt sich an seine Schulter, er hat seinen Arm um sie geschlungen und zieht sie eng an sich. Auf seiner anderen Seite liegt ein eingerollter Darcy, der seinen Kopf auf Alex Oberschenkel gelegt hat und es sichtlich genießt, dass dieser ihm die Ohren krault. Die Katze scheint gänzlich uninteressant für ihn zu sein.

Aber obwohl ein Teil von mir diese angenehme Atmosphäre nicht durchbrechen will, mache ich mich bemerkbar. »Hallo, ihr Lieben«, grüße ich in die Runde.

Ich durchquere den Raum, gehe neben dem Sessel in die Hocke und drücke Ben einen kleinen Begrüßungsschmatzer auf die Wange. Dann wende ich meine Aufmerksamkeit Lucky zu.

»Na, ihr beiden«, murmle ich und strecke meine Hand nach dem Kätzchen aus. »Sehe ich das richtig, und ihr versteht euch gut?«

»Allerdings«, antwortet Ben und legt schützend eine Hand über den kleinen Körper. »Dieses süße Wesen gebe ich nicht mehr her.«

Ich muss grinsen. »Ich dachte, du hast die Schnauze voll von Frauen, Bennie«, necke ich ihn, aber er geht nicht darauf ein, sondern schüttelt überzeugt den Kopf.

»Das gilt nicht für dieses bezaubernde Wesen«, ruft er empört, und die kleine Katze blinzelt mich verschlafen an, als wolle sie sagen: Da siehst du mal.

»Du weißt doch, Majestät«, setzt Ben an und lässt sich von dem finsteren Funkeln meiner Augen nicht beirren. »Nicht jede Hand ist es wert, gehalten zu werden. Aber jede Pfote.«

»On Point«, kommentiert Alex, und weil diesem Satz nichts mehr hinzuzufügen ist, wende ich mich ihm zu und beobachte, wie er Jessy sanft auf die Stirn küsst und seinen Arm um ihre Taille schiebt.

»Wo ist eigentlich Sheila?«, erkundige ich mich, und Alex rollt mit den Augen. Bevor er antwortet, zieht er Jessy noch ein Stück näher an sich und sie schmiegt sich an ihn, sodass sie vor meinen Augen fast miteinander verschmelzen.

»Sarah hat sie gerade«, erklärt er knapp, und seine Miene verfinstert sich, wie immer, wenn er über seine Ex-Frau spricht. Bei seinen Worten beobachte ich, wie Jessy sich versteift, und knirsche innerlich mit den Zähnen.

Die Geschichte, wie die beiden sich kennengelernt und zueinandergefunden haben, ist romantisch, schmerzhaft und perfekt-unperfekt. Wenn ich ehrlich bin, dann hätte ich Alex mehr als einmal am liebsten geohrfeigt, weil er meine Freundin nicht so behandelt hat, wie sie es verdient. (Gut, vielleicht habe ich es auch einmal getan.)

Und obwohl die beiden heute glücklich sind, weiß ich, dass Jessy noch immer mit der Vergangenheit kämpft und es ihr schwerfällt zu akzeptieren, dass Sarah ein Teil von Alex' Leben ist.

Auch die Tatsache, dass sich zwei seiner Ex-Freundinnen immer wieder bei ihm melden, macht sie nicht gerade glücklich. Jedes Mal, wenn Kathy oder Mandy ihm geschrieben haben, brauche ich einen langen Mädelsabend Zeit, um meine Freundin zu beruhigen. Ich verstehe sowieso nicht, warum Alex so dumm ist und nicht merkt, was hier vor sich geht.

»Aber bald kann ich sie wieder abholen«, sagt Alex und

durchbricht damit den unangenehmen Moment. »Außerdem habe ich so mehr Zeit für meinen Schatz.«

Er lächelt Jessy liebevoll an, und in meinem Herzen macht sich eine Sehnsucht breit, die ich in diesem Ausmaß bisher nie gespürt habe. Ich will so was auch! Ohne irgendwelche Ex-Weiber natürlich, aber das ist ja klar.

»Jetzt erzählt doch mal, Hoheit. Wie war dein Tag?«, erkundigt Ben sich und krault Lucky zärtlich mit dem Daumen am Kinn. »Was hast du noch angestellt, außer dieses zauberhafte Wesen zu uns zu bringen?«

Ich lächle, denn mir ist klar, dass er Jessy auf andere Gedanken bringen möchte.

»Nicht viel«, antworte ich achselzuckend und wundere mich, dass ich angesichts dieser fetten Lüge nicht rot werde. »Lucky war das Highlight meines Tages.«

Mein Blick wandert von ihr zu Darcy, der inzwischen leise schnarcht. »Ach ja, das wollte ich noch fragen: Wie war die erste Begegnung zwischen den beiden?«

»Völlig harmlos«, antwortet Jessy lächelnd, und Erleichterung macht sich in mir breit.

»Perfekt, dann gehe ich morgen mit ihr zum Tierarzt. Sie hat garantiert Würmer, und dann können wir auch gleich rausfinden, ob sie gechippt ist.«

»Sie bleibt so oder so bei uns«, grollt Ben und erntet dafür schallendes Gelächter.

»Ich bin sicher, dass deine neue Freundin bleiben darf, Bennie.« Ich ziehe mir einen Sitzsack heran und lasse mich im Kreis meiner Freunde nieder. Den Rest des Abends verbringen wir mit angenehmen Gesprächen, und als mir schließlich immer wieder die Augen zufallen, zettelt Ben beinahe eine Prügelei über die Frage an, wer Lucky mit zu sich nimmt.

»Ich will sie bei mir haben.«

»Tja, ich auch.«

»Schau doch, wie wohl sie sich bei mir fühlt.«

»Ich hab sie gefunden!«

»Ihr wechselt euch ab, Kinder«, bestimmt Jessy schließlich und droht uns spielerisch mit der Faust. »Georgie ist heute dran, weil sie die Kleine gefunden hat, und morgen schläft Lucky dann bei Ben, klar?«

»Klar, Mom«, antworten Ben und ich wie aus einem Mund und grinsen uns an.

»Außerdem ist euch schon klar, dass die Kleine ihren Schlafplatz irgendwann selbst wählen wird, oder?«, fragt Jessy. »Katzen haben ihren eigenen Kopf.«

»Ja, ja«, brummelt Ben, und ich nicke. Manchmal vergesse ich, dass Jessy die Jüngste von uns ist. Im letzten Jahr ist sie reifer und erwachsener geworden, und es ist nicht das erste Mal, dass Ben und ich ihr den Spitznamen *Mom* verpassen.

»Komm, Kleine.« Schmeichelnd nehme ich Lucky auf den Arm und kraule Darcy, der hechelnd neben mir steht, den Kopf.

»Gute Nacht«, wünsche ich in die Runde. Ben kommt hinter mir her, während Jessy und Alex im Wohnzimmer bleiben.

Kurz lasse ich Lucky in den Garten, damit sie ihr Geschäft verrichten kann, und steige dann mit dem Kätzchen auf dem Arm die Treppe hoch. Schnell flüstere ich Ben ein Gute Nacht zu und verschwinde in meinem Zimmer. Ich lege Lucky vorsichtig auf den freien Platz neben dem Kopfkissen und beginne, mich für die Nacht vorzubereiten.

In meinem Shorty-Schlafanzug tappe ich noch einmal aus dem Zimmer und ins Bad, um schnell die Zähne zu putzen.

Gähnend falle ich Minuten später in mein Bett und spüre, wie mich das Kissen willkommen heißt.

»Morgen besorgen wir alles, was du so brauchst«, flüstere ich Lucky zu, streichele ihr über den Kopf und lasse mich vom Schlaf einhüllen.

»Miau.«

Eine kleine Katze tapst auf Samtpfötchen durch meine Träume und stupst mich wiederholt mit der Nase an.

»Binsomüde«, nuschele ich, als die Traumwelt aufklart und mir bewusst wird, dass das Maunzen nicht aus meinen Träumen kommt. Blinzelnd öffne ich die Lider und finde mich Aug in Aug mit einer vorwurfsvoll maunzenden Glückskatze wieder.

Alles, was ich gestern erlebt habe, ist auf einen Schlag zurück. Noah und Lucky. Lucky und Noah.

»Guten Morgen«, murmle ich und streichele dem zierlichen Tier sanft über den Rücken. »Dann wollen wir uns doch mal was zu essen besorgen. Und ich brauche ganz dringend Kaffee.«

Lucky streicht mir um die Beine und tänzelt vornehm neben mir die Treppe hinunter in die Küche. Dort sitzt Ben schon am Tisch und rührt mit miesepetrigem Gesicht in einer halb leeren Kaffeetasse.

»Wieso bist du denn schon wach?« Ich kann meine Überraschung nicht verbergen, denn Ben ist kein Frühaufsteher.

»Konnte nicht mehr schlafen«, grummelt er sichtlich missgelaunt, aber sobald sein Blick auf Lucky fällt, hellt sich sein Gesicht sofort auf.

»Guten Morgen, Schönheit«, murmelt er und beugt sich zu ihr hinunter.

»Schön, dass eine Katze mehr Aufmerksamkeit bekommt

als deine beste Freundin«, necke ich ihn, und er zuckt die Achseln.

»Du gehst nachher mit ihr zum Tierarzt?«, erkundigt er sich.

»Genau. Meine Mutter wollte mich heute sehen. Ich schicke ihr eine Nachricht, dass sie uns abholen soll«, erkläre ich und grinse Ben an. »Und dann hoffe ich, dass ich das Auto leihen kann, damit ich Lucky und das ganze Zeug nicht schleppen muss.«

»Deine Familie ist toll. Da musst du dir sicher keine Sorgen machen«, sagt Ben im Brustton der Überzeugung.

»Wahrscheinlich nicht«, stimme ich zu, und er wirft mir einen kurzen Seitenblick zu.

»Du bist froh, dass du nur noch Kunst studierst, oder?«, fragt er, und obwohl diese Frage recht unvermittelt kommt, nicke ich heftig.

»Oh ja«, gebe ich zu und denke daran, dass meine Eltern nicht wirklich begeistert davon waren, dass ich mich entschieden habe, das Studium in Neurobiologie gegen ein Kunststudium zu tauschen. Aber nachdem ich Jessy kennengelernt hatte, wurde mir klar, dass es nicht darum geht, was andere von mir erwarten. Es geht um mein Leben, und ich will Künstlerin sein. Jedes Mal, wenn jemand eines meiner Bilder kauft, fühlt sich das wie Fliegen an. Und jedes Mal, wenn ich damit meinem Traum näherkomme, eines Tages davon leben zu können, werden die Schwingen größer und weiter.

»Es hat natürlich auch den Vorteil, dass ich jetzt viel mehr Zeit für mich selbst habe«, sage ich und spüre die Dankbarkeit in mir hochbrodeln. »Und dafür, mit Lucky zum Tierarzt zu gehen.«

Erst füttere ich Lucky und bediene dann die Kaffeemaschine. Als die Tasse sich langsam füllt, seufze ich erleichtert auf. Ein Morgen ohne Kaffee ist für mich undenkbar.

Während Ben wieder gähnend in seine Tasse starrt, Lucky ihr Frühstück schleckt und ich auf meinen Kaffee warte, hören wir die Haustür, und im nächsten Moment kommt Jessy in die Küche.

»Guten Morgen, ihr drei«, begrüßt sie uns mit einem strahlenden Lächeln. Sie war schon mit Darcy draußen, der jetzt ebenfalls in die Küche strebt, mit dem Schwanz wedelt und sein Frauchen auffordernd ansieht.

»Morgen, Süße«, begrüße ich Jessy und führe die volle Tasse zum Mund. Ich trinke meinen Kaffee schwarz, denn im Gegensatz zu vielen anderen bin ich der Ansicht, dass sich das Aroma nur auf diese Weise vollständig entfaltet.

Jessy stellt Darcy sein Futter hin und lässt sich auf den freien Stuhl neben mich fallen.

Nachdem wir eine Weile gemeinsam zusammengesessen und das Frühstück – respektive den Kaffee – zu uns genommen haben, löst sich die kleine Morgenrunde langsam auf. Ich gehe zur Ladestation, auf der das Telefon steht, und nehme es zur Hand. Schnell wähle ich die Nummer meiner Eltern und warte das Freizeichen ab.

»Chapman?«, ertönt die Stimme meiner Mutter, und sofort stiehlt sich ein Lächeln auf mein Gesicht.

»Hey, Mom«, begrüße ich sie.

»Steht unser Treffen heute noch?«, erkundigt sie sich, und ich bejahe es.

»Aber ich muss dich bitten, dass du mich abholst«, sage ich, und dann erzähle ich von Lucky und davon, dass ich gern mit ihr zum Tierarzt und einkaufen gehen würde. Meine Mutter hört zu, und erst als ich am Ende der Geschichte angekommen bin, ergreift sie das Wort.

»Ich hole dich ab und begleite dich zum Tierarzt«, sagt sie dann, und ein Lächeln breitet sich auf meinem Gesicht aus.

»Das finde ich richtig stark, Mom«, rufe ich, und wir verabreden, dass sie in einer Stunde hier ist. Als Nächstes rufe ich bei der Tierärztin an, die auch Darcy betreut, und erfahre, dass ich kommen kann, sobald meine Mutter und ich können.

»So Lucky«, verkünde ich und kraule die kleine Katze am Kinn, bevor ich mich auf den Weg nach oben mache. »Ich bin ja mal gespannt, wie das mit uns weitergeht.«

Lucky folgt mir die Treppe hoch in mein Zimmer und beobachtet mich interessiert von meinem Bett aus, als ich mich anziehe.

»Jetzt schau nicht so«, murmle ich und durchwühle meinen Schrank auf der Suche nach einem Outfit für den Tag. Da mein morgendliches Joggen heute ausfällt, werde ich das nachmittags nachholen. Stattdessen entscheide ich mich nur für ein kurzes Sechs-Minuten-Programm für einen straffen Bauch und warte auf meine Mutter.

Kapitel 7

Georgie

Als es eine Stunde später klingelt, öffne ich die Tür und stehe meiner Mutter gegenüber, die mir einen Katzenkorb entgegenhält.

»Schau mal, den habe ich noch im Keller gefunden«, strahlt sie mich an. Das ist typisch für meine Mutter, dass sie sich sofort auf die Suche nach praktischen Dingen gemacht hat.

»Du bist ein echter Schatz, Mom«, sage ich und drücke ihr einen dicken Schmatzer auf die Wange.

»Ich weiß.« Sie lacht, und ihre Augen wandern zu meinen Füßen. »Ist sie das?«

Ich schaue ebenfalls nach unten und nicke, weil Lucky zwischen meinen Beinen aufgetaucht ist. Hinter ihr steht Darcy, nimmt wieder mal keine Notiz von dem kleinen Fellknäuel und will meine Mutter stürmisch begrüßen. Die geht lachend in die Hocke und streichelt erst Darcy und dann Lucky. Dann sieht sie zu mir hoch.

»Schön, dass die beiden sich offensichtlich gut verstehen«, meint sie und richtet sich mit einem Ächzen auf. »Wollen wir gleich los?«

Ich nicke nach einem kurzen Blick auf meine Armbanduhr.

»Ja, warte. Ich hole nur schnell meine Jacke. Versuchst du so lange, Lucky in den Korb zu packen?«

Als ich mit der Jacke zurückkomme, sitzt Lucky tatsächlich im Korb und maunzt protestierend.

»Sorry, Kleine«, sage ich und hebe den Korb hoch. »Das muss jetzt sein.«

Wir verabschieden uns von Darcy, der ein trauriges Gesicht macht, weil wir ihn nicht mitnehmen, und gehen gemeinsam zum Auto meiner Mutter. Unter meinen Füßen raschelt es, als ich durch heruntergefallenes Laub laufe. Es ist ein typischer nebelverhangener Herbstmorgen, und ich fröstele trotz Jacke, als ich auf dem Beifahrersitz einsteige. Meine Mutter platziert den Katzenkorb auf meinem Schoß, dann schiebt sie sich auf die Fahrerseite und startet den Motor.

Der Weg bis zur Tierarztpraxis ist nicht weit, und als wir das helle und freundliche Wartezimmer betreten, ist außer uns nur noch ein kleines blondes Mädchen mit seiner Mutter und einem Vogelkäfig anwesend, über den ein Tuch gebreitet ist. Die Kleine schnieft, und die Mutter schimpft leise vor sich hin. Ich verstehe nur ein paar Brocken, aber *Kaugummi* und *Bröckchen* klingen nicht gut.

Ich verstehe nicht, warum man Kindern nicht beibringt, verantwortungsvoll mit anderen Lebewesen umzugehen. Kopfschüttelnd gehe ich zum Empfang, wo uns die junge Assistentin mit raspelkurzen pinken Haaren und einem kleinen blitzenden Stecker in der Nase freundlich anlächelt.

»Chapman. Wir hatten telefoniert«, sage ich und deute auf den Katzenkorb. »Wegen des Kätzchens. Sie ist mir gestern zugelaufen.«

Ihre Miene hellt sich noch ein bisschen mehr auf und sie nickt, während ihre Finger über die Tastatur fliegen.

»Genau. Die Ärztin wird sich gleich Zeit für Sie nehmen.«

Sie nickt mit dem Kopf in Richtung Mutter, Kind und Vogelkäfig und schüttelt unmerklich den Kopf.

»Eigentlich wären Sie ja sofort dran gewesen«, sagt sie leise. »Aber wir haben noch eine Art Notfall reinbekommen. Den müssen wir vorziehen.«

»Kein Problem«, sage ich und werfe einen Blick auf meine Mutter. »Ist doch kein Problem, oder?«, hake ich nach, und sie schüttelt den Kopf.

»Nein gar nicht. Tom kümmert sich um alles, falls Gäste ankommen sollten.«

Ich nicke erleichtert. Tom arbeitet erst seit Kurzem für meine Eltern und unterstützt sie bei der Leitung des Campingplatzes. Mein kleiner Bruder ist vermutlich in der Schule, und da Mom völlig in ihrer Aufgabe als Hausfrau, Mutter und Leiterin des Ferienbetriebs aufgeht und nicht an feste Arbeitszeiten gebunden ist, haben wir wirklich Zeit.

Wir lassen uns auf zwei Stühle im Wartebereich fallen, während die junge Assistentin die Mutter samt Kind und Käfig in das Behandlungszimmer bugsiert.

Die nächsten Minuten ziehen sich wie Kaugummi, mein Blick huscht über die Bilder bunter Kanarienvögel an den Wänden, und ich beginne, mit der Fußspitze nervös auf dem Boden herumzutippen. Erleichtert springe ich auf, als sich die Tür zum Behandlungszimmer wieder öffnet. Die Mutter hat hektische rote Flecken auf dem Hals, und ihre Tochter sieht irgendwie beschämt aus. Den Käfig in der Hand stürmen sie ohne ein Wort an und vorbei, und gleich darauf fällt die Tür lautstark ins Schloss.

Aus dem Behandlungszimmer ertönt jetzt lautes Zetern.

»… wegnehmen möchte ich solchen Menschen die Tiere. Es ist einfach unverantwortlich, dass …«

Ein leises Murmeln unterbricht den aufgebrachten Wortschwall, und gleich darauf streckt die Assistentin den Kopf aus der Tür.

»Sie können reinkommen«, sagt sie mit einem Blick auf uns, und wir stehen auf. Im Behandlungszimmer steht unsere Tierärztin und sieht uns entgegen. Ihre langen braunen Haare hat sie zu einem Pferdeschwanz zusammengebunden und ihre Augen glitzern gefährlich.

»Guten Tag«, begrüßt sie uns und streckt mir die Hand hin. »Tut mir leid, wenn Sie das gerade mit anhören mussten, aber manchmal ist mein Job wirklich nicht leicht.«

»Das kann ich mir vorstellen«, sage ich und schüttele ihre Hand.

»Und wen haben wir denn hier?«, fragt sie, und ihre Stimme wird weich, als ich den Korb mit Lucky auf den Behandlungstisch stelle.

»Die Dame ist uns zugelaufen«, erkläre ich und erzähle der Tierärztin die ganze Geschichte. Als ich am Ende angekommen bin, nickt sie.

»Dann wollen wir dich doch mal anschauen, Lucky.«

Vorsichtig öffnet sie die Tür der Transportbox und holt das Kätzchen heraus.

Eine halbe Stunde später wissen wir, dass Lucky keinen Chip hat und wohl niemandem gehört.

»Ich glaube nicht, dass die Kleine vermisst wird«, sagt die Tierärztin an mich gewandt, und ich spüre eine leichte Freude bei ihren Worten. »Aber wir werden einfach mal hier an der Praxis einen Zettel aufhängen, und falls sich doch jemand melden sollte, dann werde ich Sie kontaktieren«, schlägt sie vor und deutet meinen Gesichtsausdruck wohl richtig, denn sie spricht gleich weiter.

»Wie gesagt: Ich halte es nicht für wahrscheinlich, dass sich jemand meldet.«

Sie hat festgestellt, dass Lucky ungefähr neun Wochen alt ist, und hat ihr gleich die wichtigen Impfungen sowie eine Wurmkur gegeben.

Durch die vielen Leckerli, die sie zugesteckt bekommen hat, scheint das Kätzchen sich hier mittlerweile pudelwohl zu fühlen und hat sein empörtes Fauchen schnell aufgegeben.

Trotzdem packe ich Lucky wieder in die Box, wir verabschieden uns von der Ärztin. Am Empfangstresen zahlen wir bei der Assistentin, und sie fragt noch nach unseren Kontaktdaten, die sie braucht, falls sich jemand meldet, der Lucky vermisst und dann gehen wir nach draußen.

Gemeinsam machen wir uns auf den Weg in einen Laden für Heimtierbedarf und kommen vollbepackt wieder heraus.

»Uff«, stöhne ich und lasse mich ins Auto fallen. »Kommst du noch mit zu uns, Mom?«

»Gerne, ich kann jetzt eine gute Tasse Tee gebrauchen«, stimmt sie mir zu, und ich schüttele mich bei dem Gedanken. Ich hasse Tee. Ich mochte ihn noch nie und würde ihm jederzeit, immer und überall eine Tasse Kaffee vorziehen. Sogar Instantkaffee.

»Du kannst deinen Kaffee trinken.« Meine Mutter, die mich einfach zu gut kennt, lacht. »Auch wenn das Zeug wirklich ungesund und nicht gut für dich ist.«

»Ich weeeiheeeiß«, trällere ich, während das Auto uns über die Straßen zurück nach Hause trägt. Dort angekommen stelle ich fest, dass Jessy noch da ist, Ben aber inzwischen in einem Seminar sein dürfte. Er wird bald seinen Abschluss machen und will danach erst einmal weiter als Klavierlehrer arbeiten.

Jessy und Darcy toben durch den Garten, aber als sie uns entdecken, kommt Jessy zu uns und hilft mit, das Auto auszuräumen.

»Mensch, da habt ihr aber zugeschlagen«, staunt sie.

Ich nicke schuldbewusst. »Ich freue mich einfach so, dass die Kleine da ist.«

Meine Mutter hat Lucky inzwischen aus der Box gelassen, und sie und Darcy stehen sich gegenüber. Erschrocken halte ich den Atem an. Im Haus ist das mit den beiden kein Problem, aber wie sieht es aus, wenn sie im Freien sind?

Darcy wedelt zögerlich mit dem Schwanz, als Lucky mit einem Mal damit beginnt, ihren Schwanz zu jagen und Darcy in der nächsten Sekunde eindeutig zum Spielen auffordert. Mit offenen Mündern beobachten wir, wie Katze und Hund beginnen, miteinander durch den Garten zu toben.

Lucky jagt Darcy, Darcy hüpft hinter Lucky her und ist dabei so vorsichtig, als wüsste er, dass er mit seinem Gewicht die kleine Katze jederzeit zerquetschen könnte.

»Ich dachte, so was gibt es nur im Internet.« Jessy staunt, und ich nicke sprachlos. Natürlich habe ich schon Videos gesehen, in denen verschiedene Tierarten die besten Freunde werden, aber dass es hier, in unserem Garten passiert, scheint absolut unglaublich.

Nachdem wir die beiden ungleichen Freunde eine Weile beobachtet haben, beginnen wir damit, Luckys Sachen ins Haus zu tragen. In unser Badezimmer stelle ich ein Katzenklo, obwohl ich will, dass Lucky eine Katze wird, die sowohl draußen als auch drinnen zu Hause ist.

»Wir brauchen eine Katzenklappe«, sage ich zu Jessy, und sie nickt.

»Ben hat sich angeblich schon darum gekümmert«, erzählt sie, und ich runzle die Stirn.

Jessy lacht. »Er hat sich wirklich in die Kleine verliebt. Und ich dachte schon, er würde außer uns nichts und niemanden mehr an sich heranlassen.«

Ich stimme halbherzig in ihr Lachen ein und habe wieder dieses schlechte Gewissen, weil ich ein Geheimnis vor Jessy habe. Ja, es ist nicht mein Geheimnis und es ist nicht meine Aufgabe, es zu lüften, aber es fühlt sich trotzdem falsch an.

Nachdem wir noch einen Kratzbaum, diverse Spielzeuge, eine Futterstelle sowie einen Sack mit Katzenstreu, einen mit Trockenfutter, Konservendosen mit Nassfutter und ein Katzenbett im Haus untergebracht haben, rufen wir nach Darcy. Einen Moment später tauchen er und sein kleiner, felliger Anhang im Haus auf.

Lucky greift sich ein Maulvoll Trockenfutter ab, und Darcy schaut beleidigt, als ich ihn mit einem strengen Nein zurückrufe.

Als Trost reicht Jessy ihm eine Leckerei zum Kauen, und er verzieht sich auf das Sofa im Wohnzimmer. Lucky folgt ihm und rollt sich auf der anderen Seite ein. Die kleine Katze wirkt müde nach der ganzen Aufregung und ist schon einen Moment später tief und fest eingeschlafen.

Während Darcy ebenfalls langsam müde wird, setze ich Wasser auf, damit Mama und Jessy ihren Tee trinken können, und bereite mir einen Kaffee zu.

Die beiden haben sich ins Wohnzimmer gesetzt, und deshalb habe ich einen Augenblick meine Ruhe und kann meine Gedanken sortieren. Erst jetzt denke ich wieder an Noah und frage mich, wie das jetzt weitergehen soll.

Kann ich wirklich noch zu Dr. Soniac gehen, wenn ich jedes Mal Herzrasen bekomme, wenn ich den Übergangstherapeuten sehe? Wenn ich weiß, wie unglaublich gut er küsst?

Während das Wasser im Kocher zu brodeln beginnt, spüre ich wieder das Gefühl von Noahs Lippen auf meinen, und gleichzeitig erinnere ich mich an den Schreck, als ich ihn gestern in der Praxis gesehen habe. Wenn ich ehrlich bin, bin ich nicht nur erschrocken. Ich habe auch regelrecht jubiliert, als mir klar wurde, dass ich Noah eben doch wiedersehen werde.

Ich nehme den Wasserkocher und gieße das heiße Wasser in die Kanne, die ich bereitgestellt habe und in der die Teebeutel darauf warten, ihr Aroma im Wasser zu verteilen. Gleichzeitig nehme ich meine über alles geliebte Katzentasse zur Hand, die bereits mit aromatisch duftendem Kaffee gefüllt ist.

Mir läuft das Wasser im Mund zusammen, und ich trage erst einmal die beiden Tassen für meine Mutter und Jessy sowie die Teekanne ins Wohnzimmer, bevor ich ein zweites Mal laufe und meinen Kaffee hole. Dann lasse ich mich mit einem erleichterten Aufseufzen zu den beiden plumpsen und nehme den ersten Schluck aus meiner Tasse.

»Der Tee ist herrlich«, stellt meine Mutter fest, und ich lächele. Tatsächlich ist Bratapfeltee der einzige, den auch ich im Notfall mal trinke. Jessy allerdings inhaliert ihn seit einer Weile regelrecht – sie hat beschlossen, sich von ihrer Kaffeesucht zu befreien – und schnuppert genießerisch an ihrer Tasse.

»Das schmeckt wie Weihnachten im Becher«, verkündet sie strahlend, und ich grinse.

»Wir haben gerade mal Oktober, Süße. Wie kannst du da schon an Weihnachten denken? Aber schön, dass deine Entwöhnung so gut läuft.«

»Mit diesem Tee kann man das ganze Jahr an Weihnachten denken«, gibt sie im Brustton der Überzeugung zurück, bevor wir das Thema wechseln.

»Georgie«, fängt meine Mutter zögernd an und beobachtet mich mit einem leichten Lächeln. »Mrs Fisher hat mich gebeten, dich etwas zu fragen.«

Ich spüre, wie ich meine Tasse unwillkürlich fester umklammere. Mrs Fisher ist unsere Nachbarin und die Frau mit den schrecklichsten Kindern, die man sich überhaupt vorstellen kann. Es sind fünf, und sie sind so schlecht erzogen, dass sich mir jedes Mal die Haare sträuben, obwohl ich Kinder sonst über alles liebe.

Zwei Jahre lang habe ich regelmäßig auf diese Blagen aufgepasst und mein sauer verdientes Geld in Zeichenutensilien gesteckt. Und es war *wirklich* sauer verdientes Geld. Schaudernd denke ich an den Abend zurück, als Peter seine Kotze im gesamten Wohnzimmer verteilt hat und die kleine Penny darin herumtrampelte, weil sie das klatschende Geräusch so lustig fand. Beim Gedanken an diesen Abend, den Geruch und das Kreischen der Kinder überkommt mich ein heftiger Würgereflex, und es schaudert mich, bevor ich mich meiner Mutter zuwende.

»Was will sie denn?«, frage ich und höre selbst, wie ablehnend mein Tonfall klingt. Wie meine Mutter begonnen hat, hört es sich so an, als wolle Mrs Fisher einen Gefallen von mir erbitten, und ich bin nicht bereit dazu, meine Seele an sie zu verkaufen. Oder an ihre grässlichen Kinder. Mom schmunzelt unsicher, denn natürlich kennt sie jedes Detail der einzelnen Episoden zwischen mir und dieser Familie.

»Sie hat mich gebeten, weil sie ja weiß, dass du Kunst studierst und so begabt zeichnest, ob du nicht Porträts von ihren Kindern anfertigen könntest.«

Bei ihrer Frage spüre ich, wie alle Farbe aus meinem Gesicht weicht.

»Nein!«, platze ich heraus und bemerke sofort, dass meine Reaktion ein bisschen zu heftig war. Jessy und meine Mutter sehen mich verwundert an.

»Ich weiß ja, dass du deine Vorgeschichte mit den Fisher-

Kindern hast«, sagt meine Mutter langsam, und ich schüttele leicht den Kopf.

Ja, natürlich kann ich mir alles Mögliche vorstellen, was schöner wäre, als eine Bande verrückter, ungezogener und zappeliger Kinder zu malen, aber das ist gerade nicht mein größtes Problem. Das besteht vielmehr darin, dass ich keine realen Menschen zeichne und diese Tatsache bisher gut verstecken konnte.

Ich habe über die Jahre viel mit Stil und Farbe experimentiert, aber an Porträts traue ich mich nicht heran. Ich weiß einfach, dass ich nicht gut genug bin, um mich dieser Herausforderung zu stellen.

»Ich kann keine Menschen zeichnen«, sage ich schließlich widerwillig, weil sowohl Jessy als auch Mom mich fragend mustern.

»Was redest du denn für einen Unsinn?«, fragt meine Mutter verwirrt und mustert mich mit großen Augen. »Du hast immer Menschen gezeichnet.«

Ich winde mich unter ihrem Blick, denn ich weiß, dass sie recht hat. Und doch auch wieder nicht.

»Das ist etwas ganz anderes«, widerspreche ich und denke an die Zeichnungen menschlicher Körper, die ich oft versucht habe. »Das sind fiktive Menschen. Ich zeichne nicht nach Vorlage, und das kann ich auch nicht.«

»Georgie«, mischt Jessy sich jetzt ein und sieht mir direkt in die Augen. »Du bist einer der talentiertesten und zielstrebigsten Menschen, die ich kenne. Ich weiß, dass du es kannst.«

Ich seufze innerlich, denn ich erinnere mich an all die Male, als ich diese Diskussion mit Stella geführt habe. Sie ist eine meiner Dozentinnen und manchmal geradezu brutal ehrlich.

»Natürlich kannst du Menschen porträtieren«, hat sie mir wieder und wieder gesagt. »Du musst nur deine Angst überwinden.«

»Tut mir leid, Mom. Sag ihr, dass ich dafür nicht die Richtige bin, okay?«

Ich sehe ihr deutlich an, dass sie nicht mit mir zufrieden ist, aber sie nickt. Das ist das Tolle an meiner Mutter. Sie hat mich nie zu Dingen gedrängt, die ich nicht tun wollte. Ganz im Gegensatz zu meinem Vater, der immer wieder verlangt hat, dass ich etwas Naturwissenschaftliches studiere.

»Und du, Jessy?«, wendet meine Mutter sich an meine Freundin. »Wie geht es dir?«

Ich spüre, dass sie meinetwegen das Thema wechselt, und bin ihr dankbar dafür. Meine Augen wandern zu Jessy, um ihre Reaktion auf die Frage zu sehen. Sie lächelt ein bisschen verlegen, aber unübersehbar glücklich.

»Mir geht es sehr, sehr gut«, sagt sie dann, und selbst ein Blinder könnte sehen, dass sie jedes Wort so meint.

»Du bist jetzt wie lange mit deinem Alex zusammen?«, fragt Mom unbedarft, und kurz wechseln Jessy und ich einen Blick. Beinahe unmerklich schüttele ich den Kopf.

Nein, ich habe meiner Mutter nicht erzählt, wie es damals dazu kam, dass Jessy und Alex ein Paar wurden. Meine Freundin lächelt erleichtert, nickt ebenso unauffällig zurück und wendet sich dann wieder meiner Mutter zu.

»Wir sind jetzt seit drei Monaten offiziell zusammen«, sagt sie und überspielt das *offiziell* gekonnt, indem sie schnell weiterspricht. »Ich bin unendlich froh, dass ich ihn habe«, sagt sie dann und klingt dabei so verträumt, dass ich automatisch das Gesicht verziehe.

»Bäh, Liebe«, sage ich gewohnheitsmäßig und fühle im selben Moment einen Stich der Eifersucht. Eine irrationale

Eifersucht darauf, dass Jessy so glücklich ist. Dass bei ihr inzwischen alles läuft.

Du bist ein Biest, knurre ich mich in Gedanken selbst an. Ich weiß nämlich nur zu genau, dass meine Freundin dieses Glück verdient hat.

»Ach, Georgie«, sagt Jessy, und ich weiß genau, was sie als Nächstes sagen wird. Sie sagt es IMMER, wenn wir über dieses Thema sprechen. »Warte nur, bis du dich verliebst.«

Normalerweise gehe ich bei diesem Satz in die Luft, aber heute ist es anders. Ich spüre, dass mir die Worte fehlen und sich in meinem Innern ein Druck aufbaut, den ich dringend loswerden muss.

»Georgie?«, fragt Jessy erschrocken und greift nach meinem Arm. »Habe ich etwas Falsches gesagt?«

»Nein«, sage ich hastig. »Mir ist nur gerade eingefallen, dass ich noch etwas für mein Seminar bei Stella morgen erledigen muss.« Ich werfe einen fragenden Blick auf meine Mutter. »Bleibst du noch?«

Nachdem sie einen Blick mit Jessy gewechselt hat, nickt sie. »Ja, ich komme tschüss sagen, bevor ich gehe.«

Ich nicke und mache mich auf den Weg nach oben in mein kleines persönliches Reich, das Außenstehenden nur als »der Dachboden« bekannt ist. Für mich ist es mein Kreativbereich. Hier befindet sich mein Arbeitsplatz, meine Freiheit, und meine Komfortzone.

Ich betrachte die Regale, auf denen die Andenken an meine unterschiedlichen künstlerischen Phasen stehen. Seitdem wir hier wohnen, habe ich endlich einen Platz, wo sie so richtig zur Geltung kommen, und bin froh, dass weder Jessy noch Ben diesen Raum für sich beansprucht haben.

Jessys Hobby ist – neben Darcy und Büchern – das Schwimmen. Und da sie keine Möglichkeit sah, hier oben einen Pool anzulegen, hatte sie genauso wenig ein Problem damit, dass das hier mein Atelier wurde, wie Ben. Der hat bei uns unten im Wohnzimmer sein Klavier stehen, aber am liebsten spielt er sowieso auf dem großen Flügel in der Uni. Ich pfeife leise vor mich hin, während meine Augen über die Regale mit Tonfiguren, Specksteinarbeiten und anderen Sachen hängen, die ich in den letzten Jahren gestaltet habe.

Ich gehe zur Stereoanlage, die in einer Ecke des Raums steht, verbinde sie mit meinem Handy und lächele, als gleich darauf wunderschöne Musik durch den kleinen Raum schallt. Es ist ein Lied von ABBA, und ich summe den Text mit, während ich beinahe durch den Raum tanze.

Like an image passing by, my love, my life
In the mirror of your eyes, my love, my life
I can see it all so clearly
Answer me sincerely
Was it a dream, a lie …

Während ich die Worte singe, wandern meine Gedanken wieder zu Noah. *Was it a dream, a lie?*

Eine Weile tigere ich im Raum auf und ab, bleibe dann vor der Staffelei stehen und streiche zärtlich mit den Fingern über das glatte Holz. Einen Moment mustere ich die Leinwand und greife zum Pinsel.

Kapitel 8

Noah

Es ist erst mein zweiter Arbeitstag, der zu Ende geht, aber trotzdem fühle ich mich schon jetzt, als wäre ich von einem Lastwagen überrollt worden.

Ich habe heute schon so viele Probleme von Menschen gehört, dass ich mich frage, wie viele denn noch in meinen Kopf passen sollen. Ja, ich habe schon Erfahrungen als Therapeut, aber dieses Mal fühlt es sich anders an. Fremder, anstrengender, und ich weiß nicht warum.

Einen kurzen Augenblick lang huscht mir der Gedanke durch den Kopf, dass das hier möglicherweise doch nicht meine Welt sein könnte, aber ich schiebe ihn so weit von mir, dass ich wieder zur Vernunft komme. Ich fühle zwar die Belastung der Menschen, aber das war es ja, was ich wollte. Ich wollte schließlich helfen.

»Sie sehen müde aus, Noah«, spricht mich Dr. Soniac an, und ich fahre mir erschöpft mit der Hand über die Augen.

»Sieht man das so deutlich?«, frage ich, und sie nickt mit einem mütterlichen Lächeln.

»Allerdings, aber wir haben es ja jetzt für heute geschafft. Gönnen Sie sich einen schönen und entspannten Abend, in Ordnung?«

Schön und entspannt ist nicht das, was ich mir unter

einem gelungenen Abend vorstelle, aber weil ich genau weiß, was sie damit meint, nicke ich.

»Wir sehen uns morgen«, verabschiede ich mich und verlasse die Praxis.

Heute ist ein kalter Tag, und ich bin froh, dass ich meine Jacke mitgenommen habe, während der kühle Wind meinen Kopf durchpustet. Langsam klaren sich meine Gedanken auf, verabschieden sich von der Arbeit und huschen automatisch zu dem Thema, das sie seit gestern in jeder freien Minute beschäftigt hält. Georgie.

Heute Nacht habe ich von ihr geträumt und bin mit rasendem Herz aufgewacht. Sie ist so besonders, und der Gedanke, dass sie ab jetzt für mich tabu ist, macht mich mehr fertig, als er sollte. Es fühlt sich an, als hätte man mir einen Herzenswunsch erfüllt, nur um ihn mir dann wieder wegzunehmen.

Mir ist klar, dass ich nicht fair bin. Ich war es, der nach unserem ersten Treffen abgehauen ist ohne eine Kontaktmöglichkeit zu ihr herzustellen, ich. Aber jetzt, da sie wieder aufgetaucht ist, ist alles anders. Mein ganzes Sein schreit danach, diese Nähe zu ihr zu spüren, diese Frau kennenzulernen und sie zu küssen, bis ich alle Sorgen und Lasten meines Lebens und der Vergangenheit vergesse.

Ich merke, wie mir heiß wird und mein Körper auf die Gedanken reagiert. Es gibt genau zwei Möglichkeiten, mich jetzt wieder auf den Boden zu holen. Entweder ich nehme eine eiskalte Dusche oder ich gehe laufen.

Als ich den Pinsel sinken lasse, habe ich keine Ahnung, wie spät es ist. Meine Hand zittert leicht vor Anstrengung, und mein Rücken schmerzt. Während es sich mental anfühlt, als wäre die Zeit stehengeblieben, während ich gezeichnet habe, signalisiert mein Körper etwas anderes.

Ich verspüre den dringenden Wunsch, an die frische Luft zu kommen, und wundere mich, dass meine Mutter sich noch nicht von mir verabschiedet hat. Diese Frage klärt sich jedoch, als ich nach unten ins Wohnzimmer komme.

Meine Mutter liegt auf dem Sofa, ihre Augen geschlossen, ihr Brustkorb hebt und senkt sich regelmäßig, und aus ihren leicht geöffneten Lippen dringen leise Schnarchlaute.

Ein Lächeln hebt meine Mundwinkel, als ich vorsichtig an sie herantrete und neben ihr in die Knie gehe. Lucky öffnet ein Auge und mustert mich vorwurfsvoll.

Lass uns schlafen, scheinen ihre Augen zu sagen.

»Mom?« Vorsichtig streiche ich meiner Mutter über den Arm und bekomme keinerlei Reaktion.

»Mom!«, versuche ich es noch einmal und tippe sie dieses Mal leicht an. Sie brummt unwillig und wendet ihren Kopf ab. Ich würde sie ja gern schlafen lassen, aber ein Blick auf mein Handy verrät mir, dass sowohl mein Bruder als auch mein Vater schon mehrmals angerufen haben. Vermutlich um zu erfahren, wo ihr Fels in der Brandung abgeblieben ist. Ich spüre ein seltsames Ziehen in meinem Inneren, verdränge es aber.

»Mom.« Dieses Mal bin ich energisch genug, und meine Mutter schlägt die Augen auf. Ihre Augen haben diesen typisch glasigen Ausdruck, der mir zeigt, dass sie noch nicht richtig wach ist. Nur langsam klart sich ihr Blick auf.

»Georgie?«, murmelt sie mit belegter Stimme, nur um im nächsten Moment hochzuschießen und panisch auf die Uhr zu starren.

»Habe ich etwa so lange geschlafen?«, ruft sie, und ich nicke.

»Ist doch nicht so schlimm«, versuche ich sie zu beruhigen, aber sie schüttelt hektisch den Kopf.

»Natürlich ist das schlimm!«

Sie springt auf und glättet mit den Händen imaginäre Falten auf ihrer Kleidung. »Ich habe fast einen ganzen Tag verschlafen. Wo ist eigentlich Jessy?«

Ich schätze mal, dass meine Freundin inzwischen in der Uni ist und arbeitet. Gerade, als ich das sagen will, entdecke ich auf dem Wohnzimmertisch einen handgeschriebenen Zettel.

Muss zur Uni. Deine Mom ist eingeschlafen und wollte sich nicht wecken lassen. Gehst du nachher mit Darcy joggen? Love You, Jessy.

Ich halte meiner Mutter den Zettel unter die Nase, und sie wird blass. »Ich hoffe, ich habe Jessy nicht beleidigt«, murmelt sie, und ich muss grinsen.

»Wenn ich sie mit einem blauen Auge sehe, dann weiß ich ja Bescheid.«

Meine Mutter knufft mich in die Seite und richtet sich seufzend auf. Lucky hat sich bei ihrem Aufspringen fauchend in die Ecke geflüchtet und kommt jetzt wieder zu uns. Darcy steht erwartungsvoll mit dem Schwanz wedelnd vor dem Sofa und folgt meiner Mutter mit den Augen.

»Ich muss jetzt nach Hause, Liebes«, sagt sie und nimmt mich in den Arm. »Und ich glaube, du solltest wirklich mit

Darcy laufen gehen, bevor er beschließt, sich mir anzuschließen.«

»Das mache ich«, sage ich, verabschiede mich von ihr und ziehe mir meine Laufsachen an. Darcy tanzt vor der Tür im Kreis und kann es ebenfalls kaum noch erwarten.

»Dann mal los«, sage ich, und wir machen uns auf den Weg in Richtung Wald. Heute ist es noch mal kälter als gestern, und ich habe das Gefühl, dass wir einen verfrühten Wintereinbruch zu erwarten haben. Das Laub auf dem Gehweg raschelt, und irgendwo in einem Baum höre ich ein Eichhörnchen keckern.

Leise summe ich ein Lied vor mich hin und träume ein bisschen, als ich plötzlich jemanden meinen Namen rufen höre. Bei dem Klang bleibe ich wie angewurzelt stehen und schaffe es nicht einmal, mich umzudrehen. Aber das ist auch gar nicht nötig, denn gleich darauf taucht Noah neben mir auf. Er trägt ebenfalls Sportsachen, und sein Atem geht ein bisschen unregelmäßig von seiner Verfolgungsjagd.

»Dachte ich mir doch, dass du es bist«, sagt er, und meine Augen saugen sich an seinen attraktiven Gesichtszügen fest. »Ist das dein Hund?«, fragt er und deutet auf Darcy, der es gar nicht fassen kann, dass ein neuer Mensch aufgetaucht ist.

»Nein.« Mechanisch schüttele ich den Kopf. »Er gehört meiner Mitbewohnerin«, füge ich hinzu und senke schnell den Blick, weil ich nicht will, dass er sieht, wie offensichtlich ich ihn angestarrt habe.

»Er ist schön«, sagt Noah und geht vor Darcy in die Knie. Langsam streckt er dem aufgeregten Hund seine Hand entgegen, lässt ihn daran schnuppern und zuckt auch nicht zurück, als Darcy hingebungsvoll beginnt, Noahs Hand abzulecken.

»Er mag dich«, sage ich und lächele.

»Ich mag Hunde auch sehr gerne«, antwortet Noah, und mein Herz schmilzt dahin. Er mag Hunde, sieht gut aus, hat bei Darcys Leckattacke nicht einmal mit der Wimper gezuckt …

… *und er ist dein Therapeut um alles in der Welt,* keift meine innere Stimme mich an.

Leider hat sie recht. Der Gedanke schneidet sich mir wie ein scharfes Messer ins Herz, und ich halte nur mit Mühe mein Pokerface aufrecht.

»Geht ihr joggen?«, unterbricht Noah meine Gedanken, und ich nicke abwesend. »Ja, das machen wir so gut wie jeden Abend.«

»Hast du etwas dagegen, wenn ich euch begleite?«, fragt Noah, und mein verräterisches Herz macht einen freudigen Satz.

»Warum?«, will ich aber dennoch wissen und zwinge mich, ihm direkt ins Gesicht zu sehen.

»Was, warum?«, fragt er erstaunt, und ich sehe ihm an, dass er mit einer anderen Reaktion von mir gerechnet hatte. Aber dieses Mal werde ich es ihm nicht so leicht machen.

»Du hast recht«, sage ich, bleibe stehen und lege mir in einer nachdenklichen Geste einen Finger auf die Nasenspitze. »Eigentlich gibt es sogar mehrere Warumfragen, und ich finde, dass du sie zuerst beantworten solltest, bevor ich entscheide, ob wir etwas gegen deine Begleitung einzuwenden haben.«

Noahs Gesicht ist bei meinen Worten ausdruckslos geworden, aber seine Lider zittern, und ich glaube, dass er nervös ist.

»Gut«, sagt er und strafft die Schultern. »Was möchtest du wissen?«

Weil mir so viele Gedanken durch den Kopf gehen, platze

ich einfach mit der ersten Frage heraus, die mir einfällt. »Wie bist du zu Dr. Soniac gekommen?«

Noah runzelt die Stirn. »Ich bin fertig ausgebildeter Psychotherapeut und habe mich für die Möglichkeit interessiert, übergangsweise eine Praxis allein zu führen.« Er zuckt die Achseln, und ein schiefes Lächeln huscht über sein Gesicht. »Aber eigentlich habe ich mich eher gewundert, dich dort zu treffen.«

Sein Tonfall ist weich und nachdenklich. »Damit hätte ich nach unserem letzten Aufeinandertreffen wirklich nicht gerechnet.«

Nervös kaue ich auf meiner Unterlippe herum, denn ich weiß nicht, was ich darauf antworten soll.

»Warum geht man schon zur Psychotherapie? Man sollte meinen, das würde in der Ausbildung als Erstes geklärt.«

Obwohl ich viel schnippischer klinge als geplant, wirkt Noah nicht beeindruckt von meinen Worten, sondern mustert mich mit einem weichen Lächeln.

»Schon«, sagt er langsam, und ich beobachte wie hypnotisiert, wie sich sein Brustkorb beim Atmen hebt und senkt. »Aber lass uns doch loslaufen. Dabei kann ich besser denken.«

»Hat dir denn Dr. Soniac nichts über mich erzählt?«, frage ich, während wir in gemäßigtem Tempo nebeneinander die Straße entlanggehen. Diese Frage ist Noah offensichtlich unangenehm, und er zögert eindeutig mit seiner Antwort.

»Sie hat gesagt, dass du eine besondere Patientin bist.«

Ich versteife mich bei seinen Worten.

»Inwiefern besonders?«

Meine Stimme klingt ängstlich, und ich glaube, dass Noah es heraushört, denn er lächelt mich beruhigend an.

»Sie sagt, dass du anders mit den Depressionen umgehst

als viele andere Patienten. Dass du in deinen schlechten Phasen jemanden zum Reden brauchst und dir viele Sorgen machst.« Als er weiterspricht, klingt seine Stimme klar. »Aber sie sagt auch, dass du nie ans Aufgeben denkst und nie seinen Lebensmut verlierst. Sie sagt, du bist stark. Stärker als die Depression.«

Die letzten Worte verklingen, und ich starre Noah mit heruntergeklappter Kinnlade an. In meiner Kehle hat sich ein dicker Kloß gebildet.

»Das hat sie wirklich gesagt?«, frage ich tonlos und spüre, wie mir Tränen in die Augen schießen. »Wow!«

»Sag mal, weinst du?«, fragt Noah besorgt, und ich schüttele schnell den Kopf, während ich Darcys Leine löse. Inzwischen sind wir am Wald angekommen, und der Hund springt sofort den vertrauten Weg entlang.

»Doch, du weinst«, stellt Noah ruhig fest, während Darcy sich schnüffelnd in das Gebüsch am Wegesrand stürzt.

Eine Träne rinnt mir über die Wange, und ich spüre, wie Noah vorsichtig meine Schulter berührt.

»Bleib mal stehen«, sagt er sanft, und obwohl ich es nicht will, tut mein Körper, was er sagt. Noah fasst mich an den Schultern und dreht mich so, dass ich zu ihm auf und in sein Gesicht sehen kann. Er ist mir mit einem Mal viel zu nah.

»Hey«, flüstert er und wischt sanft mit dem Daumen eine Träne von meiner Wange. Sofort beginnt die Stelle heftig zu kribbeln, und ich weiche zurück.

»Stopp«, sage ich heiser, und Noah mustert mich aufmerksam. Ich beginne wieder zu laufen. Wenn ich zulasse, dass er mich mit seinen Berührungen um den Finger wickelt, habe ich verloren.

»Warum bist du weggelaufen, nachdem wir uns geküsst haben?«, frage ich, und Noah verzieht gequält das Gesicht.

»Weil ich ein Feigling bin«, sagt er dann so schlicht, dass mir der Mund offenstehen bleibt.

»Aber«, beginne ich schließlich, doch er lässt mich gar nicht ausreden.

»Ich habe mich schon lange nicht mehr für eine Frau interessiert«, sagt er vorsichtig, und mein Herz macht einen Satz. Trotzdem bewegen sich meine Füße gleichmäßig weiter.

»Und dann bist du aufgetaucht«, setzt Noah seinen Gedankengang fort, und ich balle nervös die Hände zu Fäusten.

»Jetzt bleib doch mal stehen«, sagt er und wartet, bis ich mich zu ihm umgedreht habe und stehen bleibe. Noahs Blick ist ernst und aufrichtig, als er weiterspricht.

»Du hast mich vom ersten Moment an verzaubert«, sagt er und nimmt mir damit gefühlt jeden Sauerstoff zum Atmen. »Und dieses Gefühl hat mir Angst gemacht, weil ich es so lange nicht mehr empfunden hatte. Ich hätte mich in den Hintern beißen können, als ich dich einfach habe gehen lassen. Ich dachte, ich würde dich nie wiedersehen.«

Seine Worte klingen ernst, und der Ausdruck auf seinem Gesicht ist ehrlich.

»Das habe ich auch gedacht«, rutscht es mir heraus, und meine Wangen werden heiß. »Aber warum hast du denn nicht versucht, mich zu finden?«, hake ich nach und senke unter seinem fragenden Blick die Augen.

»Das klingt ja beinahe, als hättest du mich gesucht«, sagt er und lächelt. Dieser eingebildete Kerl.

»Bilde dir bloß nichts sein«, sage ich heiser und recke meine Nase ein Stückchen höher. »Ich habe vielleicht ein paar Mal im Joe's nach dir Ausschau gehalten, aber mehr auch nicht.«

»Ja, klar.« Jetzt grinst er offen. »Mehr auch nicht.«

»Blödmann!« Leider muss ich ebenfalls grinsen, werde aber gleich wieder ernst. »Na ja, du hast jedenfalls nicht nach mir gesucht.«

Meine Stimme klingt vorwurfsvoll, und Noah rutscht das Lächeln aus dem Gesicht.

»Ich dachte, es wäre besser so«, sagt er dann und vermeidet es, mir in die Augen zu sehen.

»Besser?«, frage ich und runzle die Stirn. »Warum sollte es besser sein, mich zuerst zu küssen und dann einfach so stehenzulassen? Und vor allem: besser für wen?«

»Ach, ich weiß es doch auch nicht!« Noah wirft in einem Anfall gespielter Verzweiflung die Arme in die Luft. Obwohl ich unser Thema alles andere als komisch finde, bringt mich seine Theatralik zum Lachen.

»Sollte ein Therapeut nicht wissen, wie er mit seinen Gefühlen umzugehen hat?«, necke ich ihn, und plötzlich fühlt es sich wieder so vertraut an, als würden wir uns ewig kennen.

»Sollte man meinen.« Noah lacht, und Darcy stupst mich fröhlich mit der Nase an, erleichtert, dass die Zweibeiner wieder besser gelaunt sind.

»Aber jetzt hast du mich ja wiedergefunden«, sage ich in spielerischem Ton zu Noah, und er wird ernst.

»Ja, und eigentlich würde ich mich sehr darüber freuen, aber …«

»Eigentlich?«, hake ich nach, und ein ungutes Gefühl macht sich in meinem Bauch breit.

»Ja, eigentlich.« Noah sieht aus, als hätte er Zahnschmerzen, und seine Stimme klingt bedrückt.

»Was ist denn das Problem?«, frage ich und ignoriere das Ziehen in meinem Bauch, das auf unangenehme Neuigkeiten hindeutet.

»Du bist quasi meine Patientin, Georgie«, sagt er, und die Erkenntnis knallt mir wie ein Tennisball gegen den Kopf. Er hat recht, und trotzdem wage ich einen Versuch. »Aber wir haben uns kennengelernt, bevor du in die Praxis gekommen bist.« Ich hasse es, dass meine Stimme nach einem verzweifelten Betteln klingt, aber ich kann es nicht ändern.

»Ich weiß«, antwortet er mit einem Seufzen. »Aber ich fürchte, das interessiert niemanden. Ich darf keine Beziehung zu einer Patientin eingehen.«

Seine Worte sind wie ein Schlag in den Magen und klingen so endgültig, dass ich es fast nicht ertrage. Das hier darf nicht das Ende sein. Es hat ja nicht einmal richtig begonnen.

»Und was ist mit joggen?«, platze ich spontan heraus, und Noah sieht mich fragend an.

»Joggen?«, echot er, und ich nicke strahlend, denn ich finde meinen Gedanken immer besser.

»Wenn du und eine Patientin euch beim Joggen begegnet, dann könnte dir doch niemand etwas vorwerfen, wenn du dich mit ihr unterhältst, oder? Ich meine, das gebietet immerhin die Höflichkeit.«

Einen kurzen Moment sieht Noah mich einfach nur an, bis sich ein Grinsen auf seinem Gesicht ausbreitet.

»Nein, dagegen könnte tatsächlich niemand etwas haben«, sagt er, und mein Herz beginnt zu hüpfen.

»Vielleicht laufen wir uns dann ja jetzt öfter hier im Wald über den Weg«, sage ich mutig und merke im gleichen Moment selbst, wie zweideutig man das verstehen kann. Prompt werde ich knallrot.

Ich kann mir nur mit Mühe das Grinsen verkneifen. Georgie ist genial. Zwischenzeitlich hatte ich schon befürchtet, dass sie mir an die Kehle springen könnte, aber die Entwicklung, die unser Gespräch nimmt, ist eine ganz andere.

Eine, die mir einerseits wirklich gut gefällt und andererseits Angst macht.

Natürlich weiß ich, dass alles nicht so einfach ist, aber ich will sie wiedersehen, oder vielmehr: ihr öfter hier im Wald begegnen.

»Das hört sich gut an.«

Ihr Lächeln wird breiter. »Ja, oder?«

Ich muss meiner Chefin recht geben. Georgie ist etwas Besonderes, und das habe ich von vornherein gespürt. Sie ist stark, und gleichzeitig habe ich das Gefühl, dass ihre Seele unglaublich verletzlich ist.

»Wie wäre es denn mit einem spontanen Über-den-Weg-Laufen morgen Abend um dieselbe Zeit?«, schlage ich vor, und sie nickt. Ihre Wangen haben einen zarten Rosaton, und nur mit Mühe widerstehe ich dem Drang, einen Kuss darauf zu hauchen.

»Aber jetzt sind wir ja gar nicht gejoggt«, stellt sie fest, und erst jetzt bemerke ich, dass wir fast wieder an unserem Startpunkt angekommen sind. Die Sonne ist inzwischen kaum noch zu sehen, und die Bäume um uns herum werfen lange Schatten.

»Dann lohnt es sich wohl auch nicht mehr, jetzt noch damit anzufangen«, stelle ich fest. »Mir war gar nicht klar, dass wir schon so lange unterwegs sind.«

»Mir auch nicht«, stimmt sie zu und leint Darcy wieder an. »Es war schön, mit dir zu laufen, Noah.«

Sie sagt es so leise, dass ich es kaum hören kann, und doch klingen die Worte klar und rein in meinem Verstand nach.

»Das fand ich auch«, gebe ich ebenso leise zurück und unterdrücke den Wunsch, in der aufkommenden Dunkelheit nach ihrer Hand zu greifen. Das wäre nicht klug. Ich sollte mich darauf konzentrieren, mit Georgie befreundet zu sein. Mehr ist nicht drin, so ungern ich das auch hören möchte.

Den Rest des Weges schweigen wir, und als wir uns voneinander verabschieden, gibt es ein unsicheres Hin und Her. Umarmen oder nicht?

»Also, ich freue mich auf morgen«, sagt Georgie sanft und stellt sich auf die Zehenspitzen, um ihre Arme um mich zu legen. Einen kurzen Augenblick genieße ich ihre Nähe und atme ihren ganz eigenen Geruch ein.

»Ich freue mich auch«, flüstere ich und drücke sie vorsichtig an mich.

Shit, fühlt sich ihr schmaler Körper in meinen Armen gut an. Es wäre so einfach, mich zu ihr herunterzubeugen, meinen Mund auf ihre vollen Lippen zu pressen und sie bis zur Besinnungslosigkeit zu küssen. Ich will …

Es ist der Hund, der mich von diesem Gedanken abhält, als er zu fiepen beginnt und an uns hochspringt. In diesem Moment würde ich ihn zwar am liebsten auf den Mond schießen, aber ich weiß, dass er mich vor einer Dummheit bewahrt hat. Mit einem widerstrebenden Seufzen lasse ich Georgie los. In ihren Augen erkenne ich dieselbe Sehnsucht, die ich empfinde, und balle meine Hand zur Faust.

Ich kann das schaffen. Ich bin in der Lage, den Abstand zu wahren.

»Bis morgen, Noah«, haucht sie schließlich, und meine Augen beobachten ihre vollen Lippen bei jeder Bewegung.

Ich kann das …

»Bis morgen«, antworte ich sanft und beiße mir auf die Lippe, als sie sich umdreht und mit dem Hund davongeht. Ich sehe ihr nach, bis ich sie in der Dämmerung nicht mehr erkennen kann, und stöhne auf.

»Das wird schwer, Junge«, murmle ich, versenke die Hände in den Taschen meiner Jogginghose und mache mich auf den Weg nach Hause. »Das wird richtig schwer.«

Kapitel 9

Georgie

Den ganzen Heimweg über zieht Darcy wie ein Irrer. Ein Blick auf die Uhr verrät mir, dass er vermutlich Hunger hat, denn wir haben für den Weg dreimal länger gebraucht als sonst.

Als ich die Haustür aufschließe, kommt mir die angenehme Wärme schon entgegen, und ich seufze auf, während Darcy sofort durch den Flur verschwindet. Ich höre, wie er von Jessy begrüßt wird, und als ich in die Küche trete, sehe ich, dass unsere ganze kleine Wohngemeinschaft anwesend ist.

Ben sitzt auf einem Stuhl, Lucky auf dem Schoß, und erzählt mit dramatischer Stimme von seinem Tag und seinen Klavierschülern.

»Hey, ihr Goldschätze«, trällere ich und merke sofort an ihrer Reaktion, dass ich zu dick aufgetragen habe.

»Alles in Ordnung, Mylady?« Ben zieht skeptisch eine Augenbraue hoch. »Woher kommt diese plötzliche Hochstimmung?«

»Ach, das Joggen«, wiegele ich ab und sehe Jessy über die Schulter, die für uns alle Abendessen kocht.

»Wow, riecht das lecker«, kommentiere ich und schnuppere genießerisch. »Was ist das?«

»Creamy Tomato Pasta«, sagt sie und hält mir einen Kochlöffel hin. »Probier mal.«

Ich nehme ihr den Kochlöffel aus der Hand und schiebe ihn mir in den Mund.

»Köstlich«, brumme ich, und mein Magen verlangt mit einem begehrlichen Knurren nach mehr. »Du solltest deine eigene Kochshow bekommen«, murmele ich, und sie lacht.

»Los, deck den Tisch, du Schleimerin.«

Schnell komme ich ihrer Aufforderung nach, während Ben Darcy und Lucky ihr Fressen hinstellt, und wenig später sitzen wir gemütlich am Tisch und genießen das Essen.

»Wenn ich Alex nicht so mögen würde, Jess«, mampft Ben, »dann würde ich dich heiraten.«

»Schön, dass du mich auch fragst.« Sie und füllt unsere Teller ein zweites Mal.

»Willst du mich etwa nicht?«, fragt er empört und schaut dann zu mir. »Georgie würde mich heiraten, stimmt's?«

»Was, ich?«, rufe ich und spiele die Entsetzte. »Warum denn ich?«

»Du doofe Kuh«, schmollt Ben und lächelt gleich darauf wieder. »Aber du bist ja sowieso nicht an Männern interessiert, also zählt das nicht.«

Ich spüre, wie meine Wangen sich zartrosa färben, und überlege, was ich dazu sagen soll.

»Aber wenn, Bennie, dann wärst du sicher unter den ersten drei«, sage ich schließlich und muss dabei nicht mal lügen. Wenn man mich zwingen würde zu heiraten, dann doch lieber Ben als irgendeinen anderen Kerl. Aber auf Platz eins kann ich ihn nicht setzen. Diesen Platz hat sich ein Mann geangelt, den ich bisher dreimal gesehen habe. Ein bisschen irre ist das ja schon, wenn ich genauer darüber nachdenke.

Ein Lächeln breitet sich auf meinem Gesicht aus, als ich daran denke, dass ich ihn morgen wiedersehen werde. Ich wünsche mir, dass die Zeit schneller vergeht und ich bei ihm sein kann. Und dabei kann ich nicht einmal sagen, was das zwischen uns eigentlich ist. Oder was werden soll. Ich weiß nur, was ich mir wünsche, und das ist, dass Noah Teil meines Lebens ist. Für immer.

»Das ist ja so lieb von dir, Georgie«, meint Ben, und ich frage mich plötzlich, ob wir noch Spaß machen. Sein Lächeln ist dankbar, und obwohl ich weiß, dass keiner von uns beiden romantische Gefühle für den anderen hegt, sehe ich ihm an, dass er sich über meine Worte freut.

»Jetzt esst gefälligst auf, Kinder«, sagt Jessy, und ich nehme den nächsten Bissen.

Die beiden Tiere haben ihre Näpfe geleert, und während Lucky mit ihrer Pfote eine kleine Papierkugel über den Boden schießt, sitzt Darcy sabbernd vor Jessys Stuhl und blickt sie aus seinen treuen Hundeaugen bittend an.

»Nein«, sagt sie und versucht dabei autoritär zu klingen. »Nein, du kriegst nichts vom Tisch.«

»Wuff!«, kommt es protestierend zurück, und Ben und ich brechen in schallendes Gelächter aus.

»Er diskutiert schon wieder«, gluckst Ben, während er sich eine weitere Portion Nudeln auf die Gabel wickelt und sie mit einem genießerischen Seufzen in den Mund schiebt.

»Das macht er immer«, seufzt Jessy und krault Darcy unauffällig am Ohr, der daraufhin zufrieden grunzt.

Nach dem Essen räume ich den Tisch ab und die Spülmaschine ein. Währenddessen schreibt Jessy eine Nachricht an ihrem Handy.

»Alex?«, frage ich und tue so, als würde ich über ihre Schulter spähen. Sie wird rot.

»Möglich.«

»Ich finde es so toll, dass ihr beiden jetzt endlich glücklich seid«, sage ich und streiche ihr im Vorbeigehen über den Arm. »Und wann wird geheiratet?«

Bei meiner Frage verrutscht meiner Freundin das Lächeln auf dem Gesicht, und ich erkenne eine tiefe Unsicherheit in ihren grünen Augen.

»Ach, wer weiß das schon?«, antwortet sie leichthin und macht eine wegwerfende Handbewegung. Ich spüre sofort, dass mehr hinter ihren Worten steckt, und runzle besorgt die Stirn. Meine fürsorgliche Seite bahnt sich wieder einmal einen Weg an die Oberfläche.

»Jessy, wie wäre es mit einer Tasse Kakao?«, erkundige ich mich möglichst normal und mache an Ben gewandt ein bittendes Gesicht und eine wedelnde Handbewegung.

»Also ich bin da raus«, versteht er auch sofort und steht auf. »Lucky und ich gehen jetzt erst mal eine Runde Musik hören.«

Ich forme ein stummes Danke in seine Richtung und löffele Kakao in einen Topf. Dann gieße ich Milch hinzu und beginne zu rühren, während der Raum sich mit einem herrlich schokoladigen Duft füllt.

»Du bist ein echter Schatz.« Jessy seufzt, als ich ihr die Tasse hinstelle. Ich habe den Kakao mit ein bisschen Vanille gemischt und ihn mit Marshmallows, Sahne und Schokostreuseln garniert.

»Für meine beste Freundin doch immer«, gebe ich liebevoll zurück, und wir gehen gemeinsam mit Darcy ins Wohnzimmer, wo wir uns auf das Sofa lümmeln.

Jessy kuschelt sich in eine flauschige türkisfarbene Decke, und ich ziehe meine Knie zu mir heran.

Über unsere Sahneberge wechseln wir einen Blick.

»So, Süße«, beginne ich und unterbreche mich nur kurz, um an meiner Tasse zu nippen. Extra schokoladig mit einem Hauch Vanille, genau wie ich es liebe.

»Also«, fange ich noch einmal an und mustere Jessy aufmerksam. »Was war das vorhin? Stimmt etwas nicht bei Alex und dir?«

Eine Weile bleibt es still. Ich beobachte meine Freundin genau, und als erst ihre Lippen und dann ihre Schultern zu beben beginnen, steigt meine Sorge ins Unermessliche.

»Ich weiß es nicht.« Sie schnieft, und ich stelle hastig die Tasse auf den Wohnzimmertisch, um Jessy in die Arme zu schließen.

»Was weißt du nicht, Süße?«, frage ich sanft, und sie schüttelt den Kopf, bevor sie ihre Stirn an meine Schulter lehnt.

»Alles«, bringt sie zwischen zwei Schluchzern hervor. »Ich weiß gar nichts!«

Jessys Schmerz trifft mich wie eine unerwartete Welle und umspült mein ganzes Sein.

»Bist du denn nicht glücklich mit Alex?«, frage ich hilflos. Sie schüttelt den Kopf, nickt, schüttelt wieder den Kopf und stöhnt. Dann löst sie sich von mir, um sich die Nase zu putzen und nach ihrer Tasse zu greifen.

»Doch, sehr!«, murmelt sie und nimmt einen kleinen Schluck von ihrer heißen Schokolade. »Aber manchmal bin ich mir nicht sicher, ob es ihm genauso geht.«

Bei ihren Worten durchfährt mich ein Strom von Gefühlen, und das erste davon ist Entsetzen, dicht gefolgt von brennend heißer Wut.

»Hat er …«, beginne ich, und in mir brodelt es. Nachdem Alex meiner Freundin so sehr wehgetan hat, habe ich ihm versprochen, dass ich etwas Schlimmes mit seinen

Eiern anstellen werde, wenn er ihr wieder einmal wehtun sollte. Mental bereite ich mich schon jetzt auf diese Mission vor.

»Nein«, fällt sie mir ins Wort und schüttelt den Kopf. »Er hat gar nichts gesagt. Ich habe nur nicht das Gefühl, dass er unsere Beziehung auf die nächste Ebene bringen will.«

»Warum glaubst du das?«, frage ich.

»Weil er mir immer das Gefühl gibt, dass er nicht mehr heiraten möchte. Dass er eigentlich seinen Freiraum braucht und ich ihm im Weg stehen könnte. Diese blöde Kathy hat ihm heute schon wieder geschrieben und ihm vorgeschlagen, *mal bei einem Kaffee zu reden*.«

Ihre Stimme nimmt einen verzweifelt-höhnischen Tonfall an, und sie malt Gänsefüßchen in die Luft.

»Manchmal glaube ich, dass er mich gar nicht richtig liebt und sich eigentlich nach seiner Freiheit sehnt.«

»Ach, Süße, das ist doch totaler Unsinn«, versuche ich sie zu beruhigen. »Alex liebt dich, und ich bin sicher, dass er dich als Teil seiner Zukunft eingeplant hat.«

Ich nehme einen weiteren Schluck aus meiner Tasse und sammle mich.

»Und über diese Kathy haben wir doch schon gesprochen. Sie hat keine Chance gegen dich.« Liebevoll mustere ich meine Freundin. »Du bist jung, schön und darüber hinaus ein liebevoller und herzlicher Mensch. Alex weiß, was er an dir hat. Es gibt immerhin einen Grund, warum du seine Freundin bist und sie seine Ex.«

»Schon.« Jessy klingt noch immer nicht zu hundert Prozent überzeugt. »Aber es gäbe bestimmt vieles, was mit ihr einfacher wäre.«

»Zum Beispiel?«, frage ich und bin jetzt wirklich gespannt auf ihre Antwort.

Sie zuckt mit den Achseln. »Keine Ahnung. Der Altersunterschied ist kleiner. Er kennt sie schon lange und vielleicht …«

»So ein Unsinn!«, unterbreche ich ihre Gedanken der Selbstkasteiung. »Ich wiederhole mich nur ungern. Es gibt einen Grund, warum Alex sich damals von ihr getrennt hat und jetzt mit dir zusammen ist, verstanden? Ihr beiden seid perfekt füreinander, und nicht nur weil Gegensätze sich anziehen, sondern weil ihr gemeinsam so vieles erlebt habt. Ich bin sowas von im Team #Jessex.«

Langsam hört meine Freundin auf zu zittern, stellt ihre Tasse wieder auf den Tisch und schmiegt sich an mich.

»Danke, Georgie«, wispert sie mir zu, und ich muss lächeln.

»Eine für alle. Das weißt du doch.«

»Dieser Shipname ist aber wirklich furchtbar«, kichert sie irgendwann, und ich falle in ihr Lachen ein.

»Findest du? Ich finde irgendwie, er passt zu euch.«

»Eigentlich hast du recht.« Sie prustet, und dann gackern wir noch eine Weile vor uns hin, schlürfen langsam und genießerisch unseren Kakao, und in diesem Augenblick ziehe ich ernsthaft in Erwägung, ihr von Noah zu erzählen.

Sie hat sich mir anvertraut, und doch sträubt sich mein Inneres dagegen, dasselbe zu tun. Es fühlt sich gut an, ein kleines Geheimnis zu haben, und ich habe ein bisschen Angst, Jessy könnte versuchen, mir meine Gefühle für Noah auszureden. Deshalb halte ich den Mund.

»Du, Georgie«, beginnt Jessy nach einer Weile, und ich horche auf. Etwas an ihrer Stimme lässt mich stutzig werden.

»Ja?«, frage ich und hebe eine Augenbraue.

Jessy malträtiert ihre Unterlippe mit ihren Zähnen.

»Ich weiß, dass es vielleicht merkwürdig ist, aber ich wüsste wirklich gerne, was mit Ben los ist.«

Ein Schreck fährt mir in die Glieder. Muss das ausgerechnet jetzt sein? Plötzlich würde ich ihr lieber von meinem Geheimnis erzählen.

»Wovon redest du denn?« Ich komme mir schäbig vor, weil ich tue, als hätte ich keine Ahnung, wovon sie spricht.

»Ich frage mich, warum er nie von seiner Familie spricht«, sagt Jessy leise, und ich hole tief Luft.

»Weil es ihm wehtut«, sage ich.

»Ist etwas mit seinen Eltern?«, fragt Jessy weiter, und ich fürchte, dass ich aus dieser Nummer nicht mehr herauskomme. Also überlege ich blitzschnell und fasse einen Entschluss. Ich werde ihr einen Teil dieses Geheimnisses anvertrauen, das nicht meines ist. Einen kleinen Teil.

»Bens Mutter lebt nicht mehr«, sage ich leise, und Jessy keucht erschrocken auf.

»Oh nein, das ist ja schrecklich«, murmelt sie erschüttert. »Warum hat er nur nie davon gesprochen?«

»Weil es ihm wehtut«, wiederhole ich eindringlich und sehe ihr fest in die Augen. »Also versprich mir bitte, dass du ihn unter keinen Umständen darauf ansprichst. Es ist seine Sache, dir davon zu erzählen, und ich habe damit ein Versprechen gebrochen.«

»Ich halte den Mund«, verspricht Jessy, und ich sehe ihr an, wie sehr die Nachricht sie schockiert. Dabei kennt sie nicht einmal die ganze Wahrheit.

»Du kennst das ja mit dem Schmerz bei einem Verlust«, sage ich und denke dabei an Jessys älteren Bruder, der vor einigen Jahren bei einem Autounfall ums Leben gekommen ist.

»Allerdings«, murmelt sie mit düsterer Miene. Einige

Minuten schweigen wir einfach nur, bis Jessy sich aufrafft und geradezu brutal das Thema wechselt.

»Was ist eigentlich mit dir und Lacy?«, fragt sie. »Ich habe sie seit einer Ewigkeit nicht mehr mit dir gesehen, und Rider hat mir erzählt, dass er schon total genervt ist, weil Jenna und sie ständig an ihm kleben.«

»Lacy und ich sind keine Freundinnen mehr«, antworte ich und erzähle ihr dann das Nötigste, ohne zu lügen.

»Sie hat sich unmöglich verhalten, weil ein Typ mich angebaggert hat, den sie interessant fand.«

»Das klingt nach ihr«, murmelt Jessy bissig und schüttelt den Kopf.

Immerhin treten Noah und unser Nicht-Date morgen eine Weile etwas in den Hintergrund. Erst als ich später im Bett liege und vom Schlaf so weit entfernt bin, wie es irgendwie möglich ist, denke ich wieder daran. Und kann nicht mehr damit aufhören.

Mir wird klar, dass ich von ihm wissen will, was er von uns erwartet, weil ich genau weiß, was ich mir wünsche. Ich will ihn kennenlernen, und wenn er so ist, wie er mir vorkommt, dann will ich ihn an meiner Seite haben. Am besten für immer. Stöhnend rolle ich mich auf meiner Matratze herum, was Lucky mit einem Grummeln quittiert, und vergrabe den Kopf in meinem Kissen.

»Seit wann bin ich so?«, murmle ich und bin damit jetzt offiziell so weit, dass ich mit mir selbst spreche. »Ich habe mich noch nie so gefühlt.«

Im selben Moment wird mir bewusst, was das bedeutet. Ich muss mich das erste Mal in meinem Leben verliebt haben, und es ist ein Gefühl, das mir nicht gefällt.

Es fühlt sich nicht schön und leicht an, jetzt da ich allein bin. Das war so, als ich Noah neben mir hatte, aber jetzt gerade ist es einfach nur eine schreckliche Unsicherheit, die mir das Gefühl gibt, nicht mehr zu wissen, wer ich eigentlich bin. Ich vermisse Noah, obwohl ich ihn doch heute erst gesehen habe und morgen schon wiedersehen werde. Und obwohl mir heiß ist, mein Magen grässlich flattert und meine Gedanken sich nur um Noah drehen, kann ich ein Lächeln nicht unterdrücken.

Morgen sehe ich ihn wieder!

Noah

»Ist irgendwas mit dir, großer Bruder?«, durchbricht die Stimme meines kleinen Bruders am Nachmittag des nächsten Tages meine Gedanken, in die ich versunken war, während ich meinen Kaffee in mich hineinschlürfe.

Das Haus, in dem er gemeinsam mit seiner Verlobten wohnt und das seit etwa einem Jahr auch meine Bleibe ist, ist hell und gemütlich. Es eignet sich perfekt für Jonathan Portman, den bekannten Basketballspieler und dessen zukünftige Ehefrau.

Die Liebe zu Ballsportarten liegt bei uns in der Familie, aber während ich mein Leben lang nur Profifußball spielen wollte, hat sich Jonny schon früh in die Welt des Basketballs verliebt. Seitdem er einen Ball halten kann, hat er trainiert und wurde vor vier Jahren, als er gerade zwanzig war, tatsächlich von einem Talentscout entdeckt und in einer Profimannschaft angenommen.

Letztes Jahr war er dann bei einer Dating Show als begehrter Junggeselle zu sehen und hat dabei Angela kennen, und lieben gelernt.

Als mein Traum vom Profisport vor acht Jahren geplatzt

ist, war er gerade sechzehn Jahre alt. Seitdem meide ich das Rampenlicht und habe mich geweigert, meine Vergangenheit im Rahmen dieser Show ausschlachten zu lassen.

Es ist nicht so, dass ich meinem Bruder seinen Erfolg nicht gönnen würde. Nein, ich bin stolz auf ihn, wobei mir dieses *Influencer-Zeug*, das offenbar einfach dazugehört, suspekt ist. Ich wollte auf den Tod nicht nur »der Bruder mit den geplatzten Träumen« sein.

Es ist mir auch gar nicht recht, dass ich bei meinem Bruder Obdach suchen muss, aber leider hatte ich keine andere Wahl. Während ich noch aktiv studiert habe, hat Jonathan es sich nicht nehmen lassen, seinen großen Bruder finanziell zu unterstützen. Es fühlt sich für mich merkwürdig an, dass er so selbstständig ist und ich derjenige bin, der von ihm versorgt wird.

Aber während ich studiert und dann meine ersten praktischen Erfahrungen gesammelt habe, konnte ich mir schlicht und einfach nichts Eigenes leisten. Zwischendurch hatte ich mal eine kleine Wohnung, die mir aber leider im letzten Jahr gekündigt wurde. Wenn ich endlich meine eigene Praxis habe, dann wird sich das hoffentlich wieder ändern.

»Was soll sein?«, frage ich abgelenkt, und Jonathan dreht sich mit seiner Smoothie-Bowl in der Hand zu mir um. Er hat mir mal erklärt, dass man das Frühstück so nennt, das er sich jeden Tag macht. Für mich ist es eine Art dicker Fruchtsaft, auf den man irgendwelche Beeren und Körner packt, damit es auf Fotos hübsch aussieht.

»Du starrst Löcher in die Luft und trinkst seit zwanzig Minuten an einer Tasse Kaffee«, sagt mein Bruder und hebt amüsiert die Augenbraue.

»Ach, ich denke an die Praxis«, lüge ich und versuche

dadurch von meinen eigentlichen Gedanken – respektive Georgie – abzulenken.

»Sag mal, großer Bruder«, beginnt Jonathan und mustert mich aufmerksam. »Bist du sicher, dass diese Therapeutensache der richtige Weg für dich ist?«, fragt er sanft, und ich kneife bei seinen Worten die Lippen zusammen. Ich weiß genau, welchen Weg er sich für mich vorstellt, aber ich bin nicht bereit, mich diesem Thema zu stellen. Auch jetzt, sieben Jahre später, kann ich es einfach nicht.

»Das Thema ist gegessen, Jonny«, sage ich und lege alle Bestimmtheit in meine Worte, die ich zur Verfügung habe. Ich weiß, wie es sich anfühlt, die eigenen Träume aufgeben zu müssen, und diesen Traum hier werde ich mir nicht wegnehmen lassen, um einer Sache nachzujagen, die mir nur immer wieder vor Augen halten wird, was ich ursprünglich verloren habe.

»Willst du nicht wenigstens mal mit Patric reden?«, fragt mein Bruder, und bei der Erwähnung dieses Namens krampft sich mein Herz zusammen. Ich habe meinen ehemaligen Agenten seit sieben Jahren nicht mehr gesehen, keinen seiner Anrufe angenommen und mich auch sonst nicht gemeldet. Ich konnte es einfach nicht. Und dass Jonny jetzt von ihm spricht, habe ich nicht erwartet. Ich kann nicht an den Mann denken, der so große Hoffnungen in meine Karriere als Sportler hatte und den ich so sehr enttäuscht habe. Wegen meiner eigenen Dummheit.

»Es gibt nichts, was ich ihm zu sagen hätte«, sage ich mit gepresster Stimme und versuche, gleichmäßig zu atmen.

»Bist du dir da ganz sicher?« Mein Bruder ist so ruhig und sein Ton so ernst, dass ich es nicht einfach abtun kann. »Ich habe ihn und Jenni neulich auf einer Benefizgala getroffen und hatte den Eindruck ...«

»Jonny!« Ich spüre, wie der Druck auf meiner Brust sich explosionsartig entlädt. »Es ist mir scheißegal, was für einen Eindruck du hast. Ich bin es, dessen verdammter Traum einfach von einem auf den andern Tag vorbei war, während du jeden Tag deine Fresse in die Kamera halten und damit Kohle machen kannst.« Ich weiß, dass ich weit übers Ziel hinausschieße, aber ich verliere gerade die Beherrschung. »Du hast keine Ahnung, wie sich das anfühlt, okay?«, brülle ich weiter und spüre den Schmerz in meinem Herzen überdeutlich. »Du hast nie dieselben folgenschweren Fehler gemacht wie ich. Deine Zukunft ist nicht ruiniert. Also wage es nicht, meine Entscheidungen anzuzweifeln.«

Mit diesen Worten stelle ich meine Kaffeetasse auf den Tisch und stehe auf. Bevor Jonathan etwas sagen kann, knalle ich die Küchentür hinter mir ins Schloss. Auf dem Flur begegnet mir Angela, aber ich halte nicht an, sondern schlüpfe im Laufen in meine Schuhe und knalle die Haustür hinter mir zu. Mein Herz rast, ich spüre den leichten Schmerz im linken Bein, und die Wut steigert sich ins Unermessliche, weil er nach all den Jahren immer noch da ist. Ich renne die Straße entlang, was nicht gerade clever ist. Natürlich habe ich mich nicht aufgewärmt, und mit jedem Schritt spüre ich den daraus resultierenden, stechenden Schmerz in meinem linken Knie.

Aber ich werde nicht langsamer. Ich will ihn spüren. Es ist, als wollte ich mich für das bestrafen, was passiert ist. Ich weiß leider nur zu genau, dass es meine Schuld ist. Ich bin selbst schuld daran, dass mein Leben ganz anders verlaufen ist als geplant.

Als mein linkes Bein das nächste Mal auf den Asphalt aufkommt, zische ich schmerzerfüllt auf. Dieses Mal war es ganz eindeutig eine Spur zu viel. Ich habe es übertrieben, und das bereue ich gerade im wahrsten Sinne des Wortes schmerzlich.

Ich bleibe stehen und verziehe das Gesicht. Ich werde mich vermutlich nie daran gewöhnen, dass ich nicht mal mehr in der Lage dazu bin, den Frust aus mir heraus zu laufen.

Keuchend betaste ich mein schmerzendes Knie.

Einen Vorteil hat das Ganze. Ich habe mich weitgehend beruhigt. Oder ich sollte besser sagen, dass der Schmerz im Bein mich von dem anderen, ungleich größeren Schmerz ablenkt.

»So ein Mist«, fluche ich leise, als ich daran denke, dass ich ja heute Abend mit Georgie zum Laufen verabredet bin. Das kann ich jetzt wohl vergessen. Schon wieder etwas, das ich mir versaut habe. Nachdem ich meinem Bein gerade so viel zugemutet habe, wird es heute Abend sicher noch wehtun. Ich knirsche mit den Zähnen und balle die Hände zu Fäusten, weil wieder einer meiner Fehler blöde Folgen hat. Mal sehen, wie ich das geradebiegen kann. Aber erst einmal muss ich diesen Arbeitstag überstehen.

Kapitel 10

Georgie

Pünktlich zur verabredeten Zeit hibbele ich mit Darcy auf der Straße herum und drehe mich wieder und wieder suchend um, damit ich Noah sehe, wenn er kommt. Als ich dann endlich seine Silhouette ausmachen kann, beschleunigt sich mein Puls. Noah kommt mit langen Schritten auf mich zu. Bilde ich mir das nur ein, oder läuft er komisch? Obwohl es mir bisher nicht aufgefallen ist, glaube ich, dass er sein linkes Bein merkwürdig nachzieht.

Mein »Ist alles okay?« bleibt mir im Halse stecken, als ich die Gewitterwolken auf seinem Gesicht sehe. Er rauscht auf mich zu und bleibt einen Meter von mir entfernt stehen.

»Hey«, begrüße ich ihn vorsichtig, und mein Lächeln scheint die Wolken ein bisschen zu vertreiben.

»Hey«, erwidert er den Gruß und tritt vor mir auf der Stelle. »War kein guter Tag heute. Hast du etwas dagegen, wenn wir gleich loslaufen? Ich brauche gerade dringend Bewegung.«

Ich nicke hastig und ignoriere den Stich der Enttäuschung. Eigentlich hatte ich mir unsere Begegnung heute ganz anders vorgestellt. Ich hatte sogar schon einen lockeren Spruch geplant, den ich anbringen wollte, nun aber vergessen kann.

»Oh, du auch hier? Was für ein absoluter Zufall«, wollte ich sagen. Merkwürdigerweise hatte ich sogar geplant, ihm dabei zuzuzwinkern, und diese Tatsache irritiert mich ehrlich gesagt am meisten.

Nie zuvor habe ich das Gefühl gehabt, mit einem Mann flirten zu wollen. Bis jetzt. Ausgerechnet jetzt, da mein Gegenüber offensichtlich schlechte Laune hat, möchte ich nichts lieber, als mit ihm zu schäkern.

Stattdessen joggen wir los. Darcy springt aufgedreht neben mir her, beißt in seine Leine und beruhigt sich erst wieder, als ich kurz anhalte, um ihn frei laufen zu lassen. Dann beschleunige ich meine Schritte, um Noah einzuholen, der nicht stehengeblieben ist.

Es dauert eine Weile, bis Arme und Beine sich im perfekten Rhythmus bewegen, und weil Noah viel längere Beine hat als ich, muss ich meine Anstrengungen verdoppeln, um mithalten zu können. Er ist schnell. Er ist sogar richtig schnell, und schon bald spüre ich das befriedigende Brennen meiner Lungen.

Aber ich bin nicht der Typ, der einfach so aufgibt, und deshalb ignoriere ich meine schmerzenden Muskeln, meinen Atem, der nur noch stoßweise kommt, und laufe tapfer weiter. Als ich merke, dass Noah neben mir langsamer wird und bei einem Seitenblick auf ihn feststelle, dass kleine Schweißtropfen auf seiner Stirn glänzen, reduziere ich ebenfalls meine Geschwindigkeit. Sein Mund ist zu einem dünnen Strich zusammengepresst und mir wird klar, dass er Schmerzen hat.

»Ist alles okay?«, ploppt es nun doch besorgt aus mir heraus.

»Ja, warum?« Seine Stimme klingt gepresst, und man muss keine besondere Menschenkenntnis haben, um die Lage zu erkennen.

»Du humpelst und siehst leidend aus«, sage ich energisch und stelle mich ihm beherzt in den Weg. »Also hör auf damit, den harten Kerl zu markieren, und sag mir, was los ist.«

Ich meine, ein leises Zähneknirschen zu hören, aber dann gibt Noah sich geschlagen. Am Rand des Weges sind einige Baumstämme aufeinandergestapelt, und ich deute darauf.

»Komm, wir setzen uns da hin«, schlage ich vor, und Noah nickt ergeben. Jetzt ist das Humpeln eindeutig zu sehen, und er seufzt auf, als er auf dem rauen Holz Platz nimmt.

Ich tue dasselbe, und Darcy lässt sich brav vor uns auf den Hintern plumpsen. Ich warte, bis Noahs Atem wieder ruhiger geht, und wende mich dann an ihn.

»Also, was ist mit deinem Bein?«

Okay, Georgie. Nur nicht um den heißen Brei herumreden. Immer schön drauflos. Das kommt sicher super an.

Noah senkt den Blick und zupft an der kalten Baumrinde herum. »Das ist eine lange Geschichte«, beginnt er dann, und mein Herz hüpft, weil mir klar ist, dass ich gewonnen habe. Diese Worte sagt man nur, wenn man darüber reden wird.

»Ich habe Zeit«, gebe ich zurück und nutze damit die klischeehafteste Antwort in der Geschichte der klischeehaftesten Antworten.

Das scheint Noah genauso zu sehen, denn er grinst schwach. Aber er wird schnell wieder ernst, und ich warte gespannt ab, was ich gleich hören werde.

Ich sehe Georgie an, dass sie wirklich keine Ahnung hat. Wahrscheinlich hat sie keinerlei Interesse an Fußball und deshalb auch keine Ahnung von der Jugendliga, in der ich jahrelang gespielt habe mit der Hoffnung, eines Tages Profi zu sein. Eine Chance, die ich im Alter von neunzehn Jahren nur um Haaresbreite verpasst habe.

»Weißt du«, fange ich vorsichtig an und atme tief ein. Ich bin nicht bereit, diese Geschichte zu erzählen, aber ich weiß, dass ich vermutlich nie dafür bereit sein werde und es jetzt vielleicht genau der richtige Zeitpunkt ist, mich selbst zu überwinden.

»Was tust du am liebsten?«, fange ich noch einmal von vorn an, und die Art, mit der sie niedlich ihre Nase krauszieht, zeigt mir, dass sie etwas anderes erwartet hat.

»Ich?«, fragt sie vorsichtig, und ich nicke zustimmend.

»Ja, gibt es etwas, das du in deinem Leben immer erreichen wolltest? Etwas, das dich wirklich ausmacht und erfüllt?«

Georgie überlegt, greift gedankenverloren in ihre Jackentasche und schiebt dem brav sitzenden Hund ein Leckerli zu.

»Kunst«, sagt sie schließlich, und unsere Blicke begegnen sich mit einer kribbelnden Intensität. »Ich liebe das Gefühl, dass ich in meiner Kunst meinen Blick auf die Welt zeigen kann. Auch wenn ich nie mit mir zufrieden bin«, setzt sie nach kurzem Zögern mit einem Lachen hinzu, in das ich einfalle. Ich erinnere mich an unser erstes Treffen und daran, dass ich gern mal eines ihrer Bilder sehen würde.

»Aber warum willst du das wissen?«, fragt sie neugierig. »Warum ist das wichtig?«

»Weil ich auch etwas hatte, das mein Leben war«, sage

ich ehrlich. »Und das war kein Psychologiestudium, so viel ist sicher.«

Es seit so langer Zeit wieder einmal auszusprechen schmerzt mehr, als ich erwartet hätte und mit einem Mal überrollen mich die Erinnerungen, wie Wellen, die über mir zusammenschlagen. In Gedanken reise ich zu dem Tag vor acht Jahren, an dem ich lieber auf Jennifer Falk hätte hören sollen.

»Bist du sicher, dass es klug ist, in den Funpark zu gehen?«, erkundigt sich meine beste Freundin Jennifer und mustert mich besorgt. »Die Qualifikationsspiele für die Nationalelf stehen so kurz bevor.«

Ich lächele über ihre Besorgnis, denn ich weiß, dass sie völlig unbegründet ist.

»Alles in Ordnung, Schätzchen«, sage ich gönnerhaft und streiche ihr flüchtig mit der Hand über das Kinn. »Du musst dich ganz dringend mal lockermachen.«

Mit einer genervten Handbewegung schlägt Jenni meine Hand beiseite und funkelt mich wütend an.

»Dein Leichtsinn wird irgendwann noch seinen Tribut fordern, du Luftikus«, schnauzt sie mich an. »Und nenn mich nicht noch mal Schätzchen, sonst brech ich dir die Nase. Ich gehe jedenfalls nicht mit dir auf die Piste.«

Gleich werden Rauchwölkchen aus ihrer Nase kommen, da bin ich mir sicher.

»Oh doch, das wirst du.« Ich lache und ignoriere ihre Empörung. »Du würdest mich nämlich niemals bei meinen Dummheiten alleinlassen.«

»Du machst mich wahnsinnig.« Jenni schnauft, und ich muss lachen. Wir haben uns vor ein paar Jahren kennengelernt, als ich in die Juniormannschaft aufgenommen wurde. Sie machte

ihre Ausbildung bei der Agentur, bei der ich unter Vertrag bin, und ist zumindest zeitweise für mich verantwortlich.

Inzwischen ist Jenni mit meinem Agenten zusammen, und dass sie in dieser Zeit auch meine beste Freundin geworden ist, kann ich nicht leugnen. Man kann echt viel Spaß mit ihr haben, außer sie macht sich Sorgen um mich, meine Gesundheit und ihre Karriere. So wie jetzt.

»Du bist ein eingebildeter Blödmann, Noah Portman«, beschimpft sie mich wütend. Zwischen ihren Augenbrauen hat sich eine steile Falte gebildet, und ihr Mund ist nicht mehr als ein dünner Strich.

»Aber du hast mich lieb«, gebe ich zu bedenken.

Sie schüttelt ihren blonden Lockenkopf, sodass die langen Kringellöckchen nur so um ihr rundes Gesicht tanzen. »Jetzt gerade steht das in den Sternen, mein Lieber. Du weißt, ich bin für dich verantwortlich, und wenn dir etwas passiert, dann kann mich das meinen Job bei der Agentur kosten.«

»Patric würde dich niemals feuern«, sage ich augenzwinkernd. »Außerdem bin ich immer noch selbst in der Lage zu entscheiden, was ich tue.« Ich lasse meine Muskeln spielen und greife nach meinen Slopestyle-Skiern. Das Praktische an diesen Brettern ist, dass ich damit vorwärts und rückwärts fahren kann. Außerdem sind sie weicher als normale Skier und federn das Aufkommen auf dem Boden ab. »Und wenn du willst, dann gebe ich dir schriftlich, dass du keinerlei Chance hast, mich davon abzubringen, die Fahrt meines Lebens auf der Piste zu machen.«

Mit diesen Worten zwinkere ich ihr zu und mache mich auf den Weg.

Jenni schlüpft mit einem verhaltenen Fluchen in ihre Skijacke. »Ich hasse dich«, brummelt sie, und ich kann mir das Lachen nicht verbeißen.

»Tust du nicht.«

Als wir das Hotel verlassen, denke ich darüber nach, wie dämlich es doch wäre, hier in den Rockys Urlaub und Wellness vor den wichtigen Spielen zu machen und dann nicht in den Funpark zu gehen. Klingt für meine Begriffe völlig unlogisch.

»Das ist keine gute Idee. Nein, das ist wirklich eine ganz dumme Idee«, wiederholt Jenni wieder und wieder, bis ich sie mürrisch von der Seite ansehe.

»Kann ich dich eigentlich feuern?«, erkundige ich mich mit aufgesetzt liebenswürdiger Stimme, und sie grunzt.

»Das würdest du bereuen, Portman. Jeden Tag.«

Und weil ich genau weiß, dass sie recht hat, lenke ich ein.

»Bitte, Jen, lass uns an diesem herrlichen Tag nicht streiten«, sage ich und stelle im selben Moment fest, wie recht ich doch habe. Es ist wunderschön hier in den Rockys. Wir haben das Hotel verlassen, und schon erwartet uns ein weiß glitzerndes Winterwunderland. Der Schnee hat die perfekte Höhe, um boarden zu gehen, und das sehen nicht nur wir so. Auch viele andere Wintersportler sind unterwegs, um die Pisten unsicher zu machen.

»Ich will ja gar nicht mit dir streiten, Noah«, sagt Jen, und als ich ihr einen Seitenblick zuwerfe, wird mir klar, dass ihr die Situation wirklich zu schaffen macht. In einer brüderlichen Geste lege ich ihr meinen Arm um die Schulter.

»Ich bin vorsichtig«, verspreche ich ihr in einem versöhnlichen Tonfall und drücke ihre Schulter. »Und heute Abend machen wir Wellness.«

»Was ist dann passiert?«, unterbricht Georgies atemlose Stimme meine Erinnerungen. Sie hängt wie gebannt an meinen Lippen, über ihr Gesicht zucken die verschiedensten Emotionen, und es ist offensichtlich, dass ihr meine Geschichte nahegeht. Obwohl ich noch nicht am Ende angekommen bin, möchte ich sie gerade am liebsten einfach nur in meine Arme ziehen. Dieser irrationale Wunsch ist so stark, dass ich nicht dagegen ankomme.

»Komm her«, flüstere ich so leise, dass es ein echtes Wunder ist, dass Georgie mich dennoch versteht. Aber das tut sie und lehnt sich mit errötenden Wangen an mich.

Vorsichtig lege ich einen Arm um ihre schmale Schulter und ziehe sie sanft näher an mich heran. Meine Bewegungen sind so zaghaft, als hätte ich Angst, sie zu zerbrechen, und ein bisschen stimmt das sogar. Allerdings auf eine andere Art. Ich habe Angst. Angst davor, sie zu verletzen, weil ich so verkorkst bin.

Ich, der Therapeut. Das ist so lächerlich. Aber gerade als ich mich in den zerstörerischen Gedanken zu verlieren drohe, bettet Georgie ihren Kopf an meiner Brust und schmiegt sich an mich.

»Erzähl mir bitte, wie es weiterging«, flüstert sie, und Darcy legt mir, wie zur Bestätigung, eine Pfote aufs Knie. Gedankenverloren strecke ich meine Hand aus und kraule seine weichen Ohren. Dann hole ich tief Luft und versinke wieder in der Erinnerung an diesen schicksalshaften Tag.

»Sieh nur, Jen!«, rufe ich begeistert, als der Sessellift uns oben auf dem Berg ausspuckt und den Blick auf die verschneiten Abhänge und die in der Sonne glitzernden Eiskristalle freigibt. »Hättest du darauf wirklich verzichten wollen?«

Neben mir seufzt Jenni leise auf. »Nein«, gibt sie dann zu, und ein strahlendes Lächeln breitet sich auf ihrem Gesicht aus. »Es ist wirklich herrlich hier oben.«

Einen Augenblick lang blicken wir schweigend Richtung

Horizont und auf die Berge, die mit einer weißen Puderzuckerschicht überzogen sind. Der Skilift hat uns direkt zum Funpark gebracht. Ich sehe mich um und überlege mir sofort, welchen meiner Sprünge ich als Erstes testen werde.

»Bist du bereit?«, frage ich sie und hole uns damit beide aus dem träumerischen Staunen.

»Du solltest wenigstens klein anfangen«, sagt sie noch, während sie mir folgt. Sie ist zwar mitgekommen, hat aber wirklich beschlossen, nur zuzusehen.

Ich antworte nicht, sondern schnalle die Skier an und schließe das Verdeck meines Helms. Es dauert nicht lange, bis ich an Fahrt aufnehme und die erste Schanze ansteuere. Immer schneller und schneller gleite ich ihr entgegen.

Ein Jubelschrei bahnt sich seinen Weg aus meiner Kehle, als mir Adrenalin durch die Adern strömt. Ich liebe es! Einen kurzen Augenblick lang verspüre ich den heftigen Wunsch, die Augen zu schließen und die Zeit anzuhalten.

Aber in diesem Moment bin ich auch schon an der Schanze und fühle, wie die Schwerkraft einen köstlichen Moment ihre Macht über mich verliert. Als ich mit einem leichten Federn sicher auf der pulvrigen Schneedecke aufsetze, rast mein Herz, und alles, was ich will ist: mehr.

Wieder und wieder tobe ich mich an diesem Nachmittag aus und genieße den Wintersport in vollen Zügen.

»Nun reicht es aber langsam, oder?«, fragt Jenni, als ich nach einigen Stunden freudestrahlend zu ihr komme, um einen Schluck heißen Tee aus der Thermoskanne zu trinken, die sie stets für mich bereithält.

»Nein, gar nicht«, sage ich, weil ich dieses berauschende Gefühl noch ein letztes Mal genießen möchte. Ich brauche es.

»Noah, du bist müde«, warnt Jenni mich mahnend. »Übertreib es nicht.«

Ich grummele in mich hinein. Wieso gönnt sie mir diesen Tag nicht einfach und freut sich mit mir?

»Nur noch ein Sprung«, sage ich schließlich und habe das Gefühl, damit einen echten Kompromiss einzugehen.

Ich sehe Jenni deutlich an, dass sie nicht einverstanden ist, aber wann ist sie das schon mal?

Also mache ich mich zu einem letzten Sprung auf. Ich weiß, dass ich müde bin, ich spüre es in jeder Faser meines Körpers, aber über meine Grenzen zu gehen habe ich schon immer geliebt.

Oben angekommen schweift mein Blick über die Sprungschanzen und bleibt schließlich an der größten hängen.

»Du bist es«, flüstere ich leise und schnalle mir die Skier an. Dann greife ich nach den kurzen Stöcken, stoße mich ab und gleite den Berg hinunter.

Immer schneller und schneller gleiten die Skier über den Schnee. Die Schanze nähert sich in geradezu überirdischer Geschwindigkeit. In dem Moment, als ich die Schanze hochschieße und abspringe, spüre ich es sofort. Ich habe nicht den richtigen Winkel. Ich werde stürzen und kann meinen Sturz nicht kontrollieren. Stattdessen verliere ich das Gleichgewicht. Die Schneedecke kommt meinem Gesicht rasend schnell näher, während die Schwerkraft wieder die Gewalt über meinen Körper gewinnt.

Ich höre einen Schrei und bin sicher, dass es Jenni ist, die geschrien hat, aber in diesem Moment geht alles viel zu schnell. Ich habe keinerlei Kontrolle, und als ich ungebremst auf der Schneedecke aufschlage, fühlt es sich einen Augenblick lang so an, als würde ich aus meinem Körper herauskatapultiert.

Es ist, als würde ich die Szenerie als Zuschauer beobachten.

Ich sehe mich, wie ich mich überschlage, einer meiner Skier sich im Schnee verhakt, ich mich einmal um mich drehe und dann regungslos liegenbleibe. Es fühlt sich merkwürdig an, diese

Szene zu beobachten. Es ist, als wäre ich nicht mehr Teil meines Körpers. Ich sehe alles und sehe es gleichzeitig nicht.

Mir ist bewusst, dass ich vermutlich halluziniere, aber ich kann diesen Gedanken nicht mehr einordnen. Und dann ist es mit einem Schlag vorbei. Ich beginne, meinen Körper wieder zu fühlen. In diesem Moment nehme ich den Schmerz wahr. Diesen unaussprechlichen Schmerz. Es brennt, ich kann mich nicht bewegen. Ich höre die Schreie, die besorgten Stimmen und dann das Rattern von Hubschrauberblättern. Da verliere ich das Bewusstsein.

Kapitel 11

Noah

»Und das war's dann«, beende ich meine Erzählung und sehe Georgie nicht an. »Als ich das nächste Mal aufgewacht bin, lag ich in einem Krankenhausbett. Ich hatte eine Gehirnerschütterung, und dank meines verdrehten Knies einen einfachen Bänderriss. Meine Karriere war damit Geschichte.« Ich habe das so emotionslos wie möglich erzählt, aber dennoch schnappt Georgie nach Luft.

»Oh, Noah«, stößt sie hervor, und der Schock ist ihr deutlich anzusehen. »Das muss furchtbar für dich gewesen sein«, sagt sie sanft und legt ihre zarte Hand auf meinen Arm.

»Ja, es war sehr schlimm«, gebe ich zu.

Sie lehnt ihren Kopf an meine Schulter. Überrascht von dieser plötzlichen Nähe atme ich scharf ein, weiche aber nicht zurück, denn ihre Berührung fühlt sich wunderschön an. Es ist, als hätte mir nie zuvor jemand solch einen Trost gespendet.

»Ach, weißt du«, sage ich und bedecke ihre Hand mit meiner. »Ich glaube, ich bin inzwischen darüber hinweg. Es ist immerhin acht Jahre her.«

Georgie mustert mich einen Augenblick lang eindringlich und schüttelt dann den Kopf.

»Nein, Noah«, sagt sie sanft und streichelt mich vorsichtig.

»Was meinst du damit, nein?«, frage ich.

Ihre Augen werden weich. »Du lernst vielleicht, mit so etwas umzugehen, aber du bist nicht darüber hinweg«, antwortet sie schlicht, und es verschlägt mir die Sprache. Ich sehe sie wortlos an, erkenne die Tragweite, die hinter dieser Aussage steckt, und wundere mich, wie tröstend diese einfachen, ehrlichen Worte wirken.

»Wie ging es dann weiter?«, fragt Georgie nach einigem Schweigen zögernd.

Ich überlege einen Augenblick und erinnere mich.

»Die Reha war hart. Ich habe lange daran geglaubt, dass ich doch noch zurückkann. Ich habe an ein Comeback geglaubt, und der Tag, an dem ich erfahren habe, dass es dieses Comeback nicht geben würde, war wohl am allerschlimmsten.«

Ich schließe die Augen bei der Erinnerung und spreche mit gepresster Stimme weiter. »Ich bin in ein großes dunkles Loch gefallen und fast zwei Jahre lang nicht mehr herausgekommen. Ich bin bei meinem Bruder eingezogen und habe nichts getan. Ich habe die Welt und alles, was mich schmerzte, ausgeblendet.«

Ich spüre das leichte Streicheln an meinem Arm und wundere mich, wie sehr es mir hilft, meine Geschichte zu Ende zu erzählen.

»Als ich gerade zwanzig war, also etwa ein Jahr nach meinem Unfall, meldete sich mein ehemaliger Agent bei mir«, erzähle ich und schließe kurz die Augen. »Ich hatte nach dem Unfall den Kontakt zu ihm völlig abgebrochen. Jedenfalls bot er mir an, als Assistenztrainer für eine bekannte Jugendmannschaft einzusteigen, aber das konnte ich nicht. Es war, als hätte man mir einen gezielten Tritt in den Magen verpasst.«

»Das kann ich verstehen«, sagt Georgie nach einigem Zögern, und mir klappt vor Überraschung die Kinnlade herunter. Wann immer ich in den letzten sieben Jahren darauf angesprochen wurde, wurde ich mit Unverständnis für diese Entscheidung konfrontiert.

»Wirklich?«, echoe ich, und Georgie nickt.

»Ich kann verstehen, dass du zu diesem Zeitpunkt nicht dazu bereit warst. Und dann hast du angefangen mit der Psychologie?«

Ich nicke langsam. »Ja.«

Ich erinnere mich noch sehr gut an die Zeit, in der ich keine Ahnung hatte, was aus meinem Leben werden sollte. Irgendwann habe ich dann beschlossen, dass ich Menschen helfen möchte, denen es ebenfalls schlecht geht. Ich habe mit meiner Ausbildung begonnen und von diesem Zeitpunkt an nur darauf hingearbeitet, meine eigene Praxis zu haben.

Ich atme tief durch. Es ist passiert. Ich habe meine ganze Geschichte erzählt, und es fühlt sich seltsam okay an. Eine Weile herrscht Schweigen zwischen uns, bis Georgie sich mit einem Mal zu mir umdreht.

»Sag mal, wir beide, das ist doch besonders?«, fragt sie, und ich wundere mich über den abrupten Themenwechsel. Vermutlich möchte sie mich damit von meiner Vergangenheit ablenken. Vielleicht möchte sie aber auch einfach darüber reden, und immerhin ist es wichtig.

»Ja, finde ich auch«, sage ich und zeichne kleine Kreise auf ihre Handfläche. Ich spüre, dass sie erschauert, und genieße dieses Gefühl.

»Aber«, sagt sie, und in ihre Augen tritt ein dunkler und beinahe ängstlicher Ausdruck. »Wie soll das denn weitergehen?«

Mein Inneres krampft sich zusammen, weil ich keine

gute Antwort darauf habe und den Ausdruck in ihren Augen kaum ertragen kann.

»Na ja«, sage ich und versuche, der Situation die plötzliche Ernsthaftigkeit zu nehmen. »Ich finde, wir können durchaus weiter zusammen joggen gehen. Es gibt nichts, was dagegensprechen würde.«

»Ach, Noah«, sagt sie und stupst mich in die Seite. »Jetzt sei doch mal ehrlich. Da ist doch mehr zwischen uns als nur joggen gehen, oder nicht?«

Ihre Worte hängen einen Augenblick lang in der Luft, nachdem sie sie ausgesprochen hat, und in mir schrillen alle Alarmglocken los. Ich weiß, dass ich abwiegeln muss. Es ist die einzig richtige Strategie, und trotzdem kann ich es nicht.

»Nein, natürlich nicht«, kommen die Worte aus meinem Mund, und ich will sie auch nicht wieder zurücknehmen. Ich möchte, dass Georgie das Ausmaß dessen begreift, was sie in mir auslöst.

»Aber du bist mein Therapeut«, flüstert sie.

Ich nicke stumm. »Und das macht es unmöglich«, flüstere ich und rücke ein Stückchen von ihr ab. Die trockenen Blätter auf dem Boden vor mir kommen mir wahnsinnig interessant vor, ich kraule Darcys Ohr und frage mich, was ich jetzt sagen soll. Richtig wäre es, hier und jetzt einen Schlussstrich zu ziehen, aber der Gedanke daran, dass es dann vorbei sein wird, hält mich davon ab.

»Aber ich kann es einfach nicht ändern!«, platze ich schließlich heraus und hebe den Blick, um Georgie anzusehen. Ihre Lippen teilen sich bei meinen Worten, und ihre Augen werden groß.

»Weißt du, Noah«, flüstert Georgie und schiebt ihre Finger zwischen meine. Sie passen perfekt ineinander. »Männer waren für mich bisher immer nur anwesend, sie waren eben da, aber nie hat einer etwas in mir ausgelöst.«

Mein Herz wird bei ihren Worten ganz weit.

»Nie, nie wollte ich jemanden küssen oder mich küssen lassen.« Sie atmet tief ein, und ihre dunklen Augen sind voller Emotionen. »Das hat sich in dem Moment geändert, als ich dich das erste Mal gesehen habe«, sagt sie, und in meinem Bauch beginnt es heftig zu kribbeln. Zu hören, dass sie genauso empfindet wie ich, ist überwältigend.

Ja, eigentlich weiß ich ja schon seit dem Kuss an unserem ersten Abend, dass da etwas ist. Nicht nur von mir, sondern auch von ihr aus. Aber es zu hören, gibt dieser Sache noch viel mehr Bedeutung.

»Ich möchte dich kennenlernen«, murmle ich und ziehe sie wieder zu mir heran. »Aber, das geht nur, wenn wir das Ganze geheim halten. Und damit meine ich vor allen.«

Ich fühle mich wie ein Idiot. Diese Aussage ist bescheuert, und ich sehe, dass Georgie schluckt. Es dauert einen Moment, in dem ich mich frage, ob ich jetzt doch zu weit gegangen bin, aber dann nickt sie.

»Ja, damit bin ich einverstanden.«

Mein Herz macht einen Hüpfer, und obwohl mir klar ist, dass ich nicht die richtige Entscheidung treffe, machen mich die Worte von dieser Frau unfassbar glücklich. Einen Augenblick lang schweigen wir beide, und dann beginnt Georgie mit einem Mal zu kichern.

»Was ist so lustig?«, frage ich.

»Wir beide kennen uns kaum, und trotzdem haben wir beschlossen, dass wir irgendwie ein Paar sein wollen. Ist das nicht merkwürdig?«

»Na ja«, sage ich. »Normal kann doch jeder.«

»Da hast du allerdings auch wieder recht«, sagt sie, und

mit einem Mal beugte sich zu mir herüber und drückt ihre warmen Lippen auf meine Wange. Diese zärtliche Geste kommt für mich völlig überraschend, genauso wie die Tatsache, dass dort, wo ihre Lippen meine Haut berühren, ein Feuer zu lodern beginnt.

Doch genauso ist es, und ich kann nicht anders, als mich zu ihr zu drehen und meine Arme fest um ihren schlanken Körper zu schlingen. Es scheint mit einem Mal so egal, dass wir uns erst so kurz kennen, ich muss sie berühren, bei ihr sein, ihr Held sein.

Ich beuge mich vor, um Georgie zu küssen, werde aber von einer kalten, feuchten Schnauze an meinem Bein davon abgehalten, und als ich nach unten sehe, trifft mich ein Blick aus zwei vorwurfsvollen bernsteinfarbenen Hundeaugen.

»Ich glaube, dein Hund möchte, dass du jetzt gehst«, sage ich zu ihr, und sie grinst.

»Das ist nicht mein Hund, also hat er mir auch nichts zu sagen«, murmelt sie und geht widerwillig auf Abstand.

»Wann hast du eigentlich deinen nächsten Termin bei Dr. Soniac?«, frage ich sie, und sie zögert.

»Weißt du, ich möchte nicht mehr dorthin gehen«, sagt sie schließlich, und ich zucke zusammen.

»Etwa meinetwegen?«, frage ich.

Sie schüttelt den Kopf. »Nein, also, vielleicht doch, aber wenn, dann war es nur der endgültige Auslöser für meine Entscheidung.« Sie drückt meine Hand, als wolle sie mich damit überzeugen. »Ich habe schon lange darüber nachgedacht, eine Therapiepause einzulegen, denn ich habe gemerkt, dass ich stärker geworden bin. Ich bin stark genug, um mein Leben wieder allein zu führen, meine blauen Tage tauchen immer seltener auf. Ich möchte es versuchen, Noah, verstehst du das?«

Ihre Stimme klingt eindringlich, aber ich bin nicht sicher, ob ich ihrer Erklärung Glauben schenken kann. Wenn es allerdings so ist, wie sie sagt, dann verstehe ich sie. Es gibt viele Patienten, die irgendwann einmal eine Therapiepause einlegen, und wenn Georgie nun den Zeitpunkt für gekommen hält, dann sollte ich ihr nicht reinreden. Mir fällt ein, dass sie ohnehin nur noch sehr unregelmäßig Termine hatte.

Allerdings gibt es eine Sache, die ich dringend klarstellen sollte, egal wie Georgie sich entscheidet.

»Du weißt aber, dass das nichts ändert?«, frage ich sie, und sie sieht mich fragend an.

»Wie meinst du das? Was sollte es ändern?«, fragt sie, während ein trauriges Lächeln um ihren Mund spielt. Ich komme mir grausam vor, aber ich muss das durchziehen, wenn ich nicht auch noch meinen zweiten Traum aufs Spiel setzen will.

»Du warst in der ersten Zeit in Dr. Soniacs Praxis Patientin, und, egal ob du in Therapie bist oder nicht, die Leute würden immer denken, dass wir uns über die Therapie kennengelernt haben und ich meine Position ausgenutzt habe. Wenn du aufhörst, in Therapie zu gehen, dann ist das kein Grund für uns, irgendetwas öffentlich zu machen. Verstehst du das?«, frage ich eindringlich, und sie nickt.

»Ja, ja, das verstehe ich.«

Ihre emotionsgeschwängerte Stimme verunsichert mich, und ich fahre mir ungelenk mit der Hand durch die Haare.

»Ich will dir damit nicht wehtun«, flüstere ich eindringlich und hoffe, dass sie mich versteht. »Ich weiß, es klingt furchtbar, wenn ich das so ausspreche, aber ich kann meine Praxis vergessen, wenn jemand denkt, ich würde etwas mit meinen Patientinnen anfangen.«

»Hey, Noah«, sagt sie und steht auf. »Mach dir keinen Kopf.«

Ich stehe ebenfalls auf. Der Schmerz in meinem Knie hat nachgelassen, und ich bin froh darüber. Georgie steht so dicht vor mir, dass sie den Kopf in den Nacken legen muss, um mich anzusehen. Vorsichtig lege ich meine Hände auf ihre Hüften und ziehe sie ein Stück zu mir heran.

»Ich möchte dich gerne am Wochenende zum Essen zu mir einladen«, sage ich heiser und beobachte voller Genugtuung, wie Georgies Augen groß werden.

»Wirklich?«, fragt sie, und in ihrer Stimme schwingt so großes Erstaunen mit, dass ich mir ein leises Lachen nicht verkneifen kann.

Georgie

Mir ist klar, dass mein »Wirklich?« nicht gerade die perfekte Antwort auf eine Einladung zum Essen ist, aber es kam einfach so aus mir herausgeploppt. Die Ereignisse der letzten Stunde sind so unfassbar, so traumhaft und schön, dass es sich anfühlt, als wäre ich mitten in einem Märchen gelandet.

Was interessiert es mich schon, ob Noah es geheim halten will, dass wir mehr füreinander empfinden? Ich weiß es doch, und das reicht mir. Ich beuge mich zu ihm, um ihn zu küssen. Aber kurz vorher halte ich inne, weil mir noch etwas einfällt. Etwas, das ich gerne geklärt haben möchte.

»Sag mal, wenn uns Freunde oder so auf der Straße sehen, was wollen wir denn dann sagen?«, frage ich, und Noah schürzt nachdenklich die Lippen.

»Hm«, macht er und zupft an seiner Unterlippe. »Wir könnten Ihnen sagen, dass wir gute Freunde sind«, schlägt er vor.

Ich lege den Kopf schief. »Aha, so nennt man das also heutzutage, oder wie?«, frage ich und freue mich an dem schelmischen Funkeln in seinen Augen.

»Absolut«, gibt er mit bierernstem Gesicht zurück.

»Dann sind wir also Freunde«, sage ich und schiebe meine Hand in seine. »Und wie sagen sich Freunde Gute Nacht?«

Mit einem Mal wird Noah wieder ernst. Seine Augen verlieren das Funkeln, werden weicher, und ich wünsche mir, darin zu versinken.

»So sagen sich Freunde Gute Nacht«, flüstert er heiser, legt seine Hand in meinen Nacken und berührt mit seinen Lippen meinen Mund. Es ist nur ein kurzer und sanfter Kuss, und viel zu schnell zieht Noah sich zurück, aber für mich ist dieser Kuss der schönste Moment des Tages.

»Dankeschön«, wispere ich, und ein verträumtes Lächeln überzieht sein Gesicht.

»Gern geschehen«, sagt er warm.

»Warte«, rufe ich, als er sich zum Gehen wendet. Er hält inne und dreht sich mit fragendem Blick zu mir um. »Gib mir endlich deine Handynummer«, verlange ich, und er lacht. Mit einer fließenden Bewegung zieht er sein Handy aus der Tasche und diktiert mir eine Reihe von Zahlen, die ich eifrig in mein Handy tippe.

»Dankeschön«, wiederhole ich, dieses Mal allerdings mit einem Lachen. »Dann schreiben wir miteinander?«

»Ja, machen wir«, sagt Noah, bevor er endgültig in der Abenddämmerung verschwindet.

Wieder zu Hause angekommen, habe ich mich weitgehend beruhigt. Als Belohnung, weil Darcy so brav war, tobe ich noch eine Runde mit ihm durch den Garten.

»Na, du musst ja einen guten Tag gehabt haben«, stellt Jessy fest, als ich mich zu ihr und Alex ins Wohnzimmer setze. Ich habe die beiden bei einer ausgiebigen Knutscherei gestört, und ihre Wangen sind gerötet. »Was war denn los?«

»Ach, du weißt doch«, sage ich, »Joggen tut mir immer gut.«

Am liebsten würde ich ihr alles von Noah erzählen, aber ich denke an unser gegenseitiges Versprechen. Ich könnte ihr natürlich erzählen, dass ich einen neuen Kumpel habe, aber diese Lüge würde sich auf meinen Lippen falsch und schal anfühlen. Außerdem würde es mir vorkommen, als würde ich meine schönen Momente mit Noah kleinreden. Nein, da behalte ich dieses Erlebnis doch lieber für mich.

»Und ihr beiden?«, frage ich Jessy und Alex. »Wie war euer Tag?«

»Ich war arbeiten«, ist Alex' schlichte Antwort, und als ich seinen gequälten Gesichtsausdruck sehe, schmunzle ich belustigt.

»Mein armer Schatz«, sagt Jessy liebevoll und schmiegt sich an Alex' Schulter. Lächelnd registriere ich, dass von ihrer Trauer nichts mehr zu spüren ist, und im nächsten Moment verschwimmt das Bild vor meinen Augen und ich sehe mich und Noah. Ich kuschele mich an seine Schulter und er legt seinen Arm fest um mich.

Leider verschwindet dieser Tagtraum viel zu schnell wieder, als sich spitze kleine Katzenkrallen in meine Haut bohren.

»Halte diese Frau bloß fest, Alex«, sage ich ernst und ziehe mit einem schmerzerfüllten Zischen meine Hand aus der

Reichweite der Katzenkrallen. »Jemanden mit so viel Verständnis und Liebe im Herzen findest du nicht so schnell wieder.«

Ich hoffe sehr, dass der Idiot meinen intensiven Blick versteht. Es scheint aber fast so, denn er wirft Jessy einen verliebten Blick zu.

»Das weiß ich«, antwortet er und haucht ihr einen Kuss auf den Mund. »Ich bin ein echter Glückspilz.«

Weil ich selbst gerade auf den Tischen tanzen könnte, geht mir das verliebte Geturtel der beiden anders als sonst gar nicht auf den Wecker. Allerdings möchte ich mich trotzdem nicht wie das dritte Rad am Wagen fühlen und ziehe mich deshalb zurück.

Ich summe einen Song von ABBA vor mich hin. *Honey Honey* passt gerade gut zu meiner Stimmung.

Noah und ich haben nicht mehr viel geredet, sondern uns nur für das kommende Wochenende verabredet. Ich bin so gespannt darauf, das Haus zu sehen, in dem er mit seinem Bruder wohnt.

Allgemein bin ich wahnsinnig neugierig auf seine Familie und alles, was mit ihm zu tun hat. Ich bin gespannt, was Noah für mich kochen wird, und beim Gedanken daran, dass ich ihm wieder näherkommen kann, rast mein Herz.

Hoffentlich vergeht die Zeit bis zum Wochenende schnell.

Kapitel 12

Noah

»Ihr seid doch am Wochenende weg, oder?«, frage ich meinen Bruder am Tag nach unserem großen Streit und dem langen Gespräch mit Georgie. Wir haben uns wieder vertragen, und jetzt grinst er mich verschmitzt an.

»Warum fragst du, großer Bruder? Hast du etwa ein Date, von dem wir nichts mitbekommen dürfen?«

Mir bleibt der Mund offenstehen, und ich überlege, ob ich ein Schild auf der Stirn kleben habe, auf dem groß und deutlich meine Gedanken zu lesen sind.

»Wie kommst du denn darauf?«, frage ich so unschuldig wie möglich.

»Erwischt«, ruft Jonny triumphierend. »Du bist der mit Abstand schlechteste Lügner, den ich kenne.«

Ich grummele in mich hinein, aber eigentlich gibt es keinen Grund, dass ich ihm nicht erzähle, was bei mir momentan los ist.

»Also, wer ist sie?«, bohrt mein Bruder weiter, und ich gebe mir einen Ruck.

»Sie heißt Georgie«, erzähle ich, und nicht nur mein Bruder spitzt die Ohren.

»So, so, lieber Schwager in spe«, ertönt eine klare Stimme von der Tür her. »Du willst unser Haus also dafür benutzen, jemanden aufzureißen?«

Ich grinse Angela an, die lässig im Türrahmen lehnt. Ihre braunen Augen funkeln amüsiert.

»Nein, liebe Schwägerin in spe«, antworte ich mit einem kleinen Zwinkern. »Das mit dem Aufreißen habe ich auch ohne euer Haus hingekriegt. Aber ich würde gerne eure Küche nutzen, um sie auch kulinarisch um den Finger zu wickeln.«

Mein Bruder prustet los.

»Ausgerechnet du, großer Bruder? Du bist der schlechteste Koch, den ich kenne.«

»Das stimmt doch gar nicht«, antworte ich empört. »Nur weil ich nicht wie ihr ständig in irgendwelchen Luxusrestaurants unterwegs bin oder mein Essen in die Kamera halte, heißt das nicht, dass ich von Essen keine Ahnung habe.«

»Natürlich nicht«, sagt Jonny und grinst. »Aber dir brennt sogar Wasser an.«

»Früher vielleicht«, gebe ich widerwillig zu. »Aber heute ist das anders. Du vergisst, dass ich zwischenzeitlich doch eine Weile allein gelebt habe. Und ihr müsst es ja auch nicht essen.«

Mein Bruder streckt sich und stöhnt wohlig, bevor er mich verschlagen ansieht.

»Genau das ist ein Punkt, auf den ich gerne noch zu sprechen kommen würde. Warum willst du nicht, dass wir daheim sind?«

Ich verdrehe die Augen.

»Ich liebe dich, kleiner Bruder, aber bei einem ersten Date möchte ich dich dann doch nicht dabeihaben.«

»Warum eigentlich nicht?«, fragt mein Bruder scheinheilig. »Ich könnte doch die Geschichte erzählen, wie du damals bei deinem ersten Kuss …«

»Halt die Klappe«, falle ich ihm ins Wort. »Vergiss niemals, wie viele Geschichten ich über dich erzählen könnte, du kleiner Stinker.«

»Hast gewonnen«, sagt er gespielt geschlagen. »Ja, das Haus gehört am Wochenende dir. Viel Spaß mit deinem Mädchen.«

Georgie

Ich bin wahnsinnig nervös, als ich am Wochenende auf die Klingel mit dem Namen *Portman* drücke. Das große weiße Haus wirkt einladend und freundlich. Der Garten ist riesig, und ein Weg aus hellem Kies führt direkt vom Gartentor zur Haustür.

Einen Augenblick lang bleibt alles still, aber dann höre ich Schritte, und im nächsten Moment öffnet sich die Tür. Als ich Noah sehe, stockt mir der Atem, und mein Herz macht einen ungelenken Hüpfer.

Obwohl wir bei ihm zu Hause essen und er kocht, hat er sich eindeutig in Schale geschmissen.

Er trägt eine schwarze Hose und ein dunkelblaues Hemd, das eng anliegt und seinen muskulösen Körper noch besser zur Geltung bringt. Seinen Dreitagebart hat er gleichmäßig gestutzt, und seine Augen strahlen.

Peinlich berührt stelle ich fest, dass ich ihn anstarre, und beiße mir verlegen auf die Unterlippe. Ihm scheint es allerdings gar nicht aufzufallen, er ist ebenfalls dabei, mich zu beobachten. Sein Blick gleitet über meinen Körper, und mir wird warm.

»Hi, Georgie«, sagt er, und seine Stimme hat einen rauen Unterton. »Du siehst wirklich gut aus.«

Sein Kompliment fühlt sich an wie eine zärtliche Streicheleinheit, und ich freue mich besonders, weil ich ihm heute sogar rechtgeben muss. Mein Outfit besteht aus einem olivgrünen Strickkleid mit knöchelhohen Stiefeletten, die mich ein bisschen größer wirken lassen, als ich von Natur aus bin. Dazu trage ich schwarze, nicht ganz blickdichte, Strumpfhosen, die aber trotzdem gegen den kalten Wind schützen. Der kurze, tailliert geschnittene Mantel fügt sich perfekt ins Bild ein.

Auf Make-up habe ich weitgehend verzichtet. Lediglich eine dünne Schicht getönte Tagescreme, ein bisschen Wimperntusche und ein dezenter Lippenstift im Nudeton vervollständigen den Look.

»Komm doch rein«, sagt Noah in diesem Moment, tritt einen Schritt zur Seite und macht eine einladende Geste. Zögernd betrete ich einen großen ausladenden Flur, in dem mir als Erstes die Garderobe ins Auge fällt. Das ist eindeutig kein Haushalt, in dem nur zwei Personen wohnen. Es stehen sehr viele Schuhe dort, und mindestens die Hälfte davon gehören definitiv einer Frau.

»Lebst du allein mit deinem Bruder hier?«, frage ich, und Noah schüttelt den Kopf.

»Nein, seine Verlobte wohnt auch noch hier«, sagt er, und ich hebe überrascht die Augenbrauen. Damit habe ich nicht gerechnet.

»Und sie kommt damit klar, dass ihr zu dritt hier wohnt?«

Noah zögert kurz, nickt dann aber.

»Ja, letztes Jahr hatte ich noch meine eigene Wohnung, aber sie wurde mir gekündigt, und mein Bruder wollte nicht, dass ich weiter ganz alleine wohne. Er hat mir angeboten, dass ich wieder bei ihm einziehen kann. Angela, seine Verlobte, ist nett und hat sich nie beschwert.«

Auch dieser Punkt überrascht mich. Ich liebe meinen

kleinen Bruder wirklich sehr, aber ich kann mir nicht vorstellen, dass wir es aushalten würden, zusammen zu wohnen. Vor allem nicht, wenn er eine Freundin hätte.

»Das ist aber echt lieb von den beiden«, sage ich, und Noah nickt abwesend.

»Ich möchte schon gerne wieder etwas Eigenes haben. Aber dieses Wochenende sind die beiden unterwegs, und deswegen haben wir das Haus für uns.«

Bei seinen letzten Worten klingt seine Stimme tiefer, anzüglicher, und ich frage mich, ob er es auch so gemeint hat. Eine Gänsehaut läuft mir über den Rücken, und Bilder entstehen vor meinem inneren Auge.

»Das ist schön«, bringe ich hervor und hoffe, dass er mich richtig versteht. Ich freue mich einfach, dass ich ihn jetzt in dieser privaten Umgebung für mich habe.

Nachdem ich meine Schuhe ausgezogen habe, hängt Noah meine Jacke an den Garderobenhaken, und wir gehen den Flur entlang. Es hängen einige Bilder dort. Gerahmte Fotos eines Pärchens wechseln sich mit teuren Zeichnungen moderner Künstler ab.

»Interessiert sich dein Bruder für Kunst?«

»Ich glaube nur dann, wenn sie teuer ist«, meint Noah achselzuckend. Dann blitzen seine Augen. »Hat er vielleicht auch eines deiner Werke hier?«

»Das ist zwar schmeichelhaft, aber eher unwahrscheinlich«, sage ich und kichere. Meine Augen bleiben an einem Foto hängen, das deutlich älter aussieht als die anderen und auf dem ein Paar zu sehen ist. Er trägt einen Anzug und sie ein langes weißes Kleid. Die Szenerie zeigt eindeutig eine Hochzeit und berührt mich auf seltsame Weise.

»Sind das deine Eltern?«, frage ich, und Noah nickt mit einem schmerzvollen Zug um den Mund.

»Ja, das waren sie«, sagt er sanft. »Sie sind schon lange tot.«

Mein Herz explodiert bei seinen Worten geradezu vor Mitleid. Ich will mir gar nicht vorstellen, wie es sich anfühlt, seine Eltern zu verlieren.

»Das tut mir wahnsinnig leid, Noah«, murmle ich.

»Es ist lange her«, sagt er abwehrend, und doch merke ich, wie nah ihm die Situation geht und wie sehr er seine Eltern vermisst.

»Egal wie lange ein Verlust her ist«, sage ich sanft. »Es bleibt doch ein Verlust und tut weh.«

Als ich seine Augen suche, ist sein Schmerz darin deutlich zu lesen. Aus einem Impuls heraus stelle ich mich auf die Zehenspitzen und schlinge meine Arme um ihn, um ihm auf diese Weise Trost zu spenden.

Im ersten Moment versteift er sich, aber denn wird sein Körper weich, und er schmiegt sich an mich. Sein Kinn ruht auf meinem Kopf, und ich höre seinen zitternden Atem.

Eine ganze Weile verharren wir in dieser Position, und ich genieße die Nähe zu Noah. Außerdem habe ich das Gefühl, dass es ihm guttut, in diesem Moment nicht allein zu sein, sondern jemanden zu haben, auf dessen Kopf er sein Kinn legen kann.

»Ich danke dir«, flüstert Noah nach einigen Minuten und löst sich mit einem kurzen Seufzer von mir. In seinen Augen ist die Trauer noch immer zu erkennen, aber sie ist definitiv weniger geworden. Ein kleines Lächeln spielt um seine Lippen, als er mich mustert.

»So hatte ich mir den Auftakt zu unserem ersten Date definitiv nicht vorgestellt.«

»So?«, frage ich kokett und lasse zu, dass die Stimmung wieder leichter wird. »Wie hattest du es dir denn gedacht?«

»Na ja«, beginnt Noah gedehnt, und sein Blick wandert an meinem Körper nach oben. »Nachdem ich dir deinen Mantel abgenommen habe, wollte ich dich eigentlich ins Wohnzimmer bitten.«

Seine Stimme klingt so verführerisch, dass diese harmlosen Worte einen regelrecht intimen Inhalt bekommen und meine Knie zu Pudding werden. Gleichzeitig schießt Hitze durch mich hindurch.

»Dann könntest du das doch jetzt nachholen«, sage ich heiser und greife nach seiner Hand.

»Komm mit.« Sanft drückt Noah meine Hand und zieht mich mit sich.

Das Wohnzimmer ist schön, und man erkennt eindeutig ein stilsicheres Auge in der Einrichtung. Alles ist hochwertig, modern und gleichzeitig wahnsinnig gemütlich. Ich tippe darauf, dass es der Verlobten von Noahs Bruder geschuldet ist.

»Wow«, entfährt es mir, und ich sehe mich mit großen Augen in dem ausladenden Raum um.

»Schön, nicht wahr?« Noah ist nah hinter mich getreten und berührt wie zufällig meine Hüfte mit seiner Hand. Vom Ort seiner Berührung breitet sich ein Kribbeln auf meiner Haut aus, und ich lehne mich an seine Brust. Das wiederum sieht er als Aufforderung, von hinten seine Arme um meinen Körper zu legen.

»Allerdings«, hauche ich und spüre seine Wärme im Rücken. Eine Weile verharren wir nahezu reglos in dieser Position, bis mein Magen knurrt und mich darauf aufmerksam macht, dass ich seit einer ganzen Weile nichts gegessen habe.

»Und was werden wir heute essen?«, flüstere ich, und Noah löst sich nur widerwillig von mir.

»Lass dich überraschen«, sagt er geheimnisvoll und küsst mich zart auf die Nasenspitze. »Und jetzt mach es dir bequem.«

»Kann ich dir nichts helfen?«

»Das kommt nicht infrage.« Entschieden schüttelt er den Kopf und zwinkert mir zu. »Es wird auch gar nicht lange dauern. Ich bin nämlich clever und habe schon vor Stunden mit den Vorbereitungen angefangen.«

»Du bist doch verrückt«, necke ich ihn und lasse mich auf das Ledersofa fallen.

»Ich weiß«, antwortet er ungerührt und verschwindet durch eine geöffnete Tür in einen Nebenraum. Dass es sich dabei um die Küche handelt, wird mir schnell klar, und ich lausche gespannt auf die Geräusche. An meine Ohren dringen Klappern von Töpfen und Deckeln, das Rauschen der Dunstabzugshaube und dazwischen immer wieder ein fröhliches Pfeifen von Noah.

Nach einiger Zeit entspanne ich mich und schnappe mir eine der Klatschzeitschriften, die sich auf dem Wohnzimmertisch stapeln. Wie kann man die bitte alle lesen wollen?

Flüchtig beginne ich, eine der Zeitschriften durchzublättern, als aus der Küche ein lautes Klirren zu hören ist, gefolgt von ein paar derben Flüchen.

»Alles in Ordnung bei dir?«, rufe ich halblaut und bekomme einen weiteren Fluch als Antwort.

»Kann ich wirklich nicht helfen?«, frage ich etwas lauter, und Sorge macht sich in meinem Innern breit.

»Nein«, kommt es gepresst zurück. Dann gefolgt von einem lauten und wütenden »Du elendes Rindvieh!«

»Ich komme gleich rüber«, drohe ich in dem Moment, als die Tür auffliegt und Noah voll beladen den Raum betritt.

»Ich hab es geschafft«, presst er hervor, und ohne dass ich etwas dagegen tun könnte, gluckst ein Lachen aus mir heraus.

Noah sieht einfach zu süß aus. Er hat sich eine Schürze umgebunden, auf der eine alte Frau zu sehen ist, die mit einem furchterregenden Gesichtsausdruck ein Nudelholz schwingt. Die dunklen Haare fallen ihm feucht in die verschwitzte Stirn, und sein Gesicht ist gerötet.

»Ich bin fertig«, schnauft er und stellt eine große hohe Pfanne auf dem Tisch ab. »Ich geh mich nur schnell umziehen.«

»Okay«, sage ich und versuche, mein Lachen zu verstecken.

Während Noah aus dem Zimmer verschwindet, steigen mir köstliche Gerüche in die Nase, und mein Magen beginnt laut und begehrlich zu knurren.

»Endlich«, rufe ich, als die Tür wieder auffliegt und Noah mir frisch angezogen entgegenkommt. »Ich bin nahezu verhungert.«

»Genau, so siehst du aus.«

Ich strecke ihm die Zunge heraus. »Willst du damit etwa sagen, dass ich fett bin?«

»Blödsinn!«, beteuert Noah panisch, und ich zwinkere ihm zu. »Das war nur Spaß. Ich bin mit meinem Körper durchaus zufrieden, also gib mir Essen.«

»Du bist grausam!« Er seufzt erleichtert.

»Ich weiß«, gebe ich ungerührt zurück. »Ich werde immer grausam, wenn ich Hunger habe.«

»So gefällt mir das«, sagt er zufrieden und deutet mit einer ausladenden Handbewegung auf den Tisch.

»Los, setz dich, damit wir essen können.«

Das lasse ich mir nicht zweimal sagen. Am Tisch rückt

Noah mir den Stuhl zurecht und verursacht mir damit ein so warmes und schönes Gefühl, das ich bisher noch nie erlebt habe.

»Danke dir«, sage ich leise.

»Das ist doch selbstverständlich.«

Nein, denke ich mir. Für mich ist es das nicht.

Noah füllt meinen Teller, und ich belade heißhungrig meine Gabel mit etwas, das nach irgendeinem Reisgericht aussieht. Als ich sie mir in den Mund schiebe, erschlägt mich im nächsten Moment eine Geschmacksexplosion, wie ich sie noch nie zuvor erlebt habe.

»Wahnsinn«, stöhne ich zwischen zwei Bissen. »Wo hast du so kochen gelernt?«

Noah sieht stolz aus. Ich glaube fast, dass er selbst noch keinen Bissen gekostet hat, sondern stattdessen mich beobachtet.

»Ich hatte die beste Lehrmeisterin, die man sich wünschen kann«, sagt er, und die Liebe und Hochachtung in seiner Stimme sind kaum zu überhören. »Meine Nonna.«

»Nonna?«, frage ich überrascht.

»Ja, meine Mutter ist gebürtige Italienerin. Sie wurde in den Staaten geboren, ist aber kurz vor dem Tod meiner Eltern nach Italien gezogen und erst vor zwei Jahren zurückgekommen. Als sie festgestellt hat, dass ich nicht kochen kann, hat sie mich unter ihre Fittiche genommen, und das ist das Ergebnis.«

Ich betrachte ihn fasziniert und erkenne tatsächlich ein paar kleine Details, die sich auf seine Abstammung zurückführen lassen könnten. Sein dunkles Haar und die für die Jahreszeit recht dunkle Haut.

»Hat dein Bruder auch bei ihr kochen gelernt?«, frage ich, und Noah schüttelt den Kopf.

»Jonny ist sehr heikel, wenn es ums Essen geht. Nonna und er sind da nicht wirklich auf einer Wellenlänge.«

»Jedenfalls hat sie dir das sehr gut beigebracht«, murmle ich und schiebe mir eine weitere Gabel in den Mund. »Wie nennt sich diese Köstlichkeit eigentlich genau?«

»Das ist Risotto à la Nonna«, erklärt er mit stolzgeschwellter Brust. »Und kannst du meinem Bruder bitte bei Gelegenheit sagen, wie gut es dir geschmeckt hat? Er hat nämlich Zweifel an meinen Fähigkeiten geäußert.«

»Das werde ich«, nuschele ich, nur um mich dann ganz auf meinen Teller zu konzentrieren. Das Risotto und den köstlichen Salat mit Mais, Tomaten, Schafskäse und Gurke verputze ich, ohne mit der Wimper zu zucken, und genieße dazu ein Glas Weißwein. Obwohl ich normalerweise nicht trinke, muss ich zugeben, dass der Wein gut zu diesem Gericht passt und mir außerdem die Anspannung nimmt.

Mein Kopf fühlt sich warm an und ein bisschen, als wäre er in Watte verpackt. Gleichzeitig fällt es mir immer leichter, mit Noah zu reden, und ich genieße seine Gesellschaft, seinen Witz und sein charmantes Flirten in vollen Zügen.

Als nicht mal mehr eine Olive in meinem Bauch Platz hätte, lehne ich mich mit einem zufriedenen Stöhnen zurück.

»Bist du satt?«, erkundigt Noah sich, und ich nicke erschlagen.

»Ich habe schon lange nicht mehr so gut gegessen.« Schnell halte ich mir die Hand vor den Mund, weil ich aufstoßen muss. »Was machen wir jetzt?«

»Wollen wir uns eine Doku ansehen?«, schlägt Noah vor, und ich fühle mich etwas vor den Kopf gestoßen. Ich kann zwar nicht sagen, was ich erwartet habe, aber das klingt nicht gerade nach dem romantischen Abend, den ich mir vorgestellt hatte.

»Eine Doku?«, frage ich nach, und Noah nickt bestätigend.

»Ja, es läuft eine über Künstler aus den letzten zweihundert Jahren«, sagt er, und mein Herz macht einen Hüpfer, als mir klar wird, dass er mir damit eine Freude machen will.

»Das ist eine großartige Idee«, sage ich, und Noah schickt mich aufs Sofa. Der Gedanke daran, dass ich gleich mit ihm zusammen in den weichen Polstern kuscheln werde, lässt jeden Zentimeter meiner Haut aufgeregt kribbeln.

Noah setzt sich neben mich und breitet eine graue flauschige Decke über unseren Beinen aus.

»Komm her«, sagt er schüchtern und breitet seinen Arm aus, damit ich näher zu ihm rutschen kann.

Mit klopfendem Herzen lehne ich mich an ihn, und er schlingt mir seinen Arm um die Taille. Meine Wange ruht an seinem Oberkörper, und sein vertrauter Geruch steigt mir in die Nase. Mein Herzschlag beschleunigt sich, und ich schlucke trocken.

Noah greift nach der Fernbedienung, und gleich darauf beginnt die Dokumentation. Es ist wirklich interessant, aber ich bin nicht bei der Sache. Zu sehr bin ich mir Noahs Nähe bewusst. Jetzt streicht er vorsichtig mit seinem Daumen über meinen Arm und löst damit einen angenehmen Schauer aus.

»Alles okay?«, fragt Noah, und ich höre das Lächeln in seiner Stimme so deutlich, als würde ich es sehen.

»Warum auch nicht?«, wispere ich, denn würde ich lauter sprechen, dann würde meine zitternde Stimme mich definitiv verraten.

»Ich bin wahnsinnig froh, dass du heute hier bist«, flüstert er und gibt mir einen sanften Kuss auf die Schläfe.

»Ich bin froh, dass du mich eingeladen hast«, gebe ich zurück und lehne mich ein Stück nach hinten, sodass ich ihm in die Augen sehen kann und unsere Gesichter nur noch Millimeter voneinander entfernt sind.

»Hey«, wispert Noah, und mir fällt auf, wie gut seine blaue Iriden hinter den dichten dunklen Wimpern zur Geltung kommen.

»Hey«, antworte ich ebenso leise, und im nächsten Moment ist sein Mund ganz nah an meinem.

»Wirst du mich jetzt küssen?«, wispere ich, und mein Herz springt beinahe aus meiner Brust.

»Willst du denn, dass ich dich küsse?«, spielt Noah den Frageball galant zu mir zurück, und sein Atem streicht warm über meine empfindliche Haut. Dieser Mistkerl. Natürlich will ich, dass er mich küsst, aber ich bin zu stolz, ihn anzubetteln. Stattdessen presse ich die Lippen zusammen, und Noah lacht leise.

»Ich habe gewusst, dass du es nicht sagen würdest«, murmelt er, bevor seine Lippen warm und weich auf meine treffen.

Es ist ein fragender und glücklicher Kuss. Ein Kuss, der gleichermaßen gibt und nimmt. Seine Lippen erkunden meinen Mund, lassen mich seufzen, und als unsere Zungen sich vorsichtig berühren, lodert ein flammendes Inferno in mir auf.

»Das fühlt sich viel zu gut an«, haucht Noah, als er seine Lippen kurz von meinen löst, und ich vergesse alles um mich herum. Das Einzige, was in diesem Augenblick zählt, sind Noah und seine Berührungen. Ich spüre seine Hände, die unter mein Kleid wandern und die nackte Haut am Bauch liebkosen.

Das geht zu schnell, flüstert eine warnende Stimme in meinem Kopf. *Das geht viel zu schnell.* Aber die Stimme ist zu leise, Noahs Atem, der sich mit meinem mischt, zu laut und die verzweifelte Sehnsucht zu groß. Ich höre auf zu denken und lasse mich ganz in den Moment fallen.

Ohne dass ich wüsste, wie wir dorthin gekommen sind, finde ich mich in einem Schlafzimmer wieder. Noah schiebt mich rückwärts vor sich her zum Bett, bis meine Kniekehlen gegen das Bettgestell stoßen. Noahs Hand in meinem Rücken stützt mich, und er lässt mich vorsichtig auf die Matratze sinken.

Ich schnappe nach Luft, als Noah sich in einer fließenden Bewegung sein Oberteil über den Kopf zieht. Noah sieht ja angezogen schon gut aus, aber sein nackter Oberkörper ist … äh … was wollte ich noch mal sagen?

Beinahe schüchtern streiche über Noahs Brust, seinen Bauch, spüre die Muskelstränge und erlebe ein Gefühl von Freude, als er unter meiner Berührung erzittert.

»Noah, ich …«, beginne ich flüsternd in einem Anfall von Sorge, aber er verschließt mir die Lippen mit einem so zärtlichen Kuss, dass sich mein Gehirn in Zuckerwatte auflöst.

»Verhütung?«, keucht Noah.

»Pille«, antworte ich stockend, und schon finden unsere Münder wieder zueinander.

Mit jedem Kuss lodert das Feuer stärker durch meinen Körper, und als Noah sich jetzt über mich beugt, weiß ich nicht, ob es mich verbrannt haben wird, wenn das vorbei ist.

Kapitel 13

Noah

Das war so nicht geplant. Georgie und ich liegen schweratmend nebeneinander in meinem Bett, und mein Körper fühlt sich satt und schwer an. Die Gedanken allerdings rasen hin und her und lassen mich nicht zur Ruhe kommen.

Wie konnte das passieren? So viel zu dem Thema, dass ich sie gerne auf einer vernünftigen Basis besser kennenlernen würde. Die Intensität meiner eigenen Gefühle hat mich komplett überwältigt, und jetzt fühle ich mich, als hätte man mir einen Eimer kaltes Wasser über den Kopf gegossen.

Ja, mit Georgie zu schlafen hat sich wundervoll angefühlt, aber jetzt weiß ich nicht, ob ich nicht einen riesigen Fehler gemacht habe.

Es gibt so vieles, das dagegenspricht und durch unsere Intimität habe ich sie definitiv emotional enger an mich gebunden, als man es bei einem ersten Date tun sollte. Vor allem, wenn man gar nicht weiß, wie es weitergehen wird.

»Geht es dir gut?«, flüstert Georgie mit schläfriger Stimme an meinem Ohr und hebt leicht ihren Kopf von meiner Brust. Ich spüre ihre Sorge, und das schlechte Gewissen nagt an mir. Sie hat es definitiv nicht verdient, dass ich mich jetzt wie ein Idiot aufführe, und deshalb hauche ich ihr einen Kuss auf die Stirn.

»Es ist alles gut, Liebes«, murmle ich und ziehe sie an mich. Ihre weiche Haut verursacht mir eine Gänsehaut, und sie streicht sanft über meinen Rücken.

»Dann ist ja gut«, murmelt sie gegen meinen Oberkörper, und ihre warmen Lippen kitzeln meine Haut. Ich hasse mich. Ich hasse mich wirklich.

»Wollen wir morgen zusammen ins Thermalbad?«, fragt Georgie einige Wochen später, als wir dick eingemummelt durch den Wald schlendern, und ich zucke unmerklich zusammen. Die aufkommende Gänsehaut hat allerdings nichts mit der Tatsache zu tun, dass es inzwischen eiskalt draußen geworden ist, wie es sich für Anfang Dezember gehört.

»Liebes«, beginne ich zögernd und frage mich, wie ich Georgie sagen soll, dass das nicht geht.

»Sag es nicht«, stöhnt sie genau in diesem Moment auf. »Deine Paranoia schlägt wieder zu, und du willst nicht mit mir an einem öffentlichen Ort gesehen werden, habe ich recht?«

Ich weiß, dass Georgie es hasst, dass wir uns verstecken müssen, und den verletzten Unterton ihrer Stimme ertrage ich kaum. Sie versteht einfach nicht, warum ich dieses Versteckspiel weiterhin für nötig halte, und die Spannung zwischen uns wird immer greifbarer.

Die Angst davor, meinen Job zu verlieren, wenn meine Beziehung zu Georgie ans Licht kommt, hat nicht nachgelassen. Eher im Gegenteil. Es geht so weit, dass wir uns nur treffen, wenn ich zu neunundneunzig Prozent sicher bin, dass wir niemandem begegnen, der uns kennt.

Das bedeutet allerdings nicht, dass wir in den letzten Wochen wenig miteinander unterwegs gewesen wären. Nein, wir haben viel gemeinsame Zeit verbracht, und auch wenn wir uns körperlich nicht mehr so nahegekommen sind, wie bei unserem ersten Date, lernen wir uns immer besser kennen.

Dass wir nicht noch einmal miteinander geschlafen haben, liegt sicher daran, dass es keinen passenden Ort für ein solches Zusammenkommen gegeben hätte. Mein Körper bedauert diese Tatsache immer wieder, und es ist definitiv einer der negativen Aspekte daran, dass ich beschlossen habe, uns zu verstecken.

»Noah, bitte lass uns etwas unternehmen.« Georgies Stimme klingt eindringlich, und ich spüre, wie wichtig es ihr ist. Ich seufze und grabe meine Fingernägel in meine Handflächen.

»Liebes, du weißt doch, dass es nicht geht«, sage ich leise.

Sie schürzt genervt die Lippen. »Natürlich geht es, und das weißt du auch. Wir könnten zum Beispiel übers Wochenende wegfahren und in einem hübschen kleinen Inn halten, wenn dir die Therme solche Angst macht«, schlägt sie geradezu verzweifelt vor, und ich runzle nachdenklich die Stirn.

»Das klingt interessant.«

Georgie

Genüsslich strecke ich mich und strahle meinen Begleiter an. »Endlich sind wir da!«

Vor mehr als vierzehn Tagen habe ich Noah gebeten, endlich einmal über seinen Schatten zu springen und etwas mit mir zu unternehmen. In zwei Wochen ist Weihnachten, und ich bin wirklich überrascht, dass wir es so spontan noch geschafft haben, ein Wochenende zu finden, das uns beiden passt.

»Meine Freunde haben sich sehr gewundert, dass ich so kurz vor Weihnachten ein Wochenende allein wegfahren will«, erzähle ich Noah, der ebenfalls aus dem Auto gestiegen ist und in die Luft schnuppert. Es ist klirrend kalt, aber Schnee liegt leider nicht.

Wir sind auch gar nicht weit gefahren, sondern haben uns einfach nur ein nettes kleines Hotel etwa eine Stunde von Middletown entfernt gesucht, vor dem wir jetzt stehen.

»Und hier haben sie wirklich ein Spa?«, fragt Noah skeptisch. »Immerhin ist das Ganze schweineteuer.«

Ich zucke leicht zusammen, denn es ist mir wirklich unangenehm, dass ich mich von ihm habe einladen lassen.

»Das Inn hat ein Apartment, in dem wir wohnen, und einen Extrabereich für den Whirlpool und eine kleine Sauna«, erkläre ich.

Noah lächelt mich entschuldigend an. »Sorry, Liebes«, sagt er leise und schlingt von hinten seine Arme um mich. Es erleichtert mich, seine Nähe zu spüren, denn in den letzten Wochen seit unserem ersten Date habe ich das Gefühl, dass er sich von mir entfernt. Im einen Moment fühlt es sich an, als würde er es lieben, mich bei sich zu haben, und im nächsten kommt es mir so vor, als würde er mich von sich stoßen. Aber hier, in der Gegenwart, scheint mir diese Angst mit einem Mal weit entfernt und unbegründet.

»Komm, wir gehen rein«, sagt Noah leise und schlingt seinen Arm um meine Schultern. Ich schmiege mich an seine Seite und genieße das Gefühl seiner Nähe. Drinnen an der kleinen Rezeption werden wir von einer rothaarigen Frau mittleren Alters freundlich willkommen geheißen.

»Einen angenehmen Aufenthalt wünsche ich«, zwitschert sie und drückt Noah unsere Zimmerschlüssel in die Hand.

Noah trägt die Koffer nach oben, und ich schließe die

Tür auf. Auf den ersten Blick bin ich in dieses Zimmer verliebt. Es ist schlicht eingerichtet und gleichzeitig urgemütlich. Das große Bett an der einen Wand lädt eindeutig zum Kuscheln ein, und mir wird bei dem Anblick ganz warm. Auf beiden Seiten thronen Handtücher, die zu Schwänen gefaltet wurden.

»Schau dir das mal an«, sage ich entzückt.

»Atemberaubend«, sagt Noah, aber als ich ihn ansehe, merke ich, dass er nicht die Schwäne ansieht, sondern mich. Ich schlucke trocken, während es in meinem Magen zu flattern beginnt.

Seit wir dieses eine Mal miteinander geschlafen haben, ist nichts weiter zwischen uns passiert, außer ein paar viel zu unschuldigen Küssen, und ich merke deutlich, dass ich mich mehr und mehr nach ihm sehne.

»Hier kann man es aushalten«, flüstert er nah an meinem Ohr, und ich erschauere sanft, als Noah sich von hinten vorsichtig an mich schmiegt.

»Was wollen wir als Erstes machen?«, fragt er und wickelt sich eine meiner dunklen Strähnen um den Finger.

»Ich möchte in den Whirlpool«, antworte ich vielleicht einen Tick zu schnell.

»Das klingt großartig«, sagt Noah, und seine Stimme ist bei seinen Worten eine Nuance dunkler geworden.

»Ich hole meine Badesachen aus meinem Koffer, und dann können wir gleich los«, sage ich und öffne den Reißverschluss meines kleinen Gepäckstücks.

Ich krame darin herum, bis ich meinen Lieblingsbikini gefunden habe, der zwar praktisch ist, aber auch gleichzeitig etwas Verführerisches an sich hat.

»Ich bin kurz im Bad«, sage ich zu Noah, und er lacht leise.

»Warum? Willst du dich vor mir verstecken?«

»Vielleicht«, gebe ich neckisch zurück und zwinkere ihm über die Schulter zu, als ich die Tür zum Badezimmer hinter mir schließe.

Drinnen ziehe ich mich flink aus, kontrolliere schnell, ob ich glattrasiert bin, und schlüpfe dann in den Bikini. Als ich wieder ins andere Zimmer komme, klappt mir die Kinnlade herunter.

Noah hat die Zeit genutzt, um sich ebenfalls umzuziehen, und ich spüre, wie meine Wangen bei seinem Anblick warm werden. Er sieht wahnsinnig gut aus, und die enge grüne Badehose betont seinen muskulösen Oberkörper.

»Wow«, sagt Noah, und ich erwache aus meinen träumerischen Gedanken. Aber als ich peinlich berührt den Blick abwenden will, bemerke ich, dass er mich unverwandt ansieht.

»Was ist?«, frage ich, und meine Stimme klingt dünn vor Unsicherheit.

»Ich …«, beginnt Noah, stockt und sieht mir dann direkt in die Augen. »Du bist die schönste Frau, die ich jemals gesehen habe.«

Als ich begreife, was er da gerade zu mir gesagt hat, treten mir Tränen in die Augen.

»Wirklich?«, frage ich und betrachte aufmerksam den Boden.

Im nächsten Moment spüre ich, wie sich Noahs Arme um mich schlingen, und gleich darauf hebt er mich hoch.

Ich quieke überrascht und schlinge meine Beine um seine Mitte, um besseren Halt zu haben. Im selben Moment wird mir siedend heiß bewusst, dass uns nichts weiter trennt als der dünne Stoff meines Bikinis und der seiner Badehose.

»Du. Bist. Die. Schönste. Frau. Die. Ich. Jemals. Gesehen. Habe.«

Noahs küsst nach jedem Wort ein Stück der Haut an meinem Hals und entlockt mir damit ein leises Stöhnen.

»Was machst du nur mit mir?«, keuche ich und schlinge meine Arme um seinen Nacken.

»Was mache ich denn?«, fragt er undeutlich, und seine Stimme klingt rau und leidenschaftlich.

»Jedenfalls gehst du nicht mit mir zum Whirlpool«, gebe ich zurück, und als er das hört, löst er sich ein Stück von mir.

»Oh doch«, sagt er heiser. »Wir gehen jetzt definitiv in den Whirlpool.«

Vorsichtig stellt er mich auf dem Boden ab und greift nach meiner Hand. Ich habe den akuten Stimmungswechsel noch nicht ganz begriffen und taumele kurz. Aber Noahs Hand hält mich, und nachdem wir uns Handtücher geholt haben, gehen wir gemeinsam in Richtung des Whirlpools.

Als wir in dem hübschen kleinen Spa-Bereich ankommen, kribbelt mein ganzer Körper vor Aufregung und Vorfreude.

»Warte, ich lasse das Wasser ein«, sagt Noah, und sein Atem geht unregelmäßig.

Gleich darauf beginnt es zu gluckern, und der Whirlpool füllt sich langsam und stetig mit blubberndem Wasser.

Mit großen Augen sehe ich auf den Pool.

»Weißt du eigentlich, dass ich noch nie in einem so privaten Whirlpool war?«, frage ich, und Noahs Augen werden groß.

»Wirklich nicht?«, fragt er und sieht dabei so überrascht aus, dass ich lachen muss.

»Na ja, es kann ja nicht jeder so ein kleiner Möchtegern-Promi sein wie du.« Ich kichere.

Im selben Moment bereue ich, was ich gesagt habe. Wie kann ich bitte so etwas Dummes und Gefühlloses sagen?

»Es tut mir leid«, entschuldige ich mich zerknirscht. »Ich habe es nicht so gemeint.«

Noah sieht zu meiner Überraschung alles andere als beleidigt aus. Stattdessen grinst er mich breit an.

»Ist schon okay«, sagt er in lockerem Tonfall. »Das waren, glaube ich, die besten Zeiten im Profisport. Und die heißesten«, fügt er mit einem Augenzwinkern hinzu.

Ich weiß genau, dass er es nicht so meint, wie er es gesagt hat, und dass ihn sein Austritt aus der Sportwelt noch immer schmerzt. Deshalb wechsle ich das Thema und deute auf den Pool, der sich inzwischen gut gefüllt hat.

»Wollen wir rein?«, frage ich voll Tatendrang und Vorfreude. Noah nickt.

»Du zuerst«, sagt er schmunzelnd. Ich steige in den Whirlpool und genieße schon bei der ersten Berührung mit dem warmen Wasser das Kribbeln, das durch meinen Körper fährt.

»Wow, das ist ja herrlich«, seufze ich, und Noah beobachtet mich lächelnd, während er nachkommt. Er lässt sich neben mir ins Wasser gleiten, und ich genieße den Anblick seines wohlgeformten Körpers, der unter der Wasserfläche verschwindet.

»Es gäbe keine schönere Begleitung für diese Zeit im Pool«, sagt Noah, als er es sich bequem gemacht hat, und zieht mich zu sich heran, bis ich auf seinem Schoß sitze. Die Wärme des Wassers und die Ruhe um uns herum machen den Moment um einiges intimer, als er ohnehin schon ist. Spannung liegt in der Luft, und ich versteife mich, weil ich nicht weiß, was nun kommen wird.

Als Noahs Hände langsam meine Oberschenkel hinaufwandern und ungefähr in der Mitte innehalten, stockt mir der Atem.

»Was machst du mit mir?«, hauche ich, während er einen Kuss auf mein linkes Schulterblatt haucht. Er lässt bei meiner Frage nicht sofort von meiner Haut ab, sondern lässt seine Lippen aufreizend langsam weiterwandern, bis ich unter seiner Berührung erbebe.

»Ich küsse dich«, murmelt er, als er sich wieder ein Stück zurückgezogen hat, und im nächsten Moment liegen seine Lippen auf meinen.

Die Leidenschaft durchzuckt mich wie ein Blitz, und ich ziehe mich noch näher an Noah heran, während ich seine Lippen teile und mit meiner Zunge Einlass fordere. Ich will ihn spüren, überall. Will alles von ihm. Aber ist ein Whirlpool in einem Hotel wirklich der richtige Ort?

»Noah!«, hauche ich, während sein betörender Duft in meine Nase steigt und meinen Verstand benebelt.

»Ja, Georgie?«, haucht er. Ich schlinge meine Beine um seinen Körper, und das Denken fällt mir zunehmend schwerer.

»Das ist ein Hotel-Whirlpool«, keuche ich, während mein Verstand schon dabei ist, sich zu verabschieden.

»Und?« Er küsst mich noch einmal, und wieder spüre ich, wie nah er bei mir sein will. Spätestens in diesem Moment wird mir klar, dass ich mein Herz unwiderruflich an diesen Mann verloren habe. Als unsere Körper im Wasser miteinander verschmelzen, schießen tausend kleine Raketen durch mich hindurch direkt in meine Körpermitte, wo sie wie abertausend Sterne explodieren und wie ein Sternschnuppenhagel zu Boden sinken. Und ich versinke mit ihnen.

»Ich kann es nicht glauben, dass wir es gerade in einem Whirlpool getan haben«, sage ich nach einer Weile, als ich in Noahs Arm gekuschelt wieder zu Atem gekommen bin.

»Ich schon«, gibt Noah mit einem eindeutigen Lächeln in der Stimme zurück und streicht mir sanft mit der Hand über den Kopf. »Du bist fantastisch«, fügt er leise hinzu, und ich habe meine Gefühle absolut nicht mehr unter Kontrolle. Ich muss es aussprechen, weil ich sonst sicher platzen werde.

»Ich liebe dich«, wispere ich und warte im nächsten Moment geradezu panisch auf seine Antwort.

Er bleibt eine ganze Weile still, aber dann drückt er mich noch fester an sich, haucht mir einen Kuss auf den Kopf und flüstert: »Und ich dich.«

Kapitel 14

Georgie

In dieser Nacht schlafe ich kaum, und auch am nächsten Tag lässt das Hochgefühl in meinem Bauch nicht nach. Auf der gesamten Rückfahrt trällere ich die Lieder mit, die im Radio laufen, und kraule die weichen Härchen in Noahs Nacken.

»Danke für diese perfekte Zeit«, sage ich zu ihm, als wir uns schließlich verabschieden. Noah hat in einer Nebenstraße zu unserem Haus geparkt und hält mein Gesicht in seiner Hand, während ich meine Arme um seine Mitte geschlungen habe.

»Ich will nicht, dass du gehst«, jammere ich leise und verstärke den Druck meiner Arme.

»Ich will auch nicht gehen«, sagt Noah sanft und drückt mich zart an sich, als mit einem Mal eine Stimme hinter uns erklingt.

»Hallo?«, fragt jemand, und Noah lässt mich sofort los, um herumzuwirbeln. Vor uns steht ein kleiner untersetzter Mann, der mir völlig unbekannt ist. Er ist mir auch auf den ersten Blick unsympathisch, denn in seinen Augen liegt ein Funkeln, das mir gar nicht gefällt.

»Ah, Dr. Portman, was machen Sie denn hier?«, erkundigt sich der mir unbekannte Mann bei Noah, und ich sehe, wie der sich bei der Frage verkrampft.

»Wir waren nur unterwegs«, sagt er kurz angebunden und lenkt damit die Aufmerksamkeit des Fremden auf mich. Der kneift die Augen zusammen und mustert mich von oben bis unten.

»Kennen wir uns?«, fragt er, und ich schüttele reflexartig den Kopf.

»Aber Sie kommen mir so bekannt vor«, beharrt der Mann, und Noah schaltet sich wieder ein.

»Das ist nur eine Freundin von mir«, sagt er schnell, und ich zucke unmerklich zusammen, weil mir das kleine Wort *nur* wehtut.

»Das ist ja schön«, sagt der Unbekannte nach einem kurzen Zögern und nickt Noah kurz zu. »Also, man sieht sich, Doc.«

Mit diesen Worten verschwindet er, während Noah und ich wie angewurzelt an derselben Stelle stehenbleiben.

»Wer war das?«, frage ich nach kurzem Zögern und erschrecke, als ich sehe, wie blass Noah geworden ist.

»Das war ein Patient aus der Praxis«, sagt er tonlos. »Garret Blake.«

Ich zögere, weil ich nicht, weiß, warum genau das Noah jetzt so mitnimmt. Aber im nächsten Augenblick wird es mir auch schon klar, und ich spüre, wie mir ebenfalls das Blut aus dem Gesicht weicht.

»Oh«, hauche ich und denke nur ein Wort. Scheiße.

Noah

Bei Garrets Anblick habe ich den Schreck meines Lebens bekommen. Warum musste er uns ausgerechnet hier über den Weg laufen. Warum er und warum ausgerechnet heute?

Garret ist einer der Patienten, die ich bereits in den ersten

Wochen von Dr. Soniac übernommen habe, und wenn er nicht ganz dumm ist, dann erinnert er sich, woher er Georgie kennt, und im schlimmsten Fall bin ich meinen Job los. Garrett ist dank seines Krankheitsbilds in dieser Hinsicht unberechenbar.

»Ist alles in Ordnung?«, fragt Georgie vorsichtig und berührt mit ihrer Hand meinen Arm.

Ich kann ihre Berührung gerade nicht ertragen und schüttele sie ab. Sofort sehe ich, dass ich sie verletzt habe, und weiß auch, dass ich mit ihr darüber reden muss, was gerade in mir vorgeht.

»Wir wurden gerade von einem Patienten gesehen, der dich kennt«, sage ich heftig.

»Aber ist das denn wirklich so schlimm?«, fragt Georgie verunsichert, und mir ist klar, dass mein Verhalten gerade nicht besonders rational ist.

»Ist es. Weil ich nicht mit einer Patientin privat unterwegs sein darf, und das weißt du auch ganz genau«, rufe ich heftig, und Georgie zuckt unter meinen Worten zusammen.

»Aber ich bin doch gar nicht mehr bei Dr. Soniac«, flüstert sie. »Schon lange nicht mehr.«

»Trotzdem«, kommt es kühl aus meinem Mund. »Aber ich war bei einer deiner Sitzungen anwesend, als wir uns schon kannten. Wenn das herauskommt, ist meine Zukunft als Therapeut nicht mehr existent.«

Ihre Schultern sinken nach unten, aus ihrem Körper scheint die Kraft zu weichen, und als sie zu mir hochsieht, schimmern Tränen in ihren Augen.

»Es tut mir leid, Noah«, wispert sie, und die Mauer um mein Herz beginnt zu schmelzen. »Ich wollte dich nicht in Schwierigkeiten bringen.«

Das schlechte Gewissen überrollt mich wie eine Welle,

und ich muss einen Augenblick lang die Augen schließen. Sie kann nichts dafür, dass wir jetzt in dieser Situation sind. Ich habe Dr. Soniac verschwiegen, dass wir uns kennen. Das war nicht Georgies Aufgabe, sondern meine. Das habe ich verbockt. Warum also bin ich so ein Arschloch?

Seufzend mache ich einen Schritt auf sie zu und ziehe sie in meine Arme. Es dauert einen Moment, bis ihr Körper sich entspannt und sie sich an mich schmiegt. Ich fahre mit meiner Hand zwischen die Haare an ihrem Hinterkopf und massiere sie dort sanft, während ich mein Kinn auf ihrem Kopf ruhen lasse. Der leichte Geruch ihres Shampoos steigt mir in die Nase. Vanille und Orange.

»Es tut mir leid, Liebes«, flüstere ich und meine es wirklich so. Sie hat es nicht verdient, dass ich sie so behandele. »Ich glaube, ich muss jetzt erst mal allein sein und meine Gedanken ordnen.«

Ich spüre ihr Nicken, und einen Augenblick später löst sie sich vorsichtig von mir und sieht mir in die Augen. In ihrem Blick sehe ich Vertrauen und spüre die Galle in meinem Magen brodeln.

Penner. Penner. Penner.

Noch während ich mich in Gedanken selbst verfluche, beugt sich mein Kopf wie von selbst zu Georgie hinunter. Ihre Augen weiten sich, und als sich ihre Lippen erwartungsvoll teilen, verliere ich den Verstand. Meine Lippen legen sich auf ihren Mund, versiegeln ihre, um sie einen Augenblick später wieder freizugeben. Wieder und wieder liebkose ich ihre weichen Lippen, entlocke ihr ein leichtes Seufzen und genieße die Harmonie des Augenblicks.

Die mahnende Stimme irgendwo weit hinten in meinem Gehirn ignoriere ich, und mit jedem Kuss wird sie ohnehin leiser.

Als ich mich nach einer gefühlten Ewigkeit wieder von ihr löse, geht es mir besser, und mein Atem kommt stoßweise.

»Danke«, hauche ich, während wir nach Luft schnappend voreinander stehen und uns aus verhangenen Augen ansehen.

Alles in mir schreit danach, sie mit zu mir zu nehmen, ihr jedes Kleidungsstück einzeln auszuziehen und sie stundenlang zu lieben, aber ich weiß, dass es falsch wäre. Es würde sich zwar in dem Moment richtig anfühlen, aber in Anbetracht der Situation würde ich es hinterher bereuen.

»Ich muss jetzt gehen, Liebes«, sage ich heiser und kann die Enttäuschung in ihrem Gesicht deutlich erkennen.

»Wann sehe ich dich wieder?«, fragt sie, und ich spüre einen Stich. Es ist, als hätte Georgie durch mich an Lebenskraft verloren. Dieser Gedanke macht mir Angst.

»Ich weiß es nicht«, sage ich ehrlich und atme gequält ein. »Ich brauche Zeit, um nachzudenken. Gib mir Zeit, bitte.«

Georgie nickt. Ihr Kiefer ist deutlich angespannt und ihr Brustkorb hebt und senkt sich schnell.

»Melde dich bei mir, wenn du weißt, was du willst, Noah«, sagt sie und dreht sich auf dem Absatz um.

Ich stoße zischend die Luft aus. Ich bin ein Blödmann. Natürlich habe ich sie doch verletzt und bin zu feige, ihr nachzulaufen und ihr das zu sagen, was mein Herz meinem Verstand verzweifelt zubrüllt: »Du bist es, was ich will.«

Georgie

Eine Woche! Eine Woche ist es her, dass ich Noah zuletzt gesehen habe. Eine Woche ist es her, dass er mit mir geschlafen hat. Seitdem wir Noahs Patient über den Weg gelaufen sind, habe ich nichts mehr von ihm gehört, und langsam werde ich wütend. Ich kann ja verstehen, dass er sich Sorgen um seine Zukunft macht, aber immerhin wusste er genau, worauf er sich eingelassen hat, und sich jetzt nicht mehr bei mir zu melden, ist wirklich nicht die feine englische Art.

Zum wiederholten Mal hole ich mein Handy aus der Tasche und beginne damit, eine Nachricht an ihn zu tippen. Aber wie auch bei all den Malen davor, lösche ich auch hier die getippten Sätze wieder, ohne sie abzuschicken. Stattdessen greife ich zum Pinsel und beginne mit wütenden, langen Strichen meine Leinwand mit einem beinahe schwarzen Blauton zu bemalen. Meine Stimmung überträgt sich auf die Bewegungen meiner Hände, die Kraft meiner Striche, und es tut mir gut zu sehen, wie ein wütend brodelndes Meer auf der Leinwand entsteht. So wie es in meinem Bauch brodelt. Was für ein Idiot. Wieso lasse ich ihm so ein Verhalten eigentlich durchgehen?

Wütend werfe ich den Pinsel auf die Seite und schnappe mein Handy erneut.

Georgie: Es REICHT! Noah, melde dich endlich und hör auf damit, dich wie ein Kind aufzuführen.

Noch ehe ich weiter darüber nachdenken kann, habe ich auf SENDEN gedrückt und fühle mich jetzt gleichzeitig nervös wie auch zufrieden. Einen Moment später verrät mir mein Handy, dass Noah online ist. Er beginnt zu tippen.

Noah

Ich tippe wie in Trance. Ich habe es so lange hinausgezögert und weiß, dass mich diese Aktion zum Widerling des Jahres macht. Aber ich weiß auch, dass ich keine andere Wahl habe.

Ich habe einen Fehler gemacht, als ich mich auf Georgie eingelassen habe, obwohl ich wusste, dass ich es nicht darf.

Ich habe ihr auch nichts vorgespielt, meine Gefühle für sie sind echt, aber ich bin zu rational veranlagt, um mir meine Ziele damit zu verbauen.

Wenn Dr. Soniac davon erfahren würde, dass ich mit einer unserer Patientinnen zusammen war, dann wäre es ihre Pflicht, mich fristlos zu entlassen und es außerdem an die American Psychiatric Association weiterzuleiten.

Es wäre egal, dass ich Georgie kennengelernt habe, ohne zu wissen, wer sie ist. Meine Zukunft wäre verbaut, und deshalb muss ich das jetzt tun.

Mein Herz schmerzt und meine Hände zittern, als ich zu tippen beginne.

Noah: Georgie, es tut mir leid, dass ich mich so lange nicht bei dir gemeldet habe. Ich brauchte Zeit zum Nachdenken und bin zu dem Schluss gekommen, dass wir uns nicht mehr sehen dürfen. Es war ein Fehler, dass wir etwas miteinander angefangen haben. Ich habe dich wirklich sehr gerne, und es tut mir leid, dass ich dir wehtue. Ich wünsche dir, dass du glücklich wirst.
Leb wohl, Noah.

Teil 2

Kapitel 1

Georgie

»Ist alles klar, Eure Hoheit?«, fragt Ben besorgt, und ich merke erst jetzt, dass ich schon wieder schwanke.

»Ja, natürlich«, bringe ich mühsam heraus, denn die Erinnerung an die vergangenen Monate hat mich mehr mitgenommen, als ich für möglich gehalten hätte. Seit dieser letzten Nachricht hat Noah nichts mehr von sich hören lassen, und egal, wie gern ich behaupten würde, dass es nicht so ist: Der Schmerz ist definitiv noch da.

Mir ist übel, und in meinem Magen schlagen Tausende kleiner Krabbelviecher Purzelbäume und drehen Loopings.

»Außerdem: Was hatten wir zum Thema Hoheit gesagt?«, presse ich hervor, und stütze mich hilfesuchend an der Wand ab, als das Zimmer vor meinen Augen verschwimmt.

»Ben, hol ihr bitte etwas zu trinken«, höre ich Jessys dumpfe Stimme und halte gleich darauf ein Glas Wasser in der Hand. Nach dem ersten Schluck klart die Welt um mich herum minimal auf, und als ich zur Hälfte ausgetrunken habe, geht es mir deutlich besser.

Trotzdem bleibt ein mulmiges Gefühl in meinem Bauch zurück. Mir wird doch sonst nicht so schnell schwindelig.

Nach einem tiefen Atemzug gehe ich mit großen Schritten zum Sofa, lasse mich neben Lucky fallen, die schläfrig ein Auge öffnet und gleich wieder schließt.

Ein Blick auf meine Freunde zeigt mir, dass das Ganze noch nicht vorbei ist.

»Das war gruselig«, stellt Ben so nachdrücklich fest, dass ich schmunzeln muss.

»Mir ist nur schwindelig geworden, Bennie, sonst nichts«, versuche ich ihn zu beruhigen und ignoriere das Ziehen in meinem Unterleib.

»Hm«, kommentiert Jessy nachdenklich. »Bist du sonst okay?«

»Aber natürlich.« Ich lächele möglichst strahlend und hüpfe einmal in die Luft, um den beiden zu beweisen, dass ich die Wahrheit sage.

»Mach langsam«, bittet Jessy und lächelt mich liebevoll an. »Wir brauchen dich noch.«

»Und als lebender Mensch machst du sicher einen besseren ersten Eindruck auf unseren neuen Mitbewohner, denn als Gespenst«, fügt Ben altklug hinzu.

»Was macht er denn beruflich?«, erkundige ich mich möglichst unbedarft, und obwohl ich den Namen nicht ausspreche, verschwimmt die Welt erneut vor meinen Augen.

Er. Ist. Es. Nicht. Das habe ich nicht verdient. Es ist nur zufällig derselbe Name.

Ben und Jessy wechseln einen kurzen Blick, den ich nicht verstehe, der mich aber nervös macht.

»Was ist los?«, frage ich beunruhigt.

Haben sie etwas herausgefunden? Wissen sie von Noah?

»Ach, wir waren nur nicht sicher, ob wir es dir gleich sagen sollten«, antwortet Jessy ausweichend, und in meinem Kopf schrillen alle Alarmglocken in schwindelerregenden Tonhöhen.

»Mir was sagen?«, frage ich und sinke kraftlos gegen die Sofalehne. Mir war gar nicht klar, dass ich mich nach vorn gelehnt hatte.

»Nichts Schlimmes!« Sie versucht eindeutig, mich zu beruhigen. »Wir dachten nur … Noah ist Therapeut, und wir waren nicht sicher, ob du damit ein Problem hast.«

Zufall. Es ist nur ein Zufall. Er. Ist. Es. Nicht!

»Therapeut«, murmle ich und atme kurz und zittrig durch.

»Jetzt mach bitte nicht so ein Gesicht«, ruft Ben erschrocken, und mir wird klar, dass mein Verhalten wirklich merkwürdig ist.

»Warum sollte es mich stören, dass er Therapeut ist?«

Leider klingt die Frage nicht halb so unschuldig wie geplant, und ich würde mir kein Wort glauben. Jessy anscheinend schon.

»Wir wollten einfach nichts riskieren«, sagt sie und lächelt mich entschuldigend an. »Aber wenn wir uns geirrt haben, ist es umso besser.«

Das kleine, erzwungene Lächeln fällt sofort wie ein Soufflé in sich zusammen, als es an der Tür klingelt.

Mein verräterisches Herz fängt an zu hoffen, obwohl mein Verstand verzweifelt dagegenhält. Ich will nicht, dass es Noah ist.

»Das ist er.« Jessy sieht schmunzelnd hinter Darcy her, der wie ein Blitz in den Flur schießt. »Ihr werdet euch sicher gut verstehen, und ich bin schon gespannt, wie er mit Darcy klarkommt.«

»Wo war er denn, als der Typ sich vorgestellt hat?«, frage ich geistesabwesend.

»Bei Autumn«, erklärt Ben und strahlt mich an. »Aber Lucky mag ihn und Darcy sicher auch. Das wird toll.«

Noah ist ja auch toll, denke ich und zucke unmerklich

zusammen. Wann ist mein *Er-Ist-Es-Nicht-Mantra* zu einem riesigen *Oh-Nein-Er-Ist-Es-Doch* geworden?

Auf dem Flur höre ich Ben, und gleich darauf wird mir schlecht.

»Ich bin gleich nach der Arbeit hergekommen.« Diese zweite Stimme ist mir so vertraut wie meine eigene.

Zufall. Zufall. Zufall.

Ich weiß genau, dass es kein Zufall ist. Als Ben mit unserem neuen Mitbewohner ins Wohnzimmer kommt, zittere ich am ganzen Körper. Er sieht genauso aus wie in meiner Erinnerung. Sein Gesicht, sein Körper und sein ganzes Auftreten haben sich unwiderruflich in mein Gedächtnis eingebrannt, und als er jetzt, nach so langer Zeit vor mir steht, stürzt alles über mir zusammen.

»Noah«, wispere ich, und in diesem Moment sieht er mich und wird blass.

Noah

Ich traue meinen Augen nicht. Sprachlos starre ich Georgie an, und in diesem Moment werden mir so viele Dinge klar.

Wie konnte ich denn so blöd sein, nicht zu begreifen, dass der Ben, von dem sie mir so oft erzählt hat, der Benjamin ist, der die Anzeige zur Zimmervermietung aufgegeben hat?

Was bin ich nur für ein Idiot.

Sie ist genauso wunderschön, wie ich sie in Erinnerung habe. Aber in ihrem Blick lese ich Fassungslosigkeit und Wut. In ihren beinahe schwarzen Iriden lodert ein Feuer, und ich weiche unwillkürlich einen Schritt zurück.

»Noah das ist Georgiana Chapman. Georgie, das ist Noah«, stellt Ben uns einander vor. Ich sehe das Zucken ihres rechten Augenlids deutlich, als sie den verhassten Namen hört, und obwohl die Situation alles andere als komisch ist, muss ich meine Mundwinkel unter Kontrolle halten. Zum, Glück gelingt mir das, denn im nächsten Moment macht sie ihren Gefühlen Luft.

»Georgie, Ben. Ich heiße Georgie«, faucht sie ihn an, und er weicht angesichts ihrer heftigen Reaktion zurück.

»Sorry«, ruft er, und auch Jessy sieht erschrocken aus. »Reg dich doch bitte nicht so auf.«

Georgie holt mehrmals tief Luft, und ihre Schultern entspannen sich langsam. Dann lächelt sie ihre Mitbewohner entschuldigend an und wendet sich mir zu. Auf ihren Lippen liegt ein eisiges Lächeln, das ihre Augen nicht erreicht.

»Sorry für den Auftritt«, flötet sie zuckersüß, und ich bewundere ihre schauspielerischen Fähigkeiten. Außer mir fällt vermutlich niemandem auf, dass ihre Stimme zittert.

»Heute ist irgendwie ein merkwürdiger Tag«, fügt sie hinzu, und die Spitze ihrer Worte ist für mich überdeutlich zu verstehen.

»Kein Problem«, gebe ich so locker wie möglich zurück und vermeide jeden Blick in ihre schönen, dunklen Augen.

»Du bist also Noah«, stellt sie fest.

»Ja, ich bin Noah«, antworte ich, und mein Hals fühlt sich kratzig an. »Schön, dich kennenzulernen.«

In ihren Augen glühen eisige Flammen auf, und ich bin sicher, dass ich mich daran verbrennen werde. Während ich sie einfach nur anstarre, streckt sie mir die Hand entgegen. Als unsere Finger sich für einen köstlichen Moment berühren, fühlt es sich an wie ein Blitzschlag, direkt in meine Körpermitte. In Georgies Augen flackert es, und ich wüsste gern, ob sie ähnlich empfindet, aber da hat sie sich schon wieder im Griff.

»Und du wirst also unser neuer Mitbewohner?«, fragt sie herzig und gräbt einen ihrer Fingernägel so schmerzhaft in meine Handfläche, dass ich ein Zischen unterdrücke. Mir ist klar, dass Georgie wütend auf mich ist, und das nicht gerade grundlos. Trotzdem werde ich langsam ebenfalls sauer. Ich habe lange nach einem Zimmer gesucht und werde mir die Möglichkeit nicht kaputtmachen lassen.

Aus diesem Grund erwidere ich Blick und Händedruck, ohne mit der Wimper zu zucken.

»Sieht ganz so aus.«

»Alles eingetütet!« Triumphierend wedelt Ben mit dem unterschriebenen Mietvertrag herum, den ich ihm schon an der Haustür in die Hand gedrückt habe.

Ihre Augen werden zu kleinen Schlitzen, und ich bilde mir ein, dass leises Zähneknirschen zu hören ist.

»Das werden wir noch sehen.«

Als sie spricht, ist ihre Stimme leise, und sie betont jedes einzelne Wort wie einen präzise gesetzten Messerstich. Just in diesem Moment klingelt ihr Handy. Sie wirft einen Blick darauf und drückt den Anruf weg.

»Paul«, erklärt sie, als sie Jessys fragenden Blick registriert, und bei ihren Worten fällt mir die Kinnlade herunter. Wer. Ist. Paul?

»Weicht er dir immer noch nicht von der Seite?«, fragt Jessy und fügt an mich gewandt hinzu: »Er ist so was wie ihr persönliches Schoßhündchen. Seitdem er ihr vor einer Weile zugelaufen ist, wird sie ihn einfach nicht mehr los.«

»Allerdings würde Jessy niemals so über einen echten Hund reden«, kommentiert Ben grinsend von der Seite. »Sie liebt Tiere.«

»Aber Paul benimmt sich eben nur wie ein Hund. Er ist keiner.«

»Jess!«, zischt Georgie wütend und wirft mir einen schnellen Seitenblick zu. »Das ist doch gerade gar nicht Thema!«

»Stimmt«, kann ich mir einen Kommentar nicht verkneifen. »Das Thema wäre nämlich ich.«

Georgies Augen werden zu winzig kleinen Schlitzen.

»Du sagst es«, zischt sie und macht einen Schritt auf mich zu. Mit einem Mal ist sie mir so nah, dass ich nur meine Hand heben müsste, um ihre Wange zu berühren. Krampfhaft versuche ich zu verdrängen, wie wunderschön Georgie ist, wie fein ihr Gesicht, ihre helle Haut, das Gefühl ihrer Hand auf meiner Haut ... Hinter uns ertönt ein Räuspern. Wir fahren auseinander und ich lasse ihre Hand los, als hätte ich mich verbrannt.

Ben und Jessy mustern uns aufmerksam und tauschen einen Blick. Ehrlich gesagt hatte ich einen kurzen Moment ganz vergessen, dass die beiden auch noch da sind.

»Schön, dass ihr euch miteinander bekannt gemacht habt«, sagt Jessy nach einer Weile, und irgendwie klingt ihre Stimme, als müsste sie sich ein Lächeln verbeißen.

»Georgie, lass uns doch bitte kurz nach nebenan gehen.« Der Blick, den Ben ihr zuwirft, ist durchdringend.

Mit einem Nicken gibt Georgie ihr Einverständnis und verschwindet hinter Ben durch die Tür.

»Wir sind gleich zurück.« Jessy lächelt mich entschuldigend an, bevor sie den beiden folgt. Mit einem mulmigen Gefühl bleibe ich allein zurück und frage mich, was Georgie jetzt tun wird. Wird sie Ben und Jessy von mir erzählen?

Dass sie bisher keine Ahnung hatten, ist mir klar. Erstens hätten sie meinen Einzug sonst gar nicht erst in Betracht gezogen und zweitens hatten wir ja ausgemacht, niemandem von uns zu erzählen. Auch wenn ich weiß, dass sie nach meinem Verhalten jeden Grund gehabt hätte, diese Vereinbarung für nichtig zu erklären, bin ich nahezu sicher, dass sie es nicht getan hat.

Georgie

»Was bitte war das denn gerade?«, poltert Ben los, kaum dass die Tür hinter uns ins Schloss gefallen ist. In diesem Moment sieht er ein bisschen aus wie mein Vater, nur in deutlich wütender. Allerdings kann ich ihn verstehen. Mir ist klar, dass mein Verhalten auf die anderen mehr als seltsam gewirkt haben muss.

»Es tut mir leid«, murmele ich verlegen, und in meinem Magen sitzt ein dicker fetter Knoten. Noah zu sehen hat meine Gefühlswelt einmal um sich selbst gewirbelt, und jetzt streiten Zorn, Sehnsucht und Verzweiflung miteinander.

»Ich weiß auch nicht, was mit mir los ist«, füge ich lahm hinzu, und es stimmt. Ich habe keine Ahnung, was in mir vorgeht, so wie meistens, wenn Noah in meiner Nähe ist.

»Ich finde, er ist der Richtige«, sagt Jessy, und ihre Wortwahl lässt die Schmetterlinge in meinen Eingeweiden Loopings fliegen. Ben nickt zustimmend.

»Das sehe ich genauso. Von all den Kandidaten scheint er der Einzige zu sein, der auch nur ansatzweise zu uns passt.«

Die Augen der beiden wandern zu mir, und ich winde mich unter ihren fragenden Blicken.

»Was meinst du dazu?«, durchbricht Jessy nach einem Weilchen das unbehagliche Schweigen.

Ich kaue nervös auf meiner Unterlippe herum. Ich weiß nicht, was ich sagen soll. Einerseits will ich auf gar keinen Fall, dass Noah bei uns einzieht. Aber da ist auch ein kleines, dummes Stimmchen, der Sehnsucht nach Noah. Ich habe ihn die ganze Zeit über vermisst, ohne dass ich es zugeben wollte. Ich knirsche mit den Zähnen. Ich darf ihn nicht vermissen. Das ist ein schlechtes Zeichen, denn es bedeutet, dass ich Noah Portman noch immer liebe. Shit!

»Ich weiß nicht.« Mit stockender Stimme ringe ich um die richtige Entscheidung.

»Ich will nicht«, platze ich dann all meinen Vorsätzen zum Trotz hervor und presse meine Lippen zusammen. Mir ist schlecht, und das kommt ganz sicher von der Vorstellung, bald mit Noah zusammenzuwohnen.

Ben runzelt die Stirn.

»Sorry, Mylady, aber ich verstehe dich gerade kein Stück. Was ist denn dein Problem?«

Dass ich diesen Mann liebe und er mir das Herz gebrochen hat, möchte ich brüllen, aber natürlich halte ich den Mund.

»Glaubt ihr wirklich, dass er zu uns passt?«, frage ich stattdessen, und meine Stimme klingt hohl.

Wieder spüre ich Jessys Blick und stöhne innerlich. Ich kenne sie zu gut und habe das Glitzern in ihren Augen gesehen, das nichts Gutes verheißt. Es ist ihr *Lasst-uns-einen-Mann-für-Georgie-finden*-Blick.

»Ich mag ihn«, sagt sie jetzt, und mir ist klar, dass ich verloren habe. Jessy hat eine gute Menschenkenntnis, und ich verstehe, dass sie Noah mag. Würde ich ihn nicht kennen, dann wäre es bei mir sicher genauso. *Und doch ist es so unendlich anders,* wispert es in meinem Kopf.

»Natürlich passt er zu uns«, bekräftigt Ben und ballt dabei die Faust zu seiner vehementen Aussage. Es fehlt nur noch, dass er gleich krachend auf den Tisch schlägt, oder laut Hipp, Hipp, Hurra brüllt. »Sonst hätten wir ihn ja wohl kaum einen Mietvertrag unterschreiben lassen.«

Ich seufze leise und schließe kurz die Augen, bevor ich

meine Freunde ansehe. Ich muss es einfach schaffen, normal zu wirken. Und vielleicht ist Noah ja anständig genug, selbst abzusagen.

Wer's glaubt.

»Wenn ihr ihn so gerne mögt, dann bin ich dabei«, erkläre ich und gebe meiner Stimme einen möglichst kühlen Klang. »Er hat den Mietvertrag ja sowieso schon unterschrieben. Aber ich hoffe sehr, dass dieser Schönling mir nicht auf die Nerven geht.«

Jessy runzelt bei meinen Worten die Stirn, während sich auf Bens Gesicht ein Lächeln ausbreitet.

»Also wirklich, Hoheit. Dein Männerhass erreicht heute ungeahnte Dimensionen«, neckt er mich, und ich steige auf seinen Scherz ein, obwohl mir gar nicht nach Lachen zumute ist.

»Na, wenn ihr nichts Besseres zu tun habt, als noch ein Mitglied dieser Spezies in unser Haus zu schleppen, was erwartest du dann?«, schieße ich zurück, und mein bester Freund grinst.

»Ach, keine Sorge. Noah wird bestimmt ein überaus angenehmer und charmanter Mitbewohner sein.« Bei seinen Worten krampft sich mein Herz zusammen. Genau das fürchte ich nämlich.

Während Ben mit einem zufriedenen Grinsen wieder in Richtung Wohnzimmer verschwindet, bleibe ich einen Moment stehen, lehne meinen Kopf an die kühle Wand und atme tief durch. Was habe ich mir da nur wieder eingebrockt?

Als ich gleich darauf eine leichte Berührung an meinem Arm wahrnehme, zucke ich zusammen. Jessy steht neben mir, und während sie mir vorsichtig über den Arm streicht, ist ihr die Besorgnis deutlich anzusehen.

»Was ist denn los mit dir?«, fragt sie leise, und ich weiche ihrem durchdringenden Blick aus.

»Mir ist schlecht«, murmle ich, und das ist nicht mal gelogen. Mir ist übel, und in meinem Unterleib zieht es schmerzhaft.

»Ich glaube ich kriege bald mal wieder meine Tage«, murmle ich und hoffe, dass es so ist. Es würde mir helfen, meine prämenstruellen Gefühlskatastrophen wenigstens ein bisschen einzudämmen. Leider habe ich durch das PCO-Syndrom ständig mit diesen Randerscheinungen zu kämpfen.

Hinter diesen drei Buchstaben verbirgt sich das sogenannte *Polycystic Ovary Syndrome*. Dieses Syndrom ist der Grund dafür, dass es für mich deutlich schwerer sein wird, eines Tages Mutter zu werden, und ist darüber hinaus auch für regelmäßig auftretende Beschwerden verantwortlich, die meinem Alltag einiges an Lebensqualität nehmen. Ich bin Übelkeit, Schwindel und Bauchschmerzen sowie das Ausbleiben der Periode schon längst gewohnt.

»Und du bist sicher, dass es nur das ist?«, fragt Jessy leise, und ihre Stimme hat einen eindringlichen Klang. »Wenn du Noah wirklich so schrecklich findest, dann …«

»Nein, nein«, falle ich ihr viel zu schnell ins Wort und spüre schon wieder, wie mir heiß wird. »Ich meine, ich kenne ihn ja gar nicht«, setze ich lahm hinzu, und die Lüge hinterlässt einen schalen Beigeschmack in meinem Mund.

»Dann ist es ja gut.« Richtig überzeugt wirkt meine Freundin zwar nicht, aber sie tritt einen Schritt von mir zurück und lächelt. »Komm, gehen wir nach drüben und hören mal, was die Männer noch so besprochen haben.«

Ich folge ihr, und obwohl meine Knie vor Aufregung zittern, gelange ich sicheren Fußes nach nebenan.

Ben und Noah sitzen nebeneinander auf dem Sofa und plaudern angeregt, so wie es aussieht. Als Ben uns sieht, strahlt er über das ganze Gesicht und reckt beide Daumen in die Höhe.

»Mädels, das hat ja ewig gedauert. Was habt ihr so lange gemacht?«, ruft er und lässt uns gar keine Zeit, seine Frage zu beantworten. Jessy öffnet gerade den Mund, um etwas zu sagen, als Ben schon weitersprudelt. »Ist ja auch egal. Jetzt seid ihr hier und könnt unseren neuen Mitbewohner offiziell willkommen heißen.«

Bei Bens Worten bleibt die Zeit stehen. Um mich herum verschwimmt alles. Ich nehme nur aus den Augenwinkeln wahr, wie eine freudestrahlende Jessy auf Ben zustürmt und ihm um den Hals fällt. Für die beiden ist das Ende unserer Suche eine riesengroße Erleichterung. Ich kann jedoch nur Noah anstarren, und auch er sieht mir direkt in die Augen. Die Luft um mich herum fühlt sich mit einem Mal dünn an, und ich öffne die Lippen. In Noahs Augen liegt ein merkwürdiger Ausdruck, den ich nicht deuten kann, und ich überlege, was in diesem Moment in ihm vorgeht.

Langsam nehme ich auch die Umgebung wieder wahr. Während Jessy und Ben sich noch riesig freuen und Darcy wie ein kleiner Irrwisch um sie herumspringt, steht Noah vom Sofa auf und kommt auf mich zu. Ich atme tief durch, und mein verräterisches Herz schlägt mir bis zum Hals, als er sich zu meinem Ohr beugt und mir etwas zuflüstert.

»Können wir bitte reden? Allein?«

Mein Herz setzt einen Schlag aus. Dann stolpert es in einem merkwürdigen Rhythmus weiter. Ich spüre, wie ich nicke.

»Wann?«, frage ich.

Ein Lächeln huscht über sein Gesicht. »Ich schreib dir.«

Kapitel 2

Noah

Ich habe keine Ahnung, was Ben und Jessy mit Georgie besprochen haben, aber als sie zurück ins Wohnzimmer kommt, setzt sie mit einem verkniffenen Lächeln ihre Unterschrift zu den anderen. Mich würdigt sie kaum eines Blickes, was allerdings in meinem Hochgefühl untergeht: Ich kann schon dieses Wochenende einziehen! Der Gedanke, endlich nicht mehr bei meinem kleinen Bruder und seiner hochintelligenten Freundin zu wohnen, lässt mich regelrecht euphorisch werden, auch wenn ich weiß, dass hier sicher einiges auf mich zukommt.

Die ganze Zeit grüble ich, was ich zu Georgie sagen soll, wenn ich mit ihr rede. Mir ist klar, dass ein Gespräch sein muss, wenn das mit uns beiden unter demselben Dach funktionieren soll. Allerdings ist mein Kopf wie leer gefegt, wenn ich darüber nachdenke, was ich sagen könnte.

An unserer Situation hat sich nichts geändert. Wenn herauskäme, dass ich etwas mit ihr hatte, während ich Therapeut in der Praxis war, in der sie Patientin war, dann kann ich meinen Beruf und die eigene Praxis vergessen. Mein Herz schreit, dass Georgie das wert wäre, aber mein Kopf verweigert seine Zusage.

Auch wenn Georgie heute wundervoll aussieht, kann ich doch nicht mit ihr zusammen sein.

Ich verabschiede mich von meinen zukünftigen Mitbewohnern und gehe die belebte Straße entlang. Bis zum Haus meines Bruders sind es etwa vier Meilen und ich wäre mit einem Taxi viel schneller, aber gerade ist mir danach, mir das Hirn durchpusten zu lassen. Außerdem ist die Strecke ein Witz. Dieser Gedanke begleitet mich, während ich den Weg entlanggehe und meinen Schritt beschleunige. Ich sehne mich danach zu rennen, aber mein Bein beginnt schon nach wenigen Schritten zu schmerzen, und ich verziehe das Gesicht. Immer wieder erinnert mich mein Körper daran, dass ich meine Träume, *mich*, aufgeben musste. Wütend stampfe ich mit meinem kaputten Bein auf und zische einen Augenblick später schmerzerfüllt, als ein Stechen durch mein Bein fährt. Es tut so weh! In den Monaten, nachdem ich mich von Georgie getrennt hatte, habe ich es definitiv mit meiner körperlichen Betätigung übertrieben, und jetzt bekomme ich eindeutig die Rechnung dafür. Mein Knie hat mir die Anstrengungen und die fehlende Ruhe natürlich nicht gedankt.

Georgie

Ich stehe vor meiner Staffelei und halte einen Pinsel in der Hand. Allerdings zittern meine Finger so sehr, dass ich mich nicht traue, den Pinsel mit der Leinwand in Berührung zu bringen. Normalerweise beruhigt es mich zu malen, aber heute kann ich mich einfach nicht konzentrieren.

Kaum war Noah aus unserem Haus verschwunden, da habe ich mich schon auf den Dachboden zurückgezogen. Hier oben fühle ich mich sicher und kann meine Emotionen kanalisieren, aber heute passen die Farben auf meiner Leinwand so gar nicht dazu. Als ich mit diesem Aquarell begonnen habe, habe ich mich für das schwermütig wirkende Hellblau meiner blauen Tage entschieden und es dann jeden Tag ein bisschen verändert. Pinke und lila Pastellkleckse mischen sich in das Blau, das hier und da in anderen Nuancen übergeht. Dunkelblau, hellblau und Türkis. Alles verschwimmt miteinander, und was entsteht, ist ein verspieltes Bild, das ich gerade am liebsten mit dunklen, schwarzen Strichen versehen würde. Aber das bringe ich dann doch nicht übers Herz. Stattdessen seufze ich, als ein Farbklecks von der Spitze meines Pinsels tropft und auf meinen Schuhen landet, weil ich zu unaufmerksam war.

»Mist«, fluche ich leise und checke zum wiederholten Mal mein Handy. Als Noah mir sagte, dass er mir schreiben würde, hatte ich irgendwie damit gerechnet, dass er das bald tun würde, aber bis jetzt ist noch keine Nachricht von ihm angekommen.

Ich zupfe nervös an einem lose aussehenden Hautfetzen von meinem Fingernagel herum, reiße ihn ab und fluche verhalten, als ein dunkelroter Blutstropfen hervortritt.

Ich sollte dieses Bild für meinen Kurs morgen fertigkriegen, und doch tue ich nichts anderes, als an Noah zu denken und mich selbst zu verletzen. Man könnte quasi sagen, dass diese beiden Faktoren eng miteinander verknüpft sind.

Warum um alles in der Welt meldet er sich nicht bei mir? Und warum stört mich das? Ich hasse mich dafür, dass es mich stört. Ich will nicht ständig an ihn denken. Ich mochte die Person, die ich vor meiner ersten Begegnung mit Noah war, zwar nicht immer gerne, aber das winselnde Mäuschen, das ich jetzt bin, mag ich noch viel weniger. Das bin einfach nicht ich. Frustriert pfeffere ich den Pinsel zu meiner Palette und vergrabe das Gesicht in den Händen.

»Ich hasse ihn«, stöhne ich und wünschte mir sehr, dass ich mein Herz auch davon überzeugen könnte.

Noah

»Was machst du denn schon wieder so früh zu Hause?«, begrüßt mich Jonathan, als ich in die kleine Küche komme. Ich schließe die Augen und stöhne unhörbar. So was will ich nicht sehen. Mein kleiner Bruder trägt nichts weiter als Boxershorts, mit pinken Ponys darauf. Erleichtert denke ich daran, dass ich bald nicht mehr hier wohnen werde. Es ist nicht so, als würde ich meinen Bruder und Angela nicht mögen, aber Jonnys Leben erinnert mich so oft daran, was ich verpasst habe. Außer Jonathan und mir scheint das Haus leer zu sein. Anscheinend ist Angela noch bei ihrem Spinning-Kurs.

Gerade steht Jonathan vor der Küchenplatte, wackelt mit den Hüften im Takt irgendeines Songs aus den Charts und mixt sich einen Proteinshake, den er sicher gleich seinen vierhunderttausend Followern präsentieren wird.

Manchmal frage ich mich, ob ich auch so geworden wäre, hätte mein Unfall nicht alle meine Pläne zerstört und meinen Lebenstraum für immer beendet.

Ob ich auch Werbedeal um Werbedeal an Land ziehen würde und mir wildfremde Menschen auf den sozialen Netzwerken zujubeln würden?

Der Gedanke, dass ich jetzt bald komplett auf eigenen Beinen stehen werde, gibt mir neue Kraft und vertreibt die dunklen Schatten des Was-wäre-wenn-Szenarios. Tief atme ich durch und antworte dann auf Jonathans Frage.

»Ich habe eine Bleibe gefunden, Kleiner.«

Abrupt hält mein Bruder inne und dreht sich zu mir um. In seinen Augen zucken verschiedenste Emotionen auf.

»Was?«, fragt er nach und scheint seinen Shake komplett vergessen zu haben. »Aber warum denn?«

Enttäuschung schwingt in seiner Stimme mit, und mein Herz krampft sich zusammen. Seit dem Tod unserer Eltern wollte Jonathan mich in seiner Nähe haben. Mir ist klar, dass er mich nicht als Last sieht, wobei ich mir bei Angela nicht so sicher bin, obwohl sie sich nie beschwert hat.

»Hey«, sage ich sanft und mache einen Schritt auf meinen Bruder zu. »Du weißt, dass ich dich liebhabe, Kleiner. Aber ich kann nicht ewig bei meinem kleinen Bruder wohnen bleiben. Ihr beide werdet bald heiraten, und glaubst du wirklich, dass deine Verlobte immer ihren Schwager im Haus haben will?«

Ich sehe Jonathan an, dass ihm meine Worte nicht gefallen, trotzdem nickt er zögernd.

»Ich werde dich vermissen, Mann! Wann ziehst du aus?«

»Nächstes Wochenende«, antworte ich ruhig, und ihm entgleisen die Gesichtszüge.

»So bald schon?«

»So bald schon was?«, ertönt in diesem Moment eine klare Stimme hinter uns, und wir beide drehen uns um. Angela lehnt im Türrahmen und mustert uns aufmerksam. Wieder einmal muss ich zugeben, dass Jonathan es durchaus schlechter hätte treffen können. Angela ist eine große, schlanke und durchtrainierte Frau Anfang zwanzig, mit glatten, kinnlangen, haselnussbraunen Haaren. Sie ist hübsch und der Celebritywelt zum Trotz ein natürlicher Frauentyp. Jetzt lächelt sie uns an und zeigt offen ihre geraden, weißen Zähne.

»Worüber redet ihr, Jungs?«, fragt sie, und ich kann die Neugier in ihren Augen sehen.

»Noah will am Wochenende ausziehen«, antwortet mein Bruder, und an seiner belegten Stimme merke ich deutlich, dass ihm der Gedanke immer noch nicht behagt.

Ein überraschter Ausdruck huscht über Angelas Gesicht.

»Oh, wirklich?«, fragt sie und kann einen Hauch Freude in ihrer Stimme nicht verbergen. Ich nehme es ihr nicht übel, denn ich kann sie verstehen.

Dass ich so kurz nach ihrem Kennenlernen wieder bei Jonathan eingezogen bin, war für ihre Beziehung sicher nicht einfach.

»Ich habe eine WG gefunden«, erkläre ich, und ihr Lächeln wird breiter.

»Das freut mich für dich, Noah, wirklich«, sagt sie warm und wird einen Augenblick lang blass um die Nase.

»Also ich meinte natürlich nicht, dass ich will, dass du ausziehst …«

»Alles gut, Angie«, beruhige ich sie lächelnd. »Ich verstehe sehr gut, dass man als frisch verlobtes Paar auch seine Privatsphäre braucht.«

Erleichterung spiegelt sich in ihren Zügen, als sie den Kopf schüttelt.

»Du hast uns nie gestört und bist uns jederzeit willkommen.«

Ich muss lächeln, weil sie und Jonathan sich so ähnlich sind. Es ist wirklich kein Wunder, dass die beiden sich gefunden haben.

»Trotzdem ist es jetzt an der Zeit, dass ihr euer Zuhause wieder für euch habt«, sage ich lächelnd und mache einen Schritt auf sie zu, um meine Schwägerin in spe in die Arme zu schließen.

»Wir helfen dir natürlich beim Umziehen«, lässt sich

Jonathan von der Anrichte aus vernehmen. »Und wage es ja nicht, mir zu widersprechen, klar?«

»Würde ich nie«, gebe ich lachend zurück und löse mich wieder aus der Umarmung mit Angela.

Danach setzen wir uns gemeinsam ins Wohnzimmer, das modern und ordentlich ist, so wie immer. Ich erzähle den beiden von meinem neuen Zuhause, wobei ich Georgie nicht erwähne. Das Problem ist nämlich, dass sie zwar keine Ahnung hat, wer mein Bruder ist, er aber sehr wohl über sie Bescheid weiß.

In unserer kurzen gemeinsamen Zeit habe ich ihr ja nur wenig über mich und fast gar nichts über meine Familie erzählt, während Jonathan alles mitverfolgt hat. Er wird sofort wissen, wen er vor sich hat. Trotzdem erzähle ich ihm erst einmal nicht, bei wem ich in Zukunft wohnen werde. Es würde Fragen aufwerfen, die ich noch nicht beantworten möchte.

Wieder wandern meine Gedanken zu Georgie. Alles in mir schreit danach, sie sofort anzurufen, aber etwas hindert mich daran.

Morgen reicht auch noch, versuche ich mich zu beruhigen und hoffe, dass ich es noch so lange aushalte.

Georgie

»Hey Georgie«, begrüßt Paul mich, als ich den Seminarraum betrete. Unter meinem Arm trage ich das sorgfältig verpackte Bild, mit dem ich leider noch immer nicht hundert Prozent zufrieden bin.

Ich mustere Paul und wundere mich wieder einmal darüber, dass er immer noch nicht aufgibt. Seitdem er mich damals nach meinem ersten Kennenlernen mit Noah angesprochen hat, gehört er irgendwie zu meinem Leben, ohne dass ich es mir ausgesucht hätte, und ich kann mich nicht entscheiden, ob es mich mehr nervt oder ich ihn doch irgendwie mag. Er setzt sich in Seminaren neben mich, unterhält sich freundlich mit mir und ist irgendwie immer da. Sogar den ein oder anderen gemeinsamen Kaffee hat er mir aus den Rippen geleiert. Dass ich beharrlich ein Date verweigere, scheint ihn fast gar nicht zu stören.

Heute bin ich leider gar nicht in der Stimmung für einen netten Plausch.

»Hi, Paul«, antworte ich kurzangebunden und versuche mich trotzdem an einem freundlichen Lächeln.

»Geht es dir nicht gut?«, erkundigt er sich sofort besorgt, und ich verdrehe innerlich die Augen. Paul hat sich zwar inzwischen auf eine merkwürdige Weise in mein Herz geschlichen, aber seine Besorgnis macht mich gerade wahnsinnig. Zu meinem Glück taucht in diesem Moment unsere Dozentin auf und erlöst mich von meiner Pflicht zu antworten.

Mit einem strahlenden Lächeln begrüßt Stella uns, und ich stelle wieder einmal fest, was für eine ausgeflippte Persönlichkeit sie ist. Stella ist ein zusammengewürfeltes Unikat, und wir schließen teilweise schon Wetten darüber ab, was sie anhaben könnte.

Ihr blondes Haar trägt sie in hüftlangen Dreadlocks, die sie zum Zopf gebunden hat und die immer wieder mit bunten Perlen verziert sind. Dazu hat sie heute eine knallbunte Tunika kombiniert, die bis zur Mitte ihrer Oberschenkel reicht. Eine Netzstrumpfhose und Cowboyboots vervollständigen ihren ungewöhnlichen Look. Was bei anderen Menschen vielleicht merkwürdig oder sogar lächerlich aussehen würde, wirkt an Stella feminin und macht sie zu etwas Besonderem.

Von meinem ersten Tag an der Uni an sind Stellas Seminare meine absoluten Highlights. Sie ist zu meinem künstlerischen Vorbild geworden, und obwohl sie meine Professorin ist, verstehen wir uns wirklich gut. Ich habe immer das Gefühl, dass ich mit meinen Sorgen auch zu ihr kommen könnte.

»Hallo, meine kleinen Kunstexperten«, trällert sie und durchquert mit tänzelnden Bewegungen den Raum. Die Studenten nehmen jeder an einer der Staffeleien Platz, die im ganzen Raum verteilt stehen. Mein Platz liegt auf der Fensterseite des Raumes, und mit einem flauen Gefühl im Magen packe ich meine Arbeit aus und stelle sie auf die Staffelei.

Dann kneife ich meine Augen ein bisschen zusammen und mustere das Bild noch einmal genauer. Es ist ganz anders, als ich es oft bin, und doch auf eine verrückte Art und Weise so genau ich, dass ich schreien könnte.

»Das ist eine interessante Arbeit, Georgie.«

Stella ist hinter mir aufgetaucht und mustert nun ebenfalls das Bild auf der Staffelei. Ich spüre, wie sich meine Wangen rot färben.

»Es ist nicht meine beste Arbeit«, sage ich und denke daran, wie ich sonst eigentlich arbeite. Landschaften und Tiere sind meine eigentliche Leidenschaft. Formen haben mich bisher nicht gereizt, und an Menschen habe ich mich gar nicht erst herangetraut. Stella neigt ihren Kopf leicht zur Seite.

»Nein«, sagt sie nachdenklich und wendet sich mir zu. »Das hier ist eine ganz andere Arbeit, als ich es sonst von Ihnen kenne. Was haben Sie sich gedacht? Es ist, als würde das Blau all die anderen Farben begleiten und würde durch sie getragen.«

Ich schlucke, denn mein Mund fühlt sich plötzlich ganz trocken an. Normalerweise rede ich frei über meine Inspirationen, aber dieses Bild ist mehr. Es ist persönlicher, und es macht mir Angst, wie gut man offensichtlich aus diesem Bild lesen kann. Seitdem ich nicht mehr zu Dr. Soniac gehe, ist das Malen meine Therapie, und gerade merke ich wieder, wie persönlich es für mich geworden ist.

»Ich habe einen bestimmten Teil meines Lebens gemalt«, erzähle ich nach einer Weile leise, und Stella hebt überrascht eine Augenbraue, so als hätte sie nicht mit einer Antwort von mir gerechnet. Eigentlich bin ich sogar selbst überrascht, dass ich ihr davon erzähle und es sogar will. »Ich habe die traurigen und die schönen Tage meines Lebens gemischt, und das ist dabei herausgekommen.«

Stella sieht mich lange schweigend an.

»Das ist es, was einen Künstler ausmacht, Georgie«, sagt sie dann leise und legt mir eine Hand auf die Schulter. »Sie müssen Ihre Gefühle zulassen, damit die Kunst in Ihnen leben und sich entfalten kann. Sie müssen Ihre Ängste loslassen und auf die Leinwand bringen. Es geht erst einmal nicht um Perfektion.«

Dann dreht sie sich um und wendet sich zu Paul, damit sie auch seine Leinwand betrachten kann. Ich beobachte, wie sie sich zu ihm beugt und mit dem Finger auf etwas auf der Leinwand deutet, bevor ich mich zur Tafel drehe und die Seite in unserem Buch suche, die Stella angeschrieben hat. So macht sie das immer am Anfang der Stunde. Wir bekommen Hausaufgaben, die sie als Erstes beurteilt und uns wirklich hilfreiche Tipps gibt. Während sie also von einem Studenten zum anderen wandert, beginnen die anderen schon damit, sich in das nächste Thema des Seminars einzulesen. Wenn alle Aufgaben beurteilt und besprochen sind, geht Stella mit uns gemeinsam neue Techniken oder Stile durch, die wir dann ausprobieren. Am Ende der Stunde gibt es wieder eine Aufgabe.

Zeichnen mit Pastellkreide, lese ich und lächele, weil ich glaube, beim richtigen Kapitel angekommen zu sein. Erst dann bemerke ich, dass ich einen Zahlendreher hatte, und als ich die eigentliche Überschrift lese, rutscht mir das Herz in die Hose.

Faszination Mensch – vom Akt bis zum Porträt steht da, und meine Mundhöhle fühlt sich plötzlich ganz trocken an. Bis heute habe ich es erfolgreich geschafft, mich diesem Thema zu entziehen, denn es macht mir tierische Angst.

Ich versuche, mich auf den Text zu konzentrieren, scheitere aber kläglich, als mein Handy in meiner Tasche zu vibrieren beginnt. Sofort schaltet mein Herz in den Turbomodus. Ich weiß, dass das Noah war. Ich weiß es einfach. Leider hat Stella, so cool und entspannt sie sonst auch ist, eine eiserne Regel: Handys sind im Seminar absolut tabu.

Mir ist klar, dass ich diese Regel nicht brechen kann, also beiße ich die Zähne zusammen. Der Rest der Stunde zieht nahezu ungehört an mir vorbei. Ich kritzele ein paar lieblose Strichmännchen auf meinen Zeichenblock, während die anderen sich bemühen, die feinen Gesichtszüge von dem Foto zu übernehmen, das Stella uns auf eine Leinwand projiziert hat. Die Aufgabe ist, mit Block und Bleistift ein Gefühl für den menschlichen Körper zu bekommen.

»Sie sind nicht bei der Sache, Fräulein«, tadelt Stella mich, als sie auf einmal wieder hinter mir auftaucht und mir über die Schulter sieht. Schnell klappe ich den Block zu und sehe sie entschuldigend an.

»Sorry, Stella«, entschuldige ich mich und kaue auf meiner Unterlippe. »Heute ist wirklich nicht mein Tag. Nächstes Mal wird es besser, versprochen.«

Sie schürzt missbilligend die Lippen und macht ein Geräusch, das irgendwie nach einer Mischung aus Räuspern und Stöhnen klingt.

»Was ist bloß los mit Ihnen?«, fragt sie, und ich weiß, dass sie keine Antwort darauf erwartet. Das ist das Tolle an Stella. Sie drängelt nicht, sondern wartet, bis man bereit ist, sich ihr anzuvertrauen.

Bei Paul sieht das allerdings schon ganz anders aus. Als ich am Ende des Seminars meine Tasche über die Schulter werfe und mit meinem Handy in der Hand den Raum verlasse, drängelt er sich an ein paar anderen Studenten vorbei und berührt mich am Arm.

»Was war denn mit dir los?«, erkundigt er sich, und ich überlege verzweifelt, wie ich ihn am besten nett abwimmeln kann.

»Mit mir ist alles okay«, antworte ich dann und lächele ihn entschuldigend an. »Ich muss mal eben telefonieren.«

Ein enttäuschter Ausdruck huscht über sein Gesicht, aber er nickt nur.

»Dann sehen wir uns bald?«

»Klar«, antworte ich zerstreut und öffne den Chat mit Noah.

Noah: Können wir heute Abend reden?
Ich: Wann? Wo?
Noah: Um 7 im Joe's?
Ich: Abgemacht. Bis später.

Kapitel 3

Georgie

Kurz darauf stehe ich verzweifelt in meinem Zimmer vor dem Kleiderschrank und fluche wie ein Kesselflicker. Es ist, als hätte das hölzerne Biest sich gegen mich verschworen und über Nacht alles, was auch nur ansatzweise kleidsam aussehen könnte, verschwinden lassen.

Seit wann interessierst du dich für Kleider, Georgiana Chapman? Und seit wann nennst du dich Georgiana?

Stöhnend lasse ich meinen Kopf gegen die hölzerne Schranktür fallen und frage mich, warum um alles in der Welt Noah es immer wieder schafft, mich so dermaßen aus dem Konzept zu bringen.

Ich hatte gedacht, dass ich auf dem Weg der Besserung war. Ich dachte, dass ich über Noah hinwegkäme, und ausgerechnet jetzt muss er wieder in meinem Leben auftauchen. Verfluchter Mistkerl.

Ich hasse ihn! Ich hasse ihn! Ich hasse ihn!

»Na, da bin ich ja mal gespannt auf heute Abend«, sage ich zu meinem Spiegelbild, das mir von der Innenseite der Schrankwand entgegensieht, und zucke vor Schreck zusammen, als ich Jessy entdecke, die nun ebenfalls im Spiegel auftaucht.

»Was ist heute Abend?«, fragt sie neugierig und mustert

mich interessiert. Ich muss einen merkwürdigen Anblick bieten, wie ich so gegen die Schrankwand gelehnt stehe, in jeder Hand ein Kleidungsstück und mit mir selbst spreche.

Leugnen hat jetzt keinen Zweck mehr, und deshalb versuche ich es mit einem Teil der Wahrheit.

»Ich bin noch verabredet und habe einfach nichts zum Anziehen«, sage ich und ärgere mich wieder einmal über mich selbst. Jessy entgleisen die Gesichtszüge.

»Jetzt sag nicht, dass du doch mit Paul ausgehst«, ruft sie, und ich zucke bei ihren Worten zusammen.

»Was? Nein! Wie um alles in der Welt kommst du denn bitte auf Paul?«, rufe ich fassungslos, und sie runzelt die Stirn.

»Na ja, er ist der Typ, der seit Monaten immer wieder um dich rumscharwenzelt, und du hast ihn noch nicht umgebracht. Da dachte ich eben …«

»Falsch gedacht«, falle ich ihr ins Wort und spüre pure Erleichterung. »Paul und ich sind nur Freunde.«

Zweifelnd verzieht meine Freundin ihren Mund.

»Bist du dir ganz sicher, dass er das genauso sieht?«, fragt sie, und die Skepsis in ihrer Stimme ist nicht zu überhören.

In meinem Magen grummelt es, aber ich verdränge das ungute Gefühl sofort.

»Ganz sicher«, sage ich möglichst selbstbewusst und strecke mich. Dass ich eher klein bin, hat mir nie wirklich etwas ausgemacht. Nach außen wirke ich selbstbewusst und locker. Die lustige Georgie, mit der man Pferde stehlen kann. Aber seitdem ich Noah kennengelernt habe, hat sich mein Empfinden verändert. Meine Schale hat einen hässlichen Riss bekommen, und ich schaffe es einfach nicht, ihn wieder zu kitten.

»Na gut«, lenkt Jessy ein und bringt mich zum Lächeln, weil sie so eine tolle Freundin ist. Sie kennt mich so gut, dass sie nicht weiter nachfragt, sondern einfach meine Antwort akzeptiert. »Komm, ich helfe dir, was auszusuchen.«

Ich bewundere ihr Können, innerhalb kürzester Zeit aus meinen Sachen ein Outfit zu kombinieren, das schick ist, mir gefällt und auch noch zu mir passt. Man merkt deutlich, dass sie sich damit auskennt.

Jessy kommt aus Malibu, und ihre Familie gehört zu den Celebritys, was ihr in solchen Momenten natürlich immer wieder zugutekommt.

»Du bist eine Künstlerin«, sage ich dankbar und umarme sie. Mein einziges Problem ist, dass meine Jeans beim Anziehen merkwürdig zwickt. Ob ich mehr Sport machen sollte?

»Danke, Schatz«, sagt sie und zwinkert mir im nächsten Moment verschwörerisch zu. »Aber irgendwann erzählst du mir von ihm, ja?«

Ich ringe mir ein Lächeln ab.

»Irgendwann, versprochen.«

Meine Handinnenflächen sind schweißnass, als ich um kurz vor sieben vor dem Joe's stehe. Die Gedanken rasen durch meinen Kopf, und ein Déjà vu jagt das Nächste. Wieder und wieder habe ich mich gefragt, warum Noah mich ausgerechnet hier, am Ort unseres ersten Treffens sehen möchte.

Eine kleine Stimme in mir wispert hoffnungsvoll, dass das etwas zu bedeuten hat, während ich gleichzeitig schreiend mit erhobenen Händen im Kreis herumrennen könnte.

In diesem Moment legt sich eine warme Hand auf meinen Arm, und mein Herz macht einen Satz, weil ich seinen vertrauten Geruch wahrnehme.

»Wartest du schon lange?«, fragt Noah, und ich schüttele schnell den Kopf.

»Ich bin gerade erst hergekommen«, sage ich und hebe

den Blick. Als meine Augen seine treffen, ergreift das nächste Déjà vu von mir Besitz. Ich erinnere mich an den Moment, als ich seine wunderschönen Augen das erste Mal gesehen habe, und mit dieser Erinnerung kommt auch alles andere zurück. Ich blinzle das Brennen zurück, das mir in die Augen steigt, und atme tief durch.

»Lass uns reingehen«, antworte ich, wende den Blick ab und unterbreche damit den Moment zwischen uns.

Noah

Ich folge Georgie ins Innere des Pubs und atme mehrmals tief durch. Ich war nicht mehr hier seit unserem ersten Treffen, und jetzt kommt es mir total bescheuert vor, dass ich ausgerechnet diese Location als Treffpunkt vorgeschlagen habe. Aber die Suppe habe ich mir eingebrockt und muss sie jetzt auch auslöffeln.

Wir steuern auf einen der kleinen Tische zu, und ich zwinge mich, nicht auf Georgies knackigen, runden Hintern zu starren.

Als sie sich setzt, atme ich erleichtert auf, nur um im nächsten Moment an ihrem figurbetonten Oberteil hängenzubleiben, das ihre Vorzüge auf eine angenehme Weise zur Geltung bringt.

Mist. Nicht hilfreich. Gar nicht hilfreich.

Eine Kellnerin kommt an unseren Tisch.

»Kann ich euch schon was bringen?«, fragt sie, und ich sehe Georgie fragend an.

»Was möchtest du?«

»Ich kriege ein großes stilles Wasser«, sagt sie nach kurzem Überlegen, und ich hebe überrascht die Augenbrauen.

»Kein Kaffee?«, hakte ich nach, als die Kellnerin mit unseren Bestellungen in Richtung Küche verschwindet, und sie schüttelt mit angewidert verzogenem Mund den Kopf.

»Ich kann das Zeug nicht mehr riechen.«

Die nächste Frage liegt mir auf der Zunge. Georgie ohne Kaffee passt für mich einfach nicht. Aber dann erinnere ich mich daran, warum wir eigentlich hier sind, und das Kaffeethema rückt weit in den Hintergrund.

Mit einem Mal ist mein Kopf aber wie leer gefegt. Was wollte ich eigentlich sagen? Ich weiß es nicht mehr und starre einfach nur vor mich hin, bis Georgie sich räuspert und mich auffordernd ansieht.

»Du wolltest mit mir reden?«, fragt sie, und ich zucke hilflos die Achseln.

»Ja, aber ich habe keine Ahnung, wo ich anfangen soll«, gebe ich zu.

Ihre Augen beginnen gefährlich zu blitzen. »So? Das weißt du nicht?«

Die Situation ist absurd. Ich sitze hier, ein erwachsener Mann, und werde unter den Blicken dieser Frau immer kleiner.

»Lass mich dir auf die Sprünge helfen«, faucht sie, und die Leute an den Nebentischen werfen uns neugierige Blicke zu. »Du könntest damit anfangen, dass du mich mit einer Nachricht abserviert hast, ich dich seit fast drei Monaten nicht gesehen habe und du jetzt die Nerven hast, ein Zimmer in meiner WG anzunehmen.«

Mir wird heiß. Eine ältere Dame, deren Blick gerade noch neugierig gewirkt hat, sieht mich jetzt strafend an. Die Situation ist mir mehr als unangenehm.

»Können wir vielleicht ein bisschen leiser reden?«

Selten habe ich mich weniger souverän gefühlt, und für

einen Mann, der sein Geld damit verdient, mit menschlichen Emotionen zu arbeiten, könnte ich mich nicht dümmer anstellen.

»Warum?«, fragt Georgie herausfordernd und lächelt freudlos. »Du wolltest an einem öffentlichen Ort mit mir reden, also rede«, sagt sie, und ich wundere mich, weil ich sie fast nicht wiedererkenne. Sie hat sich seit unserem letzten Treffen verändert. Sie hat ihre Leichtigkeit verloren, und das Gefühl, dass es meine Schuld ist, schmerzt.

»Du hast recht«, lenke ich reumütig ein und strecke meine Hand nach ihr aus. Sie zuckt zurück, und ihre Reaktion brennt sich in mein Herz. Ich will nicht, dass sie vor mir zurückweicht. Ich will alles andere, aber nicht das. Weil jetzt aber ganz sicher nicht der richtige Moment wäre, um das zu sagen, konzentriere ich mich auf etwas anderes.

»Ich wusste nicht, dass es deine WG ist«, sage ich und lege meine ganze Überzeugungskraft in diese Aussage. Allerdings ist es wohl auch nicht das, womit ich hätte anfangen sollen.

»Und als du es herausgefunden hast, da dachtest du dir so: Oh, cool. Dann kann ich ihr ja wieder Probleme machen, oder was?«, faucht sie, und der Sarkasmus in ihren Worten lässt mich trotz der angespannten Situation leise lachen. Das allerdings bringt sie noch mehr auf die Palme.

»Ach, du findest das also auch noch lustig?«

Sofort vergeht mir das Lachen wieder.

»Natürlich nicht«, beeile ich mich zu erklären, und sie verschränkt die Arme vor der Brust.

»Es tut mir leid«, sage ich ernst, und ihre Gesichtszüge werden unmerklich weicher. »Wie ich mich verhalten habe, war mehr als nur falsch«, mache ich weiter und merke, wie die Worte aus mir herauszupurzeln beginnen.

»Ich war ein Mistkerl und feige und ein Idiot und …«

»Okay, ich glaube, das habe ich jetzt verstanden.«

Auf Georgies Gesicht liegt jetzt ein kleines Lächeln, und sofort fühlt sich mein Herz etwas leichter an.

»Es tut mir leid«, wiederhole ich noch einmal, und dieses Mal zieht sie ihre Hand nicht zurück, als ich danach greife.

»Und wenn du es überhaupt nicht aushalten kannst, mit mir im selben Haus zu leben«, beginne ich und schlucke, »dann werde ich deinen Freunden sagen, dass ich das Zimmer doch nicht nehme.«

Vorsichtig streiche ich mit meinem Daumen über ihren Handrücken und registriere, dass sie erschauert. »Was meinst du?«, frage ich sie und sehe ihr direkt in die Augen. Es ist, als würde man in ein ganz eigenes Universum blicken. Schwarz, tief und doch voller Leben. Ihre Augen sind mit Abstand die schönsten, die …

Stopp, rufe ich mich selbst zur Ordnung und sehe Georgie erwartungsvoll an. Sie erwidert meinen Blick, weicht mir nicht aus, und doch kann ich nicht aus ihrem Blick lesen. Die Stimmung zwischen uns lädt sich auf, ich spanne mich an und glaube fast, es nicht mehr auszuhalten, als sie mit einem Mal lächelt und sich entspannt.

»Das musst du nicht«, sagt sie sanft, und mir fällt ein Stein vom Herzen. Ihre Augen werden weicher, und mir fällt erst jetzt auf, dass ich noch immer ihre Hand halte. »Ich hatte dich schon immer gerne um mich«, sagt sie, und ihre Stimme klingt sanft. Ihre Worte fließen wie goldbrauner Honig in meine Seele, und mir wird warm. Trotzdem fährt mir gleichzeitig der Schreck in die Glieder. Was für ein Gefühl habe ich ihr jetzt vermittelt? Vorsichtig ziehe ich meine Hand zurück und lächele sie unsicher an.

»Ich würde mich wirklich freuen, wenn wir beide Freunde sein könnten«, sage ich.

Hat er gerade *Freunde* gesagt? Nachdem er meine Hand gehalten, und sie sanft mit seinem Daumen gestreichelt hat, habe ich alles erwartet, aber nicht das.

Die Erkenntnis macht sich in mir breit, während die Hoffnung heulend in die Knie geht. Erst jetzt wird mir klar, dass ich gehofft hatte, Noah würde noch etwas für mich empfinden, und die Tatsache, dass es nicht so ist, tut mir mehr weh, als mir lieb ist.

Doch das werde ich mir nicht anmerken lassen. Ich habe ihm gesagt, dass ich kein Problem damit habe, ihn im Haus zu haben, und daran werde ich festhalten. Ich pappe mir ein falsches Lächeln ins Gesicht und verabschiede mich innerlich von meinen Träumen.

»Wir können Freunde sein, Noah«, verspreche ich ihm etwas, dass ich selbst nicht glaube.

Sein Lächeln wird breiter.

»Das freut mich«, sagt er, und mein Herz krampft sich zusammen, weil er so unfassbar gut aussieht, und der Gedanke daran, dass ich ihn bald jeden Tag sehe, gleichzeitig Aufregung und Angst in mir auslöst.

Nachdem wir das geklärt haben, versucht Noah, sich ganz normal mit mir zu unterhalten.

Er erzählt mir, dass er bald seine eigene Praxis haben will und schon auf der Suche nach etwas Passendem ist, und erkundigt sich auch, wie es mir sonst so geht.

»Ich glaube, manchmal fehlt mir die Therapie«, gestehe ich, und Noah verzieht einen Augenblick lang den Mund.

»Es tut mir leid«, sagt er dann, und ich sehe ihm an, dass er es ehrlich meint.

»Es hat nichts mit dir zu tun«, antworte ich, und größtenteils stimmt das auch. Es liegt an mir, dass ich mich nicht auf die Suche nach einem anderen Seelenklempner gemacht habe. »Aber ich glaube, ich will das momentan einfach nicht mehr.«

»Wenn es dir nicht gut geht, dann rede bitte mit mir.«

»Ja, Noah. Du bist dann meine erste Anlaufstelle.« Meine Stimme sollte eigentlich sarkastisch klingen, aber es kam ungewollt emotional heraus. Ich vertraue Noah noch immer. Seine Gegenwart tut mir gut, auch wenn sie mir wehtut. So unlogisch es klingen mag, so wahr ist es doch.

»Das ist gut.« Seine Stimme klingt rau, und als unsere Blicke sich begegnen, durchläuft ein Zittern meinen Körper.

Ich habe Noah nicht vergessen. Ich bin nicht über ihn hinweg, und ich bin mir ziemlich sicher, dass mein Leben in den nächsten Wochen noch ein ganzes Stück komplizierter werden wird.

»Bevor Noah einzieht, sollten wir das Zimmer auf Vordermann bringen«, spricht Ben am nächsten Nachmittag ein Thema an, das wir seit einiger Zeit mehr oder weniger erfolgreich vor uns herschieben.

»Müssen wir wirklich?«, stöhnt Jessy, die eigentlich mit Alex verabredet war, und krault Darcy den Kopf.

Ich grinse, weil ich genau weiß, dass sie sich am liebsten drücken würde, und mir geht es da nicht anders. Trotzdem lege ich Ben, der neben mir sitzt und Lucky auf seinem Schoß krault, einen Arm um die Schultern und lächele ihn an.

»Er hat recht. Wir sind viel zu faul«, bestätige ich, und Jessy grummelt.

»Dann lasst uns das doch gleich heute Abend machen.«

Ben sprüht regelrecht vor Tatendrang, und ich schüttele lachend den Kopf.

»Bennie, du brauchst ganz dringend eine Freundin«, sage ich und kneife ihn liebevoll in die Seite.

»Eine Freundin?«, fragt er und wirkt regelrecht entsetzt. Jessy stimmt in mein Lachen ein.

Seine Einstellung zum Thema Auszeit hat sich nicht geändert, und eigentlich glaube ich, dass er mit seiner neuen Einstellung besser dran ist als ich, die sofort zerfließt, wenn Noah sie anlächelt.

»Dann wenigstens ein Hobby«, schränke ich grinsend ein. »Die Musik scheint dich nicht mehr genug auszufüllen.«

Ben streckt mir die Zunge raus und wechselt dann das Thema wieder zurück zu seinem Ausgangspunkt.

»Spaß beiseite, Ladys. Um die Sache kommt ihr nicht rum. Drücken verboten«, kommandiert er, und Jessy und ich springen gleichzeitig auf, schlagen die Hacken in bester Militärmanier zusammen und salutieren.

»Aye, Aye, Sir«, rufen wir wie aus einem Mund und brechen dann in schallendes Gelächter aus.

»Das meiste haben wir ja schon erledigt«, meint Ben und lässt die Schultern kreisen. Dann hebt er Lucky vorsichtig von seinem Schoß und legt sie auf den freigewordenen Platz neben sich. »Nur streichen müssen wir noch, und das machen wir morgen nach der Uni.«

Ich liebe streichen eigentlich, und obwohl ich morgen wirklich eine Aktzeichnung versuchen sollte, werde ich mir definitiv die Zeit nehmen, dabei zu helfen, das Zimmer in Schuss zu bringen.

»… hat auch versprochen zu helfen«, dringt Bens Stimme in meine Gedankenwelt ein, und ich sehe auf.

»Wer?«, frage ich, und mein leicht alarmierter Zustand wird im nächsten Moment noch verstärkt, als Ben mich mit einem Grinsen ansieht.

»Wir machen eine Mitbewohner-Zusammenführung. Noah hat versprochen, dass er uns mit dem Zimmer hilft.«

Offensichtlich hat sich mein Herz noch nicht einmal ansatzweise an den Gedanken gewöhnt, Noahs Namen regelmäßig zu hören oder ihn zu sehen.

»Das ist ja nett von ihm«, sage ich möglichst unverfänglich, und meine Stimme zittert nur leicht. »So kann er sich schon mal an uns gewöhnen.«

»Stimmt«, gibt Ben mir mit einem fröhlichen Lächeln recht. »Und vielleicht findet er uns ja toll.«

Mich ganz sicher nicht, denke ich resigniert und straffe meine Schultern. Es wäre doch gelacht, wenn ich mich von so was unterkriegen lassen würde. Ich werde Noah beweisen, dass ich noch immer die starke und lustige Frau bin, in die er sich damals verliebt hat. Dass ich bereit bin, sie wieder hervorzuholen. Sie hat es nicht verdient, in der hintersten Ecke meines Bewusstseins ein elendes Dasein zu fristen.

»Das wird sicher eine ganz verrückte Zeit«, orakele ich.

Noah

Pünktlich zur verabredeten Zeit stehe ich am Donnerstag vor dem malerischen kleinen Haus, das schon in zwei Tagen mein neues Zuhause werden wird. Ich habe mich passend zum Anlass in ein Arbeiteroutfit, bestehend aus alten, abgewetzten Jeans und einem ebenfalls alten Hemd mit einem ausgeblichenen Goofy darauf, geworfen und trage dazu meine liebsten Sneaker, die auch schon bessere Tage gesehen haben.

Ich hebe die Hand und drücke auf den Klingelknopf. Drinnen höre ich lautes Gebell, eine schimpfende Frauenstimme und Gelächter. Im nächsten Moment wird die Tür geöffnet, und ich stehe Jessy gegenüber.

Sie hat sich in ein ähnlich legeres Outfit geschmissen wie ich. Es besteht aus einem übergroßen Männershirt und kurzen Hosen, die man darunter nur knapp hervorblitzen sieht. Ihre rotblonden Haare hat sie zu einem unordentlichen Knoten im Nacken zusammengebunden, und ihr Lächeln ist breit.

»Oh, hi, Noah«, begrüßt sie mich und streicht sich eine Haarsträhne aus dem Gesicht, die sich aus dem Knoten gelöst hat. »Ich dachte eigentlich, es wäre Alex.«

»Falsch gedacht«, grinse ich sie an und schiebe mich an ihr vorbei ins Haus. Dann sehe ich sie fragend an.

»Alex ist dein Freund?«, erkundige ich mich, und ein Leuchten erhellt ihr Gesicht. Sie sieht so glücklich aus, dass es einfach ansteckt.

»Seid ihr schon lange zusammen?«, frage ich, und sie schüttelt den Kopf. Ihre Wangen färben sich rosig.

»Das ist eine längere Geschichte«, sagt sie. »Jedenfalls sind wir seit Anfang letzten Jahres offiziell zusammen, und ich bin überglücklich. Er ist der perfekte Mann für mich.«

Ihre Worte und die Liebe, die ich dabei in ihren Augen leuchten sehe, wärmen mir das Herz.

»Das freut mich für dich.« Wir betreten nebeneinander das Wohnzimmer, in dem mich Darcy begrüßt und sich vor lauter Wiedersehensfreude wieder und wieder um sich selbst dreht.

Vom Sofa sehen mir Georgie und Ben entgegen, bei deren Anblick mir ein ungläubiges Lachen entweicht.

Sie tragen orangene Overalls und sehen ein bisschen aus, als wären sie Aliens.

»Schick«, begrüße ich sie, und Ben hält mir die Faust hin, damit ich ihn abklopfen kann.

»Hi, Georgie«, wende ich mich schließlich an sie und bemerke mit viel zu großer Genugtuung, dass ihre Augen bereits unverwandt auf mich gerichtet sind.

»Hi«, sagt sie, und ich habe den Eindruck, dass sie sich mit Mühe von meinem Anblick losreißen muss.

»Orange ist deine Farbe«, necke ich sie und denke gleichzeitig, dass sie einfach in allem überragend aussieht. Auch jetzt wirkt sie strahlend schön in ihrer natürlichen Art, und das kann auch der gruselige Overall nicht ändern.

In diesem Moment schießt mir durch den Kopf, wie gerne ich sie jetzt ganz allein von diesem grässlichen Kleidungsstück befreien würde, und ich spüre sofort, wie mir heiß wird. Noch immer ruhen meine Augen auf ihr. Wir sehen uns an, als wären wir ganz allein im Universum, und erst, als sich neben uns jemand vernehmlich räuspert, zucken wir zusammen.

Kapitel 4

Georgie

Mir ist, als erwache ich aus einer tiefen Trance. Noahs Blick hat mich verzaubert, gelähmt und gestärkt. Es dauert einen Moment, bis ich wieder klar denken kann.

»Ja, ich bin voll der Orange-Typ«, gebe ich zurück, und meine Stimme zittert nur ganz leicht. Ich lächele ihn an, und er erwidert es.

»Leute, wenn ihr fertig seid, dann lasst uns mal loslegen«, sagt Jessy, nachdem sie einen interessierten Blick zwischen Noah und mir hin und her hat wandern lassen.

Wir machen uns auf in das leere Zimmer, das Ben gestern Abend schon vorbereitet hat, und sehen uns um. Die kahlen Wände sehen alles andere als einladend aus.

»Was stellst du dir denn vor?«, erkundigt Ben sich bei Noah, der neben ihm steht. »Irgendwelche besonderen Wünsche?«

Noahs Blick streift mich kurz, und in seinen Augen blitzt es. Er sieht mich an, als wäre ich … aber, nein. Das kann nicht sein. Dann schüttelt er aber den Kopf.

»Nein, weiß würde mir reichen.«

»Was für einen Weißton stellst du dir denn vor?«, fragt Jessy, die die bereitstehenden Farben und Farbeimer besorgt hat. Noah und Ben wechseln einen hilflosen Blick.

»Es gibt mehr als einen Weißton?«, fragt Noah schließlich, und Jessy saugt scharf die Luft ein. Dann färben sich ihre Wangen in ein empörtes Rot.

»Also so was kann auch echt nur ein Mann fragen«, schimpft sie drauflos, und ich kann mein Kichern nicht unterdrücken.

»Es gibt so viele unterschiedliche Weißtöne.«

Sie beginnt an den Fingern abzuzählen.

»Eierschale, Cremeweiß ...«

»Jessy, wir haben doch gar nicht so viel Auswahl hier«, falle ich ihr ins Wort und eile Noah damit zur Hilfe, der so aussieht, als wüsste er gar nicht, wie ihm geschieht. »Was hast du denn eigentlich besorgt?«

Jessy sieht ein bisschen eingeschnappt aus und zögert kurz, bevor sie sich einen Ruck gibt.

»Ich habe ein Cremeweiß besorgt«, sagt sie, und Noah atmet erleichtert aus.

»Dann soll es also Cremeweiß sein«, sagt er und lächelt mich dankbar an.

Auch Ben und ich atmen auf, denn wenn es um Zimmerdekorationen und so geht, dann kann unsere sonst so liebe Freundin zur absolut unerträglichen Pedantin mutieren. Also legen wir los. Jessy mischt die Farbe, Ben und Noah kleben die letzten Flächen ab, und ich richte die Rollen zum Streichen. Endlich beginnen wir mit der Arbeit, und ich genieße es, dass ich die Aufgabe bekommen habe, mit dem Pinsel kleine Fehler auszubessern, die den anderen unterlaufen.

Als wir etwa zwei Stunden später fertig sind, sehen wir uns stolz um.

»Wir sind definitiv das beste Streichteam von allen«, sagt Ben und hebt die Hand, um uns abzuklatschen.

In diesem Moment bricht Noah in schallendes Gelächter aus.

»Was ist denn mit dir los?«, frage ich irritiert, und er lacht nur noch heftiger.

»Du siehst gerade aus wie Frau Holle«, jubelt er, und nun stimmen auch Ben und Jessy in sein Gelächter ein. Ich runzle irritiert die Stirn.

»Was meint ihr?«, erkundige ich mich, und Ben klärt mich auf.

»Du hast jede Menge weiße Farbkleckse im Haar.«

Unwillkürlich greife ich in meine schwarze Mähne und überlege, wie ich am besten darauf reagiere.

»Das ist ja schlimm«, sage ich und ziehe meine Mundwinkel möglichst traurig nach unten. Im nächsten Moment tauche ich blitzschnell meinen Pinsel in den fast leeren Eimer mit der Farbe, und im nächsten Moment hat Noah eine weiße Wange.

Er wirkt kurz wie erstarrt, und ich bekomme beinahe ein bisschen Angst, ich könnte zu weit gegangen sein, als er mit einem »Na warte«, vorwärts stürzt, seinen Finger in den fast leeren Farbeimer tunkt und mir einen Farbklecks auf der Stirn verpasst.

»Das wirst du bereuen«, kreische ich halb lachend, halb wütend und schwenke meinen Pinsel so, das Farbtropfen durch die Luft fliegen.

Einige davon treffen Ben, der nicht schnell genug ausgewichen ist, und nun ebenfalls brüllend in unsere Farbschlacht einsteigt.

»Ihr seid doch alle verrückt«, schreit Jessy, und ich höre das Lachen aus ihrer Stimme mehr als deutlich heraus.

»Das sind wir«, brülle ich zurück und will sie gerade ebenfalls cremeweiß färben, als es unten an der Tür klingelt.

Als hätte jemand bei einem Film die Pausetaste gedrückt, verharren wir alle in genau der Position, die wir gerade haben. Ich stehe mit dem erhobenen Pinsel wie angewurzelt da, Ben duckt sich gerade vor Noah weg, der ihn mit erhobenen Armen und weißen Händen verfolgt.

Jessy löst sich am Rand des Schlachtfelds als Erste aus ihrer Erstarrung.

»Das wird Alex sein«, erklärt sie. »Er wollte nach der Arbeit vorbeikommen«, ergänzt sie und verschwindet durch die Tür. Gleich darauf hören wir ihre Schritte auf der Treppe, und noch einen Moment später wird unten die Haustür geöffnet. Langsam löst sich auch bei uns anderen die Erstarrung, und wir starren uns verwirrt an.

»Erster! Ich geh mir mal die Farbe vom Körper waschen«, ruft Ben und verschwindet, ohne unsere Reaktionen abzuwarten, aus dem Raum.

Es dauert einen Augenblick, bis ich registriere, dass Noah und ich jetzt allein im Raum sind.

»Du siehst aus wie ein Ferkel«, entfährt es mir dann, und Noah hebt amüsiert eine Augenbraue.

»Und wem habe ich das zu verdanken?«, fragt er und tritt einen Schritt auf mich zu. Augenblicklich verändert sich die Stimmung zwischen uns. Ich habe das Gefühl, nicht richtig atmen zu können, als wäre auf einmal zu wenig Sauerstoff im Raum.

Vorsichtig hebe ich den Blick und sehe in Noahs Augen. Er sieht mich mit einem so intensiven Ausdruck an, dass mir das Herz stehenbleibt.

»Du hast da was«, sagt er rau und hebt seine Hand an mein Gesicht. Mit dem Daumen fährt er vorsichtig über meine Wange zu meinem Kinn und verbreitet damit ein heftiges Kribbeln auf meiner Haut.

In meinem Innern explodieren tausend Sterne, als sein Gesicht meinem langsam näherkommt. Ich nehme seinen vertrauten, herben Duft wahr, spüre die Wärme seiner Finger und fühle mich schon jetzt nahezu besinnungslos. Wie sehr habe ich es vermisst, ihm auf diese Weise nah zu sein.

Alle Gedanken an die anderen Menschen in diesem Haus sind vergessen, als ich Noahs warmen Atem auf der empfindlichen Haut meiner Oberlippe spüre, und ich kann es kaum noch erwarten, dass seine Lippen endlich meine berühren.

Gerade jedoch, als ich denke, er würde mich endlich küssen, zieht er sich mit einem Seufzen von mir zurück.

Ich gebe ein undefinierbares Japsen von mir.

»Sie kommen hoch«, sagt Noah, und auch wenn er lässig die Hände in den Taschen seiner Jeans versenkt, sehe ich ihm doch an, dass ihn der Moment zwischen uns alles andere als kaltgelassen hat.

Jetzt, da er es sagt, höre auch ich die Schritte auf der Treppe und trete mit weichen Knien ein Stück von Noah weg. Mein Atem hat sich noch nicht wieder beruhigt, und ich beiße mir auf die Lippe, als Jessy und Alex durch die Tür kommen.

Alex sieht uns an und bricht in Gelächter aus.

»Was habt ihr denn hier angestellt?«, fragt er seine Freundin, die grinsend mit den Schultern zuckt.

»Du kennst uns doch«, sagt sie, und er legt ihr seinen Arm um die Taille. »Ich liebe dich dafür, dass du so verrückte Freunde hast«, sagt er, und sie knufft ihn in die Seite.

Ich lächele und beruhige mich beim Anblick des verliebten Pärchens wieder. Es macht mich so glücklich, die beiden miteinander zu sehen, denn anfangs sah es nicht so aus, als bestünde bei ihnen auch nur die Chance auf ein Happy End.

Alex war nämlich bis vor Kurzem noch verheiratet, und die Scheidung war keine schöne Angelegenheit.

Als Jessy ihn kennenlernte, wusste sie nichts von Alex' Frau, und als sie herausfand, dass er verheiratet war, steckte sie schon viel zu tief in der ganzen Sache drin.

Sie war in diesen Mann verliebt, und eine Zeit lang dachte ich tatsächlich, es würde sie kaputtmachen, ihn zu lieben. Aber Jessy ist stärker, als man auf den ersten Blick vermuten würde. Sie hat sich von Alex gelöst, und erst als er sich entschieden hatte, mit seiner Frau zu sprechen und seine unglückliche Ehe zu beenden, hat sie sich wieder auf ihn eingelassen.

Die Zeit war absolut nicht einfach für sie, und umso mehr freue ich mich für sie, dass sie jetzt so glücklich aussieht.

»Hi, Alex«, begrüße ich den attraktiven Mittdreißiger. »Darf ich dir Noah vorstellen?«

Ich wedele mit der Hand zwischen den beiden hin und her.

»Noah, Alex. Alex, Noah«, mache ich sie miteinander bekannt und spreche dann an Alex gewandt weiter.

»Noah zieht bei uns ein, damit Ben und ich nicht völlig vereinsamen, wenn du uns unsere Jessy irgendwann ganz klaust.«

»Wenn es nach mir geht, dann kommt dieser Tag auf jeden Fall.« Alex wirft Jessy einen liebevollen Blick zu, und sie wird rot.

»Ihr seid so süß, aber hebt euch das Turteln bitte auf, bis ihr allein seid.« Ich grinse sie an, und Alex lacht.

»Ich versuche es ja. Aber diese bezaubernde Frau macht jeden meiner Versuche zunichte.«

»Wo ist eigentlich Ben?«, wechselt Jessy absolut auffällig das Thema, und weil sie mir fast ein bisschen leidtut, steige ich darauf ein. Ich kenne sie gut genug, um zu wissen, dass ihr dieses Maß an Aufmerksamkeit nicht gefällt.

»Der wollte duschen gehen«, erkläre ich und spüre, wie ich rot werde, weil ich an das denke, was danach kam und was vielleicht passiert wäre, wenn sie und Alex nicht aufgetaucht wären.

Während Jessy und ich versucht haben, vom Thema abzulenken, haben Noah und Alex sich offenbar schon in ein Gespräch vertieft und achten gar nicht mehr auf uns, obwohl Alex' Hand auf Jessys Taille ruht und Noah …

Meine Gedanken schweifen ab. Was bedeutet dieses Verhalten bei ihm? Ich versuche verzweifelt, die Zeichen zu deuten, aber ich komme zu keinem Ergebnis.

Er hätte mich geküsst. Da bin ich ganz sicher und ich weiß, dass ich mich mehr als bereitwillig von ihm hätte küssen lassen. Ich vermisse es, mich an seinen warmen, festen Körper zu schmiegen, mich geborgen und wertgeschätzt zu fühlen. Noah hat mir eine Welt eröffnet, von der ich immer geglaubt habe, ich hätte darin keinen Platz.

Ich habe einmal zu Jessy gesagt, dass es den passenden Mann für mich wohl noch nicht gebe, und dann tauchte Noah auf und war einfach alles, was ich mir jemals erträumt hatte.

Ich stöhne leise, aber Jessy hat es trotzdem gehört und wirft mir einen fragenden Seitenblick zu. Ich schüttele jedoch abwehrend den Kopf und wende mich an die beiden Männer.

»Wollen wir uns nicht etwas zum Essen holen?«, schlage ich vor, und die zwei unterbrechen ihre angeregte Unterhaltung über irgendeinen Fußballverein.

»Klingt gut«, meint Noah, weicht meinem Blick jedoch aus.

»Ich könnte etwas zu essen vertragen«, stimmt Alex zu und reibt sich über den Bauch. »Nach der Arbeit bin ich immer am Verhungern.«

»Wir werden dich retten, Schatz.« Jessy schlingt ihre Arme um ihn und schmiegt sich an seinen Rücken. »Was haltet ihr von Pizza?«, fragt sie dann an uns alle gewandt, und ich nicke.

»Ich bin dabei.«

»Ich auch«, antworten die beiden Männer unisono, woraufhin Jessy sich von Alex löst, unsere Bestellungen notiert und dann aus dem Zimmer verschwindet, um den Pizzalieferdienst anzurufen.

Alex folgt ihr aus dem Zimmer, und wieder bleiben Noah und ich allein zurück. Verlegen stehe ich im Raum und überlege, wie ich mich am besten verhalten kann. Wir hätten uns gerade beinahe geküsst, und das, obwohl Noah mir gestern sehr deutlich zu verstehen gegeben hat, dass er nur mit mir befreundet sein will.

»Also, was machen wir jetzt?«, erkundige ich mich und widerstehe dem Drang, an meinen Fingernägeln zu knabbern. Früher habe ich das immer gemacht, wenn ich aufgeregt war, und es hat mich zu viel Zeit und Anstrengung gekostet, diese Unart wieder loszuwerden, um jetzt wieder damit anzufangen.

Stattdessen greife ich mir in die Haare und beginne, an einer der Strähnen herumzuzwirbeln.

Noah sieht ähnlich nervös aus, wie ich mich fühle.

»Wegen gerade eben …«, beginnt er, aber mit einem Mal halte ich es nicht mehr aus, kann nicht ertragen, was er mir vielleicht gleich sagen könnte, und falle ihm deshalb ins Wort.

»Komm, wir machen uns hier schon mal ans Aufräumen. Dann sind wir wenigstens nützlich.«

»Aber«, setzt Noah an, ich lasse ihn jedoch nicht ausreden und beginne geschäftig damit, die Klebestreifen abzuziehen.

Meine Stimme klingt höher als sonst, und meine Bewegungen sind hektisch und fahrig. Ich sehe nicht mehr auf, höre aber, dass Noah ebenfalls damit beginnt aufzuräumen. Hin und wieder werfe ich ihm einen kurzen Blick zu, nur um gleich wieder wegzusehen, wenn auch er in meine Richtung sieht. Das Schweigen zwischen uns ist von vielen unausgesprochenen Worten regelrecht aufgeladen, aber meine Angst, es zu brechen, ist zu groß.

»Alles in Ordnung?«, unterbricht Noah irgendwann meine Gedanken und unser stumm vereinbartes Schweigen.

Ich halte inne, wische mir eine verschwitzte Haarsträhne aus dem Gesicht und sehe ihn fragend an.

»Was meinst du?«

Er mustert mich besorgt, und seine blauen Augen funkeln sogar noch intensiver als sonst.

»Du bist ganz blass«, sagt er und streckt seine Hand nach mir aus. Im letzten Moment hält er jedoch inne und lässt seine Hand wieder nach unten fallen. Ich zupfe nervös an einem Stück Nagelhaut, dass sich ablöst, und schüttele den Kopf.

»Mir ist nur ein bisschen schwindelig«, gebe ich zu und spüre die Wahrheit dieser Worte erst jetzt im vollen Ausmaß. Bis gerade eben war ich zu sehr in meinen Gedanken gefangen, aber jetzt nehme ich die tanzenden Punkte vor meinen Augen geradezu überdeutlich wahr.

Der Raum um mich herum beginnt zu schwanken, und ich greife nach etwas, woran ich mich festhalten kann. Leider ist da nichts, und ich spüre, wie mir übel wird.

Gedankenfetzen tauchen in meinem Kopf auf.

Wasser. Habe ich genug getrunken? Falle ich? Wem gehören die Arme, in denen ich plötzlich liege?

Noah

Erschrocken beobachte ich, wie Georgie zu schwanken beginnt. Sie taumelt, scheint Halt zu suchen, und bevor ich genauer darüber nachdenken kann, bin ich mit einem Satz bei ihr. Ich stütze sie und genieße das Gefühl, ihren schmalen Körper wieder in meinen Armen halten zu können.

Mit einer fließenden Bewegung hebe ich sie hoch und trage sie aus dem Zimmer und in Richtung Treppe. Sie ist leicht, und ihr Kopf ruht an meiner Brust. Ihre Augen sind geschlossen, und ich kann nicht sagen, ob sie ohnmächtig ist oder nicht.

Auf der Treppe kommt mir Jessy entgegen. Beim Anblick von Georgie in meinen Armen reißt sie erschrocken die Augen auf.

»Was ist mit ihr?«, fragt sie erschrocken und wird ganz blass um die Nase.

»Ihr ist schwindelig geworden«, erkläre ich möglichst ruhig und versuche meinen eigenen Schreck, meine Sorge, vor Jessy zu verbergen. »Ich wollte sie ins Wohnzimmer tragen. Vielleicht sollten wir auch einen Arzt rufen?«

»Kein Arzt!«

Vor Schreck lasse ich sie um ein Haar fallen. Ihre Stimme klingt ein bisschen schwächer als sonst, aber durchaus bestimmt. Ich sehe nach unten und blicke direkt in ihre schwarzen Augen. Es fühlt sich an, als würde ein Blitz durch meinen Körper schießen. Genau wie vorhin, als ich beinahe alle um mich herum vergessen und sie geküsst hätte.

»Keinen Arzt«, wiederholt Georgie noch einmal mit Nachdruck und bringt mich damit wieder in die Wirklichkeit.

»Mir geht es gut«, fügt sie hinzu und beginnt vorsichtig auf meinem Arm zu zappeln. »Lass mich runter, Noah, ja?«

Ich schüttele den Kopf.

»Oh nein. Ich werde dich erst auf dem Sofa absetzen.«

Ich ignoriere das Brennen, das sich in meinem linken Bein ausbreitet und mir ebenfalls rät, Georgie abzusetzen. Aber statt auf mein Bauchgefühl zu hören, beiße ich die Zähne zusammen. Ich will sie noch nicht loslassen, und selbst als wir am Sofa ankommen, fällt es mir schwer.

»Danke«, sagt Georgie verlegen und fixiert interessiert ihre Fingernägel.

»Hast du das öfter?«, frage ich jetzt besorgt und ignoriere ihre Verlegenheit. Stumm schüttelt sie den Kopf.

»Ich übernehme ab hier«, wirft Jessy ein und setzt sich neben Georgie aufs Sofa.

»Alles okay hier?«, ertönt in diesem Moment Alex' Stimme aus Richtung Tür, und einen Augenblick später streckt er seinen Kopf ins Zimmer. »Die Pizza müsste jeden Moment ankommen.«

Jessy lächelt ihn an und wendet sich dann an mich.

»Hilf Alex doch mit der Pizza, ja Noah?«, bittet sie, und mich beschleicht das merkwürdige Gefühl, sie könnte mich loswerden wollen. Denn seit wann braucht es bitte zwei Männer, um fünf Pizzen in Empfang zu nehmen?

Trotzdem beuge ich mich Jessys Bitte und verlasse mit einem letzten Blick auf Georgie den Raum.

Kapitel 5

Georgie

»Und jetzt, meine Liebe«, Jessy mustert mich eindringlich und ich starre wie hypnotisiert zurück, »jetzt sagst du mir, was mit dir los ist!«

Ich winde mich unter ihrem Blick.

»Mir war nur schwindelig«, wiederhole ich meine Worte von vorhin und presse die Lippen danach fest zusammen.

»Bist du sicher, dass da nicht noch mehr ist, von dem du mir erzählen willst?«, fragt Jessy mit skeptischer Miene. »Zum Beispiel, warum Noah Portman so wirkt, als würde er sich extreme Sorgen um dich machen?«

Ich schlucke schwer und spüre, wie mir das Blut in die Wangen steigt.

»Das stimmt doch gar nicht«, widerspreche ich und krampfe nervös meine Finger zusammen. »Jeder wäre besorgt, wenn jemand neben ihm fast umklappt.«

»Mhm …«

Meine Freundin sieht nicht überzeugt aus. Eher so, als würden in ihrem Gehirn plötzlich eine ganze Menge Zahnräder ineinandergreifen. Zum Glück klingelt es in diesem Moment an der Haustür, und gleich darauf tauchen Noah und Alex auf. Jeder von ihnen hat einige Pappkartons in den Händen, aus denen uns ein köstlicher Duft entgegenströmt.

Prompt fängt mein Magen an zu knurren.

»Ich habe so einen Hunger«, stöhne ich übertrieben und reibe mir mit der Hand über den Bauch, der schon wieder leicht zieht und sich irgendwie härter anfühlt als sonst. Meine Brüste fühlen sich ebenfalls schwerer an als sonst, spannen schmerzhaft, und ich beschließe, endlich mal wieder einen Termin bei meiner Frauenärztin auszumachen.

Noah reicht mir den Karton, auf dem mein Name notiert ist. »Bitteschön.«

»Rieche ich Pizza?«, ertönt es von der Tür, und Ben streckt seinen Kopf ins Zimmer. Seine Haare sind nass vom Duschen und kleben ihm wirr in der Stirn. Er sieht jung aus, und sein verschmitztes Grinsen verstärkt diesen Eindruck weiter.

»Allerdings.« Ich zwinkere ich ihm zu.

»Wartet auf mich«, ruft er, und sein Kopf verschwindet aus der Tür.

»Anziehen. Schnell anziehen!«, hören wir ihn brüllen, und er rennt offenbar in Richtung seines Zimmers, denn bei jedem Wort wird er leiser.

»Unser bester Freund ist verrückt«, murmelt Jessy kopfschüttelnd. Grinsend stimme ich ihr zu. »Aber überleg mal, wie langweilig unser Leben ohne ihn wäre.«

»Unvorstellbar«, gibt sie zurück, und wir lächeln uns wissend an.

Ben hat das Leben von jeder von uns schon so oft bereichert. Wenn wir mal wieder mit unseren Hormonen zu kämpfen haben, bringt er uns Schokolade, macht blöde Witze und hat es so bisher jedes Mal geschafft, uns zum Lachen zu bringen.

»Wie habt ihr euch denn eigentlich kennengelernt?«,

erkundigt Noah sich interessiert, und Alex wirkt überrascht.

»Stimmt, das habt ihr mir auch noch nie erzählt«, meint er und setzt dann mit einem kleinen, hinterhältigen Grinsen in Richtung Noah hinzu: »Und dabei dachte ich, dass Frauen eigentlich immer alles ausplaudern.«

»Sei vorsichtig, Alex«, drohe ich ihm und hebe mahnend meinen Zeigefinger. »Du weißt, dass ich Jessy zuerst gesehen habe, und wenn du frech wirst, dann nehme ich sie dir einfach wieder weg, klar?«

»Versuchs doch.« Kampflustig erhebt er beide Fäuste, während Jessy ihn lachend gegen die Schulter boxt.

»Frieden, ihr zwei. Ich mache mal den Anfang, denn meine Geschichte mit Ben ist kürzer.« Sie schmunzelt bei der Erinnerung. »Georgie war mehr oder weniger dabei.«

»Mehr oder weniger?«, fragt Noah verwirrt nach, und ich muss grinsen.

»Georgie war gerade duschen«, beginnt Jessy zu erzählen. »Es war einer meiner ersten Tage hier in Connecticut, und ich habe mich an meinem Frühstück verschluckt.«

»Oh, du erzählst unsere Geschichte, Prinzessin, wie schön.«

Ben hat von uns allen unbemerkt den Raum betreten und lässt sich jetzt neben mich aufs Sofa fallen. »Erzähl weiter. Ich liebe romantische Geschichten.«

Er grinst Alex frech an.

»Pass bloß auf, Kleiner«, droht Alex scherzhaft. »Sonst hast du gleich die Möglichkeit, deinen süßen Klavierschülerinnen zu erzählen, wie romantisch du dir das Veilchen geholt hast.«

»Wenn meine Klavierschülerinnen wenigstens süß wären«,

murmelt Ben, und das Lachen verschwindet aus seinen Augen.

»Die Richtige für dich taucht schon noch auf, Bennie«, tröste ich ihn, und er sieht mich skeptisch an.

»Seid Ihr da sicher, Eure Hoheit?« Sein Blick ruht auf mir. »Euer Traumprinz kam ja auch noch nicht auf einem edlen Rosse herangetrabt, um Euch in den Sonnenuntergang zu entführen.«

»Diesen Traumprinz gibt es nicht, Bennie«, sage ich und hoffe, dass meine Stimme nicht zittert, als ich leise die nächsten Worte hinzufüge. »Und wenn es ihn gäbe, dann würde er mich nicht wollen.«

Einen Augenblick lang herrscht ein unangenehmes Schweigen im Raum. Ich vermeide es krampfhaft, in Noahs Richtung zu sehen. Ich will gar nicht wissen, ob er mich ansieht, und wenn ja, welche Gefühle sich in seinem Gesicht spiegeln. Es ist Jessy, die nach einem kurzen Moment das Schweigen bricht. Sie sieht mich liebevoll an.

»Der Mann, der dich nicht will, hat dich nicht verdient!«, sagt sie mit fester Stimme und fasst ihre Haare zu einem Pferdeschwanz zusammen, bevor sie in die Runde sieht. »Leute, die Pizza wird kalt. Unsere Geschichten können wir auch nachher noch erzählen, oder?«

Dankbar dafür, dass sie das Thema so leicht gewechselt hat, stimme ich ihr zu, und mein Magen meldet sich mit einem erneuten Grummeln ebenfalls zustimmend zu Wort.

»Guten Appetit«, wünsche ich den anderen und öffne den Karton, von dem mir ein Pizzabäcker mit überdimensioniertem Schnurrbart entgegenlacht und in dem mich meine absolute Lieblingspizza erwartet.

Sie ist mit Mozzarella, Spargel, Oliven, und Spinat belegt

und schmeckt genauso köstlich, wie sie duftet. Genießerisch nehme ich eines der vorgeschnittenen Dreiecke heraus, und beiße hinein. Die herrlich cremige Mozzarellanote untermalt den intensiven Geschmack der Oliven und mischt sich mit der Weichheit von Spargel und Spinat zu einem einzigartigen Geschmackserlebnis.

»Oh Mann«, bringe ich mit einer Mischung aus Stöhnen und Kauen hervor. »Ist das köstlich!«

Zustimmendes Murmeln kommt aus vier verschiedenen Richtungen. Nachdem ich die halbe Pizza in Rekordzeit in mich hineingeschaufelt habe, halte ich inne und beobachte die anderen.

Noah ist der Einzige, der sich einen Kebab und keine Pizza bestellt hat. Wahrscheinlich hängt das noch mit seiner Zeit als Sportler zusammen, vermute ich. Genau genommen weiß ich so wenig über ihn. Ja, er hat mich an seiner schmerzhaften Vergangenheit teilhaben lassen und dadurch nah an sein Herz geholt. Aber obwohl ich sogar bei ihm, seinem Bruder und dessen Freundin zu Hause war, habe ich die beiden nicht kennengelernt, und auch sonst fehlen mir so viele Informationen über diesen Mann. Es fühlt sich an, als würde ich einen völlig neuen Menschen kennenlernen.

Dummerweise finde ich diesen Noah sogar noch attraktiver als den, den ich vor ziemlich genau einem halben Jahr in mein Leben gelassen habe.

In diesem Moment hebt Noah den Kopf, und unsere Blicke treffen sich. Seine Augen ruhen fragend und beinahe zärtlich auf mir und lassen mich innerlich erbeben. Verlegen, weil er mich beim Starren erwischt hat, senke ich den Kopf gleich wieder und schiebe mir ein weiteres Stück Pizza in den Mund.

»Georgie«, ruft Jessy erstaunt, mit einem Blick in meinen Karton. »Bist du am Verhungern?«

»Du isst ja geradezu für zwei«, kommentiert Ben, und ich verschränke die Arme vor meiner Brust, um die Verlegenheit zu überspielen.

»Seid still«, maule ich, und die anderen grinsen. »Ernsthaft, hört auf!«, befehle ich.

»Erzählt mir, wie eure Geschichten weitergehen«, schlägt Noah vor und erntet dafür ein bereitwilliges Nicken von Jessy.

»Klar, mache ich«, sagt sie und legt den Karton mit ihrer Pizza zur Seite, von der erst vier Stücke fehlen.

»Ich frühstückte also, und Georgie war unter der Dusche«, fängt sie an der Stelle wieder an, an der sie vorhin aufgehört hat.

Als sie das Duschen ein zweites Mal erwähnt, wandern meine Augen zu Noah, auch wenn ich es nicht will. Sein Blick ruht ebenfalls auf mir, und darin lodert ein unterdrücktes Feuer.

Noah

Ich höre Jessys Stimme nur noch wie aus weiter Ferne, und es ist, als wären wir durch eine dicke Watteschicht voneinander getrennt.

Sie hat mich mit ihrer Erzählung schon wieder kalt erwischt, und das Bild von Georgie unter der Dusche lässt mich nicht mehr los. Die Vorstellung ihres nackten Körpers gepaart mit dem prasselnden Wasser lenkt meine Gedanken in absolut nicht jugendfreie Bahnen und weckt den Wunsch, sie sofort zu kapern und ins Bad zu schleifen. Ich stelle mir vor, wie meine Hände über ihre nasse Haut wandern, wie ich hinter ihr stehend die Wassertropfen von ihrer Schulter küsse, wie ich …

»Jedenfalls«, holt mich Jessys klare Stimme wieder aus meinen verlockenden Fantasien, und ich presse die Lippen zusammen.

Konzentrieren und beruhigen. Konzentrieren und beruhigen!

Einen Augenblick lang begegne ich Jessys grünen Augen, die mich aufmerksam mustern. In ihrem Blick liegt etwas Wissendes, und ich ahne, dass sie zumindest Verdacht geschöpft hat.

»Jedenfalls«, fängt sie ein drittes Mal an und betont das Wort auf eine besondere Weise. »Jedenfalls hustete ich mir gerade die Seele aus dem Leib, als ein merkwürdiger Typ in mein neues Zuhause gestürmt kam und anfing, mir auf den Rücken zu trommeln.«

»Merkwürdiger Typ?!«, empört sich Ben und bedenkt sie mit einem vorwurfsvollen Blick. »Ich war dein Retter in höchster Not, du undankbare Frau.«

»Natürlich, Bennie. Das auch.« Ihre Stimme bebt von schlecht unterdrücktem Lachen, als sie an mich gewandt weiterspricht. »Er hat eine totale Show gemacht und sich mir absolut formvollendet vorgestellt. Danach war Ben ein Teil meines Lebens und ist seitdem nicht mehr daraus wegzudenken.«

»Was für eine schöne Geschichte.« Auch ich kann mein Schmunzeln nicht verbergen. »Jetzt bist du dran, Georgie«, wende ich mich an sie, aber sie schüttelt abwehrend den Kopf.

»Nicht jetzt. Ein andermal.«

Und weil ihr deutlich anzumerken ist, dass sie es ernst

meint, belassen wir es dabei, und Ben wendet sich stattdessen interessiert an mich.

»Dann erzähl du doch mal, Noah. Hast du Geschwister?«

Und da ist sie. Die Frage, die ich in den letzten beiden Jahren sowohl gefürchtet als auch gemieden habe. Die meisten Menschen kennen mich nicht. Ich war noch nicht bekannt genug, um einen Namen in der Öffentlichkeit zu haben, bei denen Fußball eher Nebenalltag ist, aber meinen Bruder kennen tatsächlich die meisten. Obwohl der Fußball hier in den Vereinigten Staaten inzwischen immer mehr Fuß fasst, sind es doch Foot-, und Basketball, die die Nase vorn haben.

»Ich habe einen jüngeren Bruder«, beginne ich zögernd und registriere, dass Georgie sich aufrichtet. Ich kann mir sehr gut vorstellen, dass sie das interessiert.

»Ich bin drei Jahre älter als Jonathan …«

Kaum habe ich den Namen ausgesprochen, als Ben mir schon ins Wort fällt.

»Moment mal …«, ruft er und in seinem Gesicht spiegelt sich fassungsloses Verstehen. »Du heißt doch Portman. Und dein Bruder heißt … Jonathan Portman? Er ist aber nicht der bekannte Basketballer, oder?«

Seine Augen sind groß wie Suppenteller, und ich ziehe die Schultern hoch. Das mulmige Gefühl in meinem Bauch wird stetig stärker. Erwischt.

»Genau der«, sage ich leichthin und warte innerlich total verkrampft auf die Reaktion, die nun unweigerlich folgen muss.

»Wer ist denn Jonathan Portman?«, mischt sich Jessy fragend ein, woraufhin Alex ihr sanft seine Hand auf die Schulter legt.

»Er war der letzte Bachelor, Honey«, erklärt er ihr, und ihr Mund klappt auf.

»Ach der!«, platzt sie heraus, bevor sie einen schnellen Blick auf Georgie wirft und ihre Wangen sich rot färben.

»Also nicht, dass ich die Sendung anschauen würde«, murmelt sie, aber ihre Freundin beachtet sie gar nicht. Sie sieht mich direkt an, und ich spüre, wie meine Kehle trocken wird. Es liegt keine Wut in ihrem Blick, nur eine tiefe Verletztheit, die ich gut nachvollziehen kann.

»Jonny Portman ist viel mehr als nur der letzte Bachelor«, empört sich Ben, der die angespannte Stimmung nicht zu bemerken scheint. »Er ist ein Basketballstar!«

»Oh«, murmelt Georgie, und ihre Augen ruhen unverwandt auf mir. Am liebsten würde ich sie jetzt fest in meine Arme schließen, Küsse auf ihren Nacken hauchen und sie nie wieder loslassen. Ich will nicht, dass sie meinetwegen verletzt ist. Stattdessen wende ich den Blick von ihr ab.

»Jonathan hat versprochen, dass er uns bei meinem Umzug am Wochenende helfen will.«

Ein kurzes Japsen aus Bens Richtung, und ich muss mir ein Grinsen verkneifen, weil ich diese Seite an ihm einfach nicht vermutet hätte.

»Bist du etwa Basketballfan, Ben?«, erkundige ich mich unschuldig, und Ben grinst verlegen.

»Ich habe zwar noch nie einen Ball auch nur richtig fangen oder werfen können, aber ja. Neben der Musik schaue ich regelmäßig Basketball und bin froh, dass ich mir vor dem Fernseher nicht die Finger brechen kann.«

»Wie ist das denn so?«, erkundigt Jessy sich und zupft nachdenklich an ihrer Unterlippe herum. »Wenn der eigene Bruder dermaßen in der Öffentlichkeit steht?«

Ich weiß, dass sie es nicht böse meint, aber ihre Worte

treffen mich dennoch, dabei kann sie ja gar nicht wissen, was bei mir passiert ist. Ich beschließe, diese Sache so anzugehen, als würde ich ein Pflaster abreißen. Kurz und hoffentlich schmerzlos.

»Ich sollte euch vielleicht etwas über mich erzählen«, beginne ich von meiner Vergangenheit zu sprechen. Ich berichte von meiner Vergangenheit als Fußballspieler und deren abruptem Ende.

»Deswegen hinke ich auch manchmal leicht«, ende ich mit einem Seufzen und sehe in zwei betroffene Gesichter. Georgie kennt diese Geschichte ja schon und mustert mich mit einem sanften Blick. Die Verletztheit ist verschwunden, und ich erkenne eine liebevolle Zuneigung in ihren Augen.

»Das ist übel, Mann. Tut mir echt leid«, bringt Ben nach einer Weile heraus. In meinem Hals steckt mit einem Mal ein dicker Kloß.

»Das ist Vergangenheit«, sage ich leise und räuspere mich. »Nachdem dieser Traum dann Geschichte war, musste ich mich nach etwas anderem umsehen.« Ich lasse meine Gedanken in die Vergangenheit schweifen, und lächele traurig.

»Ich habe an einer praxisorientierten Institution eine psychologische Ausbildung durchlaufen, dann einige Zeit in verschiedenen Praxen gearbeitet, und mein Ziel ist, endlich meine eigene Praxis zu eröffnen. Bis ich das allerdings tun kann, arbeite ich übergangsweise in einer Praxis und versuche, mehr zu lernen.«

Jessy, die bisher geschwiegen hat, pfeift jetzt anerkennend durch die Zähne.

»Dann musst du es ziemlich draufhaben, Noah«, stellt sie fest, und ich seufze innerlich.

»Ich glaube, da würde dir manch einer meiner ehemaligen

Professoren widersprechen«, versuche ich mit einem schiefen Grinsen zu scherzen und meine es doch ernst.

Ich denke an die unzähligen Male, in denen mich die Theorie zu Tode gelangweilt hat, während die Arbeit mit Menschen das ist, was mir wirklich Spaß macht. Aber leider gehört der Weg zum Ziel dazu, und deshalb habe ich es durchgezogen.

»Ich bin froh, wenn ich endlich meine eigene Praxis habe«, sage ich abschließend und sehe dann einen nach dem anderen an. »Für euch ist es doch okay, dass Jonathan uns hilft, oder?«

»Es ist mir eine Ehre«, stellt Ben fest und strahlt mich an, während Georgie den Blick abwendet und Jessy zustimmend nickt. »Jonny Portman, ich meine, hallo? Wie verrückt ist das denn?«

Er beginnt eine fröhliche Melodie zu summen und tippt im Takt mit dem Fuß auf den Boden. »Glaubst du er gibt mir ein Autogramm?«, unterbricht er sich plötzlich, aber bevor ich etwas dazu sagen kann, wendet Georgie sich an ihn.

»Ben, bitte. Das ist nur ein ganz normaler Mensch, den man zufällig kennt, weil er gut darin ist, einen Ball in einen Korb zu werfen«, sagt sie, und ihre Stimme klingt ungewöhnlich schroff. »Also tu uns bitte allen den Gefallen und lass deinen inneren Fanboy daheim, wenn er da ist, okay?«

Georgie

Schon als ich es ausspreche, ist mir klar, dass ich zu weit gegangen bin. Bens Blick sagt deutlich, dass ich ihn verletzt habe. Äußerlich bleibt er jedoch ruhig, während mir Scham die Röte in die Wangen treibt. Was ist nur in mich gefahren? Aber bevor ich ein Wort hervorbringe, steht Ben langsam auf und nickt uns zu.

»Ich werde noch mal zum Campus fahren«, erklärt er leise und meidet meinen Blick. »Der große Flügel ruft nach meinen Fingern. Bis später.«

Er dreht sich ohne ein weiteres Wort um und verlässt den Raum. Bis die Haustür ins Schloss fällt, ist es im Zimmer mucksmäuschenstill.

»Was. Um. Alles. In. Der. Welt. War. Das?«, presst Jessy jetzt leise hervor und mustert mich in einer Mischung aus Fassungslosigkeit und Wut. »Geht's noch, Georgie?«

»Ich, ich weiß es nicht«, stammele ich, und Panik breitet sich in mir aus. »Ich wollte das gar nicht sagen!«

»Das hast du aber.« Jessy klingt gereizt, und ich kann sie verstehen. »Was ist nur los mit dir in letzter Zeit?«

Ihre Worte treffen mich mitten ins Herz, und dann breche ich in Tränen aus. Das erste Mal seit Ewigkeiten. Es schüttelt mich, und ich kann mich nicht zusammenreißen.

»Es tut mir so leid«, schniefe ich und krampfe meine Finger zusammen. »Ich muss zu Ben.«

»Nein.« Jessy macht eine eindeutig abwehrende Kopfbewegung. »Alex und ich gehen ihm nach.«

Sie wirft Noah einen Blick zu. »Kannst du bei ihr bleiben? Ich möchte sie gerade ungern allein lassen.«

Sie schüttelt ungläubig den Kopf in meine Richtung und räuspert sich, während sie aufsteht. »Natürlich nur, wenn du noch Zeit hast.«

Noah hat die ganze Situation stumm verfolgt und nickt nun. »Geht ruhig, Jessy. Ich werde erst gehen, wenn sie ruhiger geworden ist.«

Auch wenn es mich stresst, dass sie über mich reden, als

wäre ich ein kleines Kind, halte ich den Mund. Ich habe definitiv schon genug gesagt.

Jessy verlässt mit Alex den Raum, und gleich darauf fällt die Haustür ein weiteres Mal ins Schloss. Noah und ich sind allein.

Kapitel 6

Georgie

Das Ticken der großen Uhr ist das einzige Geräusch um mich herum außer meinem eigenen Schniefen. Mir ist kalt.

»Hey, was ist denn los mit dir?«, fragt Noah nach einer Weile, die wir in unangenehmem Schweigen verbracht haben. »Du bist ganz anders als …«

Ich reiße den Kopf hoch, und er bricht ab. Er sieht nicht wütend aus. Stattdessen erkenne ich eine tiefe Besorgnis in seinen Augen.

»Sind es wieder deine blauen Tage?«, fragt er sanft, und ein stechender Schmerz durchdringt meinen Unterleib bei seinen Worten. Mit einem leisen Stöhnen fasse ich mir an den Bauch. Der Stress tut mir nicht gut, denn normalerweise habe ich nicht so lange mit Unterleibsschmerzen zu kämpfen, außer wenn sich wieder einmal eine Zyste festgesetzt hat. Wahrscheinlich wird mein Hormonhaushalt aktuell durch all das, was in meinem Leben passiert, komplett aus der Bahn geworfen.

»Nicht die blauen Tage«, keuche ich schmerzerfüllt auf, und Noah ist mit einem Sprung neben mir. Sanft streicht er über meinen Rücken, bevor er mich behutsam in seine Arme zieht.

»Schschsch«, macht er beruhigend.

Obwohl ich seine Berührung wirklich nicht genießen sollte, mischt sich sofort ein warmes Prickeln zu den Schmerzen. Trotzdem laufen mir weiter stille Tränen über das Gesicht.

»Es tut mir leid, Noah«, wispere ich und spüre, wie mein Kopf an seine Schulter sinkt und die Tränen zu fließen beginnen.

»Alles gut«, wispert er und dreht sich vorsichtig zu mir um. Ich weiß, dass eben nicht alles gut ist, aber als unsere Augen sich begegnen, fühlt es sich doch so an.

Seine funkelnden blauen Iriden verschmelzen mit meinem Blick, und ich atme scharf ein, als sich der sanfte Ausdruck darin zu etwas anderem wandelt.

Sehnsucht und Verlangen spiegeln sich nun in ihnen, und ohne es zu wollen, recke ich mich ihm entgegen. Auch er kommt mir näher, ich spüre seinen Atem auf meiner Haut, und im nächsten Moment drückt er seine Lippen vorsichtig auf meinen Hals.

Ich schnappe nach Luft, mir fehlt der Sauerstoff zum Atmen, und als er seinen Mund langsam in Richtung meines Schlüsselbeins wandern lässt, zittere ich am ganzen Leib.

Unwillkürlich schlinge ich die Arme um ihn, ziehe mich näher an ihn heran, während er zarte Küsse auf Dekolleté und Schulter verteilt. Ein leises Stöhnen kommt über meine Lippen.

»Bist du sicher, dass wir das tun sollten?«, stoße ich atemlos zwischen zwei Küssen heraus und versuche, einen klaren Gedanken zu fassen. Das ist aber gleich darauf nicht mehr möglich. Noahs geliebter, vertrauter Duft umfängt mich wie eine leidenschaftliche und doch tröstende Umarmung, und als er antwortet, verliere ich vollständig die Kontrolle.

»Nein, aber ich will es so sehr«, haucht Noah, und ich vergesse alles, was ich einwenden wollte.

Seine Hände berühren endlich wieder meine Seiten, streichen über den Rücken, fahren in meine Haare, während seine Lippen meinen Hals liebkosen. Es ist, als hätte mein Körper seine Nähe vermisst. Er giert regelrecht nach ihm, bis ich es kaum noch aushalte.

»Küss mich, Noah«, flehe ich heiser, denn ich will seine Lippen endlich auf meinen spüren.

Kaum habe ich die Worte ausgesprochen, als ein Ruck durch seinen Körper geht und er sich so abrupt von mir löst und aufspringt, dass ich gegen die Sofalehne kippe.

Noahs Blick unter den dunklen Wimpern ist verhangen, klart aber mit jeder Sekunde, die verstreicht, etwas mehr auf. Mein Herz schlägt mir bis zum Hals, und ich kann nicht anders, als ihn sprachlos anzustarren.

»Du solltest jetzt erst mal die Sache mit deinen Freunden klären«, sagt er, und seine Stimme bebt unüberhörbar. »Wir sehen uns dann am Wochenende.«

Ich nicke, als wäre ich eine Marionette und jemand würde an meinen Fäden ziehen. Mit leerem Gehirn verfolge ich jede seiner Bewegungen, bis auch er verschwunden ist und ich allein im Wohnzimmer zurückbleibe.

Es dauert eine ganze Weile, bis ich wieder in der Lage bin, einen klaren Gedanken zu fassen. Eine Vielzahl von Gefühlen streitet in meinem Innern heftig miteinander. Wo in aller Welt ist dieses launische, reizbare Miststück hergekommen, das gerade eben aus mir gesprochen hat? Ich selbst kann es nicht gewesen sein. Ich bin nicht reizbar, das war ich noch nie, und ich hasse das Gefühl, meinen besten Freund verletzt zu haben.

Aber auch die Person, die gerade darum gebettelt hat, geküsst zu werden, ist mir völlig fremd.

Mit zitternden Händen ziehe ich mein Handy aus der

Hosentasche, öffne den Gruppenchat mit Ben und Jessy und beginne fieberhaft zu tippen.

Georgie: Leute, es tut mir unendlich leid. Ich habe keine Ahnung, was in mich gefahren ist. Bennie, bitte verzeih mir. Ich habe es nicht so gemeint!

Ich starre auf den Chat und warte, während mich die Schuldgefühle in regelmäßigen Wellen überrollen und sich mit der heftigen Sehnsucht abwechseln. Es dauert eine gefühlte Ewigkeit, bis ich endlich sehe, dass Jessy online ist. Einen Augenblick später wird Ben ebenfalls als online angezeigt, und im nächsten Moment beginnen beide zeitgleich zu tippen.

Jessy: Du bist in der letzten Zeit wirklich eine unglaubliche Zicke.
Ben: Aber wir haben dich trotzdem lieb.

Vor Erleichterung schießen mir die Tränen in die Augen. Meine Freunde sind wirklich das Beste, was mir jemals passiert ist.

Georgie: Bitte kommt nach Hause. Ich muss euch in den Arm nehmen.

Eine halbe Stunde später geht die Haustür auf, und ich warte zitternd im Flur, als meine Freunde hereinkommen. In dem Moment, als ich Ben erspähe, renne ich auf ihn zu, breite die Arme aus und werfe mich an seinen Hals.

»Es tut mir so leid«, wispere ich und drücke mich ganz fest an ihn, während mein Herz schmerzt. Ich habe ein so schlechtes Gewissen, weil ich meinem besten Freund wehgetan habe. Seine Hand liegt auf meinem Rücken, und er streicht sanft darüber.

»Schon gut, kleine Zicke. Schon gut«, murmelt er, und ein paar Tränen rollen mir über die Wangen, um im nächsten Moment sein Shirt zu tränken. Auch Jessy schließt sich unserer Umarmung an, und zu dritt bleiben wir eine gefühlte Ewigkeit stehen.

»Ich weiß wirklich nicht, was in mich gefahren ist«, murmle ich, als wir uns wieder voneinander lösen.

»Du bist gereizt, hast ständig Hunger und gerade heulst du«, stellt Ben grinsend fest. »Wenn ich es nicht besser wüsste, dann würde ich sagen, dass du schwanger bist.«

»Ja, klar«, gebe ich lachend zurück. »Wovon denn, um alles in der Welt?«

Im selben Moment huschen meine Gedanken zu der Nacht im Whirlpool, als Noah und ich …

Ich schlucke. Nein.

Ich kann gar nicht schwanger sein. Ich habe damals schon die Pille genommen, die mir meine Frauenärztin verschrieben hat, um einen möglichst geregelten Zyklus zu bekommen.

Was die Einnahme angeht, bin ich sehr genau, und vor ein paar Tagen hatte ich endlich mal wieder eine leichte Blutung. Schwangerschaft ausgeschlossen.

»Das ist eine gute Frage«, unterbricht Ben meine Gedanken und lacht über sich selbst. »Du lebst wie eine Nonne.«

»Sagt der Mönch«, gebe ich grinsend zurück, und das mulmige Gefühl verschwindet langsam wieder. Nur Jessy macht bei unserem Herumgeplänkel nicht mit. Stattdessen mustert sie mich nachdenklich und schüttelt unmerklich den Kopf.

»Vielleicht solltest du mal zum Arzt gehen, Georgie«, gibt sie zu bedenken.

»Quatsch, du machst dir viel zu viele Sorgen«, gebe ich betont locker zurück und schließe einen Augenblick lang müde die Augen. »Leute, ich bin so müde.«

Ben wirft einen kurzen Blick auf seine Armbanduhr und keucht. »Kein Wunder. Es ist extrem spät.«

»Apropos«, Jessy kratzt sich am Kopf. »Wo ist eigentlich unser zukünftiger Mitbewohner hin?«

Sofort denke ich wieder an Noah, das Gefühl seiner Lippen auf meiner Haut, und mir wird heiß.

»Der musste weg«, murmle ich. »Aber wir sehen ihn ja bald wieder.«

Früher als mir lieb ist, füge ich in Gedanken hinzu und seufze leise, weil ich mich ganz offensichtlich selbst belüge.

Noah

»Gibt es vielleicht etwas, das du mir sagen willst, großer Bruder?«, fragt Jonathan, als ich am Samstagmorgen wie ein nervöser Tiger im Käfig auf und ab gehe. »Du verhältst dich die letzten Tage äußerst merkwürdig.«

Mein kleiner Bruder mustert mich, und ich weiß nicht, was er denkt. Aber mir ist auch klar, dass ich jetzt dringend jemanden zum Reden gebrauchen könnte.

»Wegen des Umzugs«, sage ich und spüre, wie schon bei den Worten die Unruhe in meinem Herzen einkehrt.

»Was ist damit?«, fragt Jonathan forschend. »Willst du doch lieber hierbleiben?«

»Nein«, wehre ich ab und fange dann einfach an zu erzählen.

»Erinnerst du dich noch an Georgie?«, frage ich vorsichtig, und mein Bruder nickt. Seine Augen nehmen einen wachsamen Ausdruck an.

»Was ist mit ihr?«, erkundigt er sich, und ich weiß genau, warum er mit einem Mal so missbilligend aussieht. Er war überhaupt nicht glücklich über die Art, wie ich mit Georgie umgegangen bin. Zu recht.

»Ausgerechnet du«, hat er mich angemault. »Du, der Therapeut, benimmst dich wie der allerletzte Penner. Niemals trennt man sich anders von einer Frau, als von Angesicht zu Angesicht.«

Die Wut war auf seinem Gesicht deutlich zu erkennen.

»Außerdem ist es blanker Unsinn, dass du mit ihr Schluss machen musst«, polterte er weiter. »Du bist einfach nur ein Feigling, großer Bruder. Das ist alles.«

Deswegen habe ich jetzt beinahe ein bisschen Angst vor seiner Reaktion.

»Die WG, in die ich ziehe«, beginne ich und hole einmal tief Luft. »Es ist quasi ihre …«

Jonny bleibt der Mund offenstehen. Damit hat er nicht gerechnet. Aber er erholt sich schnell wieder von seiner Überraschung, und auf seinem Gesicht bilden sich Wutflecken.

»Das kann ja wohl nicht dein Ernst sein?«, bricht es aus ihm heraus. »Wie konntest du, nachdem du sie so behandelt hast …«

»Ich wusste es zuerst nicht, okay?«, unterbreche ich ihn, und das nimmt ihm einen Moment lang den Wind aus den Segeln.

»Und jetzt, da du es weißt«, sagt er dann, und seine Stimme klingt schon deutlich ruhiger. »Was wirst du tun?«

»Ich ziehe trotzdem dort ein.«

»Ja, das war mir schon klar«, sagt er dann und klingt, als würde ich mich blöd aufführen. »Ich will wissen, was du wegen ihr machst.«

Na toll. Genau diese Frage wollte ich nicht hören, und dennoch bin ich selbst schuld daran, dass er sie mir gestellt hat.

»Was soll ich schon machen?«, gebe ich in trotzigem Ton zurück, und Jonny fährt sich mit einer Hand durch die Haare. Das ist bei ihm ein eindeutiges Indiz dafür, dass er kurz vor der Explosion steht.

»Jetzt stell dich doch bitte nicht dümmer an, als du bist, großer Bruder«, knurrt er mit zusammengebissenen Zähnen. »Du weißt genau, dass du diese Frau liebst.«

»Wow, wow, wow«, mache ich und hebe abwehrend die Hände. »Wer hat denn bitte von Liebe gesprochen?«

In diesem Moment kracht seine Faust so heftig auf den Tisch, dass ich zusammenzucke.

»Zum Donnerwetter noch mal«, brüllt er und erinnert mich in diesem Moment so sehr an unseren Vater, dass es schmerzlich wehtut. »Du weißt es, und ich weiß es. Also warum kannst du nicht wenigstens deinem Bruder gegenüber zugeben, dass du dich verliebt hast, ein feiger Trottel bist und eigentlich nichts lieber möchtest, als endlich glücklich zu werden?«

Jedes seiner Worte trifft mich wie ein Schlag. Aber ich spüre sofort, wie alles in mir sich gegen eine solche Aussage aufbäumt.

Aber anders als all die anderen Male, in denen mein Temperament in solchen Situationen mit mir durchgegangen ist, schließe ich jetzt die Augen und atme dreimal tief durch. Dann sehe ich meinen Bruder an.

»Ich kann nicht«, sage ich leise und schüttele den Kopf.

»Überleg doch mal, was ich tun sollte, wenn ich das Einzige verliere, was mir nach dem Fußball noch geblieben ist.«

Jonathan seufzt und wendet seinen Blick ab. Er spielt an seiner Armbanduhr herum und sieht mich bei seinen nächsten Worten nicht an.

»Es ist nicht das Einzige«, murmelt er dann, und in meinem Innern beginnt es zu flattern.

»Was meinst du damit?«, frage ich vorsichtig und wünsche mir, dass ich jetzt gerade sein Gesicht sehen könnte. Von einem Rücken kann man deutlich weniger ablesen als aus einer Miene.

»Ich habe mit Patric gesprochen«, sagt er leise, und aus dem Flattern meines Herzens wird ein rasendes Pochen.

»Warum?«, bringe ich verkrampft hervor. »Warum habt ihr noch Kontakt?«

Jetzt dreht Jonny sich doch zu mir um. Die Gefühle, die ich in seinen Augen erkenne, sind schwer für mich zu deuten. Freude, Stolz und Schuldbewusstsein mischen sich zu einer undeutbaren Masse.

»Er hat mich unter Vertrag genommen, Noah«, sagt er schließlich, und ich versuche, seine Worte zu erfassen.

»Was?«, frage ich nach einer Weile leise und weiß, dass ich es noch einmal hören muss.

»Patric hat mich unter Vertrag genommen«, wiederholt mein Bruder und hebt beschwörend beide Hände. »Noah, ich …«

Ich kann seinen Worten kaum folgen. In meinem Innern streiten die verschiedensten Gefühle miteinander. Ich spüre Wut, Schmerz und doch einen riesengroßen Stolz auf Jonny. Dann denke ich an meine Verantwortung als Bruder und daran, was meine Eltern von mir erwarten würden.

»Ich bin stolz auf dich«, bringe ich nach einer Weile hervor.

»Was?«, fragt er verblüfft und scheint seinen Ohren nicht zu trauen. Seine Ungläubigkeit drängt die negativen Gefühle in den Hintergrund, und ich wiederhole meine Worte.

»Ich bin stolz auf dich, kleiner Bruder!«

Ich mache einen etwas unbeholfenen Schritt auf ihn zu und ziehe ihn in meine Arme. Nachdem ich ihn herzlich gedrückt habe, löse ich mich von ihm und umfasse seine Schultern.

»Mein kleiner Bruder tritt also in meine Fußstapfen, das ist echt Wahnsinn.«

Jonathan lächelt, und ich habe das Gefühl, dass er bei meinem Lob gleich mehrere Zentimeter wächst. Gleichzeitig tritt aber auch ein verlegener Ausdruck auf sein Gesicht.

»Ich habe mir das immer als Ziel gesetzt, weißt du? Ich wollte quasi dein Erbe antreten. Bist du mir böse?«

»Warum sollte ich dir böse sein?«, frage ich fassungslos. »Du machst mich zum stolzesten großen Bruder überhaupt.«

Dann fällt mir allerdings etwas ein, das irgendwie noch geklärt werden muss.

»Aber warum hast du mit Patric über mich gesprochen? Hat er angefangen oder du? Und was hat er gesagt?«

Mein Bruder druckst ein bisschen herum.

»Er hat mich angesprochen. So wie letztes Jahr auf der Gala, von der ich dir erzählt hatte.«

Mein Herz krampft sich zusammen, als ich die nächste Frage stelle, die mir auf der Seele brennt.

»Und was meintest du jetzt damit, dass es nicht das Einzige ist, was mir noch bleibt?«

Mein Bruder zögert und sieht aus, als würde er mit sich ringen.

»Patric hat wohl einen Job für dich und wollte wissen, ob ich mal vorfühlen könnte, wie es bei dir aussieht.«

Seine Worte pressen mir die Luft aus den Lungen, und ich starre ihn mit weit aufgerissenen Augen an. Einen Job. Obwohl es quasi auf der Hand lag, habe ich damit nicht gerechnet. Auch jetzt, nach so langer Zeit schießt mir bei diesem Gedanken Panik durch die Adern.

»Was hast du gesagt?«, stoße ich hervor, und mein Bruder hebt mit besorgtem Gesicht die Hände.

»Ich habe nichts gesagt, außer dass du dich melden würdest, wenn du Interesse hast. Und dass sie dich nicht anrufen sollen, wenn du es nicht tust.«

Erleichtert atme ich aus.

»Das ist okay«, sage ich leise und versuche, meinen hämmernden Pulsschlag wieder unter Kontrolle zu bringen.

»Da bin ich froh«, sagt mein Bruder erleichtert. »Ich wollte nichts Falsches sagen.«

Er zögert, bevor er mir unsicher in die Augen sieht.

»Wirst du ihn anrufen?«, fragt er, und ich zucke leicht zittrig mit den Achseln.

»Das weiß ich noch nicht«, sage ich und hoffe sehr, dass das Thema damit beendet ist. Jonathan scheint den Wink zu verstehen, denn er beißt sich auf die Lippe. Dann gibt er sich aber einen Ruck.

»Aber während du darüber nachdenkst, solltest du immer in Erinnerung behalten, dass es vielleicht dein größtes Problem lösen könnte.«

Ich bleibe ruhig, auch wenn mein ganzer Körper sofort wieder unter Hochspannung steht.

»Ich werde daran denken«, antworte ich gepresst und frage mich gleichzeitig, wie ich in den nächsten Stunden überhaupt an etwas anderes denken soll als daran.

Kapitel 7

Noah

Als der Tag meines Umzugs gekommen ist, hat sich die Stimmung zwischen mir und Jonny wieder normalisiert. Ich habe nicht bei Patric angerufen, mein Bruder hat nicht noch einmal nachgefragt, und ich bin ihm dafür wirklich dankbar.

Jetzt sitzen wie in einem gemieteten Umzugswagen, sind unterwegs zu meinem neuen Zuhause, und meine Handflächen fühlen sich schweißnass an vor Aufregung.

»Wie geht es dir?«, fragt Jonathan und wirft mir von der Fahrerseite einen kurzen Blick zu.

»Ich wollte mich noch mal bei dir entschuldigen«, platze ich heraus.

»Willst du damit etwa sagen, dass ich recht hatte?«, fragt Jonny, und ich bin dankbar, dass er keine große Sache daraus macht.

»Mit einer Sache hattest du auf jeden Fall recht«, sage ich. »Ich bin ein Feigling.«

»Auch Feiglinge können mutig sein«, sagt er schlicht und parkt am Straßenrand neben dem kleinen Haus, in dessen Garten schon Darcy am Zaun steht und uns erwartet.

»Das hier ist es also?«, fragt Jonathan, und für ihn scheint das Thema damit erledigt zu sein. Und weil ich froh darüber bin, nicke ich nur und öffne die Tür auf meiner Seite. Als auch Jonathan aus dem Auto steigt, öffnet sich die Haustür, und im Gänsemarsch kommen erst Ben, dann Georgie und zuletzt Jessy und Alex aus dem Haus. Wie die Zinnsoldaten bleiben sie im Garten aufgereiht stehen und sehen uns entgegen.

»Hey«, begrüße ich sie möglichst locker und winke in die Runde. »Da sind wir.«

»Hey!«

Georgie ist die Erste, die sich aus ihrer Starre löst und uns zum Gartentor entgegenkommt. »Ich bin Georgie«, stellt sie sich meinem Bruder vor. Der scheint im ersten Moment ein bisschen verdutzt, denn es passiert ihm nicht oft, dass ihn Leute ohne jede Berührungsangst ansprechen. Aber er fängt sich schnell und schüttelt ihre Hand in einer herzlichen Geste. »Es freut mich sehr, euch kennenzulernen«, sagt er, und wahrscheinlich bin ich der Einzige, der den kurzen Seitenblick in meine Richtung bemerkt.

Dann geht er auf den Rest zu, der sich bisher diskret im Hintergrund gehalten hat.

Jessy sehe ich an, dass sie bei der ersten Begegnung mit Jonathan Hemmungen hat, und deshalb geselle ich mich dazu.

In einer brüderlichen Geste lege ich den Arm um Jonathan und grinse.

»Leute, ich bitte euch, dass ihr mir einen Gefallen tut.«

Ich warte kurz, bis ich die Aufmerksamkeit der anderen habe, und beginne dann zu grinsen. »Behandelt meinen Bruder ganz normal. Der sitzt oft genug ganz weit oben in den Wolken.«

Schon habe ich die Lacher auf meiner Seite, und das Eis ist gebrochen.

»Mein Bruder hat recht«, sagt Jonathan und grinst von

einem Ohr zum anderen. »Bitte nehmt mich ganz normal bei euch auf.«

»Na, das kannst du haben«, sagt Alex und krempelt sich mit einem auffordernden Blick auf meinen Bruder die Ärmel hoch. »Los, du Influencer. Jetzt kannst du uns beweisen, dass diese Muskeln auch wirklich echt sind.«

Mit einem breiten Grinsen im Gesicht beobachte ich, wie mein Bruder sich das nicht zweimal sagen lässt. Er packt tatkräftig mit an, und gemeinsam haben wir den Umzugswagen schnell geleert.

»Geschafft«, stöhnt Ben, als wir eineinhalb Stunden später das letzte Teil ins Haus getragen haben. »Ich finde, dass wir uns jetzt definitiv etwas zu essen verdient haben.«

»Stimmt«, meint Alex. »Jessy und ich holen für uns alle was beim Chinesen, Ben und Jonathan, ihr bringt den Transporter weg, und Georgie und Noah räumen das Zimmer fertig ein.«

Georgie

»Aber«, beginne ich, während Noah gleichzeitig »Warum denn wir?« sagt.

Wir wechseln einen kurzen Blick, und mir wird heiß. Der Gedanke, mit ihm auf engem Raum allein zu sein, ist verlockend und gleichzeitig erschreckend. Eine innere Stimme sagt mir, dass es ihm genauso geht wie mir. Ich spüre schon wieder seine weichen, fordernden Küsse, und mir wird augenblicklich noch heißer. Jessy wirft einen kurzen Blick auf Noah und sieht dann zu mir. In ihren Augen glimmt ein Ausdruck auf, der mir nicht recht gefallen will. Es liegt etwas Wissendes darin.

»Maus, überleg doch mal. Ihr seid die einzigen beiden, die übrig bleiben. Dass ich mit meinem Alex gehen will, das dürfte ja wohl klar sein. Und Ben kann Jonny in seinem Wagen mitnehmen, nachdem sie den Transporter zurückgebracht haben.«

Ich weiß sofort, dass Jessy recht hat, und deshalb gebe ich mich geschlagen.

»Na, dann machen wir das wohl so«, sage ich leichthin, und die anderen machen sich auf den Weg zu ihren jeweiligen Aufgaben. Nachdem die letzten den Raum verlassen haben, sieht Noah mich an, und seine Augenbraue hebt sich in einem Ausdruck leichten Spotts.

»Wie furchtbar kann der Gedanke, mit mir allein sein zu müssen, eigentlich sein?«, neckt er mich sanft, und ich knirsche mit den Zähnen. Ich hasse es, wenn er mich mit diesem zärtlichen Spott bedenkt. Das macht es mir nämlich unmöglich, ihm zu widerstehen. Es erfüllt meine Gedanken mit Bildern, die ich schon längst daraus vertrieben haben wollte, und ein sehnsuchtsvolles Ziehen breitet sich in meinem ganzen Körper aus.

»So schlimm, dass ich es gar nicht beschreiben kann«, gebe ich bissiger als beabsichtigt zurück und senke dann zerknirscht den Blick. »Es tut mir leid, Noah«, sage ich vorsichtig. »Diese ganze Situation ist für mich alles andere als einfach, weißt du?«

Noahs Augen werden weich. »Ich verstehe das. Aber ich wünsche mir, dass wir beide wieder so miteinander sind wie früher.«

Im nächsten Augenblick wird ihm offenbar klar, was er da gerade gesagt hat. Er zögert, scheint mit sich zu ringen und sieht mich dann ernst an.

»Ich mag dich wahnsinnig gern, Georgie. Wirklich. Du

bist für mich die bezauberndste Frau, der ich jemals begegnet bin. Es tut mir so unendlich leid, dass ich mich dir gegenüber wie ein Arsch verhalten habe, und wenn ich es rückgängig machen könnte, dann würde ich es sofort tun.«

Seine Stimme klingt sanft und flehend und seine Worte fallen wie Regentropfen auf den dürren Boden meines Herzens.

»Ich weiß noch nicht, wie das mit uns beiden weitergehen wird«, sagt Noah, und in seiner Stimme liegt Ernsthaftigkeit. »Aber ich will, dass du wieder Teil meines Lebens bist. Ich will, dass du dich auf mich verlassen kannst und vor allem will ich …«

Er stockt, und ich sehe ihn aus weit aufgerissenen Augen an. Unsere Blicke verhaken sich ineinander, und ich spüre, wie mein Mund trocken wird.

»Was wolltest du sagen?«, hauche ich und erschrecke selbst über den verführerischen und gleichzeitig ängstlichen Klang meiner Stimme.

Noah

Ich starre Georgie an. Mein Herz rast, während ich daran denke, was mir fast herausgerutscht wäre. Dich. Ich will dich, dich, dich.

Einerseits bin ich erleichtert, dass ich es nicht gesagt habe, andererseits, und das Gefühl ist stärker, hasse ich mich dafür. Warum habe ich es nicht gesagt? Die Antwort liegt leider klar auf der Hand. Weil ich ein Feigling bin. Der größte Feigling, den es gibt.

Meine Angst davor, was passieren würde, wenn ich mich ganz auf Georgie einlasse, ist groß. Zu groß. Es würde bedeuten, dass mein Leben eine völlig neue Wendung bekommt, für die ich nicht bereit bin und von der ich nicht weiß, ob ich jemals dafür bereit sein werde.

Erst jetzt werde ich mir bewusst, wie nah Georgie und ich beieinanderstehen. Unsere Gesichter sind nur Zentimeter voneinander entfernt, und ihr warmer Atem streicht über meine Haut, als sie ihre Frage wiederholt.

»Was, Noah?«, haucht sie, und ihre Stimme klingt so unglaublich verführerisch, dass mir ein leises Stöhnen entweicht. Sofort presse ich meine Lippen wieder aufeinander, aber natürlich hat Georgie es gehört. Ihre Augen liegen dunkel und ernst auf mir. Ich bekomme eine Gänsehaut und erschauere leicht, als sie ihre Hand auf meinen Arm legt und mich streichelt.

»Was tust du da?«, flüstere ich beinahe unhörbar, und kurz stocken ihre Finger in der Bewegung. Dann aber wandern sie weiter den Oberarm hinauf, und ich beiße die Zähne zusammen. Dieses sanfte Streicheln fühlt sich viel zu gut an, und der Wunsch, sie in die Arme zu nehmen, wird übermächtig.

Mit einem leisen Seufzen strecke ich meine Hand nach ihr aus und ziehe sie an meine Brust. Ein überraschtes Geräusch entweicht ihrer Kehle, und im nächsten Moment schmiegt sie sich an mich und schlingt ihre Arme um meine Taille. Mir wird wieder einmal bewusst, wie viel kleiner als ich sie ist, und ich vergrabe meine Hand in den Haaren an ihrem Hinterkopf. Sie seufzt leise, und ihre Hände wandern unter mein Shirt und über die nackte Haut an meinem Rücken.

Während sie streichelnd jede einzelne Stelle erkundet und mich der Duft ihres Orange-Vanille-Shampoos fast um den Verstand bringt, verliere ich die Beherrschung.

Mit einem Ruck hebe ich Georgie hoch, und sie schlingt

ihre Beine um meine Mitte, während ich sie zum Bett hinübertrage.

Meine Knie zittern so sehr, dass ich erleichtert seufze, als ich sie mit einer sanften Bewegung auf die Matratze legen kann. Ich vergesse den unaufgebauten Schrank und all die unausgepackten Kartons um uns herum und sehe nur noch sie.

Georgie

Worüber haben wir noch mal gesprochen? Wie ist es dazu gekommen? Mein ganzer Kopf fühlt sich an, als wäre er aus Zuckerwatte.

Mein Herz rast, als Noah sich über mich beugt. Es ist so lange her. So lange. In meinem Kopf streiten Vorfreude und Angst miteinander, während ich Noah an seinem T-Shirt packe und ihn zu mir herunterziehe. In einer fließenden Bewegung ziehe ich es ihm über den Kopf und halte den Atem an.

Ich hatte beinahe vergessen, wie es ist. Noah ist atemberaubend. Seine Augen leuchten, als er mich ansieht, sich zu mir herunterbeugt und seine Lippen so vorsichtig und sanft auf meinen Mund legt, als wäre ich eine zerbrechliche Kostbarkeit.

»Noah«, wispere ich seinen Namen, als wir uns wieder voneinander lösen, und damit entfache ich ein Feuer, das uns beide verzehrt. Es verbrennt alles um uns herum, bis es nur noch uns beide gibt, und das ist auch alles, was ich will.

»Wow«, flüstere ich, als wir später nebeneinander auf dem Bett liegen. Dieses kleine Wort bringt meine Gefühle ziemlich genau auf den Punkt. Die letzten Minuten waren wie ein Rausch aus Gefühlen und Leidenschaft. Mein Herz rast noch immer, und meine Hand, die auf Noahs Brust ruht, zittert leicht.

»Ja, wow«, antwortet Noah genauso leise und wendet mir sein Gesicht zu. Seine wunderschönen Augen ruhen zärtlich auf mir, und er haucht einen Kuss auf meine Wange.

Die Entspannung in meinem Innern mischt sich mit einer Unruhe, die ich nicht verbergen kann, und deshalb platze ich gleich damit heraus.

»Du bist noch keine ganze Stunde unser Mitbewohner, und schon landen wir im Bett«, witzele ich, und mir ist klar, dass man mir die Unsicherheit deutlich anhören kann.

Sanft streicht Noah mir über die Haare.

»Es tut mir leid«, wispert er, und in meinem Herz krampft sich alles zusammen. Es tut ihm leid. Er bereut es. Ich setze mich ruckartig auf, und Noah tut es mir nach.

Ich spüre die Tränen schon hinter meinen Lidern drücken, als Noah weiterspricht.

»Versteh mich nicht falsch«, sagt er eindringlich und fängt mit seinem Daumen eine Träne auf, die sich aus meinem Augenwinkel gestohlen hat. »Es war wunderschön, aber ich wollte es dieses Mal anders angehen.«

Verwirrt sehe ich ihn an und versuche zu begreifen, was er damit meint.

»Aber«, bringe ich hervor, und er legt mir sanft einen Finger auf den Mund.

»Lass es mich dir erklären«, bittet er, und ich nicke.

Noahs Blick streift meinen nackten Körper, und er stöhnt.

»Wir sollten uns anziehen, bevor wir reden. Ich will mich konzentrieren können, und wenn ich ehrlich bin, dann machst du mir das wirklich schwer.«

Mein Herz macht einen Hüpfer bei seinen Worten, und ich nicke, weil es mir genauso geht. Vor allem sein Oberkörper in Kombination mit seinem Blick, der mich lockt, machen mir klar, dass Anziehen wirklich eine gute Idee ist. Außerdem können unsere Mitbewohner jeden Moment wiederauftauchen, und deshalb setze ich mich auf und schlüpfe in BH und Oberteil.

»Ich hasse mich dafür, dass ich dich dazu gebracht habe«, murmelt Noah leise und zieht sich selbst ebenfalls an.

Obwohl ich ein bisschen Angst davor habe, was gleich in unserem Gespräch alles kommen wird, muss ich lächeln. Ich kann ihn gut verstehen.

»Wollen wir hier nicht weitermachen, während wir reden?«, frage ich vorsichtig und deute mit dem Kinn auf die Kartons und das Chaos um uns herum. »Sonst kommen wir nachher wirklich in Erklärungsnot.«

»Da magst du recht haben«, sagt er mit einem schiefen Lächeln. »Das könnte wirklich schwierig werden.«

Seufzend lösen wir unsere Blicke voneinander. Ich mache schnell das Bett und beseitige damit die Spuren, die an das erinnern, was ich nicht wieder vergessen möchte.

»Was wolltest du mir sagen?«, frage ich scheu und werfe einen kurzen Blick auf Noah, der dabei ist, einen seiner Umzugskartons zu inspizieren.

Er hält in der Bewegung inne und dreht sich zu mir um. Vorsichtig kommt er mehrere Schritte auf mich zu, bis er ganz dicht vor mir steht.

Sanft schiebt er mir seine Hand in den Nacken und zieht mich zu sich heran.

Als er seine Lippen warm auf meine legt und sie gleichzeitig mit seiner Zunge teilt, schmiege ich mich an ihn. Mein ganzer Körper kribbelt und ich wünsche mir, dass dieser

Kuss niemals endet. Viel zu schnell löst er sich von mir und sieht mich an.

»Ich wollte dir sagen, dass ich mich getäuscht habe«, flüstert er. »Ich glaube nicht, dass wir einfach nur Freunde sein können, und es macht mir wahnsinnig große Angst.«

Ich starre ihn an, versuche den Sinn seiner Worte zu verstehen, und komme doch zu keinem logischen Schluss.

»Ich habe dir vorhin gesagt, dass ich noch nicht weiß, wie es mit uns beiden weitergeht, und das stimmt. Ich weiß es wirklich nicht«, sagt er langsam. »Ich weiß nur, dass ich unsere Beziehung auf mehr aufbauen will als auf diesem starken Verlangen.«

Ein Funkeln tritt in seine Augen.

»Oh, glaub mir, ich will mit dir schlafen. Aber ich will vor allem, dass wir uns richtig kennenlernen und vorsichtig annähern.«

Nach diesen Worten küsst er mich wieder.

»Du meinst, wir sollten es vor unseren Mitbewohnern geheim halten, dass wir uns wieder annähern?«, frage ich und kann ein kleines Lächeln nicht unterdrücken, obwohl mir der Gedanke an eine erneute Heimlichtuerei nicht gefällt.

»Ja, ich denke, dass es das Beste ist, wenn sie nicht sofort Bescheid wissen, oder was meinst du?«, fragt Noah und mustert mich aufmerksam. »Das könnte aus der ganzen Sache den Druck herausnehmen, oder?«

Ich denke an Jessy, Ben, ihre Neugier und nicke mit Nachdruck. Es wäre wahnsinnig kompliziert, den beiden alles zu erklären. Sie würden sich ständig einmischen und Noah und mir damit die Chance nehmen herauszufinden, wie es mit uns weitergehen wird.

Eine leise innere Stimme flüstert mir zwar zu, dass das alles keine gute Idee ist. Immerhin haben wir so etwas in der Art schon einmal ausprobiert, und es ist mehr als schiefgegangen. Aber dieses Mal fühlt es sich auf eine unerklärliche Weise anders an, und ich schiebe die negativen Gedanken beiseite. Inwiefern es sich anders anfühlt? Es ist, als hätten wir kein dunkles, sondern vielmehr wie ein süßes Geheimnis, das nur uns beiden gehört.

»Du hast recht«, sage ich zärtlich, und mein Herz platzt beinahe von den Gefühlen, die Noah in mir auslöst. Sie sind so stark, dass ich kaum Luft bekomme und überwältigt die Augen schließe. Sobald ich nicht in seiner Nähe bin, ihn nicht berühren kann, fehlt er mir. Es ist, als müsste ich immer und immer und immer bei ihm sein, damit ich komplett bin. Dieses Gefühl macht mir Angst und ist gleichzeitig unendlich berauschend.

»Weißt du«, beginne ich leise, als die Tür plötzlich mit Schwung auffliegt. Noah und ich fahren erschrocken auseinander und bemühen uns, beschäftigt zu wirken.

»Na, ihr seid aber nicht weit gekommen«, stellt Jessy leicht außer Atem fest, als sie sich im Zimmer umsieht. »Was habt ihr denn die ganze Zeit gemacht?«

Ich spüre das Zucken meiner Mundwinkel und unterdrücke ein Lächeln, während mein Blick für den Bruchteil einer Sekunde den von Noah trifft. Auf seinen Lippen liegt ebenfalls ein unmerkliches Lächeln.

»Wir haben einiges geschafft, Frau Feldwebel. Aber ohne Nahrungszufuhr konnten wir einfach nicht schneller arbeiten. Wo ist das Essen?«

Ich grinse in mich hinein, und Jessy springt auf Noahs Worte an.

»Alex wartet unten damit. Ben und Jonny sind auch gleich da. Kommt ihr?«

»Ja, sofort.«

Kapitel 8

Georgie

Woher kommen nur diese bescheuerten Bauchschmerzen?

Stöhnend reibe ich mir über den Unterleib.

»Ist alles okay?« Jessy sieht von dem Buch auf, das sie gerade liest, und mustert mich besorgt. Mit zusammengebissenen Zähnen nicke ich und atme zittrig ein.

»Nur Bauchweh.«

»Schon wieder?« Jessy runzelt die Stirn, und ich winke ab, obwohl ich mir selbst langsam Gedanken mache. Durch das PCO bin ich an Bauchschmerzen gewöhnt, aber dieser Schmerz ist anders, und er kommt in regelmäßigen Abständen, statt mich dauerhaft zu quälen. Es fühlt sich an, als würde ich meine Tage bekommen, aber dafür dauern die Beschwerden schon zu lange an.

»Noah und Ben werden bald zu Hause sein«, sagt Jessy, und in ihren Augen liegt ein lauerndes Funkeln, das ich in letzter Zeit häufiger bei ihr entdecke. Meine Wangen werden heiß, und ein Flattern gesellt sich zu den Schmerzen in meinem Bauch.

In den vergangenen Tagen haben Noah und ich uns nur selten gesehen, und doch haben wir immer wieder kleine Momente gefunden, um kurz miteinander sprechen zu können. Es ist nichts weiter zwischen uns passiert, und trotzdem geht es mir gut. Es fühlt sich so vertraut an, dass er bei uns wohnt, dass ich mir gar nicht mehr vorstellen kann, wie es ohne ihn war. Es ist schön, ihn jeden Tag zu sehen, auch wenn es nur ein paar Minuten sind.

»Und?« Ich bemühe mich um einen lockeren Ton, denn Jessy hat ganz sicher schon Verdacht geschöpft. Dass ich damit recht habe, wird bei ihren folgenden Worten überdeutlich.

»Ich habe den Eindruck, dass ihr beiden euch jetzt besser versteht.« Ein kurzer Seitenblick, prüft meine Reaktion, die überraschend gelassen ausfällt.

»Ja, das kann man schon sagen.«

»Ist da vielleicht auch mehr als mögen?«, bohrt Jessy, die offenbar nicht vorhat, mich so leicht davonkommen zu lassen.

Mein Puls beschleunigt sich sofort. Das war es dann mit der Gelassenheit. »Wie kommst du denn darauf?«, frage ich erschrocken. »Das ist doch Quatsch!«

»Ganz ruhig, Brauner«, meint Jessy und schüttelt leicht amüsiert den Kopf. »Es war nur eine Vermutung.«

Ich spüre das Pochen meines Herzens und zähle im Stillen bis zehn.

»Sorry«, sage ich dann und gebe ihr ein Küsschen auf die Wange. »Ich will nur nicht, dass irgendwas in die Situation zwischen Noah und mir reininterpretiert wird.«

Jetzt sieht Jessy ein bisschen betroffen aus.

»Das verstehe ich, sorry. Ich würde mich nur einfach freuen, wenn es für dich endlich mal einen passenden Deckel geben könnte.«

»Vielleicht passiert es ja«, sage ich leise und meide ihren Blick.

»Übrigens werden Alex und ich nächstes Wochenende

nicht da sein«, erzählt Jessy beiläufig und wechselt damit das Thema. Überrascht sehe ich sie an.

»Ach, wirklich? Was habt ihr denn vor?«, erkundige ich mich, und Jessy lächelt selig.

»Er hat mich für ein gemeinsames Wochenende in die Hütte am Bear Mountain eingeladen«, sagt sie, und ihre Augen leuchten. »Er möchte Zeit mit mir allein verbringen, hat er gesagt.«

»Oh oh«, orakele ich und hebe die Augenbrauen. »Wenn das mal nicht nach einem Heiratsantrag klingt.«

Jessys Lächeln verblasst.

»Das glaube ich nicht«, murmelt sie beinahe unhörbar, und ich kann mir eine erstaunte Frage nicht verkneifen.

»Aber warum denn nicht? Ich dachte, es läuft jetzt viel besser zwischen euch.«

»Ja, das stimmt schon«, antwortet sie seufzend und streicht sich eine Haarsträhne aus dem Gesicht. »Aber ich kann mir nicht vorstellen, dass er mir jetzt schon einen Antrag machen würde. Er sagt immer wieder, wie froh er ist, dass er Sarah endlich los ist.«

Jessy ist nicht Sarah, denke ich, halte aber den Mund. Schließlich will ich nicht schuld sein, wenn sie sich Hoffnungen macht und am Ende enttäuscht wird. Nein, das muss Alex schon alles allein gewuppt kriegen.

»Immerhin hat man schon länger nichts mehr von Mandy oder Kathy gehört, stimmt's?«, wechsle ich das Thema, und Jessy nickt.

»Mandy hat sich sowieso immer seltener gemeldet. Ich glaube, sie hat inzwischen einen Freund.«

»Na also!« Triumphierend zwinkere ich ihr zu. »Und diese Kathy werden wir auch noch los.« Dann fällt mir noch etwas ein. »Nehmt ihr die Hunde mit?«

»Ja, es wird alles ganz genauso wie beim ersten Mal.« Jessy strahlt, und ich kann mir ein Necken nicht verkneifen.

»Na, da hoffe ich aber, dass Alex auf schockierende Geheimnisse jeder Art verzichtet.«

»Du Biest.« Jessy grinst, und ich bin so froh zu sehen, dass sie sich von der Zeit damals erholt hat.

Ich will gerade antworten, als ein Schlüssel im Schloss der Haustür herumgedreht wird.

Noah

»Home, sweet Home!« Ben kickt sich die Schuhe von den Füßen, während ich meine ordentlich nebeneinanderstelle und meine Jacke an einen freien Garderobenhaken hänge.

Bei seinen Worten wird mir klar, dass er recht hat. Inzwischen bin ich hier zu Hause. Nicht einmal der Eigengeruch, den jeder Haushalt hat, fällt mir noch auf, und das nehme ich als eindeutiges Indiz dafür, dass ich jetzt hierhergehöre.

»Komm, wir schauen, wo sich die Damen des Hauses gerade aufhalten«, schlage ich vor und öffne die Wohnzimmertür, hinter der Darcy mich stürmisch begrüßt.

Während ich seine weichen Ohren kraule, sehe ich auf und entdecke Georgie und Jessy, die gemeinsam auf dem Sofa sitzen. Neben Georgie liegt ein Stapel Comichefte, und Jessy hat ein Buch auf dem Schoß.

»Hi, Ladys!«, rufe ich.

»Hi Noah, weißt du schon, dass wir am Wochenende allein sind?«, fragt Georgie, und ich halte abrupt inne.

»Ach?«, frage ich überrascht. »Warum das denn?«

»Ben und ich sind beide unterwegs«, erklärt Jessy, und

ich drehe mich zu Ben um, der hinter mir im Türrahmen aufgetaucht ist.

»Wohin geht es denn, Mann?«, frage ich. »Du hast gar nichts von einem Ausflug gesagt.«

Ben nickt unbestimmt. »Ist nicht so wichtig«, sagt er leichthin, bevor Georgie ihm ins Wort fällt.

»Jessy fährt jedenfalls mit Alex weg«, erzählt sie, und es kommt mir vor, als wolle sie von Ben ablenken.

»Dann müssen wir ja wirklich das Wochenende ganz allein verbringen«, jammere ich theatralisch und verdrehe die Augen. »Was mache ich denn, wenn Georgie mich schlägt?«

Jessy und Ben lachen, und in Jessys Blick liegt ein Funkeln, als sie mich direkt ansieht.

»Ich denke, dass ihr andere Möglichkeiten finden werdet, das Wochenende zu verbringen.«

Stirnrunzelnd überlege ich, ob sie das so zweideutig meint, wie es klingt, entscheide aber, nicht weiter darauf einzugehen. Mein Herz hüpft bei dem Gedanken, mit Georgie allein zu sein, und ich will nicht, dass diese Tatsache allzu offensichtlich wird.

»Ich habe übrigens wahnsinnigen Hunger«, stelle ich fest und sehe in die Runde. »Wollen wir nicht zusammen etwas kochen?«

»Das ist eine gute Idee«, stimmt Ben mir zu, und weil auch die Damen der Runde einverstanden sind, diskutieren wir gleich darauf, was wir kochen könnten.

Als wir uns endlich entschieden haben, ist die Wahl auf Spaghetti und eine vegetarische Bolognese gefallen. Dazu Salat und eine Quarkspeise.

»Georgie und ich kümmern uns um den Hauptgang«, bestimme ich. »Ben macht den Salat und Jessy die Quarkspeise?«

»Oho, du fühlst dich bei uns offensichtlich wirklich wohl«, neckt Jessy mich. »Dass du so den Chef raushängen lässt?«

»Das liegt mir einfach«, antworte ich ungerührt und klatsche dann auffordernd in die Hände. »Also, hopp, hopp.«

Zu viert wird es in der Küche ziemlich eng, aber wir haben dennoch Spaß. Georgie hat ihr Handy mit den Lautsprechern verbunden, und nun schallen laute ABBA-Songs durch die Küche.

Normalerweise bin ich ja eher für andere Musik zu haben, aber die Stimmung ist so gut, dass wir alle nach kurzer Zeit ausgelassen mitsingen und durch die Küche tanzen.

Allerdings fällt mir auf, dass Georgie immer wieder das Gesicht verzieht und sich die Hand auf den Bauch presst. Sorge macht sich in meinem Innern breit. Was ist bloß los mit ihr? Irgendwann halte ich es nicht mehr aus und greife nach ihrem Handy, um den Ton leiser zu stellen.

»Warum hast du den Ton leiser gemacht?«, fragt Georgie, und auch Jessy und Ben halten in ihren Arbeiten inne.

Ich sehe Georgie direkt in die Augen.

»Weil mit dir ganz offensichtlich etwas nicht stimmt«, sage ich ernst.

»Was soll denn nicht stimmen?«, fragt sie und klingt dabei so unbekümmert, dass ich ihr beinahe glauben würde. Aber dieses Spiel kann sie mit jemand anderem spielen.

»Du verziehst ständig das Gesicht«, sage ich ruhig. »Und du hältst dir deinen Bauch.«

»Ich habe eben ein bisschen Bauchschmerzen«, sagt sie, und ihre Stimme klingt beinahe trotzig.

Jetzt mischt sich Jessy in unsere Unterhaltung ein.

»Das ist aber nicht das erste Mal«, sagt sie. »Du hast das

seit Wochen immer wieder, und ich habe dir schon mal gesagt, dass du zum Arzt gehen solltest.«

»Jetzt beruhigt euch mal, Leute«, murrt Georgie nun deutlich angespannter. »Ich habe in der letzten Zeit nur zu viel gegessen, und meine Hose ist ziemlich eng. Das drückt vermutlich alles zusammen.«

Zweifelnd will ich ihr widersprechen, als Ben ebenfalls seinen Senf dazugibt.

»Und dir ist immer wieder schlecht«, sagt er. »Du trinkst zum Beispiel keinen Kaffee mehr.«

Georgie

Nervös beiße ich mir auf die Unterlippe und fühle mich ein bisschen wie ein Tier, das in die Ecke gedrängt wird. Meine Freunde machen sich Sorgen um mich, und gerade ist mir das zu viel.

Ich spüre einen Kloß im Hals und beiße die Zähne noch fester zusammen. Sicher werden sie gleich knirschen.

»Leute, bitte«, presse ich mühsam hervor. »Es ist alles in Ordnung.«

In Wahrheit glaube ich das selbst nicht mehr. Irgendetwas stimmt eindeutig nicht mit mir, aber ich habe keine Lust, stundenlang in einem stickigen Wartezimmer zu sitzen. Schon beim Gedanken daran wird mir übel.

Außerdem hoffe ich immer noch, dass es nur meine Hormone sind, die verrücktspielen. Weil mir ständig schlecht ist und wegen der Schmerzen habe ich auch schon mal an eine Blinddarmreizung gedacht, aber dafür geht es mir allgemein noch viel zu gut.

»Wir machen uns doch nur Sorgen«, sagt Jessy sanft und

streicht mir über den Arm. »Tut mir leid, wenn wir dich stressen.«

Ich weiß, woran sie jetzt denkt. Sie denkt an meine blauen Tage und daran, dass ich nicht mehr in die Therapie gehe.

»Schon okay«, murmle ich und fühle mich schlecht, weil ich meine Emotionen momentan so wenig unter Kontrolle habe. Es fühlt sich nicht gut an. Vielleicht sollte ich doch darüber nachdenken, mir einen anderen Therapieplatz zu suchen?

»Kommt, wir essen«, sagt Ben, und ich bin ihm dankbar dafür, dass er nicht weiter auf dem Thema herumreitet.

Allerdings stimmt es, was ich vorhin gesagt habe. Ich habe in den letzten Wochen ganz eindeutig nicht genug Sport gemacht und gleichzeitig zu viel gegessen. Meine Hose spannt schmerzhaft um meinen Bauch, und ich muss ihn deutlich einziehen, damit das Gefühl der Spannung nachlässt. Das Einziehen allerdings strengt mich sehr an, und ich beschließe unauffällig, den Knopf meiner Jeans zu öffnen. Als wir alle gemeinsam am Tisch sitzen, tue ich es und fühle mich gleich ein bisschen besser. Unter meinem langen weiten Shirt fällt es zum Glück auf gar nicht auf, denn sonst würde es mir sicher blöde Sprüche von den anderen einbringen.

Jessy füllt uns allen Salat in kleine Glasschälchen und Nudeln mit Soße in die Pastateller.

Vorsichtig nehme ich den ersten Bissen und seufze leise. Es schmeckt wirklich gut, aber weil ich Angst davor habe, dass mir gleich wieder schlecht wird, kann ich das Essen nicht so sehr genießen, wie ich es gern würde.

Nach dem Abendessen räumen wir einvernehmlich den Tisch ab. Dann sieht Noah mich an, als wir einen kurzen Augenblick allein sind. In seinen Augen liegt Zärtlichkeit und Sorge.

»Geht es dir wirklich gut?«, fragt er leise, und ich nicke nach kurzem Zögern. In diesem unbeobachteten Augenblick haucht er mir einen flüchtigen Kuss auf die Wange.

»Ich will mir keine Sorgen um dich machen müssen«, flüstert er mir ins Ohr und hinterlässt mit seinen Worten eine Gänsehaut auf meiner Haut.

Kapitel 9

Noah

»So, und heute lasst ihr uns also im Stich?«, erkundige ich mich mit einem Grinsen bei Ben, als wir am Freitag gemeinsam unseren morgendlichen Kaffee trinken. Georgie schläft noch und Jessy ist gerade mit Darcy unterwegs, also ist das hier einer der seltenen Momente, in denen die Herren dieses Hauses unter sich sind.

»Sieht ganz so aus«, murmelt Ben und versteckt ein Gähnen hinter seiner Hand. Ich muss grinsen, denn er sieht genauso müde aus wie Lucky, die schläfrig in der Küchenecke liegt.

»Dass Jessy mit Alex wegfährt, verstehe ich ja«, sage ich langsam und wende Ben mein Gesicht zu. »Aber warum verrätst du denn nicht, wohin du so dringend musst …?«

Bens Miene wird von einer Sekunde zur nächsten zu einer dunklen Gewitterwolke.

»Es ist einfach so«, sagt er knapp, und ich hebe beschwichtigend die Hände.

»Sorry, Mann!« Ich halte ihm die Faust zum Abklopfen hin. »Ich wollte dir nicht zu nahetreten.«

Sofort werden Bens Gesichtszüge wieder weich.

»Alles cool.« Obwohl seine Stimme ruhig klingt, glaube ich ihm nicht. Irgendetwas ist da, was ihn belastet.

»Wo wollen Jessy und Alex eigentlich hin?«, erkundige ich mich, um das Thema zu wechseln.

»Die beiden fahren zum Bear Mountain.«

»Was in aller Welt wollen sie denn da?«

Ben grinst. »Der Ort hat für die beiden eine ziemlich große Bedeutung, weißt du. Dorthin haben sie ihren ersten gemeinsamen Ausflug gemacht.«

»Oh, wie romantisch«, flöte ich und zucke zusammen, als ich im nächsten Moment Jessys Stimme hinter mir höre.

»Ja, das ist tatsächlich ziemlich romantisch«, sagt sie und grinst, als Ben und ich synchron zu ihr herumfahren.

»Du hast uns erschreckt, Prinzessin«, sagt Ben, und man hört deutlich die Unsicherheit hinter dem vorwurfsvollen Ton. »Wie lange stehst du schon da?«

»Lange genug, um zu hören, dass ihr euch über mich unterhaltet«, gibt sie zurück und hebt mahnend ihren Zeigefinger. »Tratschen ist eine wirklich hässliche Eigenschaft, Jungs.«

»Das sagt die Richtige«, gibt Ben zurück und gewinnt wieder Oberwasser.

»Willst du damit etwa sagen, ich sei eine Klatschtante?«

Georgie mustert Ben mit einem gefährlichen Lächeln. Ihm verrutscht das schiefe Grinsen auf dem Gesicht, und ich merke, dass er die Ernsthaftigkeit der Situation gerade nicht einschätzen kann.

»Das würde ich nie tun, Prinzessin«, sagt er nach einer Weile scherzhaft und blinzelt Jessy mit einem unschuldigen Augenaufschlag an. Sein unbedarftes Verhalten entlockt ihr ein Lächeln.

»Du bist so ein Spinner, Ben Foster«, sagt sie und kommt gleich darauf auf ihn zu, um ihre Arme um ihn zu schlingen. »Aber ich habe dich wahnsinnig lieb.«

Jetzt ist Bens Lächeln wieder echt.

»Ich habe dich auch lieb, Prinzessin«, sagt er.

Ich sehe die beiden nachdenklich an. »Ihr seid schon ein merkwürdiges Trio.«

»Das wissen wir«, kommt die Antwort wie aus einem Mund, und ich muss schmunzeln.

»Aber jetzt verrate mir doch mal, Jessy, warum dieser Ort für Alex und dich so besonders ist«, komme ich in einem eleganten Bogen wieder auf das ursprüngliche Thema zurück, und ihre Wangen färben sich rot.

»Ach, das ist doch nicht so wichtig«, murmelt sie.

»Oh doch, finde ich schon.«

Sie seufzt tief und mustert mich einen Moment lang. Dann hellt sich ihre Miene auf und sie legt den Kopf schief.

»Ich glaube, ich möchte mit dir lieber über etwas anderes reden«, sagt sie, und das Lächeln, das ihr Gesicht ziert, kann man nur als teuflisch bezeichnen.

»Worüber denn?«, frage ich und habe mit einem Mal ein mulmiges Gefühl im Bauch. Mit einem zufriedenen Ausdruck verschränkt sie die Arme vor der Brust.

»Ich wüsste gerne, was zwischen Georgie und dir läuft.«

Mir bleibt ein Schluck Kaffee in der Luftröhre hängen, der sich wohl im Weg geirrt hat. Hektisch beginne ich zu husten und ringe nach Luft.

Ben schlägt mir beherzt auf den Rücken, während Jessy, mit einer Tasse Tee seelenruhig dasteht, und mich beobachtet. Nur langsam lässt der Husten nach.

»Du reagierst ziemlich heftig auf diese einfache Frage, Noah«, stellt sie fest, und obwohl sie ein Pokerface aufgesetzt hat, ist ihre Intention mehr als offensichtlich. Dieses Biest.

»Zwischen Georgie und mir ist doch nichts«, sage ich.

Sie hebt eine Augenbraue. »Na gut, dann werde ich die Frage jetzt anders formulieren«, sagt sie, setzt sich zu uns und stützt sich mit den Ellenbogen auf der Tischplatte ab. »Wann gedenkst du, an diesem Wochenende etwas an dieser Tatsache zu ändern?«

Irgendwie gerät dieses Gespräch gerade ziemlich aus dem Ruder, finde ich. Ich will Georgie und mein kleines Geheimnis nicht verraten, aber Jessy drängt mich in die Ecke.

»Wie kommst du überhaupt auf die Idee, ich könnte daran etwas ändern wollen?«, frage ich und versuche in Gedanken verzweifelt, eine Erklärung zu finden, die mir hilft, meinen Kopf wieder aus der Schlinge zu ziehen.

»Ach komm schon, Mann«, mischt sich Ben jetzt ein. »Es ist mehr als offensichtlich, dass die Luft zwischen euch brennt.«

»Klingt schmerzhaft«, versuche ich zu scherzen.

Nervös fahre ich mir durch die Haare. Der lockere Plausch unter Mitbewohnern hat sich in ein unangenehmes Verhör gewandelt.

»Leute, ich muss los«, sage ich schließlich und weiß selbst, dass es armselig ist. »Ich muss zur Arbeit.«

»Das ist billig«, ruft Jessy mir nach. »Richtig billig.«

»Viel Spaß beim Schmusen«, antworte ich, schlüpfe in meine Schuhe, werfe die Jacke über und lasse die Tür hinter mir ins Schloss fallen.

»Ich bereue es, dass ich mir eine WG gesucht habe«, knurre ich vor mich hin und kicke einen herumliegenden Stein vor mir her. Es ist noch immer bitterkalt, auf den Straßen liegt Streusalz, und die Gesichter der Menschen sind alle hinter dicken Schals und Jackenkragen verborgen. Eigentlich weiß ich genau, dass ich es nicht so meine.

Jessy, Ben und Georgie, sind zu Freunden geworden, und

es fühlt sich an, als hätte ich schon immer mit ihnen zusammengewohnt. Und dieses Wochenende werde ich also mit einer speziellen *Freundin* allein verbringen.

Unsere zarten Annäherungen, seitdem ich hier wohne, haben meinen Widerstand bröckeln lassen, und ich fühle mich jeden Tag mehr von ihr angezogen, wie ein Magnet vom Pol.

»Guten Morgen, Noah«, begrüßt Dr. Soniac mich, als ich die Praxis betrete, die durchgefrorenen Hände aneinanderreibe und vorsichtig in meine Handflächen puste. »Wie geht es Ihnen heute?«

Wie jeden Morgen durchzuckt mich bei ihrem Anblick eine kurze Welle irrationaler Panik. Panik, dass sie herausbekommen hat, dass ich bei Georgie wohne, dass sie mich melden und ich niemals irgendein Ziel in meinem Leben erreichen werde.

»Mir geht es gut«, antworte ich trotzdem und fahre mir durch die Haare. »Aber ich bin ziemlich erschlagen und freue mich aufs Wochenende.«

Sie hebt kurz die Augenbrauen, geht aber nicht weiter darauf ein.

Nach diesem Motto mache ich mich an die Arbeit. Es ist einer der Tage, an denen das traurige Schicksal einiger Menschen mich zutiefst berührt, während das Gejammer anderer, die es meiner Meinung nach wirklich guthaben, mich an den Rand des Wahnsinns treibt.

»Ich wünsche Ihnen ein schönes Wochenende, Noah«, sagt meine Chefin, als ich am späten Nachmittag endlich meine Jacke vom Garderobenhaken nehme und mich für den Feierabend bereit mache.

»Danke, gleichfalls.«

Fahrig reibe ich mir die Augen. Nach diesem Tag fühle

ich mich unendlich erschöpft und ausgelaugt. Das Einzige, was ich mir wünsche, ist endlich heimzukommen.

Draußen werde ich von einer angenehmen Kühle empfangen, die meine Gedanken befreit und mein Gehirn mit Sauerstoff versorgt. Dankbar sauge ich sie tief in mich auf und strecke die steifen und schmerzenden Glieder.

Als Nächstes hole ich mein Handy hervor, um die Nachrichten zu checken. In unserem WG-Chat warten einige auf mich.

Jessy: Ich bin jetzt gleich weg, Leute. Wir sehen uns Sonntagabend. Ganz viel Liebe für euch! xoxoxo
Ben: Ich lieeeeebe dich auch. Und Alex sowieso. Sag ihm das.
Jessy: Habe es ausgerichtet. Selten habe ich so viel Emotion bei einem Menschen gesehen.
Ben: SO muss es auch sein. @LadyGeorgiana: Vergiss nicht, Lucky zu füttern.
Georgie: Spinner. Lucky ist MIR zugelaufen, schon vergessen? Außerdem bin ich euch böse. Ihr lasst mich das Wochenende über allein. Schutzlos!
Jessy: Noah ist doch da.
Georgie: Eben …

Noah

Mit gerunzelter Stirn überfliege ich den Chatverlauf ein weiteres Mal. Was soll das denn heißen? *Eben …* Bevor ich groß darüber nachdenken kann, sausen meine Finger schon über das Display.

Noah: Endlich Feierabend. @Jessy @Ben: Seid ihr gut angekommen?
Jessy: [Foto] Es ist heeerrlich hier!
Ben: Ja, bin da. @Prinzessin Jessy: Ja, mega! #neidisch
Noah: Wünsche euch beiden ein schönes Wochenende! @Georgie: Soll ich uns Pizza mitbringen, oder bist du unterwegs?
Georgie: Ich will ein Pide mit Spinat!

Schnell tippe ich ein *aye, aye* als Antwort und mache mich auf den Weg, um das Abendessen zu besorgen.

»Ich bin zu Hause«, brülle ich eine halbe Stunde später, nachdem ich mit einer Hand umständlich die Tür aufgeschlossen und mit der anderen die Kartons mit unserem Essen auf meinem angewinkelten Knie ausbalanciert habe.

»Schön, dass du da bist«, höre ich Georgies Stimme aus dem Wohnzimmer. »Ich habe schon alles vorbereitet.«

Ich stelle die Kartons auf der Garderobe ab, schäle mich aus meiner Jacke und spüre, wie Wärme meine halb erfrorenen Glieder durchdringt.

Als ich jedoch ins Wohnzimmer komme, ist jede Form von Kälte binnen Sekunden aus meinen Gedanken verschwunden.

Georgie sitzt in einem hellgrünen Hausanzug und mit angewinkelten Beinen auf dem Sofa. Vor ihr stehen zwei große Gläser und ein Teller mit Keksen, die Jessy letzte Woche gebacken hat. Die Szenerie ist heimelig. Viel zu heimelig.

»Wie war dein Tag?«, fragt Georgie und lächelt zurückhaltend. Es dauert einen Moment, bis ich wieder in der Lage bin, einen vernünftigen Satz zu produzieren. Die Intimität dieses Augenblicks verunsichert mich enorm, und gleichzeitig will ich nirgendwo auf der Welt lieber sein. Es fühlt sich an, als würde ich nach Hause kommen.

»Er war anstrengend«, sage ich und stelle aufatmend die Pizzakartons auf dem Tisch ab. »Es ist schön, zu Hause zu sein.«

Georgie

»Es ist schön zu Hause zu sein«, hallen Noahs Worte in meinem Innern wieder. Die feinen Härchen an meinen Armen richten sich auf, als eine Gänsehaut meinen Körper überzieht.

Ist ihm bewusst, wie sich diese Worte anhören? Und wenn ja, was bedeutet das dann? Ohne die Antwort auf diese wichtige Frage zu kennen, folge ich meinem Herzen.

»Es ist schön, dass du da bist.« Die Zärtlichkeit dieser Worte ist so deutlich, dass ich erröte. Noah scheint es aber nicht zu stören, denn er berührt liebevoll meinen Arm.

»Wir waren viel zu lange nicht allein«, sagt er sanft und beugt sich zu mir herüber.

Sein vertrauter Geruch steigt mir in die Nase, ich lehne mich ihm unwillkürlich entgegen, und dann drückt er mir einen vorsichtigen Kuss auf die Wange. Mein Herz setzt aus.

»Das finde ich auch«, hauche ich und genieße ein lang ersehntes Gefühl von Entspannung. Müde lehne ich mich an Noah, und er legt seinen Arm um mich. Das Gefühl der Geborgenheit kommt schnell und erfüllt mein Inneres komplett.

»Das fühlt sich schön an«, spreche ich meine Gedanken aus und hebe den Kopf, um den seinen zu begegnen.

Warm und weich liegt sein Blick auf mir, und ich spüre

ein verliebtes Ziehen in meinem Bauch, das so ganz anders ist als die Schmerzen der letzten Wochen.

»Woran denkst du?«, flüstert Noah, und sein Atem kitzelt die empfindliche Haut meiner Lippen.

Küss mich, denke ich, spreche die Worte aber nicht aus. Stattdessen schiebe ich meine Hand in Noahs Nacken, lasse die Fingernägel vorsichtig über seine Haut wandern und genieße es, als er leise seufzt und ein Zittern durch seinen Körper geht. Ich fühle mich stark, denn ich weiß genau, dass er meine Nähe genießt und sie ihn ebenso schwach werden lässt wie mich. Dieses Wissen gibt mir den Mut, den nächsten Schritt zu tun.

»Vielleicht habe ich ja das gedacht«, wispere ich und lege meinen Mund auf seinen. Noah reagiert sofort. Warm und weich kommt er mir entgegen, und als ich vorsichtig mit meiner Zunge über seine Lippen streiche, öffnet er den Mund. Ich stöhne leise, als unsere Zungen sich berühren.

Dieses Mal fühlt es sich ganz anders an als das letzte Mal, als wir an Noahs Umzugstag übereinander hergefallen sind. Wir haben viel Zeit, und niemand wird uns stören. Es ist, als wollten wir diesen ungestörten Augenblick komplett auskosten. Unsere Küsse sind bedächtig, beinahe träge, jeder einzelne zärtlich und liebevoll.

Leidenschaft und Liebe treiben mir die Tränen in die Augen, in meinem Bauch lodert ein flammendes Inferno und mein Herz rast wie verrückt, als ein schriller Ton unsere Ruhe stört und mich brutal wieder in die Realität zurückholt.

Das nervige Geräusch hält an, drängt sich in meine watteverpackten Gedanken und zerstört damit den perfekten Moment der Intimität zwischen uns.

»Das ist die Türklingel.« Georgie klingt so deprimiert, wie ich mich fühle, und ich stehe nur widerwillig vom Sofa auf.

Der Moment war so schön, so intensiv und ehrlich, dass ich es schrecklich finde, ihn gehen zu lassen. Sie weiter halten und küssen wäre eher nach meinem Geschmack, aber zum Glück haben wir dafür noch Zeit.

Ich höre, wie Georgie den Fernseher leiser stellt, und beeile mich, damit unser gemütlicher Abend weitergehen kann. Mit Schwung reiße ich gleich darauf die Tür auf und erstarre in der Bewegung, als ich erkenne, wer da vor mir steht.

Kapitel 10

Noah

Mir ist eiskalt, und meine Lippen sind wie eingefroren.

»Hey, Noah«, sagt Jennifer und sieht mir direkt in die Augen. Auf ihrem sonst so fröhlichen Gesicht liegt kein Lächeln. Über sieben Jahre ist es her, dass ich sie das letzte Mal gesehen habe, und ich bin wie erstarrt.

»Du … ich … hier«, stammele ich und komme mir entsetzlich dumm vor.

»Lässt du mich jetzt rein oder nicht?«

Ihre Stimme klingt zwar locker, aber die Anspannung ist nicht zu übersehen. Tief hole ich Luft und reiße mich zusammen.

»Komm halt rein.«

»Na, das nenne ich ein herzliches Willkommen.«

Die plötzliche Kälte in ihrer Stimme könnte Gefrierbrand auslösen, und ich versuche verzweifelt, meine Gedanken zu sammeln.

Ihre trainierte Figur in dem eng anliegenden Kostüm ist mir so vertraut und dennoch so unendlich fremd. Seit unserer letzten Begegnung sind ihre Gesichtszüge härter geworden, kantiger. Auf eine unangenehme Art ist mir diese Frau fremd.

»Es ist ja nicht so, dass ich erwartet hatte, du würdest mir um den Hals fallen«, bricht es bitter aus ihr hervor. »Aber das hier ist schäbig, Noah.«

Es ist, als hätte sie einen Eimer Eiswürfel über mir ausgeleert, und ich habe keine Worte, weil mir klar ist, dass sie recht hat.

»Jenni«, presse ich schließlich hervor.

Ein Schatten legt sich auf ihr Gesicht. »Schön, dass du dich noch an meinen Namen erinnerst.«

Sie schiebt sich an mir vorbei ins Haus.

»Wo lang?«

»Da.« Ich zeige auf die Tür zum Wohnzimmer und begreife erst im nächsten Augenblick, dass das keine kluge Idee war.

»Oh, tut mir leid.« Mit verwirrtem Gesicht dreht Jenni sich zum mir um.

»Kein Problem. Mir tut es leid. Ich wusste nicht, dass Noah noch Besuch bekommt. Ich lasse euch beide allein«, höre ich Georgies emotionslose Stimme hinter Jenni aus dem Raum.

Keine drei Sekunden später rauscht Georgie, ohne mich eines Blickes zu würdigen, an mir vorbei, und als ich sie aufhalten will, faucht sie mich an wie eine verletzte Katze.

»Lass mich in Ruhe.«

Lucky folgt ihr mit erhobenem Schwanz die Treppe hinauf, und ich bleibe wie ein begossener Pudel auf dem Flur stehen. Drei Atemzüge lang bewege ich mich nicht, aber dann schüttele ich den Kopf. Mein Instinkt rät mir, Georgie sofort nachzulaufen, aber mir ist klar, dass ich Jenni jetzt nicht einfach hier stehen lassen kann. Das Problem muss ich später klären.

Jennifer hat inzwischen auf dem Sofa Platz genommen und den Fernseher ausgeschaltet. Sie sieht mir mit ernstem

Gesicht entgegen, und obwohl mir das natürlich vorher schon klar war, verstehe ich noch einmal deutlicher: Dieses Gespräch wird verdammt schwer werden.

Ich lasse mich in den Sessel gegenüber von Jenni fallen, und dann herrscht einmal eine Weile Stille im Raum. Und obwohl es so unendlich ruhig ist, habe ich das Gefühl, die Last der unausgesprochenen Worte könnte mich jeden Moment erdrücken.

»Was machst du hier, Jenni?«, frage ich nach einer Weile, als ich es einfach nicht mehr aushalte.

»Du hast dich nie gemeldet.«

Es ist keine Antwort. Es ist auch keine Frage. Es ist eine Feststellung, die mein schlechtes Gewissen aufs Äußerste reizt.

»Ich …«

Sie lässt mich nicht aussprechen, sondern schneidet mir mit einem Eisblick das Wort ab. »Du hast dich sieben Jahre lang nicht gemeldet«, sagt sie noch einmal, und ihre Stimme macht den Temperaturen in Sibirien alle Ehre.

»Ich weiß«, versuche ich es erneut, aber Jenni unterbricht mich wieder. »Weißt du eigentlich, wie oft ich dir auf die Mailbox gesprochen habe?«

Ich will wieder etwas sagen, aber sie hebt eine Hand und stoppt mich damit effektiv. »Weißt du, wie oft ich dir Briefe von Hand geschrieben und als *ZURÜCK AN DEN ABSENDER* wiederbekommen habe?«

Mit jeder Frage, die sie mir entgegen spuckt, wird ihre Stimme schriller, und in ihren Augen funkeln Tränen, als sie mir die letzten Worte nahezu hysterisch entgegenschreit.

»Weißt du eigentlich, wie sehr ich dich in den letzten Jahren vermisst habe, du egozentrischer Dreckskerl?«

Bei ihrem letzten Wort versagt ihr die Stimme und geht in ein Schluchzen über.

Mein zu Eis erstarrter Körper erlangt innerhalb eines Sekundenbruchteils seine Vitalität wieder, und ich springe auf, um sie in die Arme zu schließen.

Halb erwarte ich, dass sie mir eine schallende Ohrfeige verpasst, aber stattdessen wirft sie sich mir an die Brust und schluchzt hemmungslos.

Ich kann nicht sagen, wie lange wir so dastehen. Sie und ich. Die beste Freundin, die ich jemals hatte, und die ich so schmählich im Stich gelassen habe. Ich fühle mich wie das Allerletzte, streiche ihr immer wieder vorsichtig über den Rücken und warte, bis ihr Schluchzen langsam abebbt.

»Es tut mir leid, Kleine«, murmle ich in ihre Haare, als sie sich wieder ein bisschen beruhigt hat. »Ich weiß, dass ich mich bei dir hätte melden sollen.«

»Da hast du aber so was von recht!«, stimmt sie mir zu und zieht die Nase hoch. Sie wirkt nicht mehr wie die vernünftige Erwachsene, sondern wieder wie meine Jenni.

»Wir müssen uns unterhalten, Noah«, fügt sie hinzu, und ich entlasse sie aus meinen Armen. Wie sie da so vor mir steht mit der geröteten Nase und den blanken Augen, da geht mein Herz auf. Aber trotzdem bleibt eine Frage zurück, auf die ich keine Antwort weiß. Was macht sie ausgerechnet jetzt hier?

»Komm«, schlage ich vor, weil ich nicht weiter tatenlos im Raum stehen will. »Setzen wir uns wieder.«

Kaum haben wir das gemacht, schießen mir tausend Gedanken durch den Kopf. Wie verhält man sich, wenn man einem Menschen gegenübersitzt, den man seit Jahren nicht gesehen hat, weil man ein Idiot ist? Und vor allem: Wie verhält man sich, wenn dieser Mensch untrennbar mit der eigenen Vergangenheit verbunden ist, an die man sich auf keinen Fall erinnern will?

»Wie geht es dir?« Jennis Frage liegt in der Luft, schwebt im Raum und wie ein Damoklesschwert über meinem Kopf. Ich winde mich unter ihrem ernsten Blick und ringe um die Antwort, die sie hören will.

»Mir geht es gut«, antworte ich schließlich, und mir ist selbst klar, wie lahm das klingt. Jenni sieht das offenbar genauso, denn sie hebt lediglich eine Augenbraue.

»Wirklich«, versuche ich es noch einmal überzeugender, aber sie schüttelt den Kopf und seufzt leise.

»Du bist noch genauso schlecht im Lügen wie früher«, stellt sie fest und greift nach meiner Hand. »Also mal ehrlich: Wie geht es dir wirklich?«

Ihre Worte kratzen an der mühsam aufgebauten Schale, und ich verkrampfe mich, als mein Blick auf ihre Hand fällt. Dort, wo immer der kleine, schmale Goldring saß, ist jetzt nichts mehr.

»Wo ist denn dein Ring?«, frage ich vorsichtig, woraufhin sie sich ebenfalls verkrampft.

»Weg«, sagt sie kurzangebunden und entzieht mir ihre Hand. »Und lenk nicht vom Thema ab.«

»Einen Versuch war es wert«, gebe ich zurück und frage mich gleichzeitig, wie es ihr geht. Dieser Ring war von Patric, und ich habe sie nie ohne das Schmuckstück gesehen.

Aber ich kenne Jenni und weiß, dass ich sie jetzt nicht ausfragen sollte. Sie will, dass ich ihr Antworten gebe.

»Ich bin seit drei Jahren mit meinem Studium durch«, sage ich leise, und sie zieht überrascht die Luft ein.

»Das hat mir Jonny gar nicht erzählt.«

»Du hast Kontakt zu Jonny?«, frage ich überrascht und merke sofort, wo der Fehler liegt. Immerhin ist er jetzt bei meiner ehemaligen Agentur unter Vertrag. Aber trotzdem bleibt eine Frage, auf die ich keine Antwort habe.

»Ihr sprecht also privat über mich?«

Jenni sieht kurz verlegen aus. Dann nickt sie mit einem trotzigen Ausdruck auf ihrem Gesicht. »Ich wollte eben wissen, wie es dir geht.«

Sie atmet tief ein und beißt sich auf die Unterlippe. »Aber dass du zum intellektuellen Überflieger geworden bist, das hat er mir verheimlicht. Du hast Psychologie studiert, oder?«

»Genau«, antworte ich mit einem kleinen Nicken. »Danach habe ich in zwei Praxen gearbeitet, und aktuell bin ich in einer Praxis, die ich demnächst vertretungsweise führen darf, und werde hoffentlich im nächsten Jahr meine eigene Praxis aufmachen können.«

»Mhm«, macht Jenni unbestimmt, und ich sehe ihr an, dass ihr zu diesem Thema etwas auf dem Herzen liegt. In meinem Bauch sticht es, denn meine Gedanken wandern unwillkürlich zu dem Gespräch mit Jonny vor einiger Zeit und zu der Tatsache, dass ich Patric bis heute nicht angerufen habe. Mein Gefühl sagt mir, dass er Jenni geschickt hat.

Allerdings hält sie vorläufig den Mund, was mich nur noch stutziger macht. Stattdessen drückt sie meine Hand und lächelt mich an.

»Hast du Lust, morgen mit mir was zu essen?«, fragt sie, und ich hebe überrascht die Brauen.

»Bleibst du etwa länger hier?«, frage ich sie, und sie zuckt leichthin mit den Achseln.

»Das kommt drauf an«, gibt sie zurück, und das Grummeln in meinem Bauch wird stärker.

»Worauf?«, hake ich nach und glaube, einen Hauch Röte auf ihren Wangen zu sehen.

»Verschiedene Faktoren«, antwortet sie verdächtig harmlos. Ich kenne sie gut genug, um zu wissen, dass ich aus ihr erst etwas herausbekommen werde, wenn sie es will. Und dafür muss ich mit ihr essen gehen. Das allerdings fällt mir nicht schwer. Sie hat mir gefehlt.

»Wann soll ich dich abholen?«, frage ich, und sie grinst triumphierend.

»Morgen um neunzehn Uhr am *Bellacio.*«

»Ohlala, musst du es in dem Job weit gebracht haben«, necke ich sie. »Als wir uns das letzte Mal gesehen haben, war ich der Einzige, der sich drei Sterne leisten konnte.«

Mit einer gezielten Bewegung rammt sie mir den Ellenbogen zwischen die Rippen, lässt dabei aber meine Hand nicht los.

»Ich freue …«, beginnt sie, als sich die Tür öffnet und Georgie ins Zimmer kommt. Bei unserem Anblick wird sie blass, und mir wird bewusst, wie das hier gerade aussehen muss.

Ich sitze neben Jenni auf der Couch, sie hält meine Hand und wir sehen sicher nicht aus, als wären wir nur Freunde.

Ausgerechnet jetzt, denke ich und sehe Georgie beschwörend an.

»Ich wollte nicht stören«, sagt sie steif, und ich schüttele heftig den Kopf.

»Das tust du nicht! Es ist nicht das, was du denkst.«

Ja genau, Noah. Benutze ruhig den abgedroschensten Satz in der Geschichte der abgedroschenen Sätze.

Georgie hält anscheinend ähnlich viel von meiner Ansage, denn ein spöttischer Ausdruck tritt auf ihr Gesicht.

»So?«, fragt sie spitz. »Wonach sieht es deiner Meinung nach denn aus, Noah?«

Ich klappe den Mund wieder zu. Keine Ahnung, was ich sagen soll.

»Ich habe doch gar nichts gesagt«, fügt sie mit einem

süffisanten Lächeln hinzu, und ich fühle mich wie der letzte Trottel auf diesem Planeten.

»Aber«, beginne ich schwach, und Jenni steht auf.

»Ich glaube, ihr beide habt etwas zu klären. Ich schreibe dir wegen morgen, Noah.«

»Okay, mach das.«

»Mach das«, murmelt Georgie fast unhörbar und mustert mich fassungslos, während die Tür hinter Jenni ins Schloss fällt.

»Es ist alles in Ordnung, Noah, du hättest sie nicht wegschicken müssen«, sagt Georgie, und ich sehe sie verwundert an. »Aber ich dachte, du bist wütend«, sage ich.

Sie schüttelt den Kopf. »Nein, ich bin nicht wütend«, sagt sie und mustert mich dabei mit traurigen Augen.

»Aber was ist es dann?«, frage ich hilflos. »Du hast doch was.«

»Ich habe von Anfang an gewusst«, beginnt sie, unterbricht sich aber und schüttelt den Kopf. »Nein eigentlich wusste ich, seit du per SMS mit mir Schluss gemacht hast, dass ich dir nicht wichtig bin. Unser Kuss vorhin und der Sex neulich waren doch nur Spaß für dich.«

Ihre Worte treffen mich mitten ins Herz, ich kann mich nicht bewegen. Ich starre sie nur an und frage mich, wie sie auf so eine Idee kommt. Glaubt sie wirklich, dass ich nichts für sie empfinde? Wie erklärt sie sich denn mein Verhalten, seitdem wir uns wiederbegegnet sind? Ich verstehe es nicht.

»Das stimmt nicht, Georgie«, beschwöre ich sie.

»Aber Noah«, sagt sie und zieht ihre Hand von mir zurück, »ich weiß so wenig über dich, und jetzt taucht diese schöne Frau hier auf …«

Obwohl sie wütend ist, wandern meine Augen sehnsüchtig über ihr Gesicht. Sie ist so hübsch. Ich habe das Gefühl, dass ihre Wangenknochen nicht mehr ganz so scharf hervortreten, ihre Gesichtszüge wirken runder, und allgemein strahlt sie irgendwie von innen heraus. Und dennoch, obwohl sie für mich die schönste Frau überhaupt ist, sehe ich, wie wütend sie ist.

»Das war Jennifer«, rufe ich, und in ihren Augen leuchtet es kurz auf, als meine Worte zu ihr durchdringen. »Meine beste Freundin und Agentin.«

»Jennifer?«, kommt es zögernd, und ich nicke bekräftigend. Dann hole ich tief Luft und sehe Georgie fest in die schönen braunen Augen. Sie soll die Wahrheit meiner nächsten Worte erfassen.

»Jenni ist ein Teil meiner Vergangenheit«, erkläre ich. »Sie war nie mehr als meine beste Freundin, und ich habe sie seit über sieben Jahren nicht gesehen.«

»Aber sie hat deine Hand gehalten.«

Bin ich so schlecht im Überzeugen?

»Da war wirklich nichts dabei«, verspreche ich sanft. »Es war eine freundschaftliche Geste.«

Georgie senkt den Blick. »Sie ist wirklich wunderschön«, murmelt sie mit dünner Stimme und entlockt mir damit ein leises Lachen. Es ist so abstrus, dass sie denkt, ich könnte an einer anderen Frau Interesse haben. Dabei ist sie es, die mir den Verstand raubt.

Ich ergreife Georgies Hand, und dieses Mal weist sie mich nicht ab. Unsere Augen begegnen sich, und ich weiß auf einmal, dass es nie wieder eine andere Frau für mich geben wird. Nie wollte ich eine Frau so dringend küssen wie sie, und nie habe ich einen Menschen so geliebt.

Aus diesem Grund umfasse ich zärtlich ihren schlanken Nacken und genieße den Moment, als ihr Gesicht sich meinem nähert. Gerade würde ich alles für einen Kuss von ihr tun.

»Noah«, flüstert sie heiser, und als ich die Augen öffne, trifft mich das Verlangen in ihrem Blick wie ein Schlag.

»Ja?« Es klingt wie eine Frage, und ihre Lippen geben mir die Antwort.

»Bitte küss mich«, wispert sie, und in diesem Moment ist es um mich geschehen. Meine Lippen erobern ihren Mund, mit den Händen fahre ich in ihre kurzen Haare und spüre, wie sie sich meiner Zunge öffnet. Als sie den Kuss leidenschaftlich erwidert, entlockt sie mir ein leichtes Stöhnen.

Der zarte und unaufdringliche Geruch ihres Parfüms kitzelt meine Nase. Ich rieche Blaubeere und Vanille, und die Mischung ist in Kombination mit Georgies natürlichem Geruch betörend.

»Warte, Noah«, keucht sie und versucht, sich von mir zu lösen.

»Was ist?« Ich lasse sie nicht los. Bin gar nicht dazu in der Lage.

»Ich … wir …«, beginnt Georgie, während ich zärtliche Küsse auf ihrem Hals und ihrem Schulterblatt verteile.

Kapitel 11

Georgie

Noch immer fahren Noahs Lippen in liebkosenden Berührungen über meine Haut und machen mir das Denken damit nahezu unmöglich. Hitze schießt durch mich hindurch, als er sanft an einer empfindlichen Stelle meines Hals saugt, und ich keuche leise auf.

»Noah!«

Es kostet mich all meine Kraft, mich von ihm zu lösen, aber ich weiß, dass ich mit ihm sprechen muss.

»Was denn?« Seine Stimme klingt lustverhangen und ich verabscheue mich dafür, dass ich diesen Moment versaue, obwohl es das Richtige ist. Vorhin habe ich mich ihm so nahe gefühlt, als wir küssend und schmusend auf dem Sofa saßen.

Jetzt, nachdem Jennifer aufgetaucht ist, fühlt es sich zwar immer noch gut an, aber nicht mehr so sicher und geborgen. Ich würde ihm so gern glauben, aber meine Angst, wieder verletzt zu werden, ist groß.

»Noah, wir müssen …«, beginne ich, als mich mit einem Mal eine Welle der Übelkeit überkommt. Das hatte ich in den letzten Wochen ja öfter, aber diese hier kommt so plötzlich und unvorbereitet, dass mir keine Zeit mehr bleibt.

»Entschuldige mich kurz«, presse ich hervor, halte mir die

Hand vor den Mund und stürme nach draußen und direkt zum Klo. Ich schaffe es gerade noch, vor der Schüssel in die Knie zu gehen, als sich mein Magen umstülpt und seinen gesamten Inhalt in krampfartigen Schüben in die Kloschüssel entleert. Ich keuche, würge und von dem widerlichen Geschmack von Galle und halb verdauten Essenresten dreht sich mir den Magen gleich noch einmal um.

Ich spucke, würge, und Tränen laufen mir über die Wangen. Nur am Rande bekomme ich mit, dass jemand hinter mir auftaucht und sich eine Hand behutsam auf meine Schulter legt. Als die Krämpfe endlich nachlassen, ist mir immer noch schlecht, und die Tränen kullern unaufhaltsam. Außerdem ist mir wahnsinnig kalt.

»Hey«, sagt Noah sanft und hilft mir auf die Beine. Ich schwanke leicht und bin froh darüber, dass er mich stützt.

»Ist es jetzt besser?«, fragt er, und weil ich nicht lügen kann, schüttele ich den Kopf.

»Mir ist immer noch so übel«, murmle ich und Noah reicht mir einen Becher mit Wasser.

»Spül dir den Mund aus«, sagt er fürsorglich und legt stützend seinen Arm um mich. Ich komme seinem Befehl nach und spüle mir den Mund aus. Leider lässt sich der ekelhafte Geschmack nicht mit Wasser vertreiben.

»Kannst du mir bitte ein bisschen Mundwasser geben?«, bitte ich, und Noah nickt.

»Natürlich.«

Er kramt einen Moment im Badezimmerschrank herum und hält mir gleich darauf einen kleinen Becher mit grünem Mundwasser hin. Ich spüle mir gründlich den Mund aus, wasche mir das Gesicht und fühle mich danach ein bisschen besser. Noah säubert ohne mit der Wimper zu zucken das Klo.

»Danke, Noah«, sage ich leise, während wir gemeinsam zurück ins Wohnzimmer gehen. Ich bin dankbar für Noahs starken Arm, der mich hält, denn meine Beine fühlen sich wie Wackelpudding an.

»Das ist doch selbstverständlich«, sagt er sanft und bugsiert mich im Wohnzimmer aufs Sofa. Einen Augenblick lang bleiben wir einfach so sitzen.

»Ich mache mir Sorgen um dich.« Noahs Stimme ist leise. »Dir ist in letzter Zeit so oft schlecht, und dann diese ständigen Bauchschmerzen. Hast du sonst noch Symptome?«

»Schon.« Einerseits ist es mir diese Situation unglaublich peinlich, aber gleichzeitig gibt es niemanden, den ich lieber an meiner Seite hätte.

»Sei bitte ehrlich.«

»Es geht mir wirklich nicht gut«, gestehe ich und beobachte, wie Noah sich alarmiert aufrichtet.

»Wir fahren jetzt sofort ins Krankenhaus«, sagt er nach einem Augenblick des Nachdenkens, und ich fahre auf.

»Krankenhaus, ach so ein Blödsinn«, rufe ich, und mein Magen krampft sich erneut zusammen. Dieses Mal allerdings, weil ich Krankenhäuser wirklich hasse. Noah diskutiert nicht lange mit mir, sondern sieht mich nur an.

»Bitte, Georgie.« Seine Ernsthaftigkeit lässt keinen Widerspruch zu. »Bitte, lass uns ins Krankenhaus fahren. Dir ist doch immer noch schlecht, oder?«, erkundigt er sich, und ich nicke widerwillig.

»Ja, aber …«, setze ich an.

Er schneidet mir mit einer Handbewegung das Wort ab. »Ich will nichts weiter hören. Wir fahren.«

»Die werden heute sicher überfüllt sein«, wage ich einen letzten zaghaften Versuch.

»Trotzdem fahren wir«, sagt Noah schlicht, und bevor ich

weiter protestieren kann, ist er schon aufgestanden, hat mir meine Jacke von der Garderobe geholt und hilft mir hinein.

Als wir gleich darauf im Auto sitzen, küsst Noah mich sanft auf die Wange. »Ich will einfach sichergehen, dass du nichts Schlimmes hast«, sagt er und legt eine Hand auf mein Knie.

»Warum ist dir das so wichtig?«, frage ich, obwohl ich die Antwort schon kenne.

»Es ist mir wichtig, weil du mir wichtig bist«, sagt er mit klarer Stimme, und mein Herz wird weit.

»Außerdem wäre es mir wohler, wenn ich wüsste, dass meine Küsse nicht der Grund für deine Übelkeit sind«, grinst er dann, und ich stoße ihm mit meiner Faust gegen das Knie.

»He, Vorsicht«, lacht er. »Keine Gewalt gegenüber dem Fahrer. Wir wollen doch sicher in der Klinik ankommen.«

Den Rest der Fahrt über schweigen wir und lauschen der Musik, die aus dem Autoradio dröhnt. Immer wieder knackt und rauscht es, und ich lächele, weil Noahs alte Kiste wirklich Charakter hat.

Als wir schließlich am Krankenhaus ankommen, steigt Noah aus, kommt zu meiner Tür und öffnet sie galant. Als er mich allerdings stützen will, wehre ich ab.

»Das kriege ich schon hin«, erkläre ich und wanke neben ihm her auf das Gebäude zu.

Seltsamerweise ist der Wartebereich des Krankenhauses bis auf uns leer, und die Dame am Empfang begrüßt uns mit einem freundlichen Lächeln.

Auf ihre Nachfrage schildere ich meine Symptome, erzähle von der Übelkeit, den Schmerzen im Bauch und dem immer wieder auftretenden Schwindelgefühl. Sie lässt mich einige Unterlagen ausfüllen, deutet auf den Wartebereich und verkündet, dass sich ein Arzt gleich für mich Zeit nehmen wird, und tatsächlich dauert es keine fünf Minuten, bis eine junge rothaarige Ärztin vor uns auftaucht.

»Georgiana Chapman?«

Ich stehe auf, und sie reicht mir kurz die Hand.

»Soll Ihr Mann mit zur Untersuchung kommen?«, erkundigt sie sich, und mir schießt das Blut in die Wangen.

»Er, also er ist nicht … nein«, stottere ich.

Die Ärztin nickt. »In Ordnung. Dann kommen Sie mal mit.«

Ich folge ihr in einen Untersuchungsraum, in dem sich eine Liege befindet. Daneben steht eine große Apparatur. Die Ärztin lässt sich meine Symptome genauer erklären.

»Ich würde gerne einen Ultraschall bei Ihnen durchführen«, sagt sie danach freundlich, und obwohl ich das Gefühl von Ultraschallgel auf meinem Bauch hasse, nicke ich.

»Vermutlich ist es wieder mal eine Zyste«, wende ich mich an die Ärztin. »Ich hoffe nur, dass sie nicht operativ entfernt werden muss.«

»Na, wir werden sehen«, sagt sie und beginnt, meine Bauchdecke abzuschallen.

Meine Augen wandern zu dem Bildschirm, auf dem nun ein graues Bild entsteht. Für mich ist nichts zu erkennen, aber die Ärztin murmelt, klickt und strahlt mich schließlich an. Irritiert erwidere ich den Blick.

»Ist alles in Ordnung?«

»Ich denke doch.« Schmunzelnd deutet sie auf den Bildschirm. »Sehen Sie das hier?«

Ich runzle die Stirn, denn alles, was ich sehe, ist ein weißlicher Fleck in einem schwarzen Oval, der mich an einen Klecks Milchschaum auf Kaffee erinnert. In meinem Hals wird es eng. Die Konturen …

»Was ist das?«, frage ich, und in meinem Hals bildet sich

ein Kloß, als mir ein unguter Gedanke kommt, den die Ärztin gleich darauf bestätigt.

»Ich gratuliere Ihnen. Sie sind schwanger.«

Noah

Nervös trommele ich mit den Fingerspitzen auf meinem Bein herum, während ich warte. Immer wieder starre ich auf die Tür, hinter der Georgie vor einer gefühlten Ewigkeit mit der Ärztin verschwunden ist.

Meine Gedanken springen ganz automatisch zu dem Tag, den ich niemals vergessen werde. Ich war gerade acht Jahre alt geworden, unsere Eltern waren für ihren Hochzeitstag verreist, und Jonny und ich verbrachten die Ferien bei Verwandten, als der Anruf kam, der unser Leben aus den Angeln hob.

Das Telefon klingelt und meine Tante steht vom Sofa auf. Ich halte meinen glasierten Donut in der Hand und meine Augen hängen am Bildschirm, auf dem gerade eine Zeichentrickserie läuft. Mein kleiner Bruder sitzt neben mir und verfolgt ebenfalls gespannt, was im Fernseher passiert.

Das Telefon klingelt noch einmal, und dann höre ich die Stimme meiner Tante, die den Anrufer begrüßt.

Das Nächste, was ich höre, ist ein leiser Schrei, und seltsamerweise bin ich sofort überzeugt davon, dass etwas Schlimmes passiert ist.

Meine Tante sagt noch ein paar knappe Worte. Dann legt sie auf und kommt zu uns herüber. Ihr Gesicht ist weiß wie eine Wand und ihre Lippen beben, als sie nach der Fernbedienung greift und den Fernseher ausschaltet.

»Was machst du, Aunti?«, protestiert Jonny und reißt seine Augen auf. Ich habe seltsamerweise gar keine Augen mehr für den Fernseher. Wie gebannt starre ich auf meine Tante, und eine unerklärliche Angst hindert mich daran, auch nur ein Wort zu sagen.

»Jungs«, beginnt meine Tante und ihre Stimme bebt so sehr, dass sie nicht weitersprechen kann.

Eine kalte Faust schließt sich um mein Herz, und ich schnappte nach Luft. Warum spricht sie nicht weiter?

»Was is, Aunti?«, fragt mein fünfjähriger Bruder noch einmal, und ich greife ganz automatisch nach seiner Hand. Ich bin sein großer Bruder, und ich will ihn vor allem beschützen, was kommen könnte.

»Jungs«, sagt meine Tante noch einmal, und ihre Stimme bricht erneut. »Eure Eltern hatten einen Autounfall.«

»Entschuldigen Sie, ist bei Ihnen alles in Ordnung?«, Eine männliche Stimme unterbricht meine Gedanken, und ich komme keuchend wieder in der Gegenwart an.

Die Erinnerung an diesen schicksalhaften Tag hat mich so unerwartet überrollt, dass ich meinen Körper nicht mehr unter Kontrolle habe. Ich bebe am ganzen Leib, und mein Puls rast. Langsam hebe ich den Kopf und sehe in das Gesicht eines freundlichen Pflegers.

»Ich, ja, alles in Ordnung«, stottere ich, und er schüttelt leicht den Kopf.

»Kommen Sie, trinken Sie etwas«, sagt er sanft und geht zu einem Wasserspender, um gleich darauf mit einem Pappbecher zu mir zurückzukommen. Ich danke ihm und trinke einen Schluck, während die Bilder langsam wieder in den Hintergrund meines Bewusstseins rücken.

»Ich bin was?«

»Sie sind schwanger«, wiederholt die Ärztin, und ihr Lächeln ist ungetrübt.

»Aber das kann nicht sein!«, stottere ich nahezu hysterisch, und ihre Miene verfinstert sich.

»Das ist wohl keine freudige Neuigkeit«, murmelt sie.

Ich schnappe verzweifelt nach Luft, mein Puls rast so schnell, dass ich ihn beinahe hören kann, und ein keuchendes Lachen entweicht meiner Kehle.

»Mrs Chapman«, sagt die Ärztin sanft. »Warum regt diese Nachricht Sie derartig auf?«

»Ich bin Miss Chapman«, sage ich heiser. »Kein Mann.«

Nur ein Noah, füge ich in Gedanken hinzu und seufze leise. Ein Noah, der mir gerade erst wieder näherkommt und der sicher nicht positiv auf diese Neuigkeit reagieren wird.

Ihre Lippen teilen sich minimal und ich erkenne die Überraschung in ihrem Blick.

»Verzeihen Sie, ich dachte«, setzt sie an, schüttelt dann aber den Kopf. »Aber das ist doch heutzutage kein Problem mehr«, versucht sie mich zu beruhigen. »Auch ohne einen Mann sind Sie nicht auf sich allein gestellt. Sie haben Möglichkeiten, ihr Kind auch ohne einen Vater großzuziehen.«

Ein Kind. Diese Worte klingen so verrückt, dass ich sie nicht einmal begreifen kann. Ich. Ein Kind …

»Ich will das aber nicht so«, sage ich nach einem langen Augenblick des Schweigens, und als sie fragend die Augenbrauen hebt, hole ich tief Luft.

»Ich will nicht, dass mein Kind ohne seinen Vater aufwächst.« Meine Stimme zittert. »Ich weiß, dass es das heute oft gibt, aber ich will eine heile Familie, wenn ich Kinder bekomme. Ich weiß, dass viele Alleinerziehende keine andere Wahl haben, aber ich bin mit einem Familienbild aufgewachsen, das ich gerne auch an meine Kinder weitergeben möchte.«

In diesem Moment erfasst mich eine erneute Welle von Übelkeit.

»Papierkorb?«, presse ich hervor.

Die Ärztin hält mir geistesgegenwärtig eine Schüssel hin, und ich übergebe mich geräuschvoll.

Als die Krämpfe nachlassen, laufen mir wieder Tränen über das Gesicht. Dieses Mal haben sie andere Gründe. Nackte Angst macht sich in mir breit, als ich langsam begreife, was die Worte der Ärztin zu bedeuten haben. Bisher habe ich im Autopilot reagiert und gesprochen, aber langsam sickert die Erkenntnis zu mir durch.

Ich bin schwanger, und ohne dass ich es will, sinke ich schluchzend auf der Liege zusammen. Die Ärztin tut ihr Bestes, um mich zu beruhigen, aber ihre Mühe ist nicht wirklich von Erfolg gekrönt.

»Aber ich kann doch gar nicht schwanger sein.« Ich schluchze und schüttle mich, weil sich der grässliche Geschmack der Galle nicht aus meinem Mund vertreiben lässt.

»Wieso glauben Sie das?«, fragt die Ärztin sanft, und da sprudelt es wie ein Wasserfall aus mir heraus.

»Ich habe PCO und nehme die Pille, damit mein Zyklus besser geregelt werden kann. Ich meine: PCO und Pille. Wie soll ich denn schwanger werden? Außerdem hatte ich doch nur einmal Sex.«

Die letzten Worte klingen noch viel verzweifelter, und im gleichen Moment fällt mir ein, dass ich inzwischen sogar zweimal Sex hatte. Die Ärztin seufzt und nickt mir zu.

»Sie haben recht. Das ist in der Tat eher selten, und doch ist eine Schwangerschaft durchaus möglich.«

Ich schniefe leise, und sie reicht mir ein frisches Taschentuch. »Ich entnehme Ihren Worten, dass es sich bei dem Geschlechtsverkehr um eine einmalige Sache handelte?«

Ich komme mir vor wie ein Kleinkind, denn bei ihren offenen Worten werde ich rot. Trotzdem schüttele ich den Kopf, nicke und schüttele wieder den Kopf.

»Ich weiß es nicht«, sage ich leise. »Ich hoffe, dass mehr aus dem Vater und mir wird.«

Im Geiste schlage ich die Hände über dem Kopf zusammen. Was muss sie jetzt von mir denken? *Da schläft sie einmal mit einem Mann, und dann auch noch ohne Kondom. Wie kann man so unvernünftig sein. Dumme Nuss.*

So etwas in der Art würde ich vermutlich denken, aber ich nehme doch die Pille, die zwar nicht vor Geschlechtskrankheiten, dafür aber vor Schwangerschaft schützt. Zumindest sollte sie das. Ich habe verhütet, und trotzdem sitze ich jetzt hier und starre auf den Monitor auf dem ich eindeutig einen kleinen Menschen erkenne. Das Wesen auf dem Bildschirm sieht fremd und gleichzeitig schon so sehr wie ein Mensch aus, das mein Herz hart in meiner Brust schlägt. Ich erkenne die Nase, die geschlossenen Augen, und eine unendliche Zärtlichkeit erfüllt mein Herz.

»Wie weit bin ich denn?«, frage ich leise und beginne gleichzeitig zu rechnen. Meine Nacht mit Noah im Whirlpool ist fast fünf Monate her.

»Sie sind schätzungsweise in der zwanzigsten Schwangerschaftswoche«, bestätigt die Ärztin meine Vermutung und kommt dann noch einmal auf unser eigentliches Thema zurück. »Sie haben offensichtlich nicht damit gerechnet, dass es passieren könnte. Aber vielleicht haben Sie die Pille einmal nicht ganz sauber eingenommen? Hatten Sie zu dieser Zeit Durchfall oder mussten erbrechen?«

Ich starre sie mit offenem Mund an. Natürlich. Ich muss immer wieder mal mit Übelkeit kämpfen, und deshalb habe ich mir über meine Beschwerden der letzten Wochen kaum Gedanken gemacht. Ich versuche, mich zurückzuerinnern, ob ich in der Zeit, als das mit Noah passierte, Probleme hatte, aber mein Verstand ist wie leer gefegt.

»Ich kann mich nicht erinnern«, flüstere ich. »Aber warum ist mir denn nichts aufgefallen?«

Schon als ich die Frage stelle, wird mir klar, dass das nicht stimmt. Mir ist sehr wohl aufgefallen, dass sich meine Symptome in der letzten Zeit stark summiert haben. Die häufige Übelkeit, das Ziehen im Bauch und das Schwindelgefühl.

»Ich bin so dumm!«, entfährt es mir, und am liebsten würde ich mich ohrfeigen. »Wie kann man nur so dumm sein?«

»Nun seien Sie mal nicht so hart zu sich selbst«, mahnt die Ärztin und sieht etwas verzweifelt aus. Aber wenn dem so ist, dann sind wir immerhin schon mal zu zweit, denn auch in mir macht sich eine Welle der Verzweiflung breit. Verzweiflung, und eine ganze Portion Neugier.

»Die zwanzigste Woche ist schon ziemlich weit, oder?«

»Allerdings«, stimmt sie mir lächelnd zu. »Sie haben schon Halbzeit.«

»Halbzeit«, echoe ich fassungslos. »Aber wieso sieht man dann noch kaum etwas von der Schwangerschaft?«

Ich betrachte meinen Bauch, dem man im Liegen wirklich kaum etwas ansieht, und runzle die Stirn. Abgesehen von dem sanften Flattern und den etwas eng sitzenden Jeans gibt es wirklich keine Hinweise auf eine Schwangerschaft. »Stimmt etwas nicht mit meinem Baby?«

»Machen Sie sich da bloß keine Sorgen«, beruhigt mich

die Ärztin sofort. »Bei Erstgebärenden ist es ganz normal, dass man lange nichts von der Schwangerschaft sieht.«

Erleichtert atme ich aus. Es überrascht mich, wie groß meine Sorge um ein Wesen ist, von dessen Existenz ich bis heute nicht das Geringste geahnt habe.

»Gott sei Dank«, murmle ich, und dann fällt mir noch etwas ein.

»Kann man jetzt schon sehen, was es wird?«, frage ich aufgeregt, und die Ärztin bewegt das Ding auf meinem Bauch hin und her.

»Da ist jemand wohl etwas schüchtern«, murmelt sie leise vor sich hin, bevor sie sich wieder an mich wendet.

»Normalerweise könnten wir das Geschlecht schon ziemlich sicher bestimmen, aber Ihr kleines Wunder ziert sich ein bisschen und versteckt sich. Vielleicht zeigt es sich, wenn Sie bei Ihrem Frauenarzt sind.«

Seltsamerweise bin ich gar nicht enttäuscht, sondern verfolge fasziniert, wie sie mit routinierten Bewegungen den Fötus vermisst und alle wichtigen Daten in ihrem Computer festhält. Als sie die Untersuchung beendet hat, dreht sie sich mit ihrem Stuhl zu mir herum und mustert mich fragend.

»Was wollen Sie denn nun machen?«

Das ist eine gute Frage, und ich habe nicht wirklich eine Antwort. Die unterschiedlichsten Gedanken schießen mir durch den Kopf. Sorgen, Ängste und Freude wechseln sich miteinander ab.

»Ich weiß es nicht«, flüstere ich. »Aber ich will mein Kind auf jeden Fall großziehen.«

Die Worte auszusprechen tut mir gut und erdrückt mich gleichermaßen. Es ist, als hätte ich mir selbst damit eine Last von den Schultern genommen und mir gleichzeitig eine unendlich große Verantwortung aufgeladen, von der ich nicht weiß, wie ich sie allein bewältigen soll. Ich sinke wie ein Häufchen Elend in mich zusammen.

Mitleid spiegelt sich in den Augen der Ärztin, die mich aufmerksam beobachtet hat.

»Ich empfehle Ihnen, die Nachricht erst einmal sacken zu lassen. Gewöhnen Sie sich an den Gedanken und holen Sie sich einen Termin bei Ihrem Frauenarzt.«

Sie lächelt aufmunternd. »Haben Sie denn jemanden, mit dem Sie sprechen können?«

Erst will ich den Kopf schütteln, aber dann nicke ich. Dass ich mit meinen Eltern nicht reden kann, ist klar. Egal wie sehr ich sie liebe: Ihre Reaktion macht mir wahnsinnige Angst. Aber es gibt doch jemanden, der immer für mich da ist und dem ich schon zu viel verschwiegen habe. Ich werde mit Jessy reden.

»Meine beste Freundin«, flüstere ich, und das Lächeln der Ärztin wird breiter.

»Na, sehen Sie mal. Das ist doch schon sehr gut.« Sie klickt ein paar Mal auf ihrem Computer herum. »Lassen Sie sich auf jeden Fall zeitnah einen Termin bei Ihrem Frauenarzt geben. Dort können Sie dann ganz in Ruhe noch einmal alles besprechen. Jetzt sind Sie sehr aufgewühlt, und es wird gut sein, wenn Sie alle aufkommenden Fragen dort klären können.«

Ich nenne ihr die Daten, damit sie meine Befunde weiterleiten kann, und zum Schluss drückt sie mir ein Ultraschallbild in die Hand, das ich mit zitternden Fingern entgegennehme. Den Fötus hat sie markiert.

»Ich wünsche Ihnen nur das Beste, Miss Chapman«, sagt sie und schüttelt mir die Hand. Aber bevor sie mich entlässt, habe ich noch eine Bitte. »Darf ich mir noch den Mund ausspülen und das Gesicht waschen?«

»Aber selbstverständlich.«

Als ich vor dem kleinen Waschbecken hinten im Raum stehe und in den Spiegel sehe, weiß ich, dass es die richtige Entscheidung war. Meine Augen sind rot gerändert, die schwarzen Locken kringeln sich wild und unbändig, und ich sehe insgesamt völlig fertig aus. Wie ein Geist. Schnell spüle ich mir den Mund aus und schaufele mir kaltes Wasser ins Gesicht. Immerhin fühle ich mich erfrischt.

Allerdings führt dieses Gefühl nicht dazu, dass ich der Begegnung mit Noah jetzt ruhiger entgegensehen würde. Im Gegenteil. Als ich den Untersuchungsraum verlasse, springt Noah sofort auf und sieht mich besorgt an.

»Hast du geweint?«

»Ja«, gebe ich ehrlich zu.

Das Wasser hat natürlich nicht alle Anzeichen meines Zusammenbruchs wie von Zauberhand verschwinden lassen, aber mir fällt ebenfalls auf, dass Noah blasser ist als sonst. Er sieht genauso aus, wie ich mich fühle.

»Warum? Ist es was Schlimmes?«, fragt er panisch, und da ist sie. Die Frage, auf die mir die Antwort nicht klar ist. Was bitte soll ich ihm sagen?

Ich habe es so genossen, dass wir einander wieder näherkommen. Endlich spüre ich die alte Vertrautheit zwischen uns, und jetzt könnte ich sie mit nur einem einzigen Satz zerstören.

»Hey, Noah, ich trage übrigens dein Kind in meinem Bauch«, ist vielleicht nicht unbedingt der richtige Spruch, um ihm zu verraten, was ich im Behandlungszimmer erfahren habe.

»Ich weiß es noch nicht«, sage ich leise, und das zumindest stimmt. Ich weiß gar nichts.

»Aber es hat dich zum Weinen gebracht«, stellt Noah

fest, und dieses Mal fällt mir eine vernünftige Erklärung ein.

»Ich musste wieder spucken«, sage ich, und da verzieht er mitleidig das Gesicht.

»Komm her«, sagt er sanft, und bevor ich begreife, was passiert, zieht er mich in seine Arme. Erst bleibe ich stocksteif stehen, aber als ich seinen vertrauten Duft wahrnehme, weicht alle Anspannung aus meinem Körper, und ich schmiege mich eng an seine Brust.

Das Gefühl von Geborgenheit, das ich empfinde, als ich mein Gesicht in seinem Pulli vergrabe, der ein bisschen nach Waschmittel, Deo, aber vor allem nach Noah riecht, treibt mir die Tränen in die Augen.

Hastig versuche ich sie zurückzublinzeln, aber der Kloß in meinem Hals erschwert mir das Atmen, und als ich Luft hole, kommt nur ein zitterndes Schluchzen heraus.

»Hey.« Noah schiebt mich ein Stück von sich weg, und als er meine Tränen sieht, werden seine Augen weich.

»Mach dir keine Sorgen«, sagt er und haucht mir einen Kuss auf die Stirn. »Es ist sicher nichts Schlimmes, und alles wird gut.«

Ich wünschte, ich könnte ihm zustimmen und die Sicherheit aus seiner Stimme auf mich übertragen.

»Danke«, wispere ich, und er löst sich ein Stück von mir.

»Wofür?«, fragt er überrascht.

»Dafür, dass du für mich da bist«, sage ich leise, und statt einer Antwort zieht er mich wieder an seine Brust.

»Ach du«, sagt er, und seine Stimme ist so zärtlich, dass ich das Gefühl habe, es würde mir alles zu viel.

»Können wir nach Hause fahren?«, bitte ich leise.

»Natürlich.«

Kapitel 12

Noah

Als wir zu Hause ankommen, bringe ich Georgie in ihr Zimmer. Es ist spät geworden, und die Katze erwartet uns bereits schlafend auf dem Bett.

Ich beobachte Georgie, die sich auf ihr Bett hat sinken lassen. Sie wirkt so klein und verletzlich, dass ich sie einfach nur beschützen möchte.

Sie ist blass, und an den dunklen Ringen unter ihren Augen erkenne ich, dass sie sehr müde und erschöpft sein muss. Als ich sie vorhin im Krankenhaus aus der Tür kommen gesehen habe, hat es die Dämonen meiner Vergangenheit einfach in den Hintergrund gedrängt. Ich weiß, dass mich die Erinnerung an meine Eltern nicht oft trifft, aber wenn, dann geht es normalerweise nicht so schnell wieder vorbei.

»Schlaf gut«, flüstere ich Georgie zu, hauche ihr einen kleinen Kuss auf die Wange und will gerade nach unten gehen, um noch ein bisschen fernzusehen, als sie meinen Arm festhält.

»Noah«, sagt sie heiser, und ich sehe sie fragend an. Sie sieht verlegen aus und windet sich.

»Kannst du heute Nacht bei mir schlafen?«, höre ich ihre Stimme so leise, als hätte sie Angst davor, die Worte auszusprechen. Mir wird es warm ums Herz. Es ist klar, dass hinter dieser Bitte kein erotisches Verlangen steckt. Georgie sehnt sich nach meiner Gesellschaft, und in diesem Moment bedeutet mir das viel mehr.

»Natürlich«, verspreche ich. »Ich gehe mich nur schnell umziehen.«

Ich sehe im Licht ihrer kleinen Nachttischlampe, dass sich ihre Gesichtszüge entspannen. Sie nickt mir zu, und ich verschwinde aus dem Zimmer. Während ich mir ein lockeres T-Shirt und Boxershorts anziehe, klopft mein Herz.

Für mich ist es eine ziemlich große Sache, dass Georgie mich bittet, bei ihr zu sein. Es bedeutet, dass sie vielleicht bereit ist, mir zu vergeben, wie ich sie damals habe hängenlassen. Ja, wir haben uns seitdem mehrfach geküsst und sogar einmal miteinander geschlafen, aber das hier ist anders. Es ist mehr.

Nachdem ich mir noch die Zähne geputzt habe, gehe ich wieder nach nebenan in Georgies Zimmer. Sie liegt bereits im Bett, Lucky an ihren Füßen, und hat sich die Decke bis zum Kinn hochgezogen. Als sie mich sieht, rutscht sie ein Stück zur Seite und hebt die Decke hoch.

»Hey«, flüstere ich, während ich zu ihr unter die Decke schlüpfe.

»Hey«, antwortet sie, und ich höre ihrer Stimme an, dass sie verlegen ist.

»Darf ich?« Ich schiebe meinen Arm unter ihren Körper, und sie nickt.

»Gerne«, wispert sie und erschauert in meinen Armen. Sie liegt jetzt so, dass sie mir den Rücken zudreht, und ich ziehe sie sanft zu mir heran, bis unsere Körper sich berühren und ich sie an mich schmiegen kann. Eine Weile lang liegen wir einfach da. Ich spüre, wie sich mein Körper langsam aufwärmt und lausche auf Georgies Atem, der immer gleichmäßiger wird.

»Gute Nacht, Liebes«, flüstere ich ihr ins Ohr, als meine eigenen Lider schwer werden. Ob sie mir antwortet, höre ich nicht mehr, denn meine Gedanken entgleiten mir und werden zu Träumen.

Georgie

Blinzelnd öffne ich die Augen, weil meine Nase juckt. Mir ist warm, und die Schwere des Schlafes hat meinen Körper noch nicht ganz verlassen. Ich will mich umdrehen, als ich es spüre. Einen großen Körper hinter mir, und einen Arm, der sich um meine Mitte geschlungen hat.

Mit einem Mal sind alle Erinnerungen an den gestrigen Tag wieder da, und ich halte den Atem an.

Ich bin schwanger. Prompt bekomme ich einen Schweißausbruch, und meine Hand wandert zu meinem Bauch.

Merkwürdigerweise ist mir nicht übel, und einen kurzen Augenblick lang hoffe ich, dass alles nur Einbildung ist. Noah scheint noch friedlich zu schlafen, und ich überlege, wie ich am besten aufstehen kann, ohne ihn zu wecken. Leider muss ich dringend aufs Klo, denn sonst würde ich einfach hier liegenbleiben und mir einreden, dass ich alles nur geträumt habe. Und Noahs Nähe genießen.

Aber bevor ich aufstehe, drehe ich mich zu Noah um. Jetzt liegen wir Nase an Nase, und ich habe die Möglichkeit sein Gesicht ganz genau zu betrachten.

Er sieht so friedlich aus, eine dunkle Haarsträhne fällt ihm in die Stirn, und am liebsten würde ich ihn küssen.

Ich bin so froh, dass er die Nacht bei mir geblieben ist. Es hat mir geholfen, nicht in Ängsten zu versinken. Erstaunlicherweise habe ich sogar ziemlich gut geschlafen.

Als würde Noah spüren, dass ich ihn beobachte, schlägt er in diesem Augenblick die Augen auf. Ich sehe seinen vom Schlaf verhangenen Blick, das Blau wirkt nicht so intensiv wie sonst, und dieser Moment hat etwas Wunderschönes, Privates und Intimes.

»Guten Morgen«, murmelt Noah, und langsam klart sein Blick auf.

»Guten Morgen«, antworte ich und überlege einen kurzen Augenblick lang, ob ich verlegen sein soll. Immerhin habe ich die ganze Nacht in seinen Arm gekuschelt geschlafen. Aber dann entscheide ich mich dafür, mit der Sache umzugehen, als wäre sie das Natürlichste der Welt. Denn genau so hat es sich auch angefühlt.

»Hast du gut geschlafen?«, frage ich, und Noah nickt. Seine Augen funkeln.

»Ich hatte schon lange keine so gute Nacht mehr«, sagt er und zwinkert mir verschwörerisch zu. »Aber sag doch mal, fühlst du dich heute Morgen besser?«

Ich höre in mich hinein. Ja, die Übelkeit ist heute Morgen nicht da. Trotzdem weiß ich instinktiv, dass sich nichts geändert hat. Das gestern war kein falscher Alarm.

»Es geht mir besser«, sage ich langsam, und Noah lächelt.

»Ich habe also eine gesundende Wirkung auf dich«, sagt er und klingt dabei wie ein zufrieden schnurrender Kater.

»Du hast die beste Wirkung auf mich«, gebe ich zurück und muss ein Lächeln unterdrücken, weil ich es ernst meine. Allerdings ist mir natürlich klar, dass er in diesem Fall nicht nur die Medizin, sondern quasi auch das Virus ist.

»Das hört doch jeder Mann gerne«, gibt Noah schnurrend zurück und lächelt mich an. Seine Augen wandern über mein Gesicht, den Hals entlang, und als er mir das nächste Mal in die Augen sieht, liegt ein intensiver Glanz darin.

»Weißt du, was ich am liebsten mit dir machen würde?«, murmelt er, und mein Herz schlägt einen doppelten Salto, weil ich die veränderte Stimmung nicht gleich einordnen kann.

»Nein, was denn?«, hauche ich, aber in genau diesem Moment wird der Druck auf meiner Blase so stark, dass ich entschuldigend das Gesicht verziehe.

»Sorry, ich müsste mal aufs Klo«, sage ich verlegen, und er lacht leise und brummend.

»Na dann mal los. Ich warte hier auf dich«, sagt er, und ich krabbele halb über ihn, halb an ihm vorbei aus dem Bett, wobei ich mir seiner Nähe mehr als deutlich bewusst bin. Meine Gedanken fahren Achterbahn, als ich ins Bad gehe.

Natürlich war es wunderschön die Nacht mit Noah zu verbringen, aber etwas steht zwischen uns, und was, ist mehr als offensichtlich. Ich weiß auch, dass ich mit ihm sprechen muss, weiß aber nicht, ob ich für diesen Schritt bereit bin.

Als ich auf dem Klo sitze, stelle ich fest, dass ich zuerst mit Jessy reden möchte. Allerdings kommt sie erst morgen Abend wieder, und wie ich die Zeit überbrücken soll, weiß ich beim besten Willen nicht.

Wie soll ich bewahren, was mein Herz so sehr aufwühlt? Wie soll ich Noah verschweigen, dass er Vater wird? Und wie soll ich mich ihm gegenüber verhalten? Den Gedanken, ihn noch einmal zu verlieren, ertrage ich nicht.

Nachdem ich auf der Toilette war, putze ich mir schnell die Zähne und tappe auf nackten Füßen zurück in mein Zimmer.

Jetzt, im Morgenlicht, kommt mir alles anders vor. Mein Zimmer ist mir fremder als sonst. Unser Haus wirkt anders, und ich kann nicht einmal beschreiben, worin diese Veränderung liegt. Es ist alles merkwürdig. Als ich in mein Zimmer komme, sitzt Noah aufrecht im Bett und lächelt mir entgegen, und obwohl selbst das seltsam ist, ist es wunderschön.

»Hast du Hunger?«, fragt er mich, und in diesem Moment spüre ich, dass mein Magen knurrt.

»Allerdings«, gebe ich zurück.

»Wie wäre es dann, wenn ich uns Frühstück machen würde?«, schlägt er vor und lächelt mich dabei charmant an. »Ich mache übrigens das beste Frühstück der Welt.«

»Ja, natürlich«, gebe ich zurück und kann mir ein Grinsen nicht verkneifen. »Du bist doch in allem der Beste.«

»Schön, dass du es genauso siehst, Liebes.« Er ignoriert meinen Sarkasmus völlig, und ich grummele in mich hinein.

»Okay, Noah, mach uns Frühstück«, sage ich und verdrehe gespielt genervt die Augen. »Aber sei bitte nicht überrascht, wenn es mir nicht schmecken sollte.«

Ein wenig bedauere ich es, dass er nicht mehr auf sein »Weißt du, was ich jetzt am liebsten mit dir machen würde?«, zurückgekommen ist.

»Zieh dich an, schöne Frau«, sagt er und steigt aus dem Bett. Allein das Spiel seiner Bewegungen zieht mich in seinen Bann. Mein Blick bleibt an seinen muskulösen Waden hängen, ich entdecke die Narbe an seinem Knie, die mir schon einmal aufgefallen ist und die vermutlich von seinem Unfall stammt.

Ich beobachte, wie Noah mit einem Zwinkern in meine Richtung aus dem Zimmer verschwindet, und mir ist klar, dass unsere Geschichte nicht einfacher werden wird. Die Tatsache, dass ich ein Kind erwarte, verkompliziert alles.

Keine Ahnung, ob Noah Kinder will. Ich weiß ja nicht mal, ob er mich will …

Natürlich sagt mir mein Herz, meine Hoffnung, dass er in mir nicht nur einen kleinen Flirt gesehen hat. Dass er mich kein weiteres Mal so verletzen wird wie beim letzten Mal. Aber mein Verstand schreit, gibt mir ein Alarmsignal und warnt mich, diesem Mann noch einmal zu vertrauen.

Es hat sich doch nichts an der Situation geändert. Noah hat sich von mir getrennt, weil er in der Praxis Therapeut war, in der ich zu dieser Zeit Patientin war. Jetzt wohnen wir im selben Haus, und ich überlege, ob das allein schon reichen würde, ihn seinen Traumjob zu kosten.

Aber wenn ich ehrlich bin, dann habe ich Zweifel. Zweifel daran, ob Noah in einer Laufbahn als Therapeut wirklich glücklich werden würde. Er scheint mir nicht der Mensch zu sein, der den lieben langen Tag herumsitzt und sich die Probleme anderer Leute anhört. Natürlich ist Noah einer der einfühlsamsten Menschen die ich kenne, und er hat ein gutes Gespür, aber ich zweifle trotz allem daran, ob es ihn glücklich machen würde.

Ob ich mir das einbilde?

Schnell angele ich mir mein Handy von meinem Nachtkästchen und beginne eine Nachricht zu tippen.

Georgie: Sag mal, glaubst du, dass ich Menschen verstehen kann?
Jessy: Wow, das ist ja eine Frage am frühen Morgen.
Georgie: Bitte sag es mir!
Jessy: Ich denke, du kannst Menschen verstehen. Aber warum fragst du? Wen willst du verstehen?
Georgie: Erzähle ich dir morgen. Viel Spaß beim Wandern heute.
Jessy: Danke, hab dich lieb.
Georgie: Ich freu mich, wenn du wieder da bist.

Kapitel 13

Georgie

Ich wühle in meinem Kleiderschrank. Heute ist Samstag, und ich weiß nicht genau, was bei uns auf dem Plan steht. Werden wir zu Hause bleiben?

Mir fällt auf, wie lange ich schon nicht mehr in meinem Atelier gewesen bin, und ich vermisse es. Vielleicht würde es mir guttun, meine jetzige Situation aufzumalen, in Farben aufs Papier oder auf die Leinwand zu bringen?

Ja, beschließe ich. Ja, ich werde heute noch zeichnen. Ich werde malen. Ich werde meine Gefühle herauslassen.

Das war für mich schon immer das Schönste. Ich kann mich, indem ich zeichne, selbst therapieren, und das war auch einer der Gründe, bei Dr. Soniac zu pausieren.

Schließlich entscheide ich mich für meine bequemsten Lieblingsjeans, ein Top und eine dünne Jacke. Als ich nach unten komme, futtert Lucky in der Küche bereits ihr Frühstück, und es duftet herrlich nach Brötchen. In diesem Moment höre ich allerdings die Kaffeemaschine rauschen, und das intensive Aroma steigt mir in die Nase. Mir ist völlig schleierhaft, wie ich diesen Geruch einmal so sehr lieben konnte. In diesem Moment verursacht er mir das heftigste Gefühl von Übelkeit seit Langem. Noah steht an der Anrichte, wackelt mit den Hüften im Takt einer Musik, die wahrscheinlich nur er hören kann, und dreht sich lachend zu mir um, als er meine Schritte hört.

»Ich habe dir Kaffee gekocht«, sagt er, und mir gefriert das Lächeln im Gesicht. Das ist ja so lieb von ihm, aber allein der Gedanke daran, Kaffee zu trinken, dreht mir den Magen um.

»Das ist sehr lieb von dir«, sage ich, und ein heftiges Schuldgefühl plagt mich. »Aber ich glaube für meinen Magen wäre es besser, wenn ich heute Tee trinken würde.«

Abrupt hört Noah damit auf, mit den Hüften zu wackeln, dreht sich zu mir um und starrt mich fassungslos an.

»Tee?«, fragt er, als hätte ich ihm Bescheid gegeben, dass ich mich für eine Raumreise auf den Mond angemeldet habe. »Du trinkst nie Tee, Georgie.«

»Ich weiß.« Ich winde mich innerlich. Wie soll ich ihm um alles in der Welt erklären, dass ich keinen Kaffee mehr trinken möchte? Wobei, fällt mir in diesem Moment ein, eigentlich ist es doch ganz logisch.

»Hey, mein Magen hat gestern solche Probleme gemacht, ich sollte ihn glaube ich schonen. Du weißt doch, dass Kaffee nicht wirklich gut für die Magenschleimhaut und alles Mögliche ist.«

Noah will mir widersprechen, aber in diesem Moment klingelt zum Glück sein Handy. Er wirft einen Blick darauf, zögert, und ein leichtes Lächeln breitet sich auf seinem Gesicht aus.

»Ist das Jenni?«, frage ich, und erst jetzt fällt mir auf, dass ich seit gestern Abend nicht an sie gedacht habe. Sie war unwichtig geworden. Nicht mehr existent in meinem Gedächtnis, bis jetzt.

Noah zögert kurz, aber dann nickt er.

»Ja, es ist Jenni«, sagt er, und prompt verkrampft sich

mein Magen wieder. Klinge ich zu eifersüchtig, wenn ich jetzt frage, was sie will?

»Ist es was Wichtiges?«, erkundige ich mich und hoffe sehr, dass ihm nicht auffällt, wie wichtig mir seine Antwort ist.

»Na ja, ich denke schon«, sagt er und tippt nervös mit den Fingerspitzen auf der Anrichte herum. »Sie hat mich gefragt, ob ich heute Abend mit ihr essen gehen möchte.«

Nach diesen Worten hält er sofort in einer abwehrenden Geste die Hand hoch, als erwarte er, dass ich ausflippen würde.

»Wirklich, Georgie, du musst mir vertrauen. Da ist nichts zwischen Jenni und mir.« Er sieht mich mit einem so ehrlichen Gesicht an, dass ich mir wegen meiner Bedenken richtig schäbig vorkomme. »Wenn es anders wäre, dann hätte ich ja wohl keinen Grund gehabt, mich dir wieder anzunähern, oder?«

Ich nicke langsam. Natürlich gibt es Männer, die Spaß daran haben, mit mehreren Frauen gleichzeitig anzubandeln, aber ich glaube nicht, dass Noah dazugehört. So schätze ich ihn nicht ein.

»Ich glaube, dass sie einfach mal wieder mit mir sprechen möchte«, fährt er fort, und ich nicke wieder. Ich weiß, dass Noah mir, abgesehen davon, wie sehr er mich verletzt hat, keinen Grund dazu gegeben hat, ihm zu misstrauen. Andere Frauen waren nie Thema bei ihm.

Glaub ihm, Georgie, flüstert meine innere Stimme, und sie hat recht. Mir wird klar, dass ich Noah, gerade jetzt, wo ich sein Kind erwarte, mehr vertrauen möchte.

»Ich finde, du solltest mit ihr essen gehen«, sage ich ruhig und weiß genau, dass es das Richtige ist.

»Wirklich?«, fragt Noah und einen Moment lang wundert

es mich, dass er so sehr an meiner Meinung interessiert zu sein scheint.

»Natürlich«, sage ich dann und meine es in diesem Moment sogar ernst. Gerade als ich die Worte ausgesprochen habe, geht eine Nachricht auf meinem Handy ein. Sie ist von Paul, und ich runzle die Stirn, als ich sie lese.

Georgie, steht da, *gehst du heute mit mir essen?*

Eigentlich dachte ich, Paul hätte akzeptiert, dass wir nur Freunde sind, aber ich habe mich offenbar getauscht.

Ach Quatsch, kommentiert meine innere Stimme diesen Gedanken. *Vielleicht meinte er es nur nett, und du interpretierst schon wieder viel zu viel in eine Nachricht hinein.*

»Von wem ist die Nachricht?«, fragt Noah, und in diesem Moment habe ich eine Idee, die dümmer nicht sein könnte.

»Das passt gut mit dir und Jenni, denn heute Mittag hat mich Paul zum Essen eingeladen«, erkläre ich mit einem leichten Anflug von Triumph. So, Noah, wie wirst du damit jetzt umgehen? Nicht nur du hast ein Date.

Georgie, du bist so so so dumm, jammert meine innere Stimme. *So viel zum Thema, du willst ihm vertrauen. Hör auf damit, so eifersüchtig zu sein. Wirklich.*

Aber jetzt ist es zu spät. Ich sehe, wie Noahs Gesicht sich verdüstert, und versuche verzweifelt zu retten, was zu retten ist.

»Paul ist auch nur ein Freund«, sage ich, und mir ist selbst klar, dass das jetzt absolut billig klingt. Noah nickt mit zusammengepressten Lippen.

»Natürlich«, sagt er. »Komm, wir frühstücken.«

Das Frühstück verläuft unter eisigem Schweigen. Ich verfluche mich innerlich dafür, dass ich meiner dummen Eifersucht nachgegeben habe. Ich habe meinen Stolz aufkochen lassen und habe Noah damit verletzt. Ich will doch gar nicht mit Paul essen gehen. Warum in aller Welt muss ich immer alles noch schwieriger machen, als es ohnehin schon ist?

Der Rest des Tages ist eine blanke Katastrophe. Paul freut sich so sehr über meine Zusage, dass er mir ständig Nachrichten schickt. Mir geht das nach einer Weile so dermaßen auf den Wecker, dass ich am liebsten mein Handy an die Wand werfen würde. Nur mit Mühe kann ich diesen Impuls unterdrücken.

Noah hat nach unserem gemeinsamen Frühstück wortlos den Tisch abgeräumt, ist dann in seinem Zimmer verschwunden und seitdem nicht mehr herausgekommen. Ich vermisse ihn, obwohl wir doch im selben Haus sind. Es fühlt sich an, als hätte ich mit meiner Dummheit, die aufkommende Nähe zu ihm wieder zerstört. Als dieser Gedanke mein Kopf durchschießt, kommen mir die Tränen. Zum Zeichnen habe ich keinen Nerv, und so sitze ich einfach allein auf dem Sofa und starre ins Leere.

Noah

Was für ein ekliger Tag. Wieder und wieder habe ich mir selbst in Gedanken eine dafür verpasst, dass ich am Morgen Jennis Nachricht angesehen habe. Ja, mir ist klar, dass es richtig war. Es war ja auch wirklich nichts dabei, aber ich habe das Gefühl, dass es alles zwischen Georgie und mir wieder kaputtgemacht hat.

Eine innere Stimme sagt mir, dass sie nur deswegen mit diesem Paul Essen geht, weil ich es mit Jenni tun werde. Aber eine andere, ängstliche, gehässige kleine Stimme in mir sagt:

Dieser Paul. Sie hat ihn schon einmal erwähnt. Jessy hat erzählt, dass Paul auf Georgie steht. Vielleicht hast du dich geirrt, und da ist doch mehr zwischen den beiden, als du dachtest?

Halt die Klappe, Stimme, knurre ich in Gedanken und beiße mir heftig in die Innenseite meiner Wange. Autsch.

Ich beschließe, dass ich mir anhören werde, was Jenni zu sagen hat. Wenn das geklärt ist, werde ich ja sehen, ob sie wieder Teil meines Lebens sein wird. Und dann werde ich mit Georgie über alles reden. Ich werde ihr erzählen, warum Jenni mit mir sprechen wollte. Alles wird gut werden. Ich hoffe es so sehr.

»Schön, dass es mit dem Essen geklappt hat, Noah«, sagt Jenni, als wir uns am Abend im italienischen Nobellokal *Bellacio* gegenübersitzen. »Ich hoffe, ich habe dir gestern nicht die Nummer versaut«, fügt sie hinzu, und ein leichtes Lächeln umspielt ihre Lippen. Ich weiß genau, woran sie jetzt gerade denkt. Früher, wenn eine meiner Freundinnen nicht gut für mich war, dann hat Jenni die unterschiedlichsten Möglichkeiten gefunden, sie zu vergraulen.

Als hätte sie meine Gedanken gelesen, schüttelte den Kopf.

»Das war gestern wirklich nicht so, ich kenne Georgie ja gar nicht.«

»Das weiß ich doch«, sage ich und straffe meine Schultern. »Und nein, du hast nichts versaut. Das habe ich ganz gut selbst hingekriegt.«

»Oh Noah«, seufzt sie und schüttelt den Kopf.

»Aber über unser Privatleben können wir doch später noch reden, oder Jenni?«, sage ich und komme direkt zur Sache. »Was genau ist der Grund dafür, dass du hier bist?«

Ich habe, wenn ich nicht gerade Georgie im Kopf hatte,

ständig darüber nachgedacht, und das Ergebnis, zu dem ich gekommen bin, macht mir immer noch Angst.

»Ah, das ist typisch Noah Portman«, sagt sie mit einem Lachen und faltet die Hände vor sich auf dem Tisch. »Wir haben noch nicht mal etwas zu trinken bestellt, und schon kommst du zur Sache.«

Wie aufs Stichwort taucht eine Kellnerin an unserem Tisch auf und fragt nach unseren Wünschen. Wir bestellen, und dann sehe ich Jenni wieder fragend dran.

»Noah«, sagt sie und ihre Stimme klingt vorsichtig. »Bitte hör dir zuerst an, was ich zu sagen habe, bevor du ausflippst, okay?«

Das klingt nicht gut. Ich spanne mich an. »Ich werde es versuchen«, verspreche ich.

Jenni nickt. »Gut, das muss reichen«, sagt sie, und dann beginnt sie. »Noah, ich bin hier, weil ich möchte, dass du eine Trainerstelle annimmst.«

Mein Herz schlägt einen dreifachen Salto bei ihren Worten, und ich habe das Gefühl, es würde gleich mit einem Schlag aus meiner Brust katapultiert. Ja, ich habe vermutet, dass es wieder um dieses Thema geht, aber es jetzt zu hören, ist noch einmal ganz anders. Bevor ich allerdings auffahren kann, hebt Jenni abwehrend die Hand.

»Du hast versprochen zu warten«, erinnert sie mich, und ich atme tief ein. Okay, ich warte.

»Noah, Patric hat immer wieder nach dir gefragt. Du konntest schon immer so gut mit Menschen umgehen, und der Fußball ist dein Leben. Willst du wirklich in einer Praxis sitzen und dir die Probleme anderer Menschen anhören, während du Leuten helfen könntest, die du wirklich verstehst, weil du schon an ihrer Stelle warst?«

Jennis Stimme klingt eindringlich und ernst. »Überleg

doch mal, was du mit deiner Psychologie Ausbildung als Trainer alles erreichen könntest.«

Einen Moment lang starren wir uns über den Tisch hinweg in die Augen.

»Ich möchte nicht die Jugendmannschaft trainieren«, sage ich, und meine Worte klingen kalt. »Diese jungen aufstrebenden Talente, denen alles noch bevorsteht.«

»Du bist eifersüchtig«, stellt Jenni ruhig fest, und ich schweige, weil ich genau weiß, dass sie recht hat.

»Aber, Noah, sie wollen dich nicht mehr für die alte Mannschaft. Sie wollen, dass du die neue Jugendmannschaft als Assistenztrainer unterstützt und deine Ausbildung zum Trainer machst, um später vielleicht sogar einmal die A-Mannschaft trainieren zu können. Mit deiner psychologischen Ausbildung und deinen Erfahrungen bist du genau der Richtige dafür.«

Für einen Augenblick bleibt mir die Luft weg. Die A-Mannschaft. Das ist etwas, wovon jeder ausgediente Fußballer träumen würde. Das Wort *ausgedient* versetzt mir einen heftigen Stich, und dennoch ist mir klar, was das für eine große Chance wäre. Aber schon einen Augenblick später weiß ich, dass ich das nicht kann. Panik umspült mich.

»Bitte, bitte, zwing mich nicht dazu, Jenni«, flehe ich und sehe, wie sie leicht den Kopf schüttelt.

»Ich würde dich niemals zu etwas zwingen.« Ihr Tonfall ist sanft, und sie greift über den Tisch hinweg nach meiner Hand. »Aber es würde mir alles bedeuten, wenn du dieses Angebot nicht ausschlagen würdest.«

Zu meinem Erstaunen sehe ich Tränen in ihren Augen.

»Was ist los, Jenni?«, frage ich vorsichtig und drücke ihre Hand, die sich kalt in meiner anfühlt. »Warum ist es dir so wichtig?«

In diesem Moment sehe ich, wie in ihren Augen etwas bricht. Sie sackt auf ihrem Stuhl zusammen, löst ihre Hand aus meiner und vergräbt ihr Gesicht in den Händen. Ich sitze wie erstarrt da. Es kommt mir vor, als würde die Zeit sich mit einem Mal ziehen wie ein zu lang gekauter Kaugummi. Ich beobachte, wie ihre Schultern zu beben beginnen, und begreife, dass sie weint.

Ich springe auf, umrunde den Tisch und gehe neben ihr in die Hocke. Schnell lege ich meinen Arm um ihre Schulter und drücke sie an mich.

Es ist mir egal, dass uns Leute von den Nachbartischen seltsam ansehen. So etwas passiert vermutlich nicht häufig in diesem Nobelschuppen. Sollen sie doch. Gerade will ich einfach nur wissen, was mit Jennifer los ist.

»Lass uns bitte gehen«, presst sie hervor, und ich reagiere sofort.

Ich winke unauffällig einen Kellner zu uns heran und lege ihm einen Geldschein auf den Tisch. Dann führe ich Jennifer aus dem Lokal. Dankbar lehnt sie sich an meine Schulter. Draußen begrüßen uns die Strahlen der Abendsonne, aber ich achte gar nicht darauf, sondern lenke unsere Schritte schnell in Richtung eines kleinen Parks, in dem einige Parkbänke stehen. Als ich eine freie entdecke, steuere ich direkt darauf zu.

Jenni lässt sich fallen wie ein nasser Sack und sinkt schniefend in sich zusammen. Ich lasse mich neben ihr nieder und sehe sie fragend an.

»Was ist los?« Ich hoffe, dass sie jetzt, ohne zu viele Zuschauer, bereit ist, mit mir zu sprechen.

»Patric und ich haben uns getrennt«, bricht sie hervor, und mir klappt der Mund auf. Da habe ich den fehlenden Ring also richtig interpretiert.

»Aber ihr beiden wart doch so glücklich«, sage ich lahm, und Jenni lacht bitter.

»Das habe ich auch gedacht. Allerdings habe ich meine Zweifel bekommen, als ich ihn mit einer anderen erwischt habe.«

»Arschloch«, entfährt es mir, und Jenni stößt eine Mischung aus Schluchzen und Lachen aus.

»Da sagst es.« Sie schnieft. »Vor allem, weil ich inzwischen seine Geschäftspartnerin bin.«

»Oh, wow!«, mache ich meiner Überraschung Luft. »Das erklärt natürlich deine Lokalwahl.«

»Das ist nicht witzig«, schnieft sie, kann sich aber ein kleines Lächeln nicht verkneifen.

»Ein bisschen schon, gib es zu«, necke ich, werde aber gleich wieder ernst.

»Das heißt, du arbeitest noch mit Patric zusammen, obwohl er dich so sehr verletzt hat?«

Jennifer sieht mich an. Ihre Augen sind ganz eindeutig rotgerändert, und jetzt fallen mir auch die dunklen Ringe unter ihnen. Auch ihre Nasenspitze ist gerötet, und in ihren Augen steht die Trauer.

»Ich habe schon oft darüber nachgedacht, einfach zu gehen, aber ich kann es nicht. Ich habe mir über die Jahre so viel aufgebaut, und es würde mir falsch vorkommen, das einfach aufzugeben.«

Ich nicke langsam, denn ich kann sie verstehen. Es ist ein grauenvolles Gefühl, alles zu verlieren.

»Und deshalb willst du mich dabeihaben?«, frage ich vorsichtig. Der Kontakt zwischen Sportagenturen und Trainern ist wichtig, und langsam begreife ich, warum Jennifer sich so sehr wünscht, dass ich diesen Job annehme.

»Nicht nur deshalb«, sagt sie schnell. »Es wäre so eine wunderbare Gelegenheit für dich.«

»Das stimmt«, sage ich leise. Meine Gedanken rasen durcheinander. Wieder schießt mir durch den Kopf, dass eine Stelle als Trainer das Georgieproblem auf einen Schlag lösen würde. Der Gedanke ist verlockend, aber meine Scheu davor, in die Welt des Sports zurückzukehren, hält mich davon ab, eine Entscheidung zu treffen.

»Ich muss darüber nachdenken, Jen«, sage ich leise und habe wieder einmal das Gefühl, ein schrecklicher Feigling zu sein.

»Tu das«, sagt Jenni und wirkt, als hätte sie sich in ihr Schicksal gefügt. »Ich werde noch eine Weile in der Gegend sein und mich nach neuen Talenten umsehen. Meine Nummer hast du ja.«

»Ja, die habe ich«, sage ich leise und straffe dann meine Schultern, um ihr fest in die Augen zu sehen. »Und dieses Mal werde ich dich auch anrufen«, verspreche ich und meine es auch so.

Ich bin zu lange vor meiner Vergangenheit weggerannt, und das will ich nicht wieder tun.

»Das hoffe ich doch sehr«, sagt sie und lehnt sich zu mir, um mich in den Arm zu nehmen. »Ich habe dich vermisst, Noah Portman.«

Kapitel 14

Georgie

Ich sehe an mir herunter und zupfe nervös am Saum meines T-Shirts herum. Es ist das erste Date, bei dem ich mich nicht von Jessy habe beraten lassen. Wobei das jetzt ja so klingt, als hätte ich wahnsinnig viele Dates gehabt.

Eigentlich ist es erst mein zweites, wenn man meine Treffen mit Noah nur als ein Date wertet.

Ich habe mich vor Noah einfach nie dafür interessiert, mit Männern auszugehen, und auch heute habe ich an meiner Entscheidungsfindung starke und berechtigte Zweifel.

Ich trage eine Jeans und ein normales T-Shirt, weil ich Paul nicht das Gefühl geben will, dass mehr hinter diesem Treffen stecken könnte. Ich möchte ihm keine falschen Hoffnungen auf etwas machen, was niemals eintreffen wird.

Außerdem ist die Jeans, die ich trage, eine, die einen dehnbaren Bund hat. Jetzt, da ich weiß, warum meine Hosen sich in letzter Zeit so eng angefühlt haben, ärgere ich mich nicht weiter darüber, sondern mache es mir gemütlich.

Immer wieder wandert meine Hand zu meinem Bauch, während ich mich auf den Weg zum Campus mache, wo ich mit Paul verabredet bin. Er wollte mir nicht genau verraten, wohin er mit mir essen gehen möchte, aber ich hoffe sehr, dass ihn mein Outfit von seinem Gedanken an ein romantisches Date kuriert.

Paul steht schon vor dem Wohnheim. Und als ich näherkomme, sehe ich, dass er kleine Schweißperlen auf der Stirn hat. Ich glaube, dass er ziemlich aufgeregt ist, und spüre die Stiche meines schlechten Gewissens sehr deutlich. Hoffentlich habe ich keinen riesigen Fehler gemacht.

»Hey, Georgie«, grüßt er mich, und seine Stimme klingt dünner als sonst. Ich sehe aus den Augenwinkeln, dass er seine Hände an seiner Hose abwischt und registriere gleichzeitig erstaunt, dass er selbst ähnlich leger gekleidet ist wie ich.

»Hey, Paul«, sage ich unsicher und weiß nicht genau, wie ich ihn begrüßen soll. Eine Umarmung kommt für mich nicht infrage, aber ein Händeschütteln wäre auch nicht angebracht.

Schließlich entscheide ich mich für eine Art nervöses Winken, das ich gleich darauf zu überspielen versuche.

»Was haben wir denn heute vor?«, frage ich, und Paul lächelt mich schüchtern an.

»Ich habe lange überlegt, was ich mit dir machen möchte«, sagt er dann, und mit jedem Wort wird seine Stimme sicherer. »Und weil ich glaube, dass du eine Frau bist, die ein gemütliches Essen einem steifen, piekfeinen vorzieht, würde ich dich gerne zu mir reinholen. Ich habe uns eine Art Picknick zusammengestellt, und ich dachte, wir könnten uns einen Film anschauen.«

Einen Moment lang bin ich wirklich sprachlos. Ich finde es erstaunlich, wie gut Paul mich eingeschätzt hat, und wenn er Noah wäre, dann wäre ich vollkommen begeistert.

Allerdings wird mir in diesem Moment klar, dass ich das hier nicht tun kann. Ich will keinen anderen Mann in seinem Zuhause besuchen, auch wenn Noah gerade mit Jenni zusammen ist.

Ich mag Paul gern und will ihm nicht wehtun. Er ist wirklich ein netter Kerl, aber er ist nicht der Mann für mich. Es ist so bescheuert, das zu denken, aber es ist so. Paul löst in mir keine Gefühle aus. Ich wünschte, es wäre anders, aber es ist nicht so.

»Paul, es tut mir leid«, stottere ich unbeholfen und schäme mich in Grund und Boden. »Ich kann das hier nicht.«

»Wie meinst du das?«, fragt er entsetzt, und ich fühle mich schrecklich.

»Ich kann den Abend nicht mit dir verbringen«, sage ich sanft, und Pauls Schultern sacken herunter. Er sieht mich wortlos an, räuspert sich und umarmt mich.

»Danke für die Zeit, in der ich an Wunder glauben konnte«, flüstert er mir ins Ohr. Sein warmer Atem streift meine Wange und verursacht mir eine Gänsehaut. Allerdings ist es keine Gänsehaut der guten Art. Eher als würde man einen Horrorfilm sehen.

Seine Berührung ist warm und weich, und einen kurzen Augenblick lang überlege ich mir, ob da nicht irgendwann doch noch ein Kribbeln folgen könnte. Aber nein, stelle ich gleich darauf fest. Es würde kein Kribbeln geben, niemals.

Ich verabschiede mich von Paul und mache mich auf den Weg nach Hause. Ich lasse mir Zeit und konzentriere mich auf die Dinge, die um mich herum passieren. Ich lausche dem Zwitschern der Vögel, den Motorengeräuschen der Autos und lächele die Passanten an, die an mir vorbeigehen. Jetzt, da ich den Campus und damit auch Paul ohne ein Date hinter mir lasse, fühle ich mich wahnsinnig erleichtert.

Statt auf ein Date zu gehen, schlendere ich die nächste Stunde durch die belebten Straßen von Connecticut.

Ob Noah wohl schon zu Hause ist? Ich habe meine Eifersucht auf Jenni inzwischen komplett aufgegeben. Pauls Einladung anzunehmen war dumm, und mir ist klar, dass das nicht das Richtige war. Ich möchte jetzt nur zur Noah und mich an seine männliche Brust schmiegen. Ich möchte in seinen Armen liegen mich geborgen fühlen. Weil dieser Wunsch immer stärker wird, beschleunige ich meine Schritte, und auf den letzten Metern renne ich geradezu durch den Garten zu unserer Haustür.

Während ich meinen Schlüssel auf der Tasche hole, lausche ich, ob sich hinter der Tür etwas tut. Ich höre nichts, aber als ich die Haustür öffne, sehe ich Noahs Schuhe, die ordentlich an ihrem Platz stehen. Ich spüre sofort, wie sich ein Lächeln auf meinem Gesicht ausbreitet.

»Noah?«, rufe ich halblaut, während ich meine Jeansjacke an den Haken hänge und meine Schuhe von den Füßen kicke.

»Ich bin hier«, höre ich eine Stimme aus der Küche. Als ich hineinkomme, durchfährt ein warmes Gefühl meinen Bauch. Noah sitzt am Küchentisch. Vor sich hat er eine Tasse, aus der es dampft, und lächelt mir entgegen. Ich weiß, dass unsere Verabschiedung alles andere als freundlich war, aber in diesem Moment, als er mir so in die Augen sieht, scheint es mit einem Mal vergessen zu sein.

Ich springe auf ihn zu, er steht auf, und im nächsten Moment liege ich in seinen Armen und schmiege mich an seine Brust. Es ist genauso, wie ich es mir gerade noch gewünscht habe, nur noch viel besser.

»Nanana«, murmelt Noah an meinen Haaren und streichelt mir sanft mit der Hand über den Rücken. »Womit habe ich diese Begrüßung denn verdient?«

»Tut mir leid«, bringe ich hervor, und obwohl es dumpf an seiner Brust klingt, hat Noah mich verstanden.

»Was tut dir leid, Liebes?«, fragt er sanft und streichelt weiter meinen Rücken. In meinem Innern brodelt es. Die Gefühle scheinen überzukochen, und ich sehne mich danach, sie rauszulassen.

Noah

»Es tut mir leid«, wiederholt Georgie, und ich spüre, dass sie zittert. Über allem, was an diesem Abend passiert ist, habe ich die Wut darüber, dass sie sich mit diesem Paul treffen wollte, völlig vergessen. Ich bin so froh, dass sie wieder zu Hause ist.

»Tut mir leid, dass ich so eifersüchtig war«, nuschelt sie in meinen Pullover, und mir wird warm ums Herz.

»Okay, Liebes«, sage ich und hauche ihr einen Kuss auf den Scheitel. »Es ist alles okay.«

»Nein«, schnieft sie. »Es ist eben nicht okay. Ich hätte dir vertrauen sollen, und ich hätte nicht einmal daran denken sollen, mit Paul auszugehen. Das war ein Fehler.«

Das sehe ich in der Tat genauso, darum widerspreche ihr nicht. Aber ich streichle weiter über ihrem Rücken und versuche sie zu beruhigen. Ich frage nicht nach ihrem Date. Ich will nicht wissen, was dieser Paul getan hat, um Georgie so anhänglich werden zu lassen.

Sie schmiegt sich noch enger an mich, und ich genieße das Gefühl ihr so nah zu sein. Einen Augenblick lang überlege ich, ob ich ihr erzählen soll, was Jennifer mir angeboten hat. Ich entscheide mich allerdings dagegen, weil ich weiß, wie sehr es auch Georgie betrifft.

Wenn ich mich entscheide, den Job nicht anzunehmen, hätte ich ihr unnötige Hoffnungen gemacht. In diesem Moment allerdings, fühlt es sich so an, als könnte alles gut werden.

Es fühlt sich an, als könnte ich mit Georgie zusammen alles erreichen und als wäre sie in jedem Fall ein Teil meiner Zukunft.

Kapitel 15

Georgie

Am Sonntag kommt mir der gestrige Tag unendlich weit entfernt vor. Noah und ich frühstücken zusammen und kuscheln uns danach mit ein paar Folgen *Gilmore Girls* vor den Fernseher. Ganz standesgemäß in Jogginghosen und Schlabbershirts. Lucky streckt sich gemütlich neben uns aus und könnte sich offensichtlich nicht wohler fühlen.

»Ich kann es gar nicht glauben, dass du auf die *Gilmore Girls* stehst«, sage ich nach einer Weile zu ihm und kuschele meinen Kopf an seine Schulter.

»Na, so weit würde ich wohl auch nicht gehen«, gibt er grinsend zurück. »Aber es ist eine gute Serie.«

»Stimmt.« Damit kann ich mich zufriedengeben, und die nächsten Stunden versinke ich in der Welt der Serie, während Noahs warmer Körper meinem so nah ist und wir nur aufstehen, um aufs Klo zu gehen oder uns eine neue heiße Schokolade zu holen.

Aber obwohl ich die Zeit mit Noah sehr genieße, werde ich eine nagende Unruhe in meinem Innern einfach nicht los. Es ist nicht nur, dass er nicht einmal fragt, wie mein Date mit Paul war, und ich ihm deshalb nicht erzählen kann, dass es gar nicht stattgefunden hat. Nein, die Tatsache, dass ich ein Geheimnis vor ihm habe, stört mich mehr, als erwartet, und die ganze Zeit warte ich sehnsüchtig darauf, dass Jessy nach Hause kommt. Ich muss einfach mit ihr reden.

Es wird ziemlich spät, und als sich wirklich die Haustür öffnet, stehe ich schon wie ein wartendes Hündchen dahinter.

»Hey Georgie«, begrüßt Jessy mich und mustert mich aufmerksam, nachdem sie mich fest zur Begrüßung in den Arm genommen hat.

»Bist du immer noch oder schon wieder im Schlabberlook?«

»Immer noch«, gebe ich lachend zu, und Darcy springt so lange an mir hoch, bis ich in die Knie gehe und ihn ebenfalls begrüße.

»Na, Hübscher«, sage ich und kraule ihn am Ohr. »Hattest du ein schönes Wochenende?«

»Nett, dass du fragst«, ertönt in diesem Moment Alex' Stimme hinter mir. Er ist mit Jessys Koffer in der Hand im Türrahmen aufgetaucht und grinst auf mich herunter.

»Ich habe den Hund gemeint, du Spinner.«

Lachend kneife ich ihn in die Wade. »Aber ihr beiden dürft mir natürlich auch erzählen, wie euer Wochenende war. Bleibst du zum Abendessen, Alex?«

»Ja«, erklärt er. »Sheila ist schon wieder bei Sarah. Wir haben sie auf dem Weg hierher dort abgeliefert.«

»Dann werde ich uns mal etwas zu essen kochen«, will ich sagen, beiße mir aber gerade rechtzeitig auf die Zunge, denn ich will nicht riskieren, dass mir in der Küche schlecht wird von der Vielzahl an Gerüchen.

Aber weil ich meiner Freundin nicht zumuten kann, dass sie nach dem langen Weg auch noch allein kocht, grinse ich sie von der Seite an.

»Wie wäre es, Jessy«, schlage ich vor, »wollen wir unsere berühmten Macaroni Cheese machen?«

»Das klingt großartig.« Alex stöhnt. »Wann kommt eigentlich Ben nach Hause?«

»Er wird erst morgen früh wieder da sein«, sage ich, und Jessy mustert mich fragend. »Hat er eigentlich ein Date, oder wo steckt er schon wieder?«, erkundigt sie sich, und ich zucke mit den Achseln.

»Ich glaube, er trifft sich mit jemandem«, sage ich unbestimmt und reibe dann die Handflächen aneinander. »Also, habt ihr Lust auf Essen?«

»Ich habe auf jeden Fall Hunger«, erklingt eine weitere Stimme hinter mir, und sofort habe ich eine Gänsehaut.

»Dass du immer Hunger hast, weiß ich ja, Noah«, gebe ich möglichst gelassen zurück, und er grinst.

»Danke an euch Damen«, sagt er und grinst Alex an. »Wir revanchieren uns im Sommer mal mit einer Grillparty, oder?«

»Absolut«, stimmt Alex zu, und nach einem kurzen Blickwechsel gehen Jessy und ich in die Küche. Darcy und Lucky folgen uns auf dem Fuß und machen sich gleich über ihre Näpfe her, die wir ihnen füllen.

»So«, sagt meine Freundin schließlich, während wir die Macaroni kochen und gleichzeitig verschiedene Käsesorten zusammenschneiden, die wir später zu den fertigen Nudeln geben werden. »Und jetzt zu uns beiden.«

Sie wirft mir einen aufmerksamen Blick zu.

»Was war denn bei dir los dieses Wochenende? Deine Nachrichten klangen irgendwie beunruhigend.«

Ich finde es faszinierend, dass meine Freundin mich so gut kennt, dass sie aus den wenigen Nachrichten, die ich bewusst vage gehalten habe, schon etwas schließen konnte.

»Sagen wir es mal so«, sage ich und seufze schwer. »Das Wochenende war sehr nervenzehrend.«

»Was war denn los?«, erkundigt Jessy sich. »Noah hat erzählt, dass du ins Krankenhaus musstest. Warum hast du das nicht selbst erzählt?«

Ich stöhne innerlich auf. Natürlich hat Noah ihr erzählt, dass er mit mir im Krankenhaus gewesen ist. Damit hätte ich tatsächlich rechnen müssen. Habe ich aber nicht, und deshalb stottere ich jetzt ziemlich herum.

»Weißt du, es ist sicher nicht so dramatisch, wie er es erzählt hat«, sage ich und sehe Jessy dabei nicht in die Augen. »Ich würde dir lieber später in Ruhe von meinem Wochenende erzählen. Pyjamaparty?«

»Na gut, Pyjamaparty«, bestätigt meine Freundin nach kurzem Zögern, und dann bereiten wir in friedlicher Zusammenarbeit das Essen fertig vor.

Die Nudeln schmecken wirklich großartig und sind innerhalb kürzester Zeit vollständig aufgegessen.

»Ich muss schon sagen«, Noah, schiebt sich die letzte Gabel in den Mund und hält sich den Bauch, »dafür, dass ihr so köstlich gekocht habt, hat Georgie erschreckend wenig gegessen.«

Er mustert mich besorgt, und eine kleine Falte bildet sich zwischen seinen Augenbrauen. »Ist dir etwa schon wieder schlecht?«

»Ein bisschen«, gebe ich zu, und es stimmt leider. Die Übelkeit ist definitiv zurück. Ich kann auch nur sehr schwer beurteilen, ob es am Geruch des fettigen Käses liegt, oder an meiner Aufregung wegen meines Gesprächs mit Jessy später.

Aber was auch immer der Grund dafür sein mag: Mir ist schlecht.

»Und jetzt erzähl mir bitte endlich, was los ist«, sagt meine Freundin etwa eine Stunde später und lässt sich auf ihr Bett fallen. Alex ist in seine Wohnung gefahren, und weil wir hier unten ungestört sind, ist Jessys Zimmer genau der richtige Ort für einen Plausch unter Freundinnen. Sie mustert mich mit gehobenen Augenbrauen.

»Ich habe mir schon den ganzen Abend Sorgen um dich gemacht. Normalerweise stürzt du dich auf Macaroni Cheese, als wäre es David Beckham.«

»Ein schlechter Vergleich. Das Essen hat so sehr nach Fett gerochen«, rechtfertige ich mich und weiß, dass das Gespräch damit genau in die richtige Richtung geht.

»Also, das fand ich eigentlich nicht«, meint Jessy und runzelt nachdenklich die Stirn. Jetzt ist der richtige Moment gekommen, es ihr zu sagen, und deshalb nehme ich allen meinen Mut zusammen.

»Im Krankenhaus habe ich eine Erklärung dafür bekommen, dass mir momentan so oft schlecht ist und mir auch Gerüche Übelkeit verursachen«, sage ich, und die Augen meiner Freundin werden groß.

»Was genau möchtest du mir damit sagen?«, fragt sie, und ich sehe ihr an, dass sie die Antwort schon kennt oder sie zumindest vermutet.

»Weißt du noch, was Ben und du mal gesagt habt, als es darum ging, was mit mir los sein könnte?«, frage ich vorsichtig, und jetzt starrt sie mich aus suppentellergroßen Augen an.

»Ich bin schwanger«, sage ich schlicht, und Jessy schnappt nach Luft.

»Schwanger?«, fragte sie, und ihre Stimme klingt so fassungslos, wie ich mich am Freitag auch gefühlt habe, als ich es erfahren habe.

»Ich weiß es seit Freitag«, sage ich leise und fixiere meine Fingernägel. »Morgen werde ich zu meiner Frauenärztin gehen.«

Jessy schüttelt den Kopf, starrt mich an und schüttelt dann wieder den Kopf.

»Aber, aber … wie kann das sein? Du hast nie von einem Mann erzählt.«

Ich spüre, wie mich das schlechte Gewissen überrollt. Meine Freundin hatte es nicht verdient, dass ich sie so lange angelogen habe, und dennoch habe ich es getan.

»Weißt du«, ich merke, dass meine Stimme bricht, »ich glaube, ich sollte dir einiges erzählen.«

»Das glaube ich allerdings auch«, sagt sie leise, und wir sehen uns einen Augenblick lang in die Augen.

»Wer ist der Vater?«, fragt Jessy, als würde sie merken, dass ich keine Ahnung habe, wie ich beginnen soll.

Allerdings hat sie mir in diesem Moment die Frage gestellt, die zu beantworten am allerschwersten für mich sein wird. Ich spüre, wie sich meine Finger in den Stoff meiner Jeans krallen, so nervös bin ich.

»Es ist Noah«, bringe ich hervor, und in diesem Moment wird mir klar, dass meine Freundin sogar noch viel überraschter aussehen kann. Ich dachte eigentlich, wir hätten das Höchstmaß Überraschung schon erreicht, aber das ist nicht wahr.

»Noah?!«, fragt sie, und ihre Lippen stehen einen Spaltweit offen.

»Noah, so wie in Noah Portman?«

»Genau.« Meine Stimme klingt leise, und ich warte ängstlich ab, wie sie weiter reagieren wird. Noch nie war ich in der Situation, dass ich so ein Geständnis ablegen musste. Als es letztes Jahr Probleme gab mit ihr und Alex, war sie es, die mir ein Geständnis machen musste und jetzt hier zu sitzen und ihr zu gestehen, dass ich sie genauso belogen habe, ist sehr schwer. »Noah Portman also«, sagt Jessy, und schüttelt den Kopf. »Erzähl mir bitte alles.«

»Ja, das hätte ich schon längst tun sollen«, gebe ich zu und atme tief durch. Ich erzähle ihr, wie ich Noah kennengelernt habe, wie er mich verzaubert und dann so sehr verletzt hat. Ich erzähle ihr, wie schwer es für mich war, dieses Geheimnis in den letzten Monaten für mich zu behalten. Ich erzähle ihr, dass Noah einmal mit mir geschlafen hat, und ich erzähle ihr auch, dass ich niemals damit gerechnet hatte, ihn nach dieser Aktion wiederzusehen.

»Der Typ ist ein Penner«, entfährt es Jessy, als ich am Ende meiner Geschichte angekommen bin. »Ich meine, ich hatte ja von Anfang an das Gefühl, dass da mehr zwischen euch sein könnte, als du mir erzählen willst, aber das? Niemals wäre ich darauf gekommen. Im Leben nicht.«

»Nein«, verteidige ich Noah sofort. »Nein, er ist kein Penner. Er hat Fehler gemacht, natürlich, aber das tun wir doch alle, oder? Inzwischen ist es ganz anders zwischen uns.«

»Oh Mann, Georgie. Oh Mann.« Jessy schüttelt den Kopf. »Ich dachte immer, du wärst die Vernünftige von uns beiden.«

»Das ist wohl Vergangenheit«, murmle ich und fühle mich unendlich schlecht.

»Hey, Süße«, sagt Jessy, und plötzlich klingt ihre Stimme ganz sanft. »Es tut mir leid. Ich glaube, ich habe gerade absolut nicht richtig reagiert. Ich war nur so vollständig überrascht.«

»Ist schon okay«, antworte ich leise. »Ich meine, wie hätte man denn sonst auf so eine Neuigkeit reagieren sollen?«

Bei dieser Frage sehe ich auf und direkt in das Gesicht meiner Freundin.

»Wie geht es dir damit?«, fragt sie mich, und ein ganz kleines Lächeln huscht über ihr Gesicht.

Überrascht halte ich einen Moment lang inne. Diese Frage habe ich mir selbst noch nicht gestellt. Der Schock von Freitag ist verflogen, und jetzt horche ich in mich hinein.

»Das ist schwer zu sagen«, antworte ich leise und ziehe meine Unterlippe zwischen meine Zähne. Schließlich gebe ich mir einen Ruck.

»Ich wollte immer Kinder«, sage ich. »Ich wollte schon immer Mutter sein.«

»Ich weiß«, sagt sie, und jetzt lächelt sie richtig. »Du bist in der Rolle auch sicher großartig.«

»Das weiß ich nicht.« Meine Gefühle wechseln im Sekundentakt zwischen Aufregung, Freude und Panik hin und her. »Es macht mir auch Angst. Ich meine, es ist nicht unbedingt der richtige Zeitpunkt …«

»Ach was«, fällt Jessy mir ins Wort. »Wann erwischt man für eine Sache schon mal den richtigen Zeitpunkt?«

Ich runzle die Stirn und denke über ihre Worte nach.

»Ich meine«, fährt sie fort. »Sieh doch nur mal Alex und mich an. Glaubst du wirklich, dass es für uns der richtige Zeitpunkt war?«

»Wer kann das schon sagen?«, frage ich leise. Jessy seufzt und nimmt mich in den Arm.

»Ich glaube, aus Geschichten wie unseren kann wirklich nur Gott etwas Gutes machen«, sagt sie leise und viel ernster, als ich es erwartet hätte.

Ich denke über ihre Worte nach und nicke vorsichtig. Ja, ich habe von meinen Eltern gelernt, dass es Gott gibt und dass er jeden Menschen sieht. Mit den Jahren habe ich immer wieder gezweifelt, wie es sein kann, dass dann guten

Menschen so viel Schlimmes passiert, aber jetzt in diesem Moment frage ich mich, ob diese Denkweise wirklich fair ist.

Schlimme Dinge passieren, weil Menschen, Menschen sind, und nicht, weil Gott Gott ist. Man wendet sich an ihn wie an einen Wunschautomaten, wenn man gerade ein Problem hat, und wenn man dann nicht das bekommt, was man möchte, leugnet man seine Existenz und sagt ihm, er könne gar nicht liebevoll sein. Auf so eine Art würde man Menschen nie behandeln.

Wenn ein Mensch alle um sich vernachlässigt und erst, wenn er etwas will, plötzlich auf der Matte steht, dann würden die meisten Menschen das für ein unmögliches Verhalten halten.

»Du hast recht«, sage ich leise, und meine Hand gleitet an meinen Bauch. Dieses kleine Wesen, das darin heranwächst, ist ein Wunder. Ein Wunder, das ich definitiv nicht verdient habe.

»Ich habe immer recht«, sagt Jessy, und jetzt blitzen ihre Augen verschmitzt. »Ich freue mich auf jeden Fall wahnsinnig für dich.«

Alles an ihrem Verhalten ist so aufrichtig, dass ich gar nicht an ihren Worten zweifeln könnte, selbst wenn ich wollte.

»Danke«, sage ich leise.

Jessy mustert mich. »Sieht man an deinem Bauch schon was? Darf ich mal fühlen?«, fragt sie, und ich kann die Aufregung in ihrer Stimme hören.

Ich hebe mein Oberteil an und gebe den Blick auf meinen Bauch frei. Tatsächlich sehe ich eine kleine Wölbung. Mir ist klar, dass mein Bauch von nun an sehr schnell wachsen wird.

»Ich weiß nicht, ob das jetzt am Essen liegt, aber wenn du möchtest, darfst du fühlen«, sage ich, und Jessy lacht.

»Das ist definitiv nicht vom Essen«, meint sie und berührt vorsichtig meinen Bauch.

»Wow«, wispert sie und strahlt mich an. »Ich werde wirklich Tante.«

»Aber wir wissen noch nicht, was es wird. Es versteckt sich.«

Ich kann mir ein Lachen nicht verkneifen und spüre, wie mich eine Welle von Glück überrollt. Eine Weile quatschen wir, ich zeige Jessy das Ultraschallbild, und sie quietscht wie verrückt. Erst nach einer ganzen Zeit wird sie wieder ernst.

»Sag mal, wann willst du es eigentlich Noah sagen? Und deiner Familie?«

Auf einen Schlag verschwindet die Leichtigkeit aus meinem Innern. Meine Familie ist nicht gerade das Thema, auf das ich Lust habe. Einfach weil mir der Gedanke Angst macht, wie sie wohl reagieren werden.

»Ich wollte morgen nach dem Arzttermin zu meiner Mutter fahren«, erkläre ich, und meine Stimme zittert unmerklich.

»Soll ich mitkommen?«, fragt Jessy vorsichtig, und einen Augenblick lang bin ich tatsächlich in Versuchung.

»Danke dir, aber nein«, lehne ich schließlich ab und greife nach Jessys Hand, um sie zu drücken. »Ich glaube, das muss ich allein machen.«

»Das verstehe ich«, sagt Jessy langsam. »Und Noah?«

Ich stoße langsam die Luft aus. Was Noah betrifft, habe ich tatsächlich noch keine Ahnung, wie ich die Sache angehen soll. Ich möchte ihn nicht einfach damit überfallen, dass er Vater wird. Irgendwie stelle ich mir das Ganze besonders vor.

»Für ihn muss ich mir noch etwas Besonderes überlegen«, sage ich nach einer Weile. »Das kann ich ihm nicht einfach so hinwerfen.«

Kapitel 16

Georgie

»Und hier hätten wir nun das Kleine«, sagt meine Frauenärztin, und obwohl ich es schon im Krankenhaus gesehen habe, stockt mir erneut der Atem. »Versteckt es sich wieder?«, platze ich heraus und kralle aufgeregt die Hände in das weiche Material der Liege unter mir, die mir unendlich vertraut ist. Durch das PCO bin ich in regelmäßigen Abständen bei meiner Frauenärztin, und doch ist es dieses Mal so ganz anders.

»Nein.« Dr. Fisher lacht und dreht sich zu mir um.

»Dieses Mal ist es ganz eindeutig. Wollen Sie es denn wissen?«

Bis gerade eben war ich mir vollkommen sicher, aber jetzt werde ich mit einem Mal nervös.

»Keine Ahnung«, gestehe ich zögernd. »Eigentlich schon, aber wie machen andere Eltern das denn?«

»Also das kann man nun wirklich nicht so pauschal sagen.« Die Ärztin lacht. Ihre Art und ihr Lachen sind so freundlich und herzlich, dass ich gar nicht auf die Idee komme, mich ausgelacht oder nicht ernst genommen zu fühlen.

»Es kommt nur darauf an, ob Sie es gerne wissen wollen.«

Ich horche in mich hinein. Den Blick habe ich vom Bildschirm abgewandt.

»Ja«, sage ich schließlich. Allerdings klingt meine Stimme so leise, dass Dr. Fisher noch einmal nachhakt.

»Ja«, wiederhole ich, und dieses Mal klingt meine Stimme deutlich fester. »Ich möchte es gerne wissen.«

»Nun«, die Ärztin bewegt ihre Hand mit dem Ultraschallgerät auf meinem Bauch hin und her, bis sie schließlich gefunden hat, was sie sucht. »Begrüßen Sie Ihre Tochter.«

Ich habe es nicht gewusst. Ich schwöre, dass ich niemals eine Präferenz hatte, was das Geschlecht meiner potenziellen Kinder angeht, aber als ich diese vier Worte höre, weiß ich, dass sie mein Leben für immer verändern werden. Ich weiß plötzlich mit hellseherischer Klarheit, dass ich mein Baby, mein kleines Mädchen, brauche, und sie das Beste ist, was mir in meinem ganzen Leben passiert ist.

Ich schlage mir die Hand vor den Mund, um einen quietschenden Laut zu unterdrücken. Meine andere Hand fährt zu meinem Bauch, und es ist mir egal, dass sie gleich darauf voll mit Ultraschallgel ist.

»Das ist verrückt.« Ich schluchze, während ich gleichzeitig über das ganze Gesicht strahle. Jetzt verstehe ich, warum man von Freudentränen spricht. »Ich bekomme eine Tochter.«

»Herzlichen Glückwunsch«, sagt meine Ärztin lächelnd. »Sie scheinen ja darauf gehofft zu haben.«

Bei dieser Frage gluckst ein weiteres Lachen aus mir heraus. Es ist tief und ehrlich.

»Ich wusste ja bis Samstag nicht einmal, dass ich ein Kind bekomme«, platze ich heraus, und dann sprudele ich die ganze verrückte Geschichte aus mir hervor.

»Na, das ist ja was«, sagt Dr. Fisher, als ich am Ende angekommen bin. »Dann wissen Sie also noch so gut wie gar nichts über Ihre Schwangerschaft?«

Ich schüttele den Kopf, und sie mustert mich in plötzlichem Verständnis.

»Ich hatte mich schon gewundert. Eine Überweisung aus dem Krankenhaus im vierten Monat ist doch eher unüblich. Der errechnete Geburtstermin ist übrigens der fünfte September.«

Ich schnappe nach Luft. September kommt mir mit einem Mal so nah vor und gleichzeitig klingelt etwas bei mir.

»Das ist genau ein Jahr, nachdem ich ihren Vater kennengelernt habe«, platze ich hervor und deute auf meinen Bauch, den man heute kaum sieht.

»Oh, das ist ja ein Zufall.«

Man merkt Dr. Fisher an, dass sie nicht genau weiß, ob ich das jetzt positiv oder negativ gemeint habe. Ich weiß es ja selbst nicht so genau. Ich werde wieder ernst und knete nervös meine Finger.

»Ich habe so viele Fragen«, gebe ich zu, während meine Ärztin mir Papiertücher reicht, mit denen ich meinen Bauch von den Resten des Ultraschallgels befreie.

»Das ist ganz normal«, beruhigt sie mich und drückt in einer kurzen, aufmunternden Geste meine Schulter. »Fragen Sie mich alles, was Sie wissen wollen.«

»Bisher sieht man so wenig von meinem Bauch«, sage ich nach einigem Nachdenken. »Was meinen Sie, wie lange ich es noch verstecken werde können?«

»Ich fürchte, das wird jetzt sehr schnell gehen«, sagt meine Ärztin schmunzelnd. »Bald werden nur noch sehr weite Kleidungsstücke Ihren Zustand verstecken können.«

»Dann sollte ich es ihm wohl wirklich bald sagen«, murmle ich wie zu mir selbst und überschütte die Ärztin dann noch mit einer ganzen Menge von Fragen, die sie alle geduldig beantwortet.

»Bis zum nächsten Mal«, sagt sie lächelnd, als sie mich schließlich verabschiedet.

Ich verlasse die Praxis und atme tief durch.

»Du wirst also ein Mädchen«, sage ich leise, und der Gedanke treibt mir schon wieder die Tränen in die Augen.

Gleichzeitig habe ich Angst vor der Konfrontation mit meinen Eltern, die mir gleich unweigerlich bevorsteht. Aber dann kommt alles ganz anders, als ich es erwartet habe.

Den Auftakt zum wahrscheinlich turbulentesten Nachmittag aller Zeiten macht eine Nachricht, die auf meinem Handy eingeht, gerade als ich mein Auto vor dem großen Farmhaus meiner Eltern parke und aussteige.

Es ist eine Nachricht von Paul. Erschrocken stelle ich fest, dass ich ganz offensichtlich total vergessen habe, dass der Kerl überhaupt existiert. Ihm scheint es allerdings nicht so zu gehen. Eher im Gegenteil.

Paul: Gib mir bitte noch eine Chance. Ich wünsche mir etwas Ernstes mit dir.

»Auch das noch«, stöhne ich leise und stecke mein Handy mit so viel Elan wieder in meine Tasche, als könnte ich Paul und seine Nachricht ebenso leicht verschwinden lassen. Leider ist auch mir klar, dass das nicht möglich ist, und deshalb beschließe ich, dieses Problem wenigstens bis später zu vergessen und mich auf meine Familie zu konzentrieren.

»Ich will aber nicht mehr«, höre ich ein lautes Gebrüll hinter der Eingangstür. Eindeutig mein Bruder. Mein Finger friert auf halbem Weg zum Klingelknopf ein.

Was ist denn da los?

»Es ist mir egal, was du willst, junger Mann.«

Mein Vater mit seiner besten *Das-Leben-ist-kein-Wunschkonzert*-Stimme.

Wenn sie so laut sind, dass ich sie hier draußen hören kann, ist das vielleicht kein guter Zeitpunkt für meine Geschichte.

»Es gibt wohl nie einen guten Zeitpunkt«, murmle ich und drücke todesmutig auf den Klingelknopf. Drinnen ertönt das vertraute Schrillen, und im nächsten Moment verstummen die Streitgeräusche. Allerdings nur für kurze Zeit. Dann ertönen schwere Schritte hinter der Tür, und ich höre die grollende Stimme meines Vaters.

»Wer um alles in der Welt ist das?«

Im nächsten Moment fliegt die Tür auf, und mein Vater steht vor mir. Neben ihm wirke ich vermutlich wie ein normaler Mensch neben Hulk. Er ist so groß, dass er vermutlich erst den Boden absucht, um mich zu entdecken.

»Georgiana«, sagt er schließlich überrascht und öffnet mit ein paar Augenblicken Verspätung die Arme, um mich an sich zu ziehen. »Hatten wir mit dir gerechnet?«

»Ich glaube nicht, Dad«, antworte ich und hoffe, dass man mir meine Angst nicht auf den ersten Blick ansehen kann. »Ich hoffe, ich störe euch nicht?«

Ich sehe, dass ein Muskel an seinem Kiefer zuckt, aber er schüttelt den Kopf.

»Du störst nie, meine große Tochter«, sagt er sanft, und ich kann die Liebe aus seiner Stimme gut heraushören. Mein Herz wird weit, denn ich hänge sehr an meinem Vater, auch wenn wir nicht immer derselben Meinung sind.

»Wer ist da, Walter?«, höre ich meine Mutter rufen.

»Es ist Georgiana«, ruft er zurück, und ich höre einen

erleichterten Ausruf, der eindeutig von meinem Bruder Matt kommt.

Ich schlüpfe an meinem Vater vorbei, laufe ins Wohnzimmer und entdecke dort meine Mutter und meinen Bruder, die mir entgegensehen. Niemand Außenstehendes würde es ihnen anmerken, aber ich habe einen absolut gut funktionierenden Streitdetektor, der auch dann angeschlagen hätte, wenn ich nicht schon von draußen Zeugin des Dramas geworden wäre.

Die Lippen meiner Mutter sind so schmal zusammengepresst, dass man sie kaum noch erkennen kann, und auch Matt sieht so aus, als wäre er kurz vor dem Platzen.

»Was ist denn hier los?«, erkundige ich mich möglichst neutral. »Ich wittere dicke Luft.«

»Sag ihnen, dass ich Pilot werden kann, wenn ich das will, Georgie«, motzt mein Bruder da auch schon los.

»Halt deine Schwester da raus«, donnert mein Vater, der hinter mir aufgetaucht ist, so laut, dass ich erschrocken zusammenzucke.

»Nein!«, brüllt Matt in einer ähnlichen Lautstärke, nur mit deutlich piepsigerer Stimme, die kaum gegen den Bass meines Vaters ankommt. »Georgie versteht mich! Sie hat mich viel lieber als ihr.«

»Mattis«, schaltet sich nun meine Mutter ein, und für ihre Verhältnisse klingt ihre Stimme geradezu hysterisch. »Nun benimm dich doch bitte.«

»Nein, nein, nein!« Mehr ist aus Matt anscheinend nicht herauszubekommen. Sein Hals färbt sich gefährlich dunkelrot, und ich verstehe noch immer nur Bahnhof, obwohl sich mir langsam ein Bild vor meinem inneren Auge zusammensetzt.

»Wollte ihr nicht aufhören, euch anzubrüllen?«, frage ich

leise, aber ich habe keine Chance. Im Geräuschpegel des Streits geht meine Stimme einfach unter.

»Leute!«, beginne ich noch einmal, und zwar dieses Mal deutlich lauter. »Ich bin auch noch da.«

Irgendwie scheine ich dieses Mal zu ihnen durchzudringen, denn sie halten inne. Es tritt ein kurzer Augenblick der Stille ein, den ich sofort nutze.

»Warum streitet ihr euch?«, frage ich leise und werfe meinem Bruder einen ermutigenden Blick zu.

»Dein Bruder hat vor, seine Familie zu enttäuschen«, grollt mein Vater, und ich zucke unter der Heftigkeit seiner Worte zurück.

»Wie sollte Matt das schaffen, Dad?«, frage ich und hoffe, dass meine Stimme nicht allzu scharf klingt.

»Indem er den Familienbetrieb nicht übernehmen, sondern unbedingt seinen eigenen Kopf durchsetzen will.«

Die Worte meines Vaters knallen mir wie Peitschenhiebe um die Ohren. Es dauert eine Weile, bis ich mich traue, etwas zu sagen.

»Dad, Matti ist noch nicht mal fünfzehn«, sage ich und versuche jeden Vorwurf aus meiner Stimme zu verbannen. »Hat das nicht noch ein bisschen Zeit?«

Mein Vater sieht mich an, als würde ich eine Sprache sprechen, die er nicht beherrscht.

»Ich meine«, setze ich noch einmal an: »Sollte Matti nicht die Möglichkeit bekommen, sich zu entfalten und seine eigenen Träume zu entwickeln?«

»Genau«, ruft mein Bruder und sieht erleichtert aus.

»Georgiana«, donnert mein Vater plötzlich los. »Ich denke, es reicht, wenn dein Bruder mich enttäuscht.«

Schockiert schließe ich den Mund und spüre ein Brennen hinter meinen Augenlidern. Ich werde aber nicht weinen.

Stattdessen presse ich die Zähne fest zusammen und stehe ruckartig auf.

»Das war wohl mein Stichwort. Ich fürchte, heute ist kein guter Zeitpunkt für meinen Besuch.«

»Bleib«, mischt sich in diesem Moment meine Mutter ein, und ihre Stimme klingt bittend. »Wir freuen uns, dass du hier bist.«

Ich sehe meinen Vater an, der mich mit versteinerter Miene mustert, dann aber nickt, als ihn ein Blick meiner Mutter trifft.

»Ich muss noch mal weg«, sagt er leise und verschwindet grußlos aus dem Zimmer.

»Ich habe auch keine Lust mehr«, sagt mein Bruder und ist im nächsten Moment ebenfalls verschwunden. Meine Mutter und ich bleiben allein zurück und sehen uns schweigend an.

»Na, da ist ja ganz schön was los hier«, stelle ich trocken fest, und meine Mutter verzieht das Gesicht.

»Du kennst doch deinen Vater«, sagt sie nach einigen Augenblicken leise. »Er möchte nur das Beste für seine Kinder.«

Ja natürlich, denke ich leicht sarkastisch. Bei mir war es das Studium im naturwissenschaftlichen Bereich, und bei meinem Bruder ist es jetzt die Übernahme des Familienbetriebs.

»Ich glaube«, sage ich leise und ohne meine Mutter anzusehen, »er wird sich noch wundern, wohin das führen kann.«

»Was meinst du?«, fragt sie und runzelt die Stirn.

Wäre jetzt der richtige Zeitpunkt gekommen, ihr zu erzählen, dass ich schwanger bin? Immerhin bin ich deshalb überhaupt hergekommen. Aber etwas hält mich zurück. Es sind die Worte meines Vaters.

Ich will keine Enttäuschung für ihn sein. Auf keinen Fall.

»Ist nicht so wichtig«, sage ich leise. Ich werde heute nichts erzählen. Ich weiß zwar, dass es nichts einfacher machen wird, aber ich kriege es jetzt einfach nicht fertig.

Stattdessen plaudere ich angestrengt mit meiner Mutter und versuche, so natürlich wie nur möglich zu wirken. Es scheint mir auch ganz gut zu gelingen, denn als ich nach etwas mehr als einer Stunde mein Elternhaus verlasse, hat wohl niemand gemerkt, dass mit mir etwas nicht stimmt.

Ich selbst fühle mich allerdings ziemlich leer und ausgelaugt. Ich bin nicht gerade glücklich darüber, wie der Nachmittag verlaufen ist.

»Jetzt bin ich kein Stück weiter als vorher«, brummele ich in mich hinein, als ich ins Auto steige und den Motor anlasse.

Der Weg nach Hause kommt mir unendlich lang vor, und als ich mich durch den Vorgarten schleppe, bin ich wahnsinnig erleichtert, weil außer mir sicher noch niemand zu Hause ist.

Ich kicke mir meine Schuhe von den Füßen, halte dann aber doch noch inne, um sie ordentlich nebeneinander zu stellen. Dann gehe ich in die Küche und durchwühle unsere Schränke, bis ich eine Instantnudelsuppe gefunden habe.

Ich fülle den Inhalt der Tüte in eine Schüssel und stelle den Wasserkocher an.

Fünf Minuten später ist die Küche von einem köstlichen Geruch durchzogen, und ich mache mich mit einem Löffel und meiner Schüssel bewaffnet auf den Weg ins Wohnzimmer.

Eine bleierne Müdigkeit liegt auf mir, und ich stöhne, als es an der Tür klingelt. Genau in dem Moment, als ich es mir auf dem Sofa bequem gemacht habe.

»Muss das sein?«, brummele ich vor mich hin und stehe schwerfällig wieder auf. Ich fühle mich, als wäre ich hundert Jahre alt und nicht Anfang zwanzig. Wie soll das nur erst werden, wenn ich im Endstadium meiner Schwangerschaft angekommen bin? Ich tappe den Flur entlang und gebe mich der unwahrscheinlichen Hoffnung hin, ein Pizzalieferant könnte sich in der Tür geirrt haben. Ich würde ihm vermutlich um den Hals fallen.

Jessy und Ben können es eigentlich nicht sein. Jessy ist mit Darcy bei Alex, und Ben hat noch eine Klavierstunde.

Aber vielleicht ist es ja Noah?

Unwillkürlich beschleunige ich meine Schritte, und meine Mundwinkel heben sich zu einem Lächeln, das mir jedoch gleich wieder aus dem Gesicht fällt, als ich sehe, wer vor mir steht.

Kapitel 17

Georgie

»Jennifer«, platze ich heraus und widerstehe heldenhaft dem Wunsch, ihr die Tür gleich wieder vor der hübschen Nase zuzuknallen.

»Hallo«, begrüße ich sie dann, und meine Stimme klingt frostig. »Noah ist nicht da.«

Mir ist gar nicht klar, warum ich noch immer so heftig auf sie reagiere. Schließlich weiß ich inzwischen, dass Noah nicht an ihr interessiert ist. Aber meine Eifersucht hat das offenbar noch nicht verstanden.

»Ich weiß«, antwortet sie, und ihr hübsches Näschen kräuselt sich, als sie mich anlächelt. »Ich wollte eigentlich auch zu dir.«

»Zu mir?«, frage ich verblüfft, und sie nickt.

»Ja, kann ich bitte reinkommen?«

Ich bin verunsichert und habe keine Ahnung, wie ich diese Situation jetzt deuten soll. Diese große blonde Schönheit wäre mir in jeder anderen Lebenssituation vermutlich nicht einmal unsympathisch. Sie ist anders als die Cheerleader bei uns an der Uni. Sie wirkt natürlich und scheint nicht nur gefallen zu wollen. Aber ich weiß ja, dass Noah den natürlichen Typ attraktiv findet, und auch wenn ich weiß, wie unsinnig das eigentlich ist, wird sie in meinen Augen damit eindeutig zu einer Konkurrentin.

»Na gut«, stimme ich ihrer Frage schließlich zu und trete einen Schritt zur Seite, damit sie an mir vorbei ins Haus gehen kann. Immer wieder frage ich mich, was sie wohl ausgerechnet von mir wollen kann.

Im Wohnzimmer deute ich auf den Sessel und lasse mich ihr gegenüber auf das Sofa fallen. Dann weiß ich nicht mehr weiter. Ich sitze Jennifer gegenüber. Noahs ehemaliger Agentin, die gleichzeitig seine beste Freundin ist. Oder besser war, bis zu seinem Unfall.

»Ich muss mit dir reden, Georgie«, sagt sie schließlich und durchbricht damit die merkwürdige Stille zwischen uns. »Ich weiß, dass wir sicher keinen guten Start hatten, aber ich glaube, dass ich deine Hilfe brauche.«

»Wobei sollte ausgerechnet ich dir helfen können?«, frage ich verwirrt, und sie räuspert sich.

»Darf ich ganz von vorne anfangen?«, fragt sie. »Es ist eine lange Geschichte.«

Ein Blick auf die Uhr verrät mir, dass ich noch Zeit habe, bevor ich eine Hausaufgabe in meinem Atelier zeichnen muss.

»Fang an«, bitte ich sie und erkenne die Erleichterung in ihren Augen.

»Noah hat dir sicher erzählt, dass wir sehr gut befreundet waren, oder?«, fragt sie und ich nicke. In meinem Mund breitet sich ein säuerlicher Geschmack aus.

»Mir ist zunächst einmal wichtig, dass du verstehst, dass das alles war«, sagt sie, als hätte sie meine Gedanken gelesen. »Ich wollte nie etwas von Noah.«

In meinem Gesicht muss sie die Überraschung über ihre Ehrlichkeit erkennen können, denn sie lächelt schwach.

»Noah war immer wie ein Bruder für mich. Er wäre gar nicht mein Typ gewesen. Mein Typ war immer ein anderer.«

Bei ihren letzten Worten ist Traurigkeit in ihren Blick getreten. Ich kenne diesen Blick. *So* oft habe ich ihn gesehen, wenn ich morgens in den Spiegel geblickt habe. Es ist der Ausdruck enttäuschter Liebe.

Ich traue mich nicht zu fragen, aber Jennifer erzählt von sich aus weiter.

»Ich war verlobt«, sagt sie leise. »Es hat zwar nicht wirklich etwas mit meiner Geschichte mit Noah zutun, aber vielleicht hilft es dir dabei zu verstehen, dass da wirklich nie etwas zwischen mir und Noah war und auch niemals sein wird.«

Ich spüre, wie ich rot werde, und nicke vorsichtig. Ja, so langsam sehe ich klarer, und das führt dazu, dass ich mich für mein bescheuertes Verhalten in Bezug auf Jennifer umso mehr schäme.

»Danke, dass du mir das sagst.« Ich fühle mich in diesem Augenblick sehr verletzlich. »Das hat mir ziemlich auf der Seele gelegen.«

Jennifer nickt verständnisvoll.

»Du liebst ihn, oder?«, fragt sie sanft, und ich nicke mit heißen Wangen.

»Ja«, gestehe ich, und gleichzeitig fühlt es sich an, als würde ein riesiger Felsbrocken von meiner Seele gewuchtet.

»Das habe ich gehofft«, sagt Jennifer und fängt regelrecht an zu strahlen. »Dann kann ich jetzt nämlich zu dem Punkt kommen, warum ich eigentlich hier bin.«

Das interessiert nun wirklich, und ich sehe sie erwartungsvoll an.

»Ich bin hier, weil Noah ein Jobangebot hat«, sagt sie schnell, und ich spüre, wie meine Kinnlade herunterklappt.

»Ein Jobangebot?«, platze ich ungefiltert heraus. »Aber er hat doch einen Job.«

Jennifer nickt. Sie zieht eine Schnute.

»Ich weiß, und das Problem ist, dass er sich erfolgreich eingeredet hat, das wäre sein neuer Traum.«

Ihre Worte klingen in meinen Ohren seltsam kryptisch. Glaubt sie auch, dass Noah nicht glücklich werden wird mit dem, was er sich vorgenommen hat?

»Und Noah weiß schon von dem Job?«, frage ich, um mir ein Bild machen zu können, und Jennifer nickt.

»Ja, ich habe es ihm an dem Samstag gesagt, als wir zusammen essen waren«, erklärt sie mir, und ich spüre schon wieder, wie ich rot werde. An dem Samstag. Natürlich, darum ging es also. Was war ich doch für ein dämlicher Hornochse! Wie habe ich mich so dumm aufführen können? Ich verstehe mich selber nicht mehr.

»Und, wie hat er darauf reagiert?«, frage ich, und da seufzte Jennifer schwer.

»Er hat Angst, Georgie«, sagt sie, und mir klappt die Kinnlade herunter.

»Angst?«, frage ich und überlege fieberhaft, was sie damit meinen könnte. »Wovor sollte Noah denn Angst haben?«, hake ich nach und fühle mich dabei ein kleines bisschen dumm.

»Darf ich dir Noahs Geschichte richtig erzählen?«, fragt sie, und ich nicke heftig. »Ich glaube nämlich nicht, dass er dir die ganze Wahrheit erzählt hat«, fügt sie noch hinzu, und auch da nicke ich. Das würde mich nicht wundern.

»Noah war als Fußballer der Wahnsinn«, beginnt Jennifer zu erzählen. »Er war einer der aufstrebenden Sterne am Fußballhimmel, und als mein Chef ihn entdeckte, war er noch recht jung. Für mich war es damals unglaublich, als ich ausgewählt wurde, für meinen ersten Betreuerjob diesen künftigen Star zu übernehmen.«

An dieser Stelle stockt Jennifer und sieht mich an. In ihren Augen schimmern Traurigkeit und Hoffnungslosigkeit, und sie tut mir mit einem Mal sehr, sehr leid. Ich nicke, denn ich kann gut verstehen, warum sie damals, am Anfang ihrer Karriere, so reagiert hat.

»Und dann wurdet ihr Freunde?«, frage ich, und da tritt ein Lächeln auf ihr Gesicht.

»Ja, so war es. Wir wurden Freunde und verbrachten eigentlich jeden Tag zusammen. Nicht nur berufsbedingt, sondern weil wir auch Spaß miteinander hatten. Ich lernte Noah immer besser kennen und merkte, wie sehr ihm der Fußball am Herzen lag.«

Nun strahlt ihr Gesicht regelrecht, als sie weitererzählt. »Für ihn war es nicht wie für viele andere. Noah war nicht nur auf den Ruhm aus, nein. Er liebte es, auf dem Feld zu sein. Er lebte den Fußball, liebte das runde Leder. Es war für ihn mehr als ein Sport. Fußball war sein Leben.«

Bei ihrer Erzählung werde ich traurig. Zwar hat Noah mir erzählt, dass seine Karriere so früh endete, aber es jetzt so in allen Details zu hören, ist noch mal eine ganz andere Sache.

Eine Frage schleicht sich in meinen Kopf und ploppt aus meinem Mund.

»Aber warum ist er an diesem Tag Skifahren gegangen?«, frage ich, und da werden Jennifers Gesichtszüge hart.

»Das ist eine Geschichte, über die ich mich heute noch ärgere«, sagt sie und presst jedes einzelne Wort zwischen ihren Zähnen hervor. »Wir waren in einem Wellness-Lager, um ihn vor den Qualifikationsspielen noch einmal schön ausspannen zu lassen. Er hatte sehr gute Arbeit geleistet, und ja, wir wollten ihm etwas gönnen.«

Wieder nicke ich, denn auch das kann ich nachvollziehen.

»Leider war Noah damals noch ziemlich jung und dumm«, fährt Jennifer fort, und ein Schatten legt sich über ihre Augen. »Er hielt sich für unverwüstlich, dachte, er könnte alles erreichen, und wollte an diesem Tag unbedingt in den Funpark. Ich habe ihm widersprochen. Ich wollte nicht, dass er sich diesem Risiko aussetzt, aber er hat nicht auf mich gehört.«

Ich sehe ihr an, dass das sehr hart für sie gewesen sein muss. Sie hat an diesem Tag mitbekommen, wie ihr bester Freund sich so sehr verletzte, dass er nie wieder Fußball spielen konnte.

»Aber was genau ist denn bei seinem Unfall passiert?«, frage ich, und sie sieht mich überrascht an.

»Das weißt du gar nicht?«, fragt sie, und ich schüttele den Kopf.

»Na ja, ungefähr schon«, gebe ich zu. »Ich weiß, dass sein Knie kaputt ist und wie es passiert ist, aber ich verstehe nicht genau, was dazu führte, dass er nicht mehr in den Profifußball zurückkehren konnte. Ich dachte, es wäre heutzutage fast alles therapierbar.«

Jennifer seufzt und nickt langsam.

»Ja, die meisten Knieverletzungen sind in irgendeiner Weise therapierbar. Noahs Verletzung sah auf den ersten Blick auch gar nicht so schlimm aus. Er hatte sich das Knie verdreht und sich ein Band gerissen. Normalerweise heilt dieses Band wieder so gut zu, das man problemlos wieder spielen kann. Aber in seinem Fall war es leider anders. Es gibt seltene Fälle, in denen ein Bänderriss zu Knorpelschäden führt. Das war bei Noah der Fall und diese Knorpelschäden haben dazu geführt hat, dass Noah seine Profikarriere beenden musste.«

»Das muss sehr hart für ihn gewesen sein«, sage ich,

obwohl ich ganz genau weiß, dass es so war. Diesen Teil hat Noah ja immerhin erwähnt.

»Ich glaube, es war mehr als nur hart für ihn«, sagt Jennifer. »Und am schlimmsten war glaube ich, die Tatsache, dass sie ihm damals angeboten haben, seine eigene Mannschaft als Assistenztrainer zu trainieren.«

»Das ist ja auch grausam«, entfährt es mir, und Jennifer zuckt kurz mit den Augen.

»Ja, irgendwie schon«, sagt sie und wirkt dennoch nicht ganz überzeugt. »Ich hätte mir für ihn gewünscht, dass man ihn an eine andere Stelle im Fußball berufen hätte, denn ich finde, dass er ein wunderbarer Trainer wäre. Und genau das ist der Punkt, warum ich hier bin. Noah wurde eine Stelle als Assistenztrainer angeboten, aber nicht für ehemalige Kollegen, sondern er soll das Training der Jugend, der aufstrebenden Talente, unterstützen und seine Ausbildung zum Trainer machen. Natürlich werden auch dort Leute sein, die er kennt, und die ihn darauf ansprechen werden, aber ich denke, dass es das Beste für ihn wäre, was er überhaupt tun könnte.«

Ich schweige einen Moment, denke über ihre Worte nach und lasse sie auf mich wirken. Ich habe ja auch schon mehrfach überlegt, ob Noahs Weg als Therapeut wirklich der Richtige für ihn ist. Jetzt zu hören, dass er die Möglichkeit hat, in seinen geliebten Sport zurückzukehren, berührt etwas in meinem Herzen. Ich freue mich für ihn, frage mich aber auch, ob es das Richtige ist.

Mein Gedanke wandert zu dem kleinen Mädchen in meinem Bauch, und auf einmal durchzuckt mich ein Gedanke. Man könnte es quasi einen Geistesblitz nennen, denn er ist mit einem Mal da, obwohl ich doch vorher nie daran gedacht habe.

»Kann ich dir ein Geheimnis anvertrauen, Jennifer?«, frage ich, und sie hebt überrascht die Augenbrauen.

»Was für ein Geheimnis?«, fragt sie neugierig, und ich atme tief ein.

»Das kann ich dir erst verraten, wenn du mir versprichst, dass du den Mund halten kannst. Noah darf nichts davon erfahren. Noch nicht.«

Ich sehe ihr an, dass ihr dabei nicht ganz wohl ist, aber schließlich nickt sie.

»Ja, ja, ich werde es für mich behalten«, verspricht sie und setzt sich aufrechter hin. »Worum geht es denn?«

Ich nehme allen meinen Mut zusammen und spreche dann das aus, was mir auf dem Herzen liegt.

»Ich bin schwanger«, sage ich, und meine Stimme klingt heiser.

Jennifers Augen werden groß.

»Schwanger«, haucht sie und plötzlich breitet sich ein Strahlen auf ihrem Gesicht aus. »Oh, das ist ja wunderbar«, jubelt sie im nächsten Moment los. »Also, Noah ist doch der Vater?«, unterbricht sie sich dann, und ich muss über das Fragezeichen, das eindeutig hinter ihrem Satz steht, grinsen.

»Ja, Noah ist der Vater«, gestehe ich, und dann erzähle auch ich ihr alles. Am Ende meiner Geschichte hat sie so oft den Kopf geschüttelt und »oh Noah«, gestöhnt, dass ich aufgehört habe mitzuzählen.

»Er ist manchmal so ein Vollidiot«, sagt sie nun, und ich breche über ihre Ehrlichkeit in Gelächter aus.

»Es sieht tatsächlich ganz so aus«, sage ich und werde wieder ernst. »Aber was meinst du, wie wird er reagieren?« Ich fühle mich verlegen, schüchtern und nervös bei dieser Frage.

»Ich weiß es nicht«, gibt sie nach einigem Überlegen zurück. »Ich habe Noah schon so lange nicht mehr gesehen, dass ich manchmal denke, ich weiß nicht mehr, was für ein Mensch er jetzt ist.« Sie hält inne und tippt sich nachdenklich mit dem Zeigefinger an die Nase.

»Aber ich weiß, dass du es ihm sagen musst«, sagt sie dann, und ich nicke, weil ich selber auch schon zu diesem Schluss gekommen bin.

»Ich weiß«, sage ich, und Nervosität macht sich in meinem Bauch breit, als ich an die Idee denke, die mir gerade gekommen ist.

»Ich habe da auch schon einen Plan, was ich sagen könnte«, gestehe ich. Beziehungsweise würde ich gern etwas ausprobieren, was ich mich noch nie getraut habe.«

Ich sehe Jennifer nervös an, und dann beginne ich zu erzählen. Als ich am Ende angekommen bin, springt sie auf und fällt mir einfach um den Hals.

»Georgie, das ist eine so fantastische Idee«, ruft sie, und weil sie so groß ist, erdrückt mich ihre Umarmung beinahe.

»Das musst du unbedingt machen. Wenn du meine Hilfe brauchst, dann melde dich bei mir, okay?«

»Dankeschön«, sage ich und bin etwas überrumpelt. »Das werde ich machen.«

»Und wegen des Jobs«, sagt sie dann. »Gib mir Bescheid, wie das mit deiner Idee ausgeht.«

Ja, Jennifer und ich haben festgestellt, dass ihre Bitte und meine Idee perfekt zusammenpassen. Es wäre so wunderbar, wenn Noah einen Job annehmen würde, der ihm wirklich Freude macht. Ich wünsche mir das so sehr für ihn. Natürlich wäre es auch für uns perfekt. Es würde all unsere Probleme lösen. Ich bin beinahe ein bisschen wütend, weil Noah mir nichts von der ganzen Sache erzählt hat, aber irgendwie verstehe ich es auch. Glaube ich.

Jetzt habe ich aber wenigstens einen Plan, auch wenn ich

Angst davor habe, weil diese Idee, die ich habe, mich an meine Grenze bringen wird.

Ich tausche die Handynummer Jennifer aus, verabschiede mich von ihr und gehe dann mit langsamen Schritten nach oben ins Atelier. Ich nehme die Leinwand, auf die ich das letzte Mal gemalt habe, von der Staffelei herunter, und stelle eine neue darauf. Tief atmend betrachte ich die leere Fläche.

Angst macht sich in mir breit. Ich spüre meine Unfähigkeit, und weil ich weiß, wer der einzige Mensch auf der Welt ist, der dieses Gefühl nachvollziehen und mich wieder in die Spur bringen kann, greife ich schnell nach meinem Handy.

»Hey, Georgie«, begrüßt mich Stella nach dem dritten Freizeichen.

»Hey Stella.« Meine Stimme zittert, und ich weiß nicht genau, wie ich jetzt weitermachen soll, aber zum Glück kennt mich meine Professorin gut und kommt gleich zum Punkt.

»Was liegt Ihnen auf dem Herzen?«, fragt sie, und ich höre ein Scharren im Hintergrund.

»Haben Sie sich gerade hingesetzt?« Ich runzle die Stirn. Das kann Stella natürlich nicht sehen, aber sie scheint meine Skepsis dennoch bemerkt zu haben und lacht.

»Nicht nur das, ich habe mir auch Popcorn geholt.«

»Warum das denn?« Dieses Mal kann sie das Stirnrunzeln ganz sicher hören.

»Mein Gefühl sagt mir, dass das hier interessant wird«, gibt sie ungerührt zurück. Bei ihren nächsten Worten klingt ihre Stimme irgendwie undeutlich. Beinahe, als hätte sie den Mund voll. »Alfo erpfählen Sie pfon.«

»Also gut«, beginne ich und rede nicht lange um den heißen Brei herum. Als ich von meiner Schwangerschaft berichte, stößt Stella ein kleines überraschtes Quietschen aus.

»Sie sind komplett verrückt, Georgiana Chapman«, sagt sie schließlich. Ich sehe sie vor mir, wie ihre Dreadlocks in alle Richtungen fliegen, weil sie den Kopf schüttelt.

»Ich weiß«, sage ich langsam. »Aber was halten Sie von meiner Idee?«

Ich höre ein kurzes Schnauben.

»Das ist die großartigste Idee, die ich seit Langem gehört habe«, sagt sie, und ich höre sie lachen. »Endlich sind Sie bereit, sich Ihren Ängsten zu stellen. Ich bin stolz auf Sie.«

»Aber ich schaffe es nicht allein«, sage ich und freue mich gleichzeitig sehr über ihr Lob. »Können Sie mir helfen?«

»Natürlich«, sagt sie, als wäre es das Selbstverständlichste auf der Welt. »Ich kann heute Mittag nach meinem letzten Seminar zu Ihnen kommen. Ich nehme an, Sie möchten das nicht unter den Augen der Öffentlichkeit machen.«

»Ja«, gestehe ich, und dann fällt mir noch etwas ein.

»Stella, was soll ich wegen Paul machen?«, frage ich und erzähle ihr, dass Paul sich trotz meiner Abfuhr und dem abgesagten Date wünscht, zwischen uns beiden könnte mehr passieren. Stella schnaubt verächtlich.

»Vergessen Sie doch bitte Paul«, sagt sie, und ich schüttle den Kopf.

»Das kann ich nicht«, antworte ich.

Kapitel 18

Noah

»Hallo? Ist jemand zu Hause?«, rufe ich und öffne die Haustür. Im nächsten Augenblick höre ich ein Trappeln und stehe gleich darauf Lucky und Darcy gegenüber, die sich beide sehr darüber freuen, dass ich da bin.

»Seid ihr allein daheim?«, frage ich und kraule beiden das weiche Fell. Aber dann fällt mein Blick auf Georgies Schuhe, die in der Garderobe stehen. Ich runzle die Stirn, denn außer den zwei Vierbeinern taucht niemand im Flur auf. Alles bleibt still. Ob sie mich nicht gehört hat?

»Georgie?«, rufe ich. Der Gedanke, sie gleich zu sehen, lässt mich lächeln. In den letzten Tagen habe ich immer wieder gespürt, dass ich sie brauche, ihr nahe sein möchte. Die Treffen mit Jennifer und Paul waren auch kein Thema mehr, und ich hoffe, dass ich das Boot nicht wieder in den Sand setzen werde.

Ich weiß zwar noch nicht, wie ich das mit dem Job angehen soll, aber ich bin mir sicher, dass ich auch dafür irgendwann eine Lösung finden werde. Ich habe inzwischen mehrfach darüber nachgedacht, Jenni anzurufen, mich aber einfach nicht überwinden können.

Jetzt gerade möchte ich Georgie einfach nur sehen. Nach diesem langen Arbeitstag mit ihr sprechen.

Also mache ich mich im Haus auf die Suche nach ihr. Schnell habe ich das untere und das mittlere Stockwerk abgesucht. Aber keine Spur von ihr. Bleibt nur noch der Dachboden, den sie ihr Atelier nennt. Ich war bisher noch nie dort oben, und irgendwie kribbelt mein ganzer Körper, als ich die Stufen nach oben steige. Am Ende der Stiege dringt ein winziger Lichtschein durch ein Schlüsselloch.

Gerade will ich die Klinke nach unten drücken, als ich Georgies Stimme höre. Ich halte in der Bewegung inne und lausche.

»Ich muss mit Paul reden und das ein für alle Mal klären, Stella. Gerade wegen der Schwangerschaft.«

Bei ihrem letzten Wort presse ich mir die Hand auf den Mund, um das Keuchen zu unterdrücken. Ich muss mich verhört haben, oder?

»Aber ich dachte, dieser Noah …«, höre ich eine andere Stimme und halte den Atem an, als Georgie wieder spricht.

»Ja, aber gerade wegen Noah muss ich auch mit ihm reden. Sie wissen, dass ich Noah liebe.«

Ich fühle mich mit einem Mal, als wäre der Boden unter meinen Füßen verschwunden. Reflexartig stütze ich mich mit meiner Hand an der Wand ab und versuche, mich zu konzentrieren. Aber so sehr ich auch lausche, ich höre nichts mehr. Offenbar ist Georgie gerade mit Zuhören beschäftigt.

Ich war noch nie so sehr zwischen meinen Gefühlen hin und her gerissen. Ihre Liebeserklärung wäre mir vermutlich direkt ins Herz gegangen, wird aber gerade völlig von der anderen Sache übertönt.

Georgie ist schwanger? Obwohl ich es mir gar nicht vorstellen kann, ist es das Einzige, was nach ihren Worten Sinn ergibt.

Im nächsten Moment erschlägt mich eine ganz andere Erkenntnis. Sie hat von Paul gesprochen. Ob er …? Nein, denke ich. Wann sollte sie denn? Aber doch … Ihre Worte lassen sich nicht anders deuten. Paul muss der Vater von Georgies Kind sein. Eiskalte Eifersucht macht sich in meinem Innern breit, und ich presse meine Handfläche gegen die kalte Wand in dem Versuch, mich zu beruhigen.

Es muss in der Zeit passiert sein, nachdem ich sie verlassen hatte. Sie hat also nichts getan, was sie nicht hätte tun dürfen. Eigentlich. In meinen Gefühlen sieht es allerdings ganz anders aus.

Der Gedanke, dass sie sich von einem Fremden hat schwängern lassen, macht mich wahnsinnig. Am liebsten würde ich sofort in den Raum stürmen und sie zur Rede stellen. Aber das kann ich nicht.

Ich weiß auch, dass ich jetzt garantiert Dinge sagen würde, die ich später bereuen würde. Und deshalb krampfe ich meine Hände zu Fäusten und mache mich auf den Weg die Stufen nach unten. Dieses Mal bin ich noch mehr darauf bedacht, keinen einzigen Ton von mir zu geben.

Ich bin froh, dass die Stufen nicht knarren und ich es deswegen schaffe, in meinem Zimmer zu verschwinden, ohne von Georgie bemerkt zu werden.

Die Gedanken in meinem Kopf fahren Achterbahn. Ein Schmerz, wie ich ihn noch nie gekannt habe, breitet sich in meinem Innern aus. Vater sein. Ich habe so oft darüber nachgedacht, wie es wäre, und die wahnsinnige Angst, die ich bei diesem Gedanken empfinde, hat nicht ein Stück nachgelassen. Eher im Gegenteil.

Der Gedanke daran, ein Kind zu bekommen, hat mir schon immer Angst gemacht. Nachdem ich meine Eltern verloren hatte, wurde mir bewusst, wie viel Verantwortung es ist, Vater zu sein. Wie schlimm muss es da erst sein, ein Kind großzuziehen, das nicht mal das eigene ist.

Der Gedanke daran verursacht einen heftigen Schmerz in meinem Bauch. Das könnte ich nicht. Oder? Das Schlimmste für mich ist gerade, dass ich keine Ahnung habe, wie ich mit der Situation umgehen soll. Die Worte, dass sie mich liebt, geben mir so viel. Aber diese andere Sache ist in meinem Kopf ungleich größer.

Wenn ich recht habe und es passiert ist, während wir getrennt waren, kann sie noch nicht so weit sein. Einen kurzen Augenblick lang durchschießt mich der Gedanke, ob es vielleicht noch die Möglichkeit gäbe, das Kind abzutreiben, aber im selben Moment erschrecke ich. Nein, das würde ich niemals von Georgie verlangen.

Meine Gedanken wandern zu dem, was sie noch gesagt hat: Sie liebt mich. Das dürfte mich nach den Ereignissen der letzten Tage nicht derartig überraschen, aber es ist so.

Ich kann mir nicht vorstellen, dass das mit diesem Paul etwas Ernstes gewesen ist. Vielleicht war es ja nur eine einmalige Sache.

Diese Vorstellung bringt wieder etwas Ruhe in meinen Kopf. Aber nicht genug. Ich muss laufen gehen und ich will dabei nicht allein sein. Ich überlege, Josh anzurufen, aber weil er noch nie ein wirklich guter Ratgeber war und mit seiner neuen Freundin, dieser Jenna, mehr als beschäftigt scheint, wähle ich die Nummer, unter der ich immer jemanden erreiche. So ist es auch dieses Mal, und mein Bruder begrüßt mich mit einem fröhlichen Hallo.

»Großer Bruder, du rufst gerade richtig an. Wir wollten joggen gehen und würden uns freuen, wenn du uns begleitest.«

»Angela kommt also auch mit?«, frage ich zurückhaltend

und kann das Nicken meines Bruders regelrecht vor mir sehen.

»Ja klar. Warum?« Er stutzt. »Gibt es etwas Wichtiges zu besprechen?«

»Das kann man so sagen«, seufze ich. »Dein großer Bruder, der Therapeut, braucht mal wieder deinen Rat.«

Und das stimmt auch. Ich habe nicht nur die Sache mit Georgie, die mir zu schaffen macht, sondern da ist ja auch noch das Jobangebot, das wie ein Damoklesschwert über mir hängt.

»Aber es macht mir nichts aus, wenn Angela dabei ist«, schiebe ich schnell hinterher. Ich mag meine zukünftige Schwägerin sehr gern und weiß, dass sie auch oft sehr gute Ratschläge auf Lager hat.

»Dann sind wir gleich bei dir«, meint mein Bruder, und wir legen auf.

Ich mache mich ein bisschen warm, dehne mich und sehe immer wieder nervös zur Treppe, ob Georgie runterkommt. Aber das tut sie nicht. Alles bleibt ruhig.

Schnell schnappe ich mir mein Handy und sende Jessy eine Nachricht in unseren Gruppenchat.

Noah: Ich gehe laufen. Soll ich Darcy mitnehmen?
Jessy: Das wäre wirklich klasse. Danke dir.
Ben: Ich habe Hunger! Wer kocht heute?
Jessy: Wie wäre es denn ausnahmsweise mal mit dir, Bennie?
Ben: Das ist eine wirklich ganz furchtbare Idee. Du wirst noch bereuen, dass du es vorgeschlagen hast. Aber ich werde es versuchen.
Noah: Es kann sein, dass mein Bruder und seine Verlobte zum Essen da sind. Wäre das okay?

Ben: Klar doch!
Jessy: Dann helfe ich dir beim Kochen.
Ben: Du bist die Allerbeste!
Georgie: Stella kommt vermutlich auch. Bis später.

Ich stecke mein Handy genau in dem Moment wieder ein, als Jonathan und Angela an der Tür klingeln. Ich öffne den beiden und kann trotz meiner Anspannung ein Lachen nicht unterdrücken. Die zwei tragen zueinander passende Jogginganzüge und sehen aus wie das perfekte Paar.

»Schön, dass ihr da seid, Leute.« Ich deute erst mit dem Finger auf Jonny und dann auf Angela. »Habt ihr mir auch so was mitgebracht oder muss ich mir ausgeschlossen vorkommen?«

Die beiden grinsen.

»Ich habe mir schon gedacht, dass du so etwas sagen würdest«, sagt Angela, und als sie hinter ihrem Rücken eine Tüte hervorzieht, verrutscht mir das Lächeln auf dem Gesicht.

»Bitteschön, lieber Schwager ins spe«, sagt sie sanft, und in ihren Augen funkelt es. »Zieh dich ruhig um.«

Dieses Biest. Meine zukünftige Schwägerin ist wahnsinnig clever.

»Ich hasse dich«, brummele ich nahezu unhörbar, während ich ihn ihr aus der Hand rupfe und damit drinnen verschwinde.

»Ja hallo, du Hübscher«, höre ich Angelas flirtende Stimme, und mir ist sofort klar, dass Darcy an der Haustür aufgetaucht sein muss.

Mit heldenhafter Miene schlüpfe ich in den Jogginganzug. Er passt wie angegossen, aber ich verziehe stöhnend den Mund, als ich mein Spiegelbild betrachte.

»Lächerlich«, jammere ich. »Ich sehe einfach lächerlich aus.«

Aber weil ich alles lieber tun würde, als meine Niederlage einzugestehen, marschiere ich mit Grabesmiene nach draußen.

»Steht dir gut.« Mein Bruder lacht, aber ich ignoriere ihn und dränge mich an ihm vorbei, nachdem ich Darcy angeleint habe.

»Kommt schon«, rufe ich über die Schulter und eile im Laufschritt durch den Garten.

»Jetzt mach doch mal langsam«, schimpft Jonny hinter mir her, aber ich warte nicht.

Nach einigen Metern haben Angela und Jonny zu mir aufgeschlossen und nehmen mich in die Mitte.

»Was ist los, Schwager in spe?«, fragt Angela, fasst nach meinem Arm und zwingt mich zu einem lockeren Schritt.

»Eine gute Frage«, meint auch mein Bruder und wirft mir einen fragenden Seitenblick zu.

»Georgie ist schwanger«, platze ich heraus, noch bevor ich genauer darüber nachdenken kann.

Einen Augenblick lang schweigen mein Bruder und meine Schwägerin verblüfft.

»Georgie?« Das Zucken um Angelas Mundwinkel macht mich wahnsinnig.

»Nein, Cher«, knurre ich verdrießlich. »Natürlich Georgie!«

»Und du bist der Vater?«, fragt mein Bruder langsam.

»Wohl kaum«, schnaube ich ungläubig.

»Ach so!« Jetzt klingt meine Angie, als wäre ihr soeben ein Licht aufgegangen. »Und genau da liegt dein Problem, stimmt's?«

Im ersten Moment will ich widersprechen, aber dann entscheide ich mich für die ehrlichere Variante und erzähle den beiden, was ich heute gehört habe.

»Vielleicht ziehst du ja voreilige Schlüsse«, meint mein Bruder, als ich am Ende angekommen bin. »Rede mit Georgie.«

»Das sollte ich wohl«, murmle ich vor mich hin und weiß gleichzeitig, dass ich dafür einen wirklich guten Zeitpunkt finden muss.

Georgie

»Ich muss einen guten Zeitpunkt finden«, erkläre ich Stella, als wir gemeinsam auf dem Dachboden stehen und die leere Leinwand betrachten, die auf meiner Staffelei steht.

»Zuerst einmal müssen Sie die Arbeit machen«, sagt meine Professorin nüchtern, und leider hat sie damit nur allzu recht.

Als Stella ankam, war Noah anscheinend mit Darcy schon unterwegs. Ein bisschen stört es mich, dass er nicht nach mir gesucht hat, als er nach Hause gekommen ist, aber es ist besser so.

Jessy und Ben sind inzwischen daheim und werkeln unten in der Küche herum. Ich habe Ben schon sehr, sehr laut singen hören.

»Glauben Sie wirklich, dass ich das kann?«, frage ich Stella mit verzagter Stimme.

»Georgiana Chapman«, sagt sie ernst, greift mich an den Schultern und dreht sich zu mir um. »Sie sind eine der stärksten Personen, die mir jemals begegnet ist. Und eine der talentiertesten sowieso. Sie schaffen alles.«

Ihre Worte tun mir gut, und ich beschließe, dass sie einer der Menschen ist, der mir die Wahrheit sagt.

»Dann lassen Sie uns anfangen«, sage ich leise, und wir beginnen. Die nächste Stunde arbeite ich wie im Fieber. Wir wählen Zeichenmaterialien aus, ich beginne zu skizzieren und Stella blickt mir hilfreich über die Schulter.

Abends passe ich Noah ab, als wir endlich einmal allein sind.

»Hey, Noah«, sage ich schüchtern und berühre im Vorbeigehen sanft seinen Arm.

»Hey«, antwortet er, und etwas an seiner Stimme lässt mich stutzig werden. Er klingt seltsam abgehackt und irgendwie distanziert. Merkwürdig, wie viel man aus einem einzigen Wort heraushören kann.

»Ist alles okay?«, frage ich unsicher und versuche, Blickkontakt zu ihm aufzunehmen, er weicht mir allerdings aus und nickt nur flüchtig.

»Ja, was soll denn sein«, murmelt er, und ich merke deutlich, dass er mit seinen Gedanken ganz woanders ist.

»Jetzt warte doch mal kurz«, sage ich schnell und greife nach seiner Hand.

Er sieht mich an, und seine Zurückhaltung ist unübersehbar. Weil ich weiß, dass die anderen jeden Moment nach uns schauen können, ich aber trotzdem unbedingt mit ihm reden will, ziehe ich ihn hinter mir her in die kleine Abstellkammer, die wir nie benutzen und die deshalb leer ist.

»Was gibt es denn?«, fragt Noah heiser, als wir uns in dem kleinen, engen und muffigen Raum gegenüberstehen. Mein Herz schlägt schnell, weil ich ihm so nahe bin und ich dieses Gefühl gerne genießen würde. Stattdessen beeile ich mich, den Text abzuspulen, den ich mir vorhin grob zurechtgelegt habe.

»Ich würde gern nächste Woche unser erstes Date umgekehrt wiederholen«, wispere ich und beobachte, wie seine Augen groß werden. Erst jetzt wird mir klar, wie das klingt. Hitze schießt mir in die Wangen.

»Also ich meinte natürlich, dass ich für dich kochen würde«, stammele ich, und jetzt zucken Noahs Mundwinkel.

»Natürlich, was solltest du auch sonst gemeint haben«, sagt er, und seine Lippen streifen meine Wange.

»Ich … weiß nicht«, bringe ich atemlos hervor, weil Noahs Nähe und seine weichen Lippen mir die Möglichkeit zum Denken nehmen.

Noah zieht seinen Kopf quälend langsam zurück und blinzelt mich aus halb geschlossenen Lidern an. Nur langsam klart sein Blick wieder auf.

»Ich würde gerne mit dir essen«, flüstert er mir ins Ohr, und ich erschauere leicht. »Wann und wo?«

Ich sammele meine Gedanken und fasse sie schließlich in Worte.

»Wie wäre es am Wochenende, und zwar hier bei uns?«

Noah runzelt die Stirn.

»Essen wir dann gemeinsam mit Ben und Jessy? Das war das letzte Mal aber anders, sonst würde ich mich sicher daran erinnern.«

»Dafür finde ich eine Lösung«, sage ich und schlinge vorsichtig meine Arme um Noah.

Als ich mich allerdings auf die Zehenspitzen stelle und ihn küssen will, weicht Noah vor mir zurück. Verwirrt sehe ich ihn an.

»Was ist?«, frage ich und hoffe sehr, dass er nicht merkt, dass er mich gerade mit seiner Zurückweisung verletzt hat.

»Ich glaube, die anderen warten auf uns«, sagt er und

haucht mir schnell einen Kuss auf die Wange, bevor er die Tür öffnet und vor mir aus dem Raum verschwindet.

Im Wohnzimmer erwarten uns die anderen schon vor gefüllten und dampfenden Tellern und sehen uns aufmerksam entgegen.

»Wo wart ihr denn so lange?«, fragt Ben, und ich sehe, wie Jonathan einen merkwürdigen Blick zu Noah wirft.

»Wir mussten nur noch kurz etwas besprechen«, sagt der und erwidert den Blick scharf.

»So, so.« Angela kichert, und ich wundere mich wieder einmal, wie normal sie und Jonathan wirken.

Obwohl ich mich sonst nie für Z-Promis oder Social Media interessiere, habe ich mich durch die Instagramseiten und den Youtube-Kanal der beiden geklickt. Dort wirkt ihr Leben nahezu perfekt. Jede Menge aufeinander abgestimmte Bilder, Paar- und Einzelfotos, wunderschöne Poollandschaften und Sportbilder suggerieren dem Betrachter ein wirklich harmonisches Bild. In dieser Welt ist alles möglich und es gibt keine Probleme.

»Sagt mal«, beginne ich, als ich mich neben die beiden fallen lasse. »Wie ist das Leben als Influencer eigentlich so?«

»Jetzt geht es los«, murmelt Noah, der sich auf meine andere Seite gesetzt hat, verhalten. Aber wir ignorieren ihn alle.

»Das Leben in der Öffentlichkeit ist anstrengend«, sagt Angela nach einer Weile nachdenklich und dreht ihre Gabel in ihren Spaghetti herum. »Aber es ist auch das, was mir großen Spaß macht.«

»Was davon?«, mischt sich Jessy neugierig ein und schiebt sich genüsslich eine Gabel voll Nudeln in den Mund.

»Es ist natürlich toll, dass wir durch unseren Job zu so vielen tollen Orten reisen können«, sagt Jonathan und legt seinen Arm um Angela. »Aber wirkliche Freude habe ich an meinem Beruf erst, seitdem ich diese wundervolle Frau in meinem Leben habe.«

»Ach, Schatz«, sagt sie und senkt verlegen den Blick.

Mein Blick saugt sich an den beiden fest, und ich spüre einen winzigen, neidvollen Stich in meiner Brust. Ihr Glück ist, genau wie die Liebe zwischen ihnen geradezu greifbar.

In diesem Moment spüre ich Noahs Hand an meinem Rücken. Ganz vorsichtig streichelt er mich, und ich spüre, wie der Neid verschwindet. Ich will gar nicht das perfekte Leben haben, das Jonathan und Angela ihren vielen Followern präsentieren. Ich will einfach nur ein Leben mit Noah.

»Also ich finde das wahnsinnig interessant«, schwärmt Stella, die bisher den Mund gehalten hat, und gleich darauf sind alle anderen außer Noah und mir in eine angeregte Diskussion vertieft.

»Schmeckt es dir?«, fragt er leise, und ich runzle die Stirn. Dieses banale Thema passt so gar nicht zu uns beiden, und ich verstehe nicht, was zwischen uns beiden steht.

»Übrigens hat Alex mich übers nächste Wochenende eingeladen«, sagt Jessy in einem ruhigen Moment.

»Schon wieder?«, frage ich erstaunt, und Jessys Wangen färben sich rosa.

»Er sagte, dass es dieses Mal etwas ganz Besonderes werden soll.«

»Ohooo, ganz besonders«, singsangt Ben und zwinkert Jessy zu. »Ich bin übrigens auch nicht da.«

»Schon wieder?«, frage ich erneut. »Was ist momentan …«

Ich unterbreche meine Frage, weil ich die Antwort eigentlich schon kenne und Ben nicht jetzt damit konfrontieren möchte.

»Dann sind Noah und ich also schon wieder allein?«, spreche ich unbedacht meine Gedanken aus und registriere zu spät die Reaktionen der Anwesenden.

Jessy und Stella wechseln einen mehr als nur bedeutsamen Blick und beginnen auffällig unauffällig zu tuscheln. Jonathan und Angela werfen Noah Blicke zu.

Ben ist der Einzige, der sich dabei nicht allzu viel zu denken scheint. »Kommt ihr damit klar?«, fragt er fröhlich, und vermutlich bin ich die Einzige, die die Anspannung in seinem Gesicht erkennen kann.

»Ich denke, das wird schon gehen«, sagt Noah laut und in die Runde hinein. Mir ist allerdings klar, dass er seine Worte definitiv an mich richtet.

Ich weiß nicht, was heute mit ihm los ist, aber der Gedanke, dass ich ihm schon in einer Woche alles gestehen kann, lässt mich panisch werden, während gleichzeitig kribbelnde Vorfreude durch meine Adern pulsiert.

»Das glaube ich auch«, sage ich leise und taste unauffällig nach meinem Handy. Ich muss mit Paul reden.

Kapitel 19

Georgie

»Ich muss mit Paul reden«, sage ich nachdrücklich zu Jessy, als wir zwei Tage später bei mir oben in meinem Dachboden-Atelier sitzen. Ich arbeite fieberhaft an meinem Bild, und Jessy beobachtet mich dabei.

»Was willst du ihm sagen?«, fragt sie vorsichtig. »Er lässt ja wirklich nicht mehr locker.«

Es stimmt leider. Paul schickt mir so regelmäßig Bettelnachrichten, dass ich langsam nur noch genervt bin.

»Ich werde ihm die Wahrheit sagen«, antworte ich auf die Frage meiner besten Freundin und spüre einen festen Knoten in meinem Bauch. Ich freue mich wirklich nicht auf das Gespräch mit Paul. Ich werde ihm wehtun, und das will ich nicht. Aber es muss sein, weil ich Noah liebe und für Paul niemals so fühlen werde, wie er es sich wünscht.

»Wann triffst du ihn?«, fragt Jessy, und ihre Stimme klingt skeptisch.

»Gleich«, sage ich seufzend mit einem Blick auf die Armbanduhr. »Er holt mich für einen Spaziergang ab.«

»Ich wünsche dir viel Glück«, sagt meine beste Freundin nachdenklich und zupft an ihrer Unterlippe. Ich sehe ihr an, dass sie Mitleid mit Paul hat, und das habe ich auch. Aber dann strahlt sie schon wieder.

»Das Bild wird fantastisch«, sagt sie, und mein Blick wandert zur Leinwand. Langsam entsteht darauf etwas, das mich gleichzeitig wahnsinnig glücklich stimmt und mich auf der anderen Seite verängstigt.

»Glaubst du, dass es ihm gefallen wird?«, frage ich leise, und Jessy schlingt ihren Arm um meine Schultern.

»Wenn er das nicht liebt, ist er ein Idiot. Und er wird es lieben, glaube mir.«

Unten klingelt es in diesem Moment an der Tür, und ich laufe los, um zu öffnen. Aber schon als ich die halbe Treppe nach unten gelaufen bin, höre ich, dass jemand anderes die Türe geöffnet hat. Beim Klang der Stimme rutscht mir das Herz in die Hose.

»Ich glaube, Georgie ist oben«, sagt Noah, und seine Stimme klingt schneidend.

»Dann ruf sie doch bitte«, antwortet Paul und klingt dabei so angespannt, dass ich zusammenzucke.

»Ich bin schon da«, rufe ich übertrieben laut und schiebe mich zwischen die beiden.

Pauls Miene wird von einer Sekunde zur anderen strahlend, während Noahs blaue Augen plötzlich so kalt aussehen, als würden gleich Eiszapfen daraus hervorschießen. Ich kann beobachten, wie sich sein Adamsapfel bewegt.

»Siehst du«, sagt Noah nach einem kurzen Moment des Schweigens. »Sie ist schon da.«

Mit diesen Worten dreht er sich auf dem Absatz um und stapft grußlos davon. Er sieht nicht einmal in meine Richtung, und mein Herz schmerzt.

Am liebsten würde ich ihm hinterherrennen und ihm sagen, dass es nichts zu bedeuten hat, dass Paul mich abholt. Zumindest bedeutet es nicht das, was Noah jetzt sicher denkt.

»Hey, Paul«, sage ich schließlich und ringe mich schließlich zu einem kleinen Lächeln durch, obwohl meine Stimme wirklich unterkühlt klingt.

Aber ich weiß ja, dass Paul nichts für das Chaos in meinem Liebesleben kann, und deshalb will ich ihm gegenüber auch nicht ungerecht sein.

»Wollen wir los?«, fragt er mit einem schüchternen Lächeln, und ich nicke fahrig mit dem Kopf, während meine Gedanken ausschließlich um Noah kreisen. Ich hoffe so sehr, dass er mir zuhören wird, wenn ich ihm erkläre, warum ich mich mit Paul getroffen habe.

»Schön, dass du zu einem Treffen Ja gesagt hast«, sagt Paul leise, während wir die erstaunlich leeren Straßen von Connecticut entlanggehen.

Seine Worte schnüren mir die Kehle zu und wecken mein schlechtes Gewissen.

»Paul«, beginne ich leise und traue mich kaum, in seine Richtung zu sehen. »Lass mich dir bitte etwas sagen.«

»Ja?«, fragt er und klingt vorsichtig. Beinahe so, als wüsste er, dass jetzt nichts folgen wird, was er hören möchte.

»Ich weiß, dass du mich sehr gern hast, Paul«, sage ich leise und kicke einen Kieselstein vor mir her. »Und du warst mir wirklich ein guter Freund.«

Ich höre Paul leise stöhnen und drehe mich zu ihm um. Sein Gesichtsausdruck ist gequält, aber er sieht mir direkt in die Augen.

»Du willst mir sagen, dass wir Freunde bleiben sollen, oder?«, fragt er, und ich schlucke.

»Ich weiß nicht, ob ich das sagen will«, murmle ich schließlich und fahre mir mit einer Hand durch die Haare. »Ich weiß nicht, ob das geht.«

»Warum?«

Es ist ein so kleines Wort und doch liegt unendlich viel Schmerz darin. So viel, dass es mir das Herz zusammenkrampft.

»Weil ich dir nicht wehtun will, Paul«, sage ich schlicht und meine jedes Wort so. »Ich werde nie mit dir zusammen sein können, und ich weiß nicht, ob du das aushalten kannst.«

»Aber wie kannst du dir so sicher sein?«, fragt Paul, und ich kann die Verzweiflung in seiner Stimme überdeutlich hören. »Warum glaubst du, dass du mich nie lieben wirst?«

Jetzt ist der Moment gekommen, an dem ich die Worte ausspreche, die ich schon so lange hätte aussprechen sollen.

»Weil ich einen anderen liebe«, flüstere ich, und Paul zuckt bei meinen Worten zusammen, als hätte ich ihn geschlagen.

»Es ist der Typ aus eurer WG, der an der Tür, oder?«, bricht es aus ihm hervor, und ich nicke unmerklich.

»Ja, er ist es.« Meine Stimme ist heiser, und ich weiß nicht, ob ich jemals wieder in der Lage sein werde, klar und deutlich zu sprechen.

Der Schmerz in Pauls Gesicht lässt mich alles andere als kalt, und ich fühle mich unendlich schlecht, weil ich der Grund für seinen Schmerz bin. Und weil ich es wenigstens in Teilen hätte verhindern können.

»Es tut mir so leid, Paul«, flüstere ich und meine jedes Wort so.

»Was tut dir leid?«, fragt er, und Bitterkeit klingt in seiner Stimme mit.

Ich hole tief Luft, weil sich Tränen hinter meinen Lidern sammeln.

»Es tut mir leid, dass ich zugelassen habe, dass du dir Hoffnungen machst.«

»Das sollte dir auch leidtun«, sagt Paul, und die Kälte in seiner Stimme kann die Verletztheit nicht unterdrücken. »Wie du mich behandelt hast, ist nicht okay.«

Ich schweige und bleibe wie ein geprügeltes Hündchen mit hochgezogenen Schultern stehen. Ich habe seine Wut verdient und weiß auch, dass er dahinter seinen Schmerz zu verbergen versucht.

»Es tut mir wirklich leid«, stammele ich nach einer Weile ein weiteres Mal, und Paul schüttelt den Kopf.

»Nein, mir tut es leid«, presst er hervor. »Es tut mir Leid um die Zeit, die ich mit dir verschwendet habe. Mach's gut, Georgie.«

Er geht einfach davon. Einfach so. Ich bleibe wie festgewachsen stehen und spüre, wie Tränen über meine Wangen kullern.

»Es tut mir leid«, flüstere ich ein letztes Mal, obwohl Paul mich ja längst nicht mehr hören kann.

Noah

Wütend pfeffere ich meinen Pullover auf den Haufen mit der schmutzigen Wäsche und beginne dann damit, alles in die Waschmaschine zu stopfen.

»Jetzt geh schon rein«, knurre ich das letzte Stück einer störrischen Jeans an, als ich mit einem Mal ein leises Lachen hinter mit höre. Ich fahre herum und sehe Jessy, die mich mit einem amüsierten Gesichtsausdruck beobachtet.

»Also egal, was mit dir los ist«, sagt sie und wickelt sich eine lange Haarsträhne um den Zeigefinger ihrer linken

Hand. »Ich halte es für unwahrscheinlich, dass die arme Wäsche etwas dafür kann.«

»Haha, wirklich witzig«, grummele ich und lasse zu, dass sie mich zur Seite schiebt. Schnell hat sie die gesamte Wäsche in der Waschtrommel verstaut und stellt die Maschine an.

»Et voilà«, sagt sie und dreht sich grinsend einmal um sich selbst.

»Danke.« Ich nicke ihr zu. »Ohne deine Hilfe wäre ich vermutlich ausgeflippt.«

Jessy hebt eine Augenbraue, und ich kann den leisen Spott in ihren Augen deutlich erkennen.

»Lag das wirklich an der Waschmaschine, Noah?«, fragt sie, und ich blinzele sie möglichst unschuldig an.

»Ich habe keine Ahnung, was du meinst«, sage ich, und sie verdreht die Augen.

»Natürlich nicht«, sagt sie. »Du hast keine Ahnung, wovon ich rede. Dass ich nicht lache.«

Ich will nun wirklich nicht mit Jessy darüber sprechen, was wegen Georgie in mir vorgeht, aber auf einmal purzeln die Worte nur so aus mir heraus.

»Warum hat dieser Kerl sie abgeholt?«, frage ich, und Jessy hebt die Augenbrauen noch ein Stück höher.

»Wer hat wen abgeholt?«, fragt sie so scheinheilig, dass ich mit den Zähnen knirsche.

»Lass den Unsinn, Jessy«, knurre ich, und sie wird wieder ernst.

»Mach dir keinen Kopf«, sagt sie sanft. »Sie hatte nur etwas mit ihm zu besprechen. Das ist alles.«

Sie sagt es so harmlos, dass ich ihr auf jeden Fall glauben würde, wenn ich Georgie nicht telefonieren gehört hätte. Aber vielleicht weiß Jessy ja noch gar nichts davon, überlege ich und bin nicht sicher, ob ich den Gedanken gleich wieder verwerfen soll. Freundinnen reden doch über alles miteinander, oder?

»Wirklich?«, frage ich, und sie nickt so nachdrücklich, dass ich keine andere Erklärung finden kann.

Hoffnung und Sorge wechseln sich in meinem Innern, ab aber ich weiß, dass ich warten muss, bis Georgie und ich allein sind. Hoffentlich halte ich so lange durch.

Georgie

Meine Beine fühlen sich zentnerschwer an. Es ist, als wäre ich nicht mehr in der Lage, sie einfach so zu bewegen. Langsam und schwerfällig schleppe ich mich die Straße entlang. Es kommt mir vor, als wären Stunden vergangen, als ich endlich wieder vor unserem Haus ankomme. Ich krame umständlich meinen Schlüssel aus meiner Tasche. Aber bevor ich ihn ins Schloss stecken kann, geht die Haustür auch schon auf.

»Hey, Hoheit«, begrüßt Ben mich und mustert mich aufmerksam. »Du siehst scheiße aus«, stellt er fest, und ich muss über diese unverblümte Aussage lachen.

»Danke auch«, murmle ich und drücke mich an ihm vorbei ins Haus.

»Hallo, Lucky«, säusele ich, als mir die kleine Katze zur Begrüßung um die Beine streicht. »Wie geht es meiner Kleinen?«

»Ihr geht es wunderbar«, sagt Ben und legt mir eine Hand auf die Schulter. »Und ich hab das gar nicht böse gemeint, sondern mir nur Sorgen gemacht. Was ist denn los mit dir?«

»Mit mir? Gar nichts«, schwindele ich, und Ben sieht mich skeptisch an.

»Bist du dir da auch ganz sicher?«, fragt er, als auf einmal Jessy hinter ihm auftaucht.

»Ich weiß gar nicht, was du hast«, sagt sie an Ben gewandt und zwinkert mir zu. »Georgie sieht doch super aus.«

»Na wenn du meinst«, sagt er und sieht alles andere als überzeugt aus.

Ich schmunzele und stelle wieder einmal fest, was für ein Glück ich doch mit solchen Freunden habe.

»Tschüss«, verabschiedet Jessy sich am Freitag von mir und schlingt ihre Arme um mich. »Du schaffst das«, wispert sie mir ins Ohr, und ich halte mich beinahe an ihr fest. Meine Knie fühlen sich an, als wären sie aus Wackelpudding, und meine Hände zittern so stark, dass ich keine Ahnung habe, wie ich nachher den Tisch denken soll.

»Kommst du, Honey?«, fragt Alex und hält Jessy die Tür seines Vans auf.

»Ich komme«, gibt sie zurück und löst sich behutsam von mir.

»Ich glaube ganz fest daran, dass alles gut wird«, sagt sie und drückt mir ein Küsschen auf die Wange.

»Du weißt doch: Am Ende ist alles gut, und wenn es nicht gut ist, dann ist es auch noch nicht das Ende.«

»Ich will das Ende der Zitterpartie«, wispere ich zurück. »Für uns beide.«

»Ich hab dich lieb«, antwortet sie und steigt dann in den Van. Der Motor läuft schon, Alex ist wohl ziemlich ungeduldig. Ich winke dem wegfahrenden Auto hinterher, bis es außer Sichtweite ist, und drehe mich dann zum Haus um.

Noah ist noch nicht da, und Ben ist schon vor einer Stunde gefahren.

»Jetzt wird es ernst«, murmle ich zu mir selbst und straffe meine Schultern. »Du kannst das«, mache ich mir Mut und gehe nach drinnen, um alles vorzubereiten.

Das Bild ist gestern Abend fertig geworden, und ich glaube, dass es genau das geworden ist, was ich mir gewünscht habe. Jetzt hoffe ich nur noch, dass es Noah auch gefallen wird.

Noah

Mit einem erleichterten Seufzen auf den Lippen verlasse ich die Praxis und mache mich auf den Weg zu meinem Wagen. Es war ein anstrengender Tag, und ich sehne mich nach ein bisschen Ruhe.

Meine Nerven liegen so blank wie schon lange nicht mehr. Die seltsame Stimmung zwischen Georgie und mir in den letzten Tagen hat nicht gerade dazu beigetragen, dass ich mich besser fühle.

Aber trotz allem freue ich mich darauf, sie gleich zu sehen. Ich habe ihre Nähe in den letzten Tagen sehr vermisst. Als ich den Schlüssel im Zündschloss drehe, kommt Freude in mir auf.

Georgie

Eine Stunde später habe ich alles genau pünktlich geschafft. Die Küche duftet köstlich, und meine große Überraschung habe ich im Wohnzimmer versteckt. Als ich Noahs Wagen vorfahren höre, wird mein Mund trocken und mein Herz beginnt zu rasen.

Nervös streiche ich mir über den Bauch, den ich auch heute unter einer weiten Bluse versteckt habe. Nachdem Noah sich in den letzten Tagen so merkwürdig distanziert benommen hat, war ich eigentlich froh, dass er sich überhaupt von mir hat bekochen lassen und habe mir nicht mehr wirklich Gedanken darüber gemacht, wie ich das ganze Gespräch aufbauen könnte.

Ich höre, wie die Haustür aufgeht, und atme zitternd ein. Jetzt geht es los.

»Ich bin da«, ruft Noah und steht im nächsten Moment schon in der Tür. Er wirkt abgespannt. Trotzdem umspielt ein kleines Lächeln seine Lippen.

»Hier riecht es ja gut«, sagt er, und ich kriege nichts anderes heraus als: »Äh, danke.«

Innerlich würde ich mich am liebsten verprügeln. Endlich ist der Moment gekommen, in dem ich mit Noah allein bin, und mich verlässt der Mut?

Ja, mir ist schon klar, dass das wirklich erbärmlich klingt, aber jetzt ist die Situation so angespannt, dass sich all meine Pläne mit einem verängstigten Wimmern in den hintersten Teil meines Verstandes verziehen.

»Möchtest du gleich essen?«, piepse ich und Noah runzelt die Stirn.

»Wenn alles fertig ist, dann gerne«, sagt er.

»Ist es. Setz dich doch schon mal, ich bringe alles.«

Ich komme mir selbst albern vor, weil ich so wahnsinnig nervös bin, und gleichzeitig ist mir auch klar, wie viel für mich bei dieser Sache auf dem Spiel steht.

Ich trage die große Schüssel mit dem Kartoffelgratin zum Tisch, stelle sie ab und tue uns auf.

Dann setze ich mich ihm gegenüber hin und starre auf meinen Teller, als gäbe es darauf viel mehr zu sehen als Kartoffeln und Käse.

»In der Praxis war heute wahnsinnig viel los«, erzählt Noah, als ich nach einer Weile immer noch nichts gesagt habe. »Manchmal geht es mir wirklich auf den Geist.«

Ohne nachzudenken, spreche ich das aus, was in meinem Kopf vorgeht.

»Bist du sicher, dass du wirklich eine eigene Praxis haben willst?«, frage ich und bereue es noch in derselben Sekunde, als ich sehe, wie Noah sich anspannt.

Vielleicht sollte ich lieber zurückrudern, nichts mehr sagen oder das Thema wechseln, aber ich mache mir Sorgen um ihn. Seitdem Jennifer bei mir war, spuken mir diese Gedanken im Kopf herum, und jetzt, wo sie einmal in der Welt sind, kann ich sie nicht mehr zurücknehmen. Ich glaube nicht, dass er glücklich damit werden wird. Ich glaube vielmehr, dass er das alles nur tut, um sich selbst und der Welt etwas zu beweisen.

»Was meinst du damit?«, fragt Noah, und seine Stimme klingt gefährlich ruhig. Ich beiße mir auf die Zunge.

»Ach, ist nicht so wichtig«, weiche ich aus, aber Noah lässt nicht locker.

»Das stimmt nicht. Es war wichtig genug, um dir das Gefühl zu geben, dass du es ansprechen musst«, gibt er zurück, und seine Haltung entspannt sich kein bisschen.

Weil es jetzt ohnehin zu spät ist, um das Ganze zu beenden, spreche ich gleich das an, was am wichtigsten ist.

»Du hättest doch noch ganz andere Möglichkeiten«, sage ich beschwörend. »Du musst nicht dein Leben lang in einer Praxis festsitzen.«

»Was meinst du mit *anderen Möglichkeiten?*«, grollt Noah, und ich ziehe den Kopf ein, weil er so heftig reagiert.

»Du könntest Trainer werden«, bringe ich hervor und weiß genau, dass das alles hier ganz anders läuft, als ich es geplant hatte.

Noahs Gesicht ist von einer Sekunde zur anderen kalkweiß geworden.

»Woher weißt du davon?«, presst er hervor, und ich ziehe den Kopf noch ein bisschen weiter zwischen meine Schultern.

»Noah, bitte«, flüstere ich, aber im nächsten Moment kracht seine Gabel auf den Teller.

»Woher du davon weißt, will ich wissen«, ruft er so laut, dass ich erschrocken zusammenzucke. So habe ich ihn noch nie erlebt.

»Jennifer«, beginne ich und weiß im selben Moment, dass ich ihren Namen besser nicht erwähnt hätte.

»Was hat Jennifer damit zu tun?«, blafft Noah, und ich habe wirklich keine Ahnung, warum er so heftig reagiert. Er wirkt auf einmal wie ausgewechselt, und der Mann da vor mir macht mir beinahe ein bisschen Angst.

»Du hast mit ihr geredet?«, stellt Noah ganz nüchtern fest. »Wann?«

Ich traue mich nicht, etwas zu sagen. Meine sonst so große Klappe lässt mich in diesem Moment völlig im Stich. Allerdings ist mir das, seit ich Noah kenne, ja wirklich oft passiert.

»Und jetzt willst du also«, fährt Noah leise und gefährlich fort, »jetzt willst du also, dass ich diesen Job annehme, damit wir zusammen sein können und ich das Kind eines anderen großziehe?«

Mit jedem Wort ist seine Stimme lauter und lauter geworden, und am Ende seines Satzes zucke ich vor Schreck zusammen. Noah weiß, dass ich schwanger bin? Wie kann das sein? Er kann doch nicht hellsehen. Also woher weiß er es?

»Du, du weißt …?«, bringe ich stotternd hervor, als Noah mir auch schon ins Wort fällt.

»Dass du dich von Paul, diesem Idioten, hast schwängern lassen? Ja, das weiß ich, und jetzt sage ich dir mal was«, fährt er fort und ignoriert völlig, dass mir inzwischen Tränen über die Wangen laufen. »Ich will nicht der Vater eines Kindes sein, das ein anderer gezeugt hat.«

»Aber Noah«, wispere ich und fahre mir mit dem Handrücken über die Augen. Ich will ihn anschreien und ihm sagen, dass es verdammt noch mal sein Kind ist, weil er der einzige Mann ist, mit dem ich seit Ewigkeiten geschlafen habe, aber ich bringe keinen Ton heraus. Die Tränen schnüren mir die Kehle zu, und ich schlucke heftig dagegen an.

Es dauert eine gefühlte Ewigkeit, bis ich wieder in der Lage bin zu sprechen.

»Du hast sie doch nicht mehr alle, Noah«, bringe ich mehr oder weniger klar zwischen meinen Schluchzern hervor. »Hau bloß ab.«

Einige Augenblicke lang starrt Noah mich an und nickt dann.

»Ja, ich gehe. Leb wohl, Georgie.«

Mit diesen Worten springt er so heftig vom Tisch auf, dass er mit den Knien gegen das Holz stößt und sein Messer klirrend auf dem Boden landet.

»Meine Sachen hole ich noch«, sagt er ruhig. »Ich werde nur das Nötigste mitnehmen.«

Und dann verschwindet er ohne Gruß aus dem Raum, und gleich darauf höre ich seine schweren Schritte auf der Treppe.

Ich sitze da, als wäre ich an meinem Stuhl festgetackert. Ich weiß nicht einmal mehr, ob ich mich überhaupt bewegen will.

Es vergehen gefühlte Stunden, bis Noahs Schritte wieder die Treppe herunterkommen.

Als die Haustür gleich darauf ins Schloss fällt, beginne ich lautlos zu weinen. Aus tränenverhangenen Augen starre ich auf den festlich gedeckten Tisch und das Essen, das wir nicht einmal richtig angerührt haben. Weil ich nach weniger als fünf Minuten alles kaputtgemacht habe.

Als Nächstes wandern meine Gedanken zu dem Bild, und ich bin beinahe froh, dass ich es ihm nicht gezeigt habe.

Aber dann schleicht sich ein Gedanke in meinen Kopf, der mich laut stöhnen lässt. *Wie soll ich ohne ihn leben?*

Kapitel 20

Georgie

Ich fühle mich leer. Ich sitze auf dem Sofa, und die Uhr an der Wand tickt so laut, dass ich dazu übergegangen bin, jeden einzelnen Schlag zu zählen.

Tick eins, Tack zwei, Tick drei, Tack vier…

Ich habe kaum geweint, und es wundert mich beinahe. Mein Herz ist zentnerschwer. Wieder und wieder streiche ich mit der Hand über meine Bauchdecke.

»Das hat Mama aber ziemlich verbockt, nicht wahr, mein Kleines?«, flüstere ich und halte im nächsten Moment den Atem an. Es ist das erste Mal, dass ich mit dem kleinen Leben, das in meinem Bauch heranwächst, gesprochen habe, und es ist zwar total verrückt, aber es fühlt sich auch selbstverständlich an.

Ich spüre, dass mein innerer Widerstand gegen das Anerkennen der Lage bröckelt, und fürchte schon, unter dem Gewicht meiner Trauer erdrückt zu werden, als mein Handy klingelt.

Ich nehme es in die Hand, atme ein paar Mal tief durch und lese Bens Namen auf dem Display. Mein Herz rast. Ich habe vorhin, als Noah ging, eine Nachricht an ihn und Jessy geschickt. Ich konnte keinen von beiden erreichen, und dass Ben mich jetzt anruft, ist Balsam für meine Seele.

»Was ist los?«, fragt er sofort. Im Hintergrund höre ich undeutliche Motorengeräusche, aber seine warme, liebe Stimme und die darin mitschwingende Besorgnis ist es, die meine Verzweiflung zum Ausbruch bringt.

Ich will etwas antworten, aber es kommt kein Ton hervor. Ich versuche es wieder und wieder, schnappe nach Luft, und als ich es schließlich schaffe, einen Ton zu produzieren, da kommt er als gequältes Schluchzen heraus.

»Georgie«, ruft Ben erschrocken. »Was ist passiert?«

Ich versuche wirklich, ihm zu antworten, aber ich habe keine Chance.

»Hör zu«, sagt Ben ganz ruhig.

»Du bist zu Hause, oder? Ich habe eigentlich nur angerufen, um dir zu sagen, dass ich unterwegs nach Hause bin. Du kannst es auch an Noah weitersagen. Ich bin in zehn Minuten da.«

Seine Worte lösen eine Welle an Gefühlen in mir aus. Erleichterung, weil er gleich hier sein wird, dazu Schmerz, Trauer und Wut, als er Noahs Namen erwähnt.

Ich nicke, und als ich merke, dass Ben mich ja gar nicht sehen kann, hat er schon aufgelegt.

Ich ziehe meine Knie zu mir heran und lasse meinen Kopf darauf sinken. Zusammengekauert sitze ich da.

Ein fragendes Maunzen macht mich darauf aufmerksam, dass Lucky auch noch da ist und ihr Abendessen haben möchte.

Der Gedanke an Abendessen ist schier unerträglich. Unweigerlich wandern meine Gedanken nämlich zu dem perfekten Abend gestern, den ich heute noch toppen wollte. In der Küche habe ich die Kerze, die Blumen und das Essen in den Müll gepfeffert. Ich kann es nicht essen. Ich kann es nicht einmal ertragen, es zu sehen, und deshalb kicke ich den

Deckel des Mülleimers mit dem Fuß zu, während ich Lucky ihr Futter hinstelle. Mit einem Tunnelblick gehe ich danach zurück ins Wohnzimmer, kauere mich wieder auf dem Sofa zusammen und bleibe in dieser Position, sogar als sich die Haustür öffnet und ich Bens Stimme höre.

Ich schaffe es nicht, darauf zu reagieren, und erst, als er ins Zimmer kommt, bringe ich es fertig, überhaupt den Kopf zu heben. Lucky folgt ihm auf dem Fuß und wartet ganz eindeutig darauf, dass sie ihre Portion an Streicheleinheiten bekommt.

Darauf muss die kleine Samtpfote nun aber erst mal warten, denn Ben kniet sich sofort neben mich und bestürmt mich mit besorgten Fragen.

Diese Fürsorge hat allerdings nur den Effekt, dass sich meine Tränendrüsen wieder öffnen. Ich weine und weine. Mein Hals schmerzt, meine Augen brennen, und meine Nase ist komplett verstopft, aber Ben hält mich fest. Er ist da, drückt mich fest an sich und geht nicht einmal dann weg, als ich seinen Pulli vollschnoddere.

»Pscht«, macht er immer wieder, und obwohl ich nicht aufhöre zu weinen, kann ich immerhin ein paar Worte hervorbringen.

»D… Danke« – schnief – »Dass du da bist.« Ben reicht mir ein Taschentuch.

»Das ist doch selbstverständlich«, sagt er, und ich spüre, wie er sich bewegt. »Warum bist du eigentlich ganz alleine hier?«, fragt er dann. »Wo ist Noah, und was ist denn eigentlich los?«

Diese Frage erneuert meinen Tränenstrom, und es dauert eine Weile, bis ich ihm die Worte entgegenschluchzen kann.

»Noah, ist weg.«

»Weg?«, fragt Ben verständnislos. »Wie weg? Wann kommt er denn wieder?«

»Er kommt nicht wieder.« Die Worte platzen wie ein verzweifelter Schrei aus mir heraus. Es fühlt sich an, als würde mein Herz reißen.

»Oh Mann«, murmelt Ben und zieht mich noch fester in seine Arme. »Also weinst du seinetwegen?« Was hat er getan? Muss ich ihn verprügeln?«

Trotz des unendlichen Schmerzes, der von meinem ganzen Körper Besitz ergriffen hat, entlocken mir diese Worte doch ein Lächeln. Es ist ein kaputtes und gebrochenes minimales Heben der Mundwinkel, aber ich finde, es zählt.

»Du kannst niemanden verprügeln, Benjamin«, sage ich zu ihm, und er lockert seinen Griff, beugt sich ein Stück zurück und mustert mich.

»Ihr traut mir zu wenig zu, Hoheit«, sagt er dann, und ich weiß genau, dass er das für mich tut. Er will Normalität in diese Ausnahmesituation bringen.

»Ich traue dir vieles zu«, sage ich und ziehe die Nase hoch.

»Traust du mir auch zu, dass ich dir sage, dass du ganz schrecklich aussiehst?«, fragt er. »Denn so ungern ich so etwas zu einer Frau sage, es ist so.«

»Das ist ja nett.«

Bens Taktik funktioniert. Ich weiß genau, was er vorhat, und doch klappt es. Meine Tränen versiegen.

»Na, das ist doch schon viel besser«, sagt Ben sanft. »Geh, wasch dir das Gesicht, und dann komm zu mir. Ich mache uns beiden einen Original-Ben-Kummerkakao, und dann erzählst du mir, was los ist.«

Ich stehe auf, habe Pudding in den Beinen und überlege, wie es sein kann, dass ich mich trotzdem vorwärts bewege.

Meine Beine tragen mich, und ich erkenne wieder einmal, wie stark so ein menschlicher Körper ist. Auch wenn ich eigentlich das Gefühl habe, dass ich keinen Schritt mehr tun kann, ist da immer noch eine Reserve. Ich bin in einer gläubigen Umgebung aufgewachsen und sehe diese Tatsache immer wieder in meinem Alltag. Diese Stärke habe ich nicht mir selbst zu verdanken, sondern einem Gott, der das Leben eines jeden Menschen in der Hand hat.

Als ich allerdings einen Blick in den Spiegel werfe, verlassen mich vor Schreck beinahe die Kräfte. Ich sehe aus wie ein klassischer Zombie mit einer rot geweinten Kartoffel als Nase. Grauenerregend. Könnten Kinder mich jetzt sehen, hätten sie vermutlich jahrelang mit Angstträumen zu kämpfen.

Ich lasse mir kaltes Wasser über die Handgelenke laufen, kühle mein Gesicht und trinke auch einige Schlucke.

Als ich zu Ben zurückkomme, stehen zwei dampfende Tassen vor ihm. Er hat Sprühsahne auf den Kakao getan und alles mit Gummibärchen, Smarties und Schokostreuseln verziert. Der Kakao selbst riecht nach Schokolade, Vanille und einem Hauch Zimt.

»Trink erst mal einen Schluck«, befiehlt Ben, als ich mich neben ihn auf das Sofa setze. Lucky liegt in seinem Schoß und schnurrt.

Ich leiste seinem Befehl Folge und kann einen genießerischen Seufzer nicht unterdrücken, als in meinem Mund die verschiedenen Geschmacksrichtungen in einer Art Explosion aufeinander treffen.

Die Vanille verschmilzt mit dem Geschmack der heißen Schokolade und verbindet sich mit der Sahne und den Gummibärchen zu einem Traum aus heißer Süße.

»Du bist der Beste«, murmle ich und lecke mir mit der

Zungenspitze über das kleine Kakaobärtchen an meiner Oberlippe.

»Ich weiß«, sagt Ben in vollem Ernst und schnalzt dann auffordernd mit der Zunge.

»Und jetzt erzähl mir, was mir dir passiert ist«, befiehlt er, und ich seufze tief, weil es im Land der heißen Schokolade so schön war und ich nicht in die bittere Realität zurückkehren möchte.

»Kein Seufzen, reden!« Seine Stimme erinnert mich an einen Oberst beim Militär, und ich verspüre sofort den Drang zu salutieren.

»Ich weiß gar nicht, wo ich anfangen soll«, sage ich leise, und Ben verdreht die Augen.

»Vielleicht fängst du damit an, dass du mir erzählst, was seit einem Monat mit dir los ist?«

Erschrocken registriere ich, dass Ben mich mit einer Mischung aus Enttäuschung und Wut betrachtet. Ich weiß, dass er oft feinfühliger ist, als man ihm oft anmerkt, und jetzt gerade wird mir klar, dass er weiß, dass ich ein Geheimnis vor ihm habe.

»Ben, es tut mir leid, dass ich dir nichts gesagt habe«, murmele ich, und er verdreht die Augen. Die Verletzlichkeit verschwindet von einem Augenblick zum nächsten und macht einem Anflug Humor Platz.

»Glaub mir, ich habe mich schon daran gewöhnt, dass ihr Mädchen ständig Geheimnisse vor mir habt«, sagt er mit einer wegwerfenden Handbewegung. »Aber du könntest wenigstens jetzt deinem besten Freund erzählen, was los ist.«

»Ja, natürlich mache ich das«, beeile ich mich zu sagen und hole tief Luft. Dann prasselt die ganze Geschichte aus mir heraus.

»Stopp!«, ruft Ben nach den ersten Sätzen. Sein Gesicht hat einen leicht käsigen Farbton angenommen.

Ich halte im Satz inne und gleichzeitig die Luft an. Ich starre ihn an, unfähig zu erfassen, an welchem Punkt wir gerade sind.

»Du hast gerade nicht wirklich schwanger gesagt, oder?«, bringt Ben mit einem Keuchen hervor und erinnert mich ein bisschen an einen Fisch auf dem Trockenen.

»Doch«, piepse ich und stelle wieder einmal fest, wie wenig ich mich selbst doch gekannt habe. Niemals hätte ich vor einem Jahr gedacht, dass ich so ein Mäuschen sein kann. Aber jetzt bin ich eins, und jetzt warte ich ängstlich auf Bens Reaktion. Diese allerdings bleibt aus.

»Erzähl weiter«, sagt er ruhig, und seine Augen bleiben nur eine Millisekunde an meiner Körpermitte hängen.

»Also, es war so«, beginne ich, und dieses Mal lässt Ben mich die ganze Geschichte heraussprudeln. Als ich fertig bin, ist er immer noch bleich um die Nase.

»Es tut mir leid«, beginnt er sich zu entschuldigen, und ich reiße die Augen auf. Was tut ihm wohl leid?

»Ich kann das gerade einfach nicht glauben«, bringt er hervor. »Ich benehme mich sicher wie ein Idiot.«

»Nein, gar nicht«, versuche ich ihn erschrocken zu beruhigen. »Du bist kein Idiot. Ich habe mich auch noch nicht daran gewöhnt«, plappere ich weiter, und Ben horcht auf.

»Wo wir gerade von Idioten sprechen«, fängt er an, und ich weiß unwillkürlich, was er als Nächstes sagen wird.

»Noah ist also wirklich abgehauen, als du ihm gesagt hast, dass er Vater wird?«, fragt Ben, und seine Worte klingen wie ein heftiges Grollen. Er ist eindeutig sauer.

»Also ich habe es gar nicht mehr geschafft, ihm zu sagen,

dass er Vater wird«, murmle ich, und Ben hebt überrascht die Augenbrauen.

»Entschuldige bitte mal? Wer sollte denn sonst der Vater sein?«, bricht es wütend aus ihm heraus.

»Er glaubt, dass Paul der Vater ist«, murmle ich, und das, was als Nächstes passiert, überrascht mich mehr als alles andere. Ben bricht in schallendes Gelächter aus.

»Der Typ hat doch nicht mehr alle Latten am Zaun«, brüllt er und schlägt sich auf die Oberschenkel.

»Eigentlich ist das nicht gerade witzig«, sage ich und fühle mich ein bisschen angefressen.

»Tut mir leid.« Ben kichert. »Aber diese Idee ist so bescheuert, dass ich nicht anders kann, als zu lachen.«

Er wird langsam wieder ernst und sieht mich fragend an. »Wie kommt er eigentlich auf die Idee?«

Das habe ich mich allerdings auch schon gefragt. Ich grübele über das nach, was er gesagt hat, und werde einfach nicht schlau daraus.

»Ich weiß es nicht«, sage ich nachdenklich. »Er sagte, er hätte gehört, wie ich mit Stella über meine Schwangerschaft gesprochen hätte und darüber, dass Paul der Vater sei.«

»Hä?«, fragt Ben und sieht genauso verwirrt aus, wie ich mich fühle.

Ich habe schon wieder ein Kloß im Hals. »Jedenfalls ist er jetzt weg, und ich glaube nicht, dass er wiederkommt. Ich bin allein.«

Jetzt sieht Ben empört aus.

»Allein? Ich glaube, du spinnst. Wir sind da. Jessy und ich, deine Eltern …«

Er unterbricht sich und mustert mich aufmerksam. »Du hast es deiner Familie noch nicht gesagt, oder?«, fragt er.

Ich schüttele den Kopf. »Ich kann nicht«, murmle ich, und schon rollt eine Träne über meine Wange. »Ich wollte es ihnen schon vor einem Monat erzählen, aber dann gab es bei uns zu Hause die absolute Familienkrise, und danach habe ich mich nicht mehr getraut. Sie wären sicher enttäuscht von mir.«

»Georgie«, sagt Ben und sieht mir direkt in die Augen. »Rede keinen Unsinn. Deine Eltern lieben dich. Sie lieben dich auch, wenn sie nicht mit allem glücklich sind, was du tust.«

Ich lasse seine Worte auf mich wirken und mache mir bewusst, dass er recht hat. Meine Eltern sind keine Menschen, die mich an den Pranger stellen werden. Sie werden sicher nicht glücklich sein, dass ich ein Kind erwarte, aber mir ist klar, dass ich lieber mit ihnen sprechen sollte, statt mir auszumalen, wie ihre Reaktion ausfällt.

»Du bist so weise. Ich bin froh, dass du früher nach Hause gekommen bist«, sage ich zu Ben, als mir einfällt, dass ich ihn noch gar nicht gefragt habe, wie es eigentlich dazu gekommen ist.

»Wie war dein Besuch?«, frage ich vorsichtig, und sofort verdunkelt sich seine Miene.

»Ich habe es nicht mehr mit ihm ausgehalten«, sagt er knapp, und ich verziehe mitfühlend den Mund.

»Willst du darüber reden?«, frage ich vorsichtig und kenne die Antwort bereits. Ben will nie über seinen Vater reden. Würde er ihn nicht so oft besuchen fahren, wäre es, als wäre sein Vater gestorben.

»Auf keinen Fall«, sagt Ben in einem so bestimmten Ton, wie man ihn nur selten von ihm hört. »Ich will mich jetzt lieber darüber freuen, dass ich Onkel werde.«

Ein kleines bisschen zucke ich bei seinen Worten zusammen, aber ich bin auch unheimlich gerührt.

»Bennie, ich bin so froh, dass du mein Freund bist«, sage ich und schlinge impulsiv meine Arme um ihn.

»Ich weiß«, sagt er und versteckt seine Emotionen wieder einmal hinter einer Prise Humor. »Aber jetzt lass uns darüber reden, was du mit Noah machst.«

»Was soll ich schon machen?«, frage ich resigniert und leere meine Tasse mit einem Schluck. »Er hat mir deutlich klargemacht, wie er die Sache sieht. Er will kein Vater sein und schon gar nicht für ein Kind, das nicht seins ist.«

»Aber es ist doch sein Kind!« Ben schlägt sich mit der Hand vor die Stirn. »Sag es ihm doch einfach.«

»Nein!« Entschieden schüttele ich den Kopf.

»Aber warum nicht?«, fragt Ben und wirkt in seiner Verwirrung jetzt regelrecht verzweifelt.

»Weil ich nicht vorhabe, mir von diesem Vollidioten noch ein drittes Mal das Herz brechen zu lassen«, sage ich mit deutlich mehr Überzeugung, als ich gerade empfinde. »Er hat von mir eine zweite Chance bekommen, und es gleich wieder versiebt. Wieso sollte ich ihm noch eine Chance geben? Nenn mir nur einen Grund.«

Ben sieht mir ein Weilchen fest in die Augen. Seine Miene wirkt nachdenklich.

»Du solltest ihm noch eine Chance geben, weil du ihn liebst«, sagt er dann langsam und trifft mich mit diesen Worten mitten ins Herz.

Ja, ich liebe Noah. Das weiß ich schon lange, aber ist es nicht gerade dieses Gefühl, das mich so verletzlich macht? Kann ich das noch einmal verkraften?

»Ich weiß nicht«, murmle ich und fahre mit der Hand an meinen Bauch. »Ich bin nicht stark genug.«

Ben schnaubt hörbar.

»Ich glaube, die Schwangerschaft legt dein Hirn lahm,

Liebes. Du bist eine der stärksten Frauen, die ich kenne. Überleg mal, wie vielen Menschen du geholfen hast, während du selbst in Therapie warst. Du hast dich nicht von deinen blauen Tagen unterkriegen lassen. Du bist stark, denn Stärke heißt nicht, dass man keine Schwächen hat, sondern vielmehr, dass man aus seinen Schwächen Stärken hervorzaubert. Und darin, meine wunderbare beste Freundin, bist du eine Meisterin.«

»Wow«, bringe ich nach einigen überraschten Schweigeminuten schniefend hervor. »Ich glaube, das war das Liebste, was jemals jemand zu mir gesagt hat.«

»Das wiederrum spricht nicht gerade für Noahs Qualitäten als Liebhaber.« Ben grinst, und ich muss tatsächlich kichern.

Das Lachen gluckst einfach so aus mir heraus und fühlt sich unendlich befreiend an.

»Da sagst du was.« Ich schmiege mich noch ein bisschen enger an meinen besten Freund. »Ich bin froh, wenn Jessy zurück ist. Dann ist unser Trio endlich wieder komplett.«

Ben kümmert sich den ganzen Sonntag über geradezu rührend um mich. Wir sehen uns einen schönen Film nach dem anderen an, er macht mir Popcorn und stellt mir alle möglichen Fragen.

»Willst du eigentlich lieber einen Jungen oder ein Mädchen?«, fragt er gerade, und klingt ein bisschen undeutlich, weil er sich eine Handvoll Popcorn in den Mund geschoben hat.

Nachdenklich schürze ich die Lippen und ringe nach einer Antwort. Ja, ich weiß nun schon seit einer ganzen Weile, dass ich Mutter werde, aber jetzt so darüber zu sprechen, fühlt sich merkwürdig an. Vielleicht liegt es daran, dass ich erst Noah davon erzählen wollte. Ich habe mir gewünscht, das alles zusammen mit ihm zu erleben.

»Na ja, eigentlich weiß ich ja schon, was es wird«, sage ich nach einer Weile. Es wäre albern, Ben keine Antwort zu geben, nur weil Noah nicht da ist, damit ich es ihm als Erstes erzählen kann.

»Du weißt es schon?«, fragt Ben fassungslos. »Kann man das so früh schon sehen?«

»Früh ist gut«, murmle ich. »Ich bin inzwischen am Ende des fünften Monats.«

»Aber man sieht es noch gar …«, beginnt Ben, hält dann inne und reißt die Augen auf.

»Warte, trägst du deshalb jetzt wieder diese übergroßen Schlabberklamotten?«

»Niemand sagt solche Dinge so charmant wie du«, stelle ich grinsend fest und nicke ihm zu. »Aber du hast recht. Ich wollte nicht, dass es jeder sieht.«

»Das ist dir auf jeden Fall gelungen«, sagt Ben nachdrücklich und kommt dann wieder auf das Thema zurück, das ihn jetzt gerade wohl am meisten interessiert.

»Es wird ein Mädchen, und das ist perfekt«, sage ich und strahle ihn an. »Ich war immer gerne die große Schwester, und fände es schön, wenn es bei meinen Kindern auch so wird.«

Bei meinen Kindern hallen meine eigenen Worte in meinen Gedanken wider. Ja, ich habe mir immer eine Familie gewünscht. Ich habe sehr schnell festgestellt, dass mir das Studium der Naturwissenschaften gar nicht lag. Es passte nicht zu meiner mütterlichen Ader, meinem Wunsch einmal, genau wie meine Mutter, eine ganze Familie zu versorgen, und eigentlich habe ich das Studium ja nur begonnen, weil mein Vater es sich so gewünscht hat.

Mutter sein. Das ist es, was ich gerne einmal neben meinem kreativen Schaffen tun möchte. In den Augen vieler Menschen klingt ein solches Familienbild überholt, aber ich spüre ganz deutlich, dass es das nicht ist. Nicht für mich.

Als ich diesen Gedanken denke, fühlt es sich plötzlich an, als würde mir ein Schleier von den Augen gezogen. Eine Erinnerung, die tief in meinem Unterbewusstsein vergraben gewesen sein muss, stürzt auf mich ein.

Es ist das erste Jahr an der Highschool. Um mich herum sehe ich überall in die Luft gereckte Arme. Unsere Lehrerin hat gerade eine Frage an die Tafel geschrieben, die für die meisten sehr wichtig zu sein scheint.

Was möchtest du werden, wenn du erwachsen bist?

Es ist selten, dass sich so viele meiner Mitschüler melden, und auch ich hebe meinen Arm.

Die Antwort auf diese Frage ist leicht, und als Mrs Wallys mit einem Lächeln zu mir sieht, kribbelt es in meinem Bauch.

»Ja, Georgiana?«, fragt meine Lehrerin. »Was ist dein Traum für die Zukunft?«

»Ich möchte Mutter sein!«, sage ich stolz, und einen Augenblick lang hängen meine Worte in der Luft. Im Klassenraum ist es mucksmäuschenstill, bis ein leises Kichern aus einer der hinteren Reihen zu hören ist, das sich innerhalb kürzester Zeit zu einem brüllenden Gelächter steigert. Es kommt mir so vor, als würden alle lachen, und nicht nur die letzten beiden Reihen. Ich mache mich auf meinem Stuhl klein.

Mrs Wallys braucht eine ganze Weile, bis sie den Lärmpegel wieder unter Kontrolle hat. Mein Magen verkrampft sich. Ich weiß nicht, was an meinen Worten so witzig ist, aber ich spüre, dass etwas anders gelaufen ist, als erwartet.

»Ruhe jetzt«, brüllt Mrs Wallys, und endlich wird es wieder still im Klassenraum.

»Es ist nicht in Ordnung, über einen Beitrag zu lachen«, sagt sie strafend und wirft mir dann einen kurzen, beinahe mitleidigen Blick zu, bevor sie den nächsten Schüler drannimmt.

Ich schnappe nach Luft, als ich mich an diesen Tag erinnere. Meine Lehrerin hat die Situation nicht weiter aufgearbeitet, und erst nach dem Unterricht erfuhr ich, was einige meiner Klassenkameraden derart amüsiert hatte. In der Pause wurde ich von den betreffenden Personen umringt, und es ging los.

»War das wirklich dein Ernst?«

»Heimchen am Herd, als Lebenstraum. Du spinnst doch.«

»Nicht zeitgemäß.«

»Antifeministisch.«

Egal wie sehr ich versuchte, meinen Standpunkt zu erklären, ich hatte keine Chance. Bald darauf habe ich die Schule gewechselt und legte mir mein freches Mundwerk und mein forsches Auftreten zu.

Ich kann es kaum glauben, dass ich diese Situation bis gerade eben vergessen hatte, und mir ist gleichzeitig heiß und kalt.

Auf einen Schlag wird mir klar, dass diese Begebenheit der Grund dafür ist, dass ich mich zuerst für ein naturwissenschaftliches Studium entschieden habe. Außerdem wird mir klar, dass kurz danach meine blauen Tage angefangen haben. Die Erkenntnis ist so stark, dass sie mich beinahe erdrückt.

Mein Zukunftstraum hat sich seit dem ersten Jahr an der Highschool nicht geändert. Ich möchte Mutter sein, ich möchte mehr als ein Kind, und sollte ich das Privileg bekommen, nicht arbeiten zu müssen, sondern Hausfrau und Mutter sein zu dürfen, dann wäre es das Schönste, was mir passieren könnte. Es ist nicht wichtig, was andere von meinen Entscheidungen denken. Es ist mein Leben, und es geht darum, mich zu finden.

Jeder Mensch sollte die Freiheit haben, das aus seinem Leben zu machen, was er möchte. Ich will mir nicht von der Gesellschaft vorschreiben lassen, ob ich als Frau unbedingt Karriere machen muss. Zu Hause bei den Kindern zu sein und den Haushalt zu führen ist ein Job, der sich mit einer Vollzeitkarriere beißt.

Und dennoch habe ich oft mitbekommen, wie Karrierefrauen auf meine Mutter herabgesehen haben. Jedenfalls bevor sie den Campingplatz mit unter ihr Regime genommen hat.

»Georgie?« Bens Stimme drängt sich unbarmherzig in meine Gedankenwelt. Ich habe keine Ahnung, wie viel Zeit vergangen ist.

»Ja?«, frage ich und fühle mich, als würde ich gerade aus einem tiefen Schlaf erwachen.

»Ich habe mich gerade riesig darüber gefreut, dass ich eine Nichte bekomme«, erklärt er. »Und du hast nicht einmal mit der Wimper gezuckt. Wo warst du mit deinen Gedanken?«

Meine Lippen verziehen sich zu einem breiten Lächeln. Ich fühle mich plötzlich so leicht wie eine Feder.

»Ich werde nicht wieder in mein Biologiestudium zurückgehen«, sage ich, und meine Stimme klingt klar und fest.

»Was?« Ben schnappt nach Luft. »Bist du sicher, dass du da keine vorschnelle Entscheidung triffst? Du weißt schon: Schwangerschaftshirn und so.«

»Ganz sicher.« Ich schwanke nicht eine Sekunde, sondern erzähle Ben, was sich gerade in meinem Kopf abgespielt hat.

Ihm klappt die Kinnlade herunter.

»Okay, jetzt weiß ich, was du meinst. Das war ja eine richtige Erleuchtung«, sagt er, und in seinem Blick erkenne ich Bewunderung. »Ich bin stolz auf dich, Georgie, und wünsche dir, dass dieser Traum für dich in Erfüllung geht.«

Seine Worte sind wie Balsam für meine Seele, und obwohl mein Herz gebrochen ist und jeder einzelne Gedanke an Noah entsetzlich wehtut, kann ich lächeln. Ich spüre eine tiefe Liebe für das kleine Wesen in mir wachsen und weiß mit einer merkwürdigen Sicherheit, dass wir es schaffen werden.

Als wir die Haustür hören und Darcy im nächsten Moment freudig und aufgeregt ins Wohnzimmer gesprungen kommt, bin ich ruhiger, als ich es selbst für möglich gehalten hätte. Ich dachte, ich würde Jessy als ein schluchzendes Häuflein Elend begrüßen und bin froh, dass es jetzt nicht so ist.

»Hallooohooo« hören wir in diesem Moment ihren fröhlichen Singsang von der Tür her. Ich sehe auf und entdecke eine strahlende Jessy und einen Alex, der ihr an Glück in nichts nachsteht.

»Na, ihr seht aus, als hättet ihr ein ganz tolles Wochenende gehabt«, kommentiert Ben ihren Auftritt, was ihm ein strahlendes Nicken von Jessy einbringt.

»Und wie!«

Alex schlingt seinen Arm von hinten um seine Freundin und drückt ihr einen Kuss auf den Hals. Der Anblick treibt bittere Eifersucht durch meinen Körper. Diese beiden gehören zusammen, und das kann niemand leugnen.

»Es war der Wahnsinn«, sagt Jessy und macht ein geheimnisvolles Gesicht.

»Und was, Prinzessin, macht dieses Wochenende ohne

jeglichen Kontakt zur Zivilisation zu etwas so Besonderem?«, fragt Ben und wirft mir einen belustigten Seitenblick zu.

Ich kann den Blick allerdings nicht von Jessy abwenden.

»Schön, dass du fragst«, jubiliert sie und streckt uns ihre Hand entgegen. »Das hier!«

Es dauert einen Augenblick, bis ich verstehe, was sie mit *das hier* meint, und als ich begreife, schnappe ich nach Luft. Ein kleiner, filigraner Ring mit einem funkelnden, durchsichtigen Stein steckt an ihrem Finger und lässt keinen Zweifel an seiner Bedeutung.

»Soll das etwa heißen«, beginnt Ben mit tonloser Stimme, als Jessy auch schon ihre Arme um Alex schlingt, ihn stürmisch küsst und sich dann von ihm löst, um im Zimmer herumzutanzen.

»Jajaja«, quiekt sie. »Wir sind verloooobt!«

Kapitel 21

Georgie

Die Neuigkeit fühlt sich an, als hätte mir jemand einen Eimer eiskaltes Wasser über den Kopf gegossen. Eine eisige, lähmende Kälte kriecht in jede einzelne Zelle meines Körpers.

»Wahnsinn ich freue mich so sehr für euch. Das ist großartig.«

Die Stimme, die meine sein muss, klingt tonlos, aber ich weiß, dass ich genau das empfinde. Ich freue mich für meine Freundin, auch wenn ich mich gerade beschissen fühle.

Ich nehme im Augenwinkel wahr, wie Ben erst Jessy und dann auch Alex umarmt. Wie eine Marionette, die an Fäden gezogen wird, stehe ich ebenfalls auf.

Ich spüre, wie Jessy mich an sich zieht. Es ist, als würde ihr ganzer Körper eine elektrisch aufgeladene Freude ausstrahlen.

»Geht es dir gut?«, flüstert sie an meinem Ohr und holt mich damit aus meinem Marionettendasein heraus.

»Ich bin so froh, dass du glücklich bist«, flüstere ich mit belegter Stimme zurück und meine es ernst.

Obwohl ich von Eifersucht und Sehnsucht geplagt werde, kann ich nicht anders, als ihr dieses Glück zu gönnen. Alex ist ihre große Liebe, und sie hat es verdient, dass er bald offiziell zu ihr gehört.

»Ich hab dich so lieb«, murmle ich und schlucke den Kloß in meinem Hals herunter. Jessy drückt mich ganz fest an sich.

»Du bist die beste Freundin überhaupt«, wispert sie an meinem Ohr. »Wir müssen nachher unbedingt reden.«

Wir lösen uns voneinander und sehen zu Ben und Alex, die uns aufmerksam beobachten. Jessy räuspert sich kurz.

»Habt ihr Lust auf Antipasti?«, fragt sie in die Runde, und alle außer mir nicken. Ich habe zwar überhaupt keinen Hunger, aber mir ist klar, dass ich etwas essen muss.

»Wo habt ihr das denn alles her?«, fragt Ben fassungslos, während Jessy und Alex den kleinen Wohnzimmertisch mit Köstlichkeiten beladen.

»Das hat Alex gemacht.« Unsere Freundin wirft ihrem frisch Angelobten einen verliebten Blick zu. »Aber wir sind gar nicht zum Essen gekommen, weil ...«

»Keine weiteren Infos bitte«, unterbricht Ben sie lachend und hebt abwehrend die Hände. »Wir können uns vorstellen, wie das abgelaufen ist, und freuen uns einfach, dass wir diese Leckereien jetzt mit euch gemeinsam genießen können.«

Jessys Wangen färben sich zartrosa, während Alex ihr liebevoll zuzwinkert. Die anderen essen mit Appetit, ich knabbere ein bisschen an einer Olive herum. Allein der Gedanke zu schlucken lässt meine Kehle enger werden. Das Popcorn vorhin hat mich zwar nicht satt gemacht, aber ich habe trotzdem keinen Appetit. Noah fehlt mir so sehr, dass ich glaube, dass mein Herz gleich zerspringt.

»Sagt mal«, fragt Jessy nach einer Weile und wirft einen fragenden Blick von Ben zu mir. »Wo ist eigentlich Noah?«

Ihre unbedarfte Frage fühlt sich an wie ein heftiger Schlag in meinen Magen. Ich keuche und höre, wie Ben neben mir leise aufstöhnt.

»Oh nein«, murmelt er.

»Was ist denn los?« Jessy runzelt die Stirn und tauscht einen verwunderten Blick mit Alex.

»Nichts«, stammele ich und versuche krampfhaft die Panik zu unterdrücken, die in mir aufsteigt.

»Nach nichts siehst du aber nicht aus.« Jetzt ist Jessy eindeutig besorgt. »Was ist los?«

Die Sorge in ihren Augen ist zu viel für mich.

»Ich muss …«, ich springe auf und ringe um Worte, »weg.«

Ohne auf die anderen zu achten, renne ich aus dem Zimmer, schlüpfe im Flur in meine Garten-Clogs und stürze aus der Haustür, die mit einem dumpfen Geräusch hinter mir ins Schloss fällt.

Zitternd lehne ich mich gegen die Hauswand, schließe die Augen und atme tief durch. Kalte Luft füllt meine Lungen, aber die Panik lässt nicht nach. Eher im Gegenteil.

Noah ist weg. Er ist einfach gegangen. Der Gedanke treibt mir die Tränen in die Augen, und einen Augenblick später sinke ich schluchzend an der Hausmauer nach unten, bis ich auf den kalten Treppenstufen sitze. Die Angst vor einer Zukunft ohne Noah überwältigt mich. Ich schlinge meine Arme um die Knie und lasse die Stirn darauf sinken.

»Ich vermisse dich«, wimmere ich und stöhne verzweifelt auf. »Aber ich darf dich nicht vermissen.«

Die Sehnsucht ist so übermächtig, dass ich nicht weiß, wie ich dieses Gefühl aushalten soll.

Ein kalter Windhauch lässt mich frösteln, und ich hebe langsam den Kopf.

Die ganze Straße liegt im Dunkeln, und nur vereinzelt erhellen Laternen die gespenstische Szenerie.

Normalerweise liebe ich unsere Wohngegend, aber jetzt jagt mir der Anblick eine irrationale Angst ein.

Ohne nachzudenken, lege ich schützend eine Hand auf meinen Bauch und streichle vorsichtig und liebevoll über die Wölbung.

»Ich passe auf uns auf, mein Kleines«, wispere ich und zucke im selben Moment erschrocken zusammen, als neben mir die Haustür aufgeht.

»Tut mir leid«, entschuldigt Jessy sich hastig. »Ich wollte dich nicht erschrecken.«

»Schon okay«, sage ich leise und starre auf meine Zehenspitzen. »Es war ja keine Absicht.«

»Was ist los, Georgie?«, fragt Jessy sanft und berührt mich sanft am Arm. »Ben hat da etwas angedeutet, und dann habe ich in meine Nachrichten auf dem Handy geschaut und gesehen, dass Noah sein Zimmer gekündigt hat.«

Mein erneutes Schluchzen unterbricht ihre Worte.

»Er, er ist einfach gegangen«, quetsche ich hervor, und Jessy schlingt beide Arme um mich. Sie stützt mich, hält mich und ist einfach da. Wieder laufen die Tränen, und der Schmerz in meiner Brust lässt mich wimmern.

»Aber warum hat er das getan?«, fragt sie und klingt ratlos. »Du wolltest ihm doch dieses Wochenende *davon* erzählen, oder?«

Möglichst zusammenhängend versuche ich ihr zu berichten, was passiert ist. Ich habe keine Ahnung, ob sie aus meinen gestammelten Satzfetzen wirklich schlau wird, aber sie unterbricht mich nicht, sondern wartet, bis ich am Ende angekommen bin.

»Ich habe Noah immer gemocht«, sagt sie dann so ruhig, wie ich es noch nie zuvor gehört habe. »Aber jetzt gerade hasse ich ihn, und wenn er hier auftaucht, dann werde ich ihm so heftig eine verpassen, dass er sich nie wieder traut, meiner besten Freundin wehzutun.«

Ich lache zittrig und unecht und schlinge fröstelnd meine Arme um meinen Körper.

»Komm, wir gehen rein und reden kurz in meinem Zimmer«, sagt Jessy, die offensichtlich gemerkt hat, dass ich friere.

»Aber ich will dir nicht deinen Abend kaputtmachen«, sage ich und schäme mich für meinen Ausbruch. Was bin ich für eine schreckliche Freundin, dass ich Jessy nach ihrer großen Ankündigung mit meinen Problemen belaste.

»Du machst mir gar nichts kaputt«, sagt sie und betont jedes einzelne Wort. »Ich bin froh, dass ich für dich da sein kann. Du hast mir im letzten Jahr so viel gegeben, dass es mir nur eine Ehre sein kann, dir einen Teil davon zurückzugeben.«

Ihre Worte berühren mich sehr, und ich folge ihr ins Haus. Dieses Mal fühlt sich die Wärme nicht erdrückend an, sondern heißt mich wie einen alten Freund willkommen.

»Warten die Jungs auf uns?«, frage ich Jessy, und sie schüttelt den Kopf.

»Nein, ich habe ihnen gesagt, dass sie weiteressen sollen und wir kommen, wenn wir so weit sind.«

»Danke«, sage ich ehrlich.

Sie winkt ab. »Das ist wirklich selbstverständlich«, sagt sie sanft.

In ihrem Zimmer lassen wir uns auf das Bett fallen.

»Wirst du Noah wirklich wehtun?«, frage ich leise, und Jessys Augen beginnen zu blitzen.

»Darauf kannst du aber so was von Gift nehmen«, knirscht sie, und ich glaube ihr sofort.

»Aber ich liebe ihn«, sage ich leise. »Ich will nicht, dass es ihm schlecht geht.«

»Ich weiß, Süße«, sagt sie und streicht mir sanft über den Rücken. »Es ist einfach nur scheiße.«

Dann erzähle ich auch ihr von der Erkenntnis, die ich vorhin gehabt habe, und Jessy ist wie Ben hellauf begeistert.

»Das passt zu dir wie die Faust aufs Auge«, schwärmt sie. »Auch wenn ich ihn ohrfeigen werde, würde ich mir doch wünschen, dass Noah und du …«

»Ich fürchte, da gibt es keine Chance«, sage ich leise, und es fühlt sich seltsam leer in meiner Brust an. Als wären in diesem Augenblick keine Tränen mehr vorhanden.

»Sag niemals nie«, sagt Jessy, und plötzlich lächelt sie so verschmitzt, dass ich einen Winkelzug wittere.

»Was hat dieser Blick zu bedeuten?«, frage ich skeptisch, und das Funkeln in ihren grünen Augen vertieft sich.

»Erinnerst du dich noch, was du zu mir über dich und das Thema Liebe gesagt hast?«, fragt sie, und ich weiß sofort, worauf sie hinauswill.

»Ich habe keine Ahnung, wovon du sprichst«, versuche ich mich an meinen schauspielerischen Talenten und scheitere kläglich.

»Herzblatt«, sagt Jessy grinsend. »Du hast nicht daran geglaubt, dass es den Mann geben könnte, der dich verzaubert, und damit lagst du ganz eindeutig falsch.«

»Na ja«, muffele ich, weiß aber, dass ich eine Diskussion mit meiner glückstrahlenden Freundin nur verlieren kann.

»Wir werden sehen«, sage ich deshalb. »Aber lass uns jetzt wieder zu den Jungs gehen.«

Das machen wir dann auch, und als wir ins Wohnzimmer kommen, fühle ich mich dank der aufmerksamen Unaufmerksamkeit meiner Freunde nur wenig verlegen.

Nachdem ich mit Jessy gesprochen habe, ist die Welt nicht mehr so dunkel, und ich kann mich sogar ehrlich für sie und Alex freuen. Zwar versetzt es mir immer wieder einen Stich zu sehen, wie er ihr einen verliebten Kuss auf den Mund oder den Nacken haucht und dabei seine Arme um sie schlingt, aber so ist wenigstens eine von uns beiden glücklich.

»Wann wollt ihr beiden eigentlich heiraten?«, frage ich, auch um mich selbst von meinen eifersüchtigen und selbstzerstörerischen Gefühlen abzulenken. Na gut, dafür ist es vielleicht nicht die richtige Frage, aber die Antwort interessiert mich doch.

Die beiden wechseln einen verliebten Blick, und Jessy verflicht ihre Finger mit denen von Alex, bevor sie antwortet.

»Nächsten Sommer«, sagt sie und grinst mich an. »Bis zu unserer Hochzeit wirst du deine Figur also wiederhaben, Mommy.«

Einen kurzen Augenblick lang schnappe ich erschrocken nach Luft, bis mir klar wird, dass ich dafür gar keinen Grund habe. Ben und Jessy wissen beide über meine Schwangerschaft Bescheid, und ich bin ziemlich sicher, dass sie auch Alex davon erzählt hat.

Ich werfe einen schüchternen Blick in seine Richtung und stelle fest, dass er mich ansieht. Er lächelt warm.

»Glaub mir, es gibt kaum ein fantastischeres Gefühl als das, sein eigenes Kind im Arm zu halten. Ich freue mich sehr für dich.«

Seine Worte fließen wie warmer Honig in mein Herz, und gerade von Alex bedeuten sie mir sehr viel. Er hat vor einigen Jahren seinen kleinen Sohn verloren und eine sehr schwere Zeit erlebt. Als er Jessy kennenlernte, wurde es nicht unbedingt einfacher, aber ich kann mir vorstellen, dass die beiden auch Kinder bekommen werden.

»Danke, Alex«, sage ich leise und strecke ihm meine Hand hin. Er ergreift sie und drückt meine Finger kurz.

»Vielleicht spielen unsere Kinder dann ja miteinander«,

sage ich augenzwinkernd und stelle gleichzeitig fest, wie sehr mir dieser Gedanke gefällt.

»Das wäre schön«, sagt Alex auf einmal, und ich höre, wie Jessy überrascht die Luft einsaugt.

»Wirklich?«, haucht sie, und auf ihrem Dekolleté, dem Hals und den Wangen breiten sich hektische rote Flecken aus. Mit einem Mal ist es, als wären Ben und ich aus dem Raum gebeamt worden und als existierten nur noch Jessy und Alex. Sie sehen sich in die Augen, und der Moment, als er nickt, verursacht mir eine heftige Gänsehaut.

»Natürlich, Honey«, sagt Alex zärtlich und legt seinen Arm um Jessy. »Du bist meine Nummer eins, und ich möchte alles mit dir erleben.«

»Lass uns gehen«, flüstere ich Ben zu, und meine Stimme klingt belegt. Er nickt wortlos, und wir verlassen den Raum.

Lucky bleibt auf dem Sofa liegen, aber Darcy kommt uns auf seinen dicken Pfoten hinterhergetapst und stupst mich auffordernd mit der Nase an.

»Wollen wir eine Runde mit ihm laufen?«, frage ich Ben und seufze erleichtert, als er nickt.

Alleine mit Darcy zu laufen würde ich heute nicht verkraften. Auch als ich in Bens Gesellschaft das Haus verlasse, kann ich nicht verhindern, dass meine Gedanken zu Noah wandern.

»Weißt du, dass es mit Noah und mir damals auf einem meiner Läufe mit Darcy begonnen hat?«, frage ich Ben leise.

»Liebe ist scheiße«, lautet seine trockene Antwort.

»Ist klar, Bennie.« Ich schmunzele, und dennoch weiß ich, dass ich trotz des Lachens, das heute immer wieder meinen Tag begleitet hat, natürlich nicht über Noah oder die Geschehnisse hinweg bin. Aber das ist schließlich auch nicht zu erwarten.

»Ich werde Jessy bitten, dass sie morgen mit mir zum Frauenarzt geht«, erzähle ich Ben regelrecht aus dem Nichts, aber er steigt sofort darauf ein.

»Darf ich auch mitkommen?«, fragt er, und als ich überrascht nicke, erinnert er mich in seiner Aufregung ein bisschen an einen kleinen Jungen am Weihnachtsmorgen.

»Ich finde das so wahnsinnig spannend«, plaudert er drauflos, und ich freue mich darüber, dass er mich unterhält. Aber nachdem er tatsächlich fast zehn Minuten ununterbrochen Schwangerschaftsfragen gestellt hat, drehe ich den Spieß um.

»Nun sag doch mal, Bennie«, beginne ich und ziehe seinen Spitznamen dabei in die Länge. »Was macht die Liebe eigentlich bei dir?«

Da ist mein bester Freund so stumm, dass kaum zu glauben ist, wie er in den vergangenen zehn Minuten kaum einmal den Mund gehalten hat. Das tut er jetzt dafür umso effizienter, versenkt seine Hände tief in den Taschen seines knielangen Wintermantels und schweigt sich aus.

»Bennieee«, necke ich ihn nach einer Weile, als mir sein eisernes Schweigen langsam auf den Wecker geht. »Hast du deine Zunge verschluckt?«

»Und wenn es so wäre?«

Ich kichere über seinen pampigen Tonfall, denn ich spüre instinktiv, dass da etwas im Busch ist. Also halte ich die Luft an und warte ab.

»Ich werde mich nicht mehr verlieben.«

Sechs kleine Worte sind es nur, aber sie fühlen sich ein bisschen wie Peitschenschläge an.

»Was?«, frage ich erstaunt, denn diese rigorose Aussage erstaunt mich. Ich weiß, dass Ben nach einigen Erfahrungen der Vergangenheit eine Pause in Sachen Liebe einlegen wollte, aber eine so strikte Ablehnung kommt nun doch überraschend für mich.

»Aber warum das denn?«, frage ich und versuche, so einfühlsam wie möglich zu klingen.

Ben kickt einen Kieselstein vor sich her und sieht mich bei seinen nächsten Worten nicht an.

»Du weißt ganz genau warum« Seine Stimme klingt hart.

»Ben«, sage ich und versuche verzweifelt, die richtigen Worte zu finden. Aber Ben lässt mir dafür gar keine Zeit.

»Liebe macht dich kaputt. Du weißt, genau, wie das bei meiner Mom war.«

»Ich weiß«, sage ich heiser, aber Ben schneidet mir mit einer Handbewegung das Wort ab.

»Ich werde mich nicht mehr verlieben. Punkt. Und jetzt bitte Themenwechsel«, sagt er, und ich gebe nach. Über seine Familie und vor allem die Beziehung seiner Eltern spricht Ben kaum, und auch wenn er seinen Vater regelmäßig besucht, haben wir uns darauf geeinigt, kein Wort darüber zu verlieren, bis er dazu bereit ist.

Erst als ich abends allein in meinem Bett liege, komme ich wieder dazu, meine Gedanken zu Noah wandern zu lassen. Gleichzeitig lasse ich den Tag an mir vorbeiziehen. Es war so viel. Der Abschied von Noah, meine Erkenntnis, Jessys Verlobung. Das alles ist viel zu viel für einen einzigen Tag. Für ein einziges Herz. Die Tränen fließen leise in mein Kissen, aber gleichzeitig spüre ich auch einen Hauch Aufregung auf den morgigen Tag. Der nächste Besuch beim Frauenarzt macht mir keine Angst mehr. Ich freue mich darauf, mein Baby wiederzusehen.

Kapitel 22

Noah

»Ich habe überhaupt keinen Bock darauf, dass du wieder hier wohnst«, motzt mein Bruder mich an. »Ich stehe überhaupt nicht hinter dem, was du getan hast.«

Während er das sagt, schleppt er allerdings meinen leeren Koffer wieder rauf auf den Dachboden und straft seine Worte damit Lüge.

»Es tut mir leid«, sage ich zerknirscht. »Ich will euch gar nicht auf die Nerven gehen.«

»Darum geht es doch gar nicht, du Dummkopf«, schnaubt Jonny jetzt und dreht sich mit aufgebracht funkelnden Augen zu mir um.

»Seitdem unsere Eltern gestorben sind, beobachte ich, wie du alles dafür tust, dass du nicht glücklich wirst. Und weißt du was? Es kotzt mich so sehr an, dass du Georgie schon wieder verletzt hast.«

»Das stimmt so doch gar nicht«, protestiere ich heftig, aber in meinem Herzen sticht es schmerzhaft.

Es war richtig zu gehen. Ich bin nicht bereit, das zu geben, was Georgie sich von mir erhofft, sie hat hinter meinem Rücken gehandelt und mein Vertrauen missbraucht, und zu bleiben wäre grausam gewesen.

Ich sage es mir wieder und wieder, und trotzdem lindert es mein schlechtes Gewissen nicht. Sie fehlt mir schon jetzt.

»Du weißt, dass es stimmt«, sagt Jonny, und seine Stimme klingt jetzt ruhiger.

»Aber sie ist von einem anderen schwanger«, sage ich, und die Worte verlieren nichts von ihrem bitteren Beigeschmack. Im Gegenteil. »Außerdem hat sie geglaubt zu wissen, was für mich und meine Zukunft das Beste ist. Und sie hat mein Vertrauen missbraucht, als sie mit Jennifer geredet hat.«

Nun sieht mein Bruder aus, als würde er aufgeben.

»Mit dir kann man echt nicht reden, Noah. Wirklich.«

Und daran hält er sich dann auch. Er spricht kein weiteres Wort mehr mit mir, und als ich später im Bett liege, denke ich lange über seine Worte nach.

Hat er recht? Kann man mit mir wirklich nicht reden? Bin ich so verbohrt, dass ich sofort ausflippe, wenn jemand eine andere Meinung vertritt als ich?

Unweigerlich wandern meine Gedanken zurück zu Georgie und dazu, wie sehr es mich wütend gemacht hat, dass sie von meinem Jobangebot wusste.

In diesem Moment wird mir klar, dass alles, was darauffolgte, hauptsächlich diesem Punkt geschuldet war.

Die Erkenntnis hat einen bitteren Beigeschmack.

»Ich habe ein Problem«, sage ich laut in die Dunkelheit des Raumes hinein.

Diese Erkenntnis zieht nun aber leider einen ganzen Rattenschwanz an Folgen mit sich.

Das Gedankenkarussell beginnt sich schneller und schneller zu drehen.

Kann ich überhaupt Therapeut werden? Was, wenn ich einen Fehler mache? Ich vermisse Georgie. Sie wird mich nie wiedersehen wollen. Was, wenn? Was, wenn? Was, wenn?

Schon bald ertrage ich es kaum noch. Ich will, dass es aufhört, es muss einfach aufhören! Aber das geschieht nicht.

Georgie

Es klingelt an der Tür. Ich stehe oben im Atelier und versuche wieder einmal, meine Gefühle auf die Leinwand zu bringen. Das Bild, das ich für Noah gemalt hatte, habe ich gemeinsam mit Jessy in einer der hinteren Ecken verstaut und mir vorgenommen, es nicht mehr anzusehen.

Es ist inzwischen etwas mehr als eine Woche vergangen, seit Noah ausgezogen ist, und in dieser Woche ist viel passiert. Noah fehlt mir jeden Tag. Es wird immer schlimmer, und ich bringe kaum einen Bissen herunter. Ständig habe ich mein Handy in der Hand und kämpfe gegen die Versuchung an, ihm zu schreiben. Ich will mit ihm sprechen. Ich will seine Stimme hören oder etwas von ihm lesen. Er fehlt mir mehr, als Worte es ausdrücken können. Aber in der Woche haben sich neben meinen Qualen noch andere Dinge ereignet. Meine Gedanken wandern zurück zu dem Tag, als ich zuerst mit meinen Freunden beim Frauenarzt und dann bei meiner Familie gewesen bin.

»Na, wie fühlen Sie sich, Miss Chapman?«, begrüßt mich meine Frauenärztin mit einem fröhlichen Lächeln. »Sie haben sich Verstärkung mitgebracht, wie ich sehe.«

Ich lächele sie an und krampfe aufgeregt meine Finger zusammen. Mit meinen beiden Freunden hier zu sein macht das Ganze irgendwie viel offizieller.

»Guten Tag.« Ben streckt meiner Ärztin die Hand entgegen.

»Das sind Ben und Jessy. Die beiden sind meine besten Freunde und meine mentale Unterstützung heute«, sage ich.

»Dann kommen Sie doch mal mit rein«, weist die Ärztin mich an.

»Darf ich meine Freundin mitnehmen?«, frage ich und erhalte ein Nicken als Antwort.

»Aber selbstverständlich«, sagt meine Ärztin, und ich greife nach Jessys Hand, als wir Dr. Fisher in den Behandlungsraum folgen.

»Dann wollen wir doch mal sehen, was das kleine Mäuschen da drinnen macht«, lächelt die Frauenärztin und spritzt mir Ultraschallgel auf den Bauch.

»Ich bin so gespannt«, flüstert Jessy, und ich lächele sie dankbar an.

»Und ich bin so froh, dass du hier bei mir bist«, sage ich und meine es so. Jetzt, wo Noah gar nicht mehr in meinem Leben ist, bin ich umso dankbarer für die Unterstützung meiner Freunde.

Als das Bild meines Babys auf dem Bildschirm erscheint, schlägt Jessy ihre Hand vor den Mund.

»Wow«, flüstert sie hingerissen, und als sie sich zu mir umdreht, schimmern ihre Augen verdächtig. Auch ich bin völlig überwältigt.

»Es ist so gewachsen«, hauche ich, und die Frauenärztin lacht.

»Ja, das ist wirklich unglaublich, nicht wahr?«

Etwa eine Stunde später klingele ich an der Tür meines Elternhauses, und mein Puls rast vor Nervosität, als sich die Haustür öffnet.

»Georgie?«

Das Gesicht meiner Mutter ist ein einziges Fragezeichen. Anscheinend haben wir sie gerade beim Backen gestört, denn auf ihrer Stirn und an der Schürze um ihre Mitte entdecke ich Mehlspuren.

»Hi, Mom«, sage ich leise und wische mir die schweißnassen Hände an meiner Jeans ab.

»Komm doch rein«, fordert meine Mutter mich auf und entdeckt in diesem Moment, dass ich nicht allein gekommen bin. Nachdem ich das letzte Mal allein so kläglich gescheitert bin, habe ich mich dieses Mal entschlossen, nicht nur Jessy oder Ben, sondern gleich beide mitzunehmen. Auch Darcy haben wir dabei, weil Jessy ihn nicht so lange allein im Auto lassen wollte.

»Gibt es irgendwas Besonderes?«, fragt meine Mutter, und in ihrem Blick flackert es nervös.

»Irgendwie schon«, sage ich mutig und sehe mich fragend um. »Ist Dad daheim?«

»Nein, dein Vater ist unterwegs«, antwortet sie, und mir fällt ein Stein vom Herzen.

»Gut, dann können wir ja erst einmal mit dir reden«, sage ich und bin sicher, dass ich ohne die Anwesenheit meiner Freunde ganz einfach zusammenklappen würde.

Wir folgen meiner Mutter ins Wohnzimmer und setzen uns zu dritt auf die große Couch gegenüber dem Sessel, in dem meine Mutter Platz genommen hat.

»Jetzt sag mir bitte, was los ist«, bricht meine Mutter das Schweigen, nachdem wir uns eine Weile in die Augen gesehen haben.

Mit zitternden Fingern hole ich mein neustes Ultraschallbild aus meiner Tasche und reiche es wortlos zu ihr herüber.

Sie wirft einen Blick darauf und wird blass.

»Was?«, fragt sie und bricht ab. Mit großen Augen mustert sie mich, und ihre Lippen bewegen sich, obwohl kein Ton hervorkommt.

»Ich bin schwanger«, sage ich leise und sehe sie an. »Und ich bin allein. Es tut mir leid, dass ich dich enttäusche, aber ich will dieses Kind haben.«

»Ich … also …« Meiner Mutter scheinen die Worte zu fehlen. Sie sieht mich mit großen Augen an, und ich warte vergebens auf eine Reaktion, bis sie auf einmal aufsteht und zu mir herüberkommt.

Ich zucke ein kleines bisschen zusammen, weil ich keine Ahnung habe, was mich eigentlich erwartet, und stehe auf.

Ich will meiner Mutter in die Augen sehen und etwas sagen, aber dazu komme ich gar nicht mehr.

Sie schlingt nämlich ihre Arme um mich und zieht mich an ihre Brust.

»Meine Kleine«, flüstert sie, und ich kann ihre Tränen hören. »Du kannst mich niemals enttäuschen, und ich werde dieses Baby über alles lieben.«

»Na, das war ja mal was«, sagt Ben an mich gewandt, als wir später gemeinsam das Haus verlassen haben.

Nachdem ich meiner Mutter alles erzählt hatte, hat sie meinen Vater angerufen und ihn gebeten, nach Hause zu kommen.

Das Gespräch mit ihm war nicht wirklich angenehm. Anders als meine Mutter war er gleich in mehrfacher Hinsicht sichtlich enttäuscht und schockiert. Die Information, dass ich das Studium der Naturwissenschaften einfach so an den Nagel hänge, hat er nicht gut verkraftet. Dagegen kam nicht einmal der Schock über meine Schwangerschaft an.

Matti ist über die Neuigkeit, dass er Onkel wird, regelrecht ausgeflippt, und er wollte unbedingt, dass ich mein Kind nach ihm benenne. Dass ich das bei einem Mädchen nicht unbedingt für eine gute Idee halte, wollte er nicht gelten lassen.

»Danke, dass ihr mit mir gekommen seid. Ihr seid die besten Freunde der Welt«, sage ich leise und lächele meine besten Freunde an.

»Das wissen wir«, kommt es wie aus einem Mund zurück, und ein Lachen purzelt aus mir heraus.

Ich bin unendlich erleichtert, dass meine Familie jetzt endlich Bescheid weiß und ich zumindest in diesem Punkt keine Sorgen mehr haben muss.

Noah

Einige Tage später halte ich es kaum noch aus. Jenni hat sich noch einmal sehr eindringlich mit einer Nachricht an mich gewandt, und ich habe das Gefühl, dass ich kurz vor dem Durchdrehen bin. An diesem Punkt fällt mir nur noch eine Person ein, die ich um Hilfe bitten kann.

»Ich habe eine Frage, Dr. Soniac«, spreche ich meine Chefin an, als wir nach der Arbeit noch im Sprechzimmer sitzen. Ich ignoriere das nervöse Flattern in meinem Bauch und bereite mich mental noch einmal vor.

Die Ärztin sieht von ihren Unterlagen auf und mustert mich über die Gläser ihrer Brille hinweg aufmerksam.

»Ja, Noah?«, fragt sie und deutet auf den Stuhl ihr gegenüber. »Setzen Sie sich doch.«

Ich setze mich auf den Stuhl und falte nervös die Hände auf meinem Schoß.

»Was liegt Ihnen auf dem Herzen, Noah?«, erkundigt sich meine Chefin einfühlsam.

»Wissen Sie, Doc«, beginne ich und grabe die Nägel meiner rechten Hand schmerzhaft in die Handfläche der linken. »Ich wollte ja eine eigene Praxis haben. Diesen Weg verfolge ich nun schon seit ein paar Jahren, aber es war nicht immer mein erstes Ziel.«

»Ich weiß, Noah«, sagt Dr. Soniac, und mir bleiben die nächsten Wörter im Hals stecken.

»Sie wissen das?«, echoe ich, und sie nickt lächelnd.

»Ich habe natürlich Informationen über Ihren Hintergrund. Ohne solche hätte ich Sie gar nicht eingestellt.«

Im ersten Moment ist es mir fast ein bisschen peinlich, dass ich selbst nicht so weit gedacht habe, aber dann konzentriere ich mich wieder auf das Wesentliche.

»Sie wissen also …«

»Dass Sie Fußballer werden wollten?«, fragt sie sanft, und seltsamerweise stört es mich gar nicht, dass sie mir die Worte aus dem Mund genommen hat. »Ja, das weiß ich. Hat denn Ihre Frage etwas damit zu tun?«

»Indirekt«, gebe ich zu und hole tief Luft.

»Glauben Sie, dass ich das Zeug dazu habe?«

»Das Zeug wozu?«, fragt sie ruhig, und ich knirsche innerlich mit den Zähnen. Diese ständige Nachfragerei in diesem Beruf ist wirklich grässlich.

Mit einer ausschweifenden Handbewegung erfasse ich den Raum um uns herum.

»Ich meine das alles hier. Therapeut sein. Eine eigene Praxis.« Ich halte inne und überlege, ob ich so verzweifelt geklungen habe, wie ich mich beim Aussprechen der Worte gefühlt habe.

Dr. Soniac sieht mich lange an.

»Bevor ich Ihnen eine Antwort gebe, Noah, möchte ich etwas von Ihnen wissen.«

Ich straffe meine Schultern. »Was denn?«, frage ich vorsichtig, und sie schiebt die Brille ein Stück höher auf ihre Nase.

»Wie kommen Sie zu dieser Frage? Was für eine Alternative gibt es bei Ihnen?«

Dass sie mich so direkt fragt, überrascht mich. Es passt so wenig zu einem Menschen, der sein Leben damit verbracht hat, Menschen zu therapieren.

»Vor ein paar Wochen hat sich eine alte Freundin bei mir gemeldet«, beginne ich langsam und eher stockend zu erzählen.

»Sie war allerdings nicht nur eine Freundin, sondern auch meine Agentin«, fahre ich fort und registriere am Rande das Aufblitzen von Überraschung in Dr. Soniacs Augen.

»Was wollte sie von Ihnen?«, fragt sie nach.

Ich räuspere mich. »Sie hat mir einen Job angeboten. Als Trainer.«

»Oh«, macht meine Chefin, und dieses Mal ist sie definitiv überrascht. »Und das ist ein guter Job?«

Ich winde mich, denn es fällt mir schwer, die Wahrheit zu sagen. Es wäre so viel leichter, den Job als etwas hinzustellen, mit dem ich keine Perspektive habe. Aber ich weiß, dass ich jetzt zu weit gegangen bin, um zu lügen. Also spreche ich die Wahrheit aus.

»Es ist sogar ein ganz großartiger Job. Ich würde die Jugendmannschaftals Assistenztrainer unterstützen und gleichzeitig meine Trainerausbildung machen. Das ist eine großartige Chance, aber …«

Ich breche wieder ab, und dieses Mal finde ich keine Worte.

»Aber?«, hakt Dr. Soniac nach, als der Augenblick verstreicht und ich noch immer kein weiteres Wort hervorbringe.

»Aber es macht mir Angst«, platze ich schließlich heraus. »Ich habe etwas gefunden, das mir Sicherheit gibt. Ich habe zu hart gearbeitet in meiner Ausbildung, als dass jetzt alles umsonst gewesen sein kann.«

Erst als ich die Feuchtigkeit auf meinen Wangen wahrnehme, wird mir klar, dass ich weine. Seit dem Tod unserer Eltern habe ich keine einzige Träne mehr geweint, und jetzt fühlt es sich fremd und merkwürdig an.

»Es tut mir leid«, entschuldige ich mich bei Dr. Soniac und wische mir einmal mit dem Handrücken über die Augen.

»Es gibt nichts, wofür Sie sich entschuldigen müssten«, antwortet sie sanft. »Tränen können uns befreien.«

»Was meinen Sie?«, frage ich heiser und sehe ihr in die Augen. »Kann ich Therapeut sein?«

Die ältere Dame streckt sich und mustert mich, bevor sie zu sprechen beginnt.

»Mir ist mehr als klar, dass Sie viele Altlasten mit sich herumtragen. Altlasten, die sicher zum Teil noch nicht in angemessener Weise aufgearbeitet sind.«

Ich lausche jedem einzelnen ihrer Worte. Fiebere darauf hin zu erfahren, was sie denkt. Ich habe ihre Meinung in den letzten Monaten schätzen gelernt und sehe eine Art letzte Rettung in ihr.

»Ja, Noah, ich glaube, dass Sie ein guter Therapeut sein können. Gerade wenn Sie Ihre Altlasten nutzen und in Mitgefühl und Zuneigung für Ihre Patienten umwandeln.«

Jedes einzelne Wort klingt klar und deutlich, ich atme auf.

»Dann finden Sie also auch, dass ich hier richtig bin?«, frage ich, und der Stein, der mir auf dem Herzen liegt, gerät ins Rollen.

»Nein, Noah.«

Erschrocken starre ich sie an. Sie ist ganz ruhig, ihre Miene spiegelt Freundlichkeit und Verständnis.

»Aber Sie haben doch gerade gesagt …«, beginne ich, als sie eine Hand hebt und mich damit stoppt.

»Ich sagte, dass ich glaube, Sie könnten ein guter Therapeut sein«, sagt sie. »Ich habe aber nicht gesagt, dass ich glaube, dass Sie damit glücklich werden.«

Mir klappt die Kinnlade herunter. Mit dieser Aussage habe ich nicht gerechnet.

»Wie meinen Sie das?«

Meine Stimme klingt schwach, als hätte ich mein volles Stimmvolumen mitsamt meiner Sicherheit eingebüßt.

»Ich meine, dass ich Sie beobachtet habe«, sagt meine Chefin und lächelt ermutigend. »Sie arbeiten gerne mit Menschen, das merkt man. Aber die Arbeit in einer Praxis ist nicht unbedingt das, wo ich Sie sehe.«

Sie nimmt die Brille von ihrer Nase und putzt sie umständlich mit einem Brillenputztuch, das auf ihrem Schreibtisch liegt.

Es dauert einen Augenblick, bis ich verstanden habe, was sie gerade gesagt hat.

»Sie meinen, dass meine ganze Arbeit eigentlich umsonst gewesen ist?«, hake ich fassungslos nach, aber sie schüttelt den Kopf.

»Sie sehen das völlig falsch, Noah«, widerspricht sie mir. »Ich meine: Natürlich können Sie eine Praxis aufmachen. Ich bin sicher, dass es funktionieren würde. Sie sind ein Mensch, der ein wahnsinnig großes Herz hat.«

Sie seufzt, als sie mich direkt ansieht.

»Aber wenn ich höre, was für eine Chance sich Ihnen gerade bietet, dann kann ich Ihnen nicht guten Gewissens den Rat geben, dass Sie eine Praxis eröffnen sollen. Überlegen Sie sich nur, wie wunderbar Sie alles, was sie gelernt haben, in einer solchen Position umsetzen könnten.«

Sie bricht ab, mustert mich und beugt sich dann nach vorn, um über den Tisch hinweg meine Hand zu streicheln.

»Noah, es geht um Ihr Glück. Überwinden Sie Ihre Angst. Um Ihrer selbst willen.«

Ihr Tonfall ist eindringlich, und auch wenn sich mein Herz aufbäumt, weiß ich doch, dass an ihren Worten viel Wahres dran ist. Und plötzlich wird mir noch etwas klar. Etwas, das mir meine Entscheidung vermutlich abnehmen wird.

»Ich muss Ihnen noch etwas gestehen«, sage ich ruhig, und ihre Miene wird wachsam. »Es geht um Georgiana Chapman.«

Kapitel 23

Noah

Einige Wochen später klingele ich an der Haustür des Hauses, in dem ich noch vor gar nicht allzu langer Zeit gewohnt habe. Es kommt mir vor, als wäre es Jahre und nicht Monate her, dass ich Georgie zuletzt gesehen habe.

Eigentlich hatte ich geplant, direkt nach meiner Unterredung mit Dr. Soniac zu ihr zu fahren, aber mir war klar, dass das nicht so schnell gehen kann. Erst musste ich noch einiges in meinem Leben auf die Reihe bringen. Aber nun bin ich hier, und mein Herz schlägt mir bis zum Hals, als ich auf den Klingelknopf drücke.

Es dauert nicht lange, bis sich hinter der Tür etwas tut und sie nach innen aufschwingt.

»Hallo«, beginne ich, komme aber nicht weiter, denn eine schallende Ohrfeige trifft meine Wange. Es kommt so unvorbereitet, dass mein Kopf zur Seite geschleudert wird.

»Was zur …?«, stöhne ich und taumle ein Stück zurück.

»Was willst du hier, Noah?«

Im Türrahmen steht Jessy, reibt sich die Hand und sieht mich abwehrend an.

Meine Wange brennt, und mein Magen krampft sich schmerzhaft zusammen. Mir war nicht klar, dass es so schwer werden würde.

»Bist du irre?«, pflaume ich Jessy an. »Warum schlägst du mich?«

In ihre Augen tritt kein reumütiges Funkeln. Nein, sie sieht zufrieden aus.

»Ich hatte da noch eine Rechnung mit dir offen«, sagt sie knapp. »Und jetzt sag mir, was du willst, oder hau ab.«

Natürlich war mir klar, dass Jessy nicht mein größter Fan sein würde, wenn ich wieder hier aufschlage, aber gerade kann ich mich beim besten Willen nicht mit ihr aufhalten. Ich habe ein anderes Ziel.

»Wo ist Georgie?«, platze ich heraus, und Jessys grüne Augen funkeln gefährlich.

»Warum willst du das wissen?«, fragt sie scharf, und ich kann es ihr nicht verübeln. Ich habe ihrer besten Freundin wehgetan, und das nicht nur einmal. Was ich zu Georgie gesagt habe, tut mir unendlich leid, und ich habe mir so oft gewünscht, dass ich es zurücknehmen könnte.

Es ist mir egal, wessen Kind es ist, das in ihrem Bauch heranwächst. Ja, ich habe eine Scheißangst davor, Vater zu sein, aber ich weiß jetzt, dass ich nicht ohne Georgiana Chapman leben will. Nicht ohne sie leben kann.

»Ich will es wissen, weil ich einen Fehler gemacht habe«, antworte ich Jessy und sehe sie dabei direkt an. »Ich will der Vater ihres Kindes sein.«

Ihr Gesichtsausdruck verändert sich. Einen kurzen Augenblick glaube ich, ihre Mundwinkel zucken zu sehen. Dann zieht sie allerdings ihre Augenbrauen zu einem dunklen Balken zusammen und macht einen Schritt auf mich zu. Überrascht stolpere ich einen Schritt zurück.

»Bist du eigentlich bescheuert, Noah Portman?« Ihre Stimme klingt gefährlich ruhig, und ich weiche vor dem Ausdruck in ihren Augen noch weiter zurück.

»Äh, was?«, stottere ich verwirrt, und da boxt sie mich heftig vor die Brust. Schon zum zweiten Mal heute mache ich eine Feststellung: Obwohl Jessy zierlich ist, ist sie stärker, als man denken würde, und ich unterdrücke einen Schmerzenslaut.

»Scheiße, wirklich, Jessy? Schon wieder?«, fluche ich leise, und ihre Augen sprühen Funken in meine Richtung.

»Du willst der Vater ihres Kindes sein, Noah? Na, das ist ja großartig. Hier mal eine kleine Info für dich, du Brain: Du hast gar keine andere Wahl, denn du bist der Vater!«

Obwohl sie während ihres letzten Satzes immer lauter geworden ist, glaube ich, mich verhört zu haben. Meine Kinnlade klappt herunter, und ich starre sie fassungslos an.

»Wie bitte?«, keuche ich, und Jessy atmet tief durch. Ihr Brustkorb hebt und senkt sich schnell hintereinander, und ich kann sehen, wie aufgebracht sie ist.

»Du bist der Vater dieses Kindes, Noah. Du bist es, und niemand sonst. Du bist der einzige Kerl, mit dem sie was hatte.«

»Aber …« Ich bringe kein weiteres Wort heraus. Das Kind, es soll meins sein?

Eine Gänsehaut breitet sich auf meinem Körper aus. Was hatte es dann mit dem Gespräch auf sich, das ich belauscht habe? Da wurde doch ganz deutlich, dass Paul … oder? Das erste Mal ziehe ich wirklich in Erwägung, dass ich etwas falsch verstanden haben könnte. Die Luft reicht mit einem Mal nicht mehr aus, um meine Lungen mit Sauerstoff zu versorgen. Ich habe vergessen, dass ich noch immer an der Haustür stehe. Ich nehme Darcys Schnüffeln an meinem Hosenbein nicht wahr, aber ich spüre, wie ich zu schwanken beginne.

»Noah!«, Jessys besorgte Stimme dringt leise an mein Ohr.

Ich versuche, mich auf sie zu konzentrieren, aber mein Blickfeld ist verschwommen. Jessy greift nach meinem Arm. Ich spüre ihre Berührung und merke, dass sie mich stützt.

»Komm erst mal rein«, sagt sie sanft, und ich merke, dass sich meine Beine mechanisch in Bewegung setzen. Kurz ist sogar der Schmerz in den Hintergrund gerückt.

Drinnen setzt Jessy mich aufs Sofa und drückt mir einen Moment später ein Glas Leitungswasser in die Hand. Ihre Miene ist von bitterböse zu neutral gewechselt, aber ihre nächsten Worte machen deutlich, dass sie mir nicht vollkommen verziehen hat.

»Vermutlich sollte ich es dir ins Gesicht oder über den Kopf kippen«, sagt sie leichthin und lächelt mich sogar kurz an. »Aber ich glaube, deine kalte Dusche hast du schon bekommen.«

Da hat sie allerdings recht.

»Und eine Ohrfeige«, versuche ich halbherzig zu scherzen, nehme einen tiefen Schluck aus dem Glas und stelle es vor mir auf dem Tisch ab. Dann sehe ich Jessy an und ringe um Worte.

»Warum hat sie es mir nicht gesagt?«, frage ich und kann nicht verhindern, dass meine Stimme einen anklagenden Unterton bekommen hat.

»Sie wollte es dir sagen, Noah«, antwortet Jessy sanft und hockt sich vor mich. »An dem Abend, an dem ihr euch gestritten habt, wollte sie dir von dem Kind erzählen.«

Ich erinnere mich genau an den Abend und jedes gemeine Wort, das aus meinem Mund gesprudelt kam. Ich wusste ja schon, dass sie schwanger ist, aber ich dachte, dass Paul der Vater ist. Wie konnte ich nur so unendlich dumm sein? Wie konnte ich zu ihr sagen, dass ich nicht mit einer Frau zusammen sein will, die das Kind eines anderen austrägt?

Ich bin ein Idiot! Georgie hatte recht, mit allem, was sie an diesem Abend gesagt hat. Ich bin nicht mit Leib und Seele Therapeut. Zumindest nicht so, wie ich es für meine Zukunft geplant hatte. Ich habe in den letzten Wochen viel darüber nachgedacht und glaube, dass ich jetzt weiß, was ich machen möchte. Ich habe Jennifers Angebot und meine alten Verbindungen genutzt und warte jetzt auf ein paar Antworten.

»Sie wollte es dir sagen, Noah«, wiederholt Jessy, die meinen Gedanken natürlich nicht folgen konnte, eindringlich.

»Aber warum hat sie es nicht getan?«, frage ich lahm und weiß im selben Augenblick ganz genau warum. Es war meine Schuld. Ich habe ihr an diesem Abend keine Chance gegeben. Ich habe mich angegriffen gefühlt, und nach unserem Streit hätte ich mir ganz sicher auch nichts erzählt. Als ich daraufhin ausgezogen bin, muss es für Georgie wie ein Schlag ins Gesicht gewesen sein.

»Sie wollte es mir also wirklich sagen«, flüstere ich, und Jessy nickt bekräftigend.

»Weißt du«, sagt sie, und in ihren Augen sehe ich, dass sie mit sich kämpft. »Ich sollte dir das eigentlich nicht zeigen, aber ich glaube, dass du es sehen musst.«

»Was meinst du?«, frage ich verwirrt, aber sie winkt ab. Stattdessen steht sie auf und sieht mich fragend an.

»Bist du wieder so weit, dass du mitkommen kannst?«

Ich horche in mich hinein und nicke. Ich habe den Schock ganz sicher noch nicht überwunden, aber das Schwindelgefühl und das Zittern haben nachgelassen.

»Gut, dann komm.«

Ich folge Jessy, die Treppe hinauf und auf den Dachboden, wo Georgie ihr kleines Atelier hat. Ein mulmiges Gefühl breitet sich in mir aus. Es ist merkwürdig, ohne Georgie hier zu sein, und ein bisschen fühle ich mich, als würde ich in ihre Privatsphäre eindringen. Trotzdem folge ich Jessy und bleibe unschlüssig im Raum stehen, während sie mit beherzten Schritten zu einer Kommode geht und eine Leinwand hervorzieht. Das Motiv kann ich nicht sehen, weil Jessy das große Bild hinter ihren Rücken hält.

»Was ist das?«, frage ich, und sie sieht mich ernst an.

»Sie hatte es für den Abend gemalt, an dem sie dir von ihrer Schwangerschaft erzählen wollte. Es war eine Überraschung, und sie hat sehr hart daran gearbeitet.«

Mein Bauch beginnt bei ihren Worten aufgeregt zu flattern. Dieses Bild, was auch immer darauf zu sehen ist, hat Georgie für mich gemalt. Ich will sehen, was es ist, und fürchte mich gleichzeitig davor.

»Zeig es mir«, bitte ich, und mit einem tiefen Durchatmen holt Jessy die Leinwand hinter ihrem Rücken hervor und dreht sie so, dass ich das Bild darauf sehen kann.

Mir stockt der Atem, als ich meinen Blick über die Leinwand wandern lasse. Es ist das schönste Bild, das ich jemals gesehen habe, und als ich seine Bedeutung erkenne, schießen mir Tränen in die Augen.

Georgie hat mich gemalt. Ich bin ganz eindeutig zu erkennen. Auf dem Bild sitze ich in einem Fußballtrikot auf einer Bank, und man sieht mich im Profil. Im Hintergrund des Bildes erkenne ich ein Fußballfeld. Das Ganze ist bis ins kleinste Detail ausgearbeitet, und ich kann mir gar nicht vorstellen, wie viel Arbeit hinter diesem Bild steckt. Und doch ist es nicht meine perfekt festgehaltene Gestalt, die mich zittern lässt, sondern der Rest des Bildes. Auf meinem Knie, dem Betrachter des Bildes den Rücken zugewandt, sitzt ein Kind. Wir beide haben den Kopf gebeugt und scheinen etwas zu betrachten. Ich trete einen Schritt auf Jessy zu, um es ebenfalls erkennen zu können, und schnappe im nächsten Moment nach Luft. In meiner Hand erkennt man ganz eindeutig ein Ultraschallbild. Dieses Bild. Der Fußball. Georgie muss es begonnen haben, nachdem Jenni ihr von meinem Jobangebot erzählt hat.

»Ich hatte gehofft, es würde dir gefallen«, höre ich in diesem Moment eine leise Stimme hinter mir und fahre herum. Georgie lehnt im Türrahmen. Ihre Hand ruht auf ihrem Bauch, der inzwischen eine deutliche Kugel ist. Meine Knie werden weich.

»Georgie!« Auch Jessy sieht zu Tode erschrocken aus. »Ich, ich wollte nicht …«

»Es ist schon okay, Jessy«, sagt Georgie und lehnt ihren Kopf gegen den Türrahmen. Innerhalb weniger Sekunden erfasse ich ihr ganzes Gesicht.

Sie sieht müde aus, unter ihren Augen liegen dunkle Ringe, und sie ist noch blasser als sonst. Aber dennoch scheint eine Art Leuchten von ihr auszugehen. Sie ist wunderschön und wirkt stärker, als ich sie in den letzten Monaten jemals gesehen habe.

Wieder wandert mein Bauch zu der Kugel in ihrer Körpermitte.

»Jessy hat gesagt«, breche ich mit stockender Stimme das Schweigen.

»Nein, nein, nein!« Jessy schüttelt den Kopf. »Das sollte ich wirklich nicht mit anhören.« Sie stellt die Leinwand an die Kommode und verlässt mit schnellen Schritten den Raum.

Ich beobachte, wie sie an der Tür sanft Georgies Arm drückt. Dann wendet sie sich noch einmal kurz zu mir um. Ihre Augen begegnen meinen, und als sie noch etwas sagt, ist kein Funken Humor darin zu sehen.

»Wenn du es noch mal verbockst, sieh dich vor.«

Nach diesen Worten verschwindet sie, und ich lausche, wie ihre Schritte auf der Treppe verklingen.

»Was machst du hier, Noah?«, fragt Georgie in genau dem Moment, in dem ich einen Schritt auf sie zumache und »Bitte verzeih mir« sage.

Daraufhin schweigen wir beide wieder und starren uns einfach nur an.

»Georgie, ich weiß, dass ich ein riesiger Idiot bin«, fange ich nach einer Weile an, als ich die wortgeschwängerte Stille nicht mehr aushalte.

Georgie

Trotz des absoluten Gefühlschaos, das in meinem Inneren herrscht, kann ich ein leises Schnauben nicht unterdrücken. Das ist wahrscheinlich das Wahrste, was er in den letzten Monaten von sich gegeben hat.

Trotzdem bringe ich keinen Ton heraus. Noah jetzt hier zu sehen, wirft meine mühsam erkämpfte Ruhe vollkommen über den Haufen. Vor allem verwirrt mich die Art, mit der er mich ansieht. So voller Liebe, Verständnis und tief empfundener Zuneigung.

»Ich habe dich vermisst«, sagt er jetzt, und seine Worte lassen mein Herz stocken.

»Wirklich?«, bringe ich mühsam hervor, und es ist mir völlig egal, ob das gerade eine kluge Frage ist oder nicht.

Noah kommt noch einen Schritt näher, und nun beginnt mein Herz zu rasen. Was hat er vor? Der Ausdruck in seinen Augen ist unergründlich.

»Jessy hat es mir gesagt«, flüstert er und kommt damit wieder zu dem Punkt zurück, bei dem er vorhin begonnen hat.

»Was hat sie dir gesagt?« Meine Stimme ist genauso leise wie seine.

Mit seinem nächsten Schritt steht er so nah vor mir, dass mein Puls sich regelrecht überschlägt. Vorsichtig, beinahe zaghaft, streckt Noah seine Hand nach meinem Bauch aus. Ich kann mich nicht bewegen, fühle mich schwer und leicht gleichzeitig.

Als seine Hand meinen Bauch beinahe berührt, hält Noah inne. Seine Augen suchen meine, und ich lese eine stumme Frage darin. Aber dann öffnen sich seine Lippen.

»Darf ich?«, haucht er, und ich nicke zitternd. Ja, ja, ich will, dass er meinen Bauch berührt. Gleichzeitig verspüre ich aber auch eine wahnsinnige Angst, die ich nicht näher erklären kann.

Noah nickt unmerklich, und im nächsten Moment legt sich seine Hand über meinen Bauch. Ein kleiner Stromschlag durchzuckt mich bei seiner Berührung. Ob Noah es auch bemerkt?

Ich beobachte ihn genau. Sein Brustkorb hebt und senkt sich schnell, und die Hand an meinem Bauch zittert leicht. Ein Weilchen lässt er sie ganz ruhig dort liegen.

»Georgie?«, haucht er jetzt, und wieder begegnen sich unsere Blicke. Meine Lippen formen ein tonloses Ja.

»Jessy hat gesagt«, setzt Noah an, stockt, räuspert sich umständlich, und schließlich spricht er ganz schnell weiter. »Ist es meins?«, fragt er, und mein Herz macht dieses Mal einen deutlich leichteren Hopser.

»Natürlich ist es deins, du Depp«, bringe ich in einer Mischung aus Lachen und Schluchzen hervor, und dann kann ich nicht mehr sprechen.

Noah hat sich zu mir heruntergebeugt und presst seine Lippen auf meinen Mund. Es ist ein kurzer Kuss, der all meine Synapsen in höchste Alarmbereitschaft versetzt. Ich schnappe nach Luft und lege alles in diesen einen Moment. Viel zu schnell zieht Noah sich zurück und starrt mich an. Ich lese dieselbe Überraschung in seinem Blick, die ich empfinde.

»Wow«, bringt er hervor. »Das zu hören ist ...«

Dieses Mal unterbreche ich ihn. Ich stelle mich auf die Zehenspitzen, schlinge meine Arme um seinen Nacken und ziehe ihn zu mir herunter.

Noah wehrt sich nicht. Im Gegenteil. Er kommt mir entgegen, und als ich meine Lippen sanft auf seinen Mund lege, seufzt er leise.

Dieses kleine Geräusch entzündet in meinem Bauch ein Feuer. Ich öffne meine Lippen und vertiefe den Kuss. Als Noahs Zunge vorsichtig die meine streift, schießen mir Tränen in die Augen. Es sind keine Tränen der Trauer. Ich bin vielmehr völlig überwältigt von diesem Moment und der Intensität meiner Gefühle. Es ist wahr. Er ist wirklich hier und küsst mich.

Schnell spüre ich, wie ich die Kontrolle und der Kuss seine Sanftheit verlieren. Ich schnappe nach Luft, als Noah seine Lippen von meinen löst, nur um im nächsten Moment viele kleine Küsse auf meinen Wangen, meinem Hals und meinem Ohr zu verteilen.

»Noah«, flüstere ich. »Stopp.«

Sofort hält Noah inne und will auf Abstand gehen. Das lasse ich aber nicht zu. Ich muss ihn bei mir haben, auch wenn jetzt nicht der richtige Zeitpunkt für einen Kontrollverlust ist.

Deshalb schlinge ich meine Arme um seine Mitte, soweit es mein Bauch zulässt.

»Wage es nicht«, sage ich leise.

»Was meinst du?«, fragt er atemlos.

»Wage es nicht zu gehen«, präzisiere ich und öffne mein Herz mit einem Mal ganz weit. »Wir brauchen dich!«

Ich höre, wie Noahs Atem einen Moment lang aussetzt.

»Ihr braucht mich?«, haucht er dann, und sein Atem streicht sanft über meine Haare. Ich nicke, den Kopf an seiner Brust geborgen.

»Ja, wir brauchen dich. Unser Kind braucht dich.« Ich lege den Kopf in den Nacken, um ihm in sein fassungsloses Gesicht zu sehen. »Ich brauche dich«, sage ich mit fester Stimme. »Ich liebe dich, Noah Portman.«

Noah

Meine Welt dreht sich einmal um sich selbst. Ich fühle mich, als würde ich herumgeschleudert, in meine Einzelteile zerlegt und als ein neuer Mensch wieder zusammengesetzt.

Es ist, als wäre plötzlich alles anders.

»Ich liebe dich auch, meine Wunderschöne«, sage ich und küsse Georgie. Dann ziehe ich sie fest in meine Arme, und so bleiben wir stehen.

Ich nehme nichts mehr wahr, außer ihr. Sie ist alles, was ich will. Sie ist es, was ich brauche, und ich schicke ein Dankgebet in den Himmel. Das hier hätte anders ausgehen können. Ganz anders.

»Ich kann das gerade gar nicht glauben«, sagt Georgie nach einer Weile, und ich löse mich vorsichtig von ihr. Ich sauge die Veränderung in ihrem Ausdruck in mich auf. Die Müdigkeit ist aus ihren Zügen gewichen, und sie wirkt wie befreit.

»Ich auch nicht«, gebe ich zu. »Ich hatte damit gerechnet,

dass ich in einem Leichensack hier rausgeschleppt werden muss«, versuche ich zu scherzen und ernte dafür einen Boxhieb gegen meine Brust.

»Da hättest du jedenfalls verdient gehabt«, sagt sie, und in diesem Moment schießt mir ein Gedanke durch den Kopf, den ich unbedingt aussprechen muss.

»Aber dich habe ich nicht verdient«, sage ich sanft und entlocke ihr damit ein Kichern.

»Das war aber kitschig, Noah.«

»Das passiert mir nur, wenn ich in deiner Nähe bin.« Ich lächele und weiß doch, dass ich es genau so gemeint habe. Ich habe Georgie nicht verdient. Ich habe es nicht verdient, dass sie mich gerade geküsst hat und …

»Komm, wollen wir in dein Zimmer gehen?«, frage ich sanft, weil mir einfällt, wie anstrengend das alles für sie gewesen sein muss. »Ich muss noch über so vieles mit dir reden.«

»Das ist eine gute Idee.« Ich kann die Erleichterung in ihrer Stimme hören. »Und reden müssen wir definitiv: Zum Beispiel über Paul.«

Bei ihren Worten verziehe ich gequält das Gesicht. Natürlich war mir klar, dass ich darum nicht herumkommen werde, aber gleich jetzt?

»Wenn es sein muss«, grummele ich. Auch wenn ich weiß, dass Paul nicht der Vater ist, ist sein Name nicht unbedingt mein Favorit.

Ich lege Georgie einen Arm um die Schultern, und gemeinsam steigen wir die steilen Stufen nach unten.

»Geht es?«, frage ich besorgt, und sie lacht leise.

»Es ist alles okay, Noah. Ich bin stark.«

Oh ja, das ist sie. Sie ist die stärkste Frau, die mir jemals begegnet ist.

Kapitel 24

Georgie

In meinem Zimmer angekommen, lassen wir uns nebeneinander auf dem Bett nieder. Ich kann kaum glauben, wie sehr sich eine Situation innerhalb kürzester Zeit wandeln kann.

»Wie kamst du, um alles in der Welt, darauf, dass Paul der Vater unseres Kindes sein könnte?«, frage ich Noah direkt, und das kleine Wort *unseres* kribbelt verheißungsvoll auf meiner Zunge.

Noah sieht verlegen aus. Er traut sich ganz offensichtlich nicht, mir in die Augen zu sehen.

»Noah, schau mich an«, bitte ich ihn, und er tut es nach einigem Zögern.

»Sag es mir«, sage ich sanft. »Bitte.«

Er holt tief Luft. Es ist beinahe, als müsse er sich selbst Mut zusprechen.

»Ich war eifersüchtig auf Paul, seitdem Jessy mal beiläufig erwähnt hat, dass er auf dich steht«, beginnt er, und ich spüre schon jetzt, wie mich die Überraschung flutet. Niemals hätte ich damit gerechnet, dass er Paul so viel Wichtigkeit beigemessen hat. Aber Noah ist noch nicht fertig.

»Es wurde viel schlimmer, als du mit ihm essen gehen wolltest«, sagt er, und in diesem Moment bekomme ich heiße Wangen.

»Ich war so bescheuert«, murmle ich verlegen. »Ich war so eifersüchtig wegen Jennifer, und deshalb …«

»Wegen Jennifer?«, fragt Noah fassungslos. »Aber sie ist nur eine alte Freundin.«

Ich winde mich, weil mir diese Sache unendlich unangenehm ist. Aber wenn Noah bereit ist, reinen Tisch zu machen, dann werde ich mich ebenfalls dazu durchringen.

»Das weiß ich jetzt, ja«, murmle ich. »Aber damals dachte ich, dass da vermutlich doch mehr zwischen euch sein muss.«

Noahs Blick wird ganz weich und zärtlich.

»Du Dummerchen«, schimpft er liebevoll und haucht mir einen Kuss auf die Wange.

»Das musst du gerade sagen«, gebe ich zurück und genieße das Gefühl seiner Lippen an meiner Wange.

Die Tatsache, dass ich mit Paul gar nicht essen war, lasse ich bei meinen nächsten Worten unter den Tisch fallen. Das werde ich ihm ein andermal erzählen.

»Du dachtest also, dass ich mit Paul geschlafen habe, weil ich mit ihm essen war?« Ein kehliger Laut entweicht Noahs Kehle.

»Sei nicht so frech, du herablassendes kleines Biest«, sagt er, und das verlangende Funkeln seiner Augen lässt mich erschauern.

»Ich bin nicht frech. Ich will nur Antworten«, sage ich leise und viel ernster, als es eigentlich geplant war.

Noah sieht jetzt auch so verlegen aus, wie ich mich gerade eben gefühlt habe.

»Also, weißt du«, beginnt er und kratzt sich kurz an der Nase. »Es ist mir ein bisschen unangenehm, das jetzt so zuzugeben, aber ich habe ein Gespräch von dir belauscht.«

In meinem Kopf macht es klick, und eine Erinnerung wird freigesetzt.

»Stimmt, das hast du an dem Abend erzählt, als …« Ich unterbreche mich abrupt und schlucke schwer. Ich hatte ja nun nicht gerade vor, unsere Gedanken wieder auf den Abend zu lenken, der so viel kaputt gemacht hat, aber Noah scheint mir das gar nicht übel zu nehmen.

»Ja, ich habe dich mit Stella sprechen hören, und du sagtest zu ihr, dass du mit Paul reden müsstest, weil du schwanger wärst, aber mich lieben würdest.«

Bei seinen Worten weicht mir alles Blut aus dem Gesicht. Plötzlich weiß ich, welches Gespräch er meint, und am liebsten würde ich meinen Kopf jetzt ganz heftig gegen die Wand schlagen. Jetzt verstehe ich auch, dass Noah die ganze Sache falsch verstanden hat.

»Was für eine dumme Geschichte.« Ich stöhne und erzähle Noah dann, wie es zu dem Gespräch kam, das er da unfreiwillig mit angehört hat. Und ich erzähle ihm nun doch, wie das mit Paul und mir eigentlich gelaufen ist.

»Das darf doch nicht wahr sein«, sagt Noah am Ende meiner Erzählung ganz langsam und deutlich. Einen Augenblick presst er seine Augen zusammen und sieht mich dann an. Ich kann die Entschuldigung schon in ihnen lesen, bevor er den Mund aufmacht.

»Ich kann es nicht fassen, dass ich so ein Idiot war«, sagt er leise und greift nach meiner Hand. Vorsichtig schlingt er seine Finger um meine und führt sie an seinen Mund.

»Es tut mir wahnsinnig leid«, sagt er. »Ich hätte uns so viel ersparen können, wenn ich mit dir gesprochen hätte.«

Selbst wenn ich versuchen würde, böse auf ihn zu sein, das Gefühl seiner Hände, die mich liebevoll halten, macht es mir geradezu unmöglich.

»Du bist eben ein Dummkopf«, flüstere ich und schmiege mich an seine Seite.

»Aber dein Dummkopf«, sagt er und legt ganz sanft seine Lippen auf meinen Mund. »Wenn du mich willst«, sagt er dann vorsichtig, als er sich wieder von mir löst.

In meinem Bauch explodiert ein Feuerwerk.

»Natürlich will ich dich!«, sage ich aus tiefstem Herzen. »Ich habe mich in dich verliebt und ich will, dass du an unserer Seite bist.« Ich lege meine Hand auf meinen Bauch.

Noah schluckt. Ich sehe, wie sein Adamsapfel sich bewegt, bevor er mich wieder in seinen Arm schließt.

Er spricht nicht, sondern verschließt meine Lippen mit seinem Mund. Ich seufze, als unseren Zungen sich berühren und ich vor Glück zu bersten drohe.

Ich habe Noah schon zwei Mal in mein Leben gelassen, und dieses Mal habe ich es im Gefühl, dass es für immer ist.

Kapitel 25

Georgie

»Ich bin ein Walross«, jammere ich stöhnend und bleibe zum wiederholten Mal auf meinem Weg vom Schlafzimmer in die Küche stehen, um nach Luft zu schnappen.

»Ach, Blödsinn.«

Ich höre das Lachen in Noahs liebevoller Stimme deutlich. »Du kannst doch nicht wirklich glauben, dass ein Walross an deine Grazie rankäme, Schatz.«

»Ich hasse dich«, murmle ich und kann doch nicht verhindern, dass sich ein Lächeln auf meine Wangen stiehlt.

»Ich liebe dich auch«, gibt er ungerührt zurück und legt zärtlich seinen Arm um meine aufgedunsene Mitte. »Komm, die letzten Meter schaffen wir jetzt auch noch. Die anderen haben das Frühstück sicher schon fertig.«

»Sie sind wahrscheinlich schon fertig mit Essen«, grummele ich. »Ich bin so langsam, dass ich der perfekte Reisebegleiter für eine Schnecke wäre.«

Dieses Mal lacht Noah richtig.

»So sehr ich deine Tieranalogien auch liebe, mein Schatz«, sagt er, und seine Stimme bebt vor Amüsement »meinst du nicht, dass du ein kleines bisschen übertreibst?«

Ich schnaube und beobachte, wie sich die Küchentür unendlich langsam nähert.

»Ich untertreibe sogar noch«, betone ich. »Du hast ja keine Ahnung, wie es sich anfühlt, wenn alles an dir auf die dreifache Größe anschwillt.«

Seitdem Noah und ich offiziell zusammengekommen sind, sind einige Monate vergangen. Diese Zeit hat mein Körper genutzt, um nicht nur meine Brüste und den Bauch, sondern auch meine Füße und die Beine anschwellen zu lassen.

Eigentlich müsste das Baby jeden Tag kommen, aber es scheint das Timing seines Vaters geerbt zu haben und lässt sich für die wichtigen Dinge viel Zeit.

Nachdem die Angst und die Trauer verschwunden waren und dem Glück Platz gemacht haben, habe ich meine Schwangerschaft in vollen Zügen genossen.

Mit Noah an meiner Seite schien mir das Leben so viel heller, die Luft klarer und mein Atmen freier, und ich genieße jeden Moment, in dem er an meiner Seite ist.

Seitdem ich mich nur noch auf das Malen konzentriere, kommen immer mehr Aufträge rein, und ich komme meinem Ziel, mit der Kunst mein Geld zu verdienen, langsam näher.

Ich habe im letzten Jahr viel über mich selbst gelernt und bin zu einer stärkeren Persönlichkeit geworden, die das tut, was für sie und ihre Liebsten am besten ist. Vor allem habe ich aber gelernt, dass ich eine starke Frau und nicht von einem Mann abhängig bin.

Jetzt allerdings fühle ich mich nicht stark, und als wir schließlich in der Küche ankommen, bin ich so außer Atem, als hätte ich einen Marathon hinter mich gebracht.

In unserer Küche ist es warm, und meine Freunde sitzen alle schon um den großen Tisch verteilt.

»Hey, Georgie, wie fühlst du dich?«, erkundigt Alex sich

sofort und mustert meine Kugel, die mit jedem Tag größer wird.

»So wie ich aussehe«, gebe ich zurück und sehe an dem schalkhaften Grinsen von Ben, dass er sich nur mit Mühe einen Kommentar verkneift.

»Nun sag es schon«, grummele ich, und er zwinkert mir zu.

»Das werde ich ganz sicher nicht tun, Königinmutter«, sagt er und wirft einen auffällig unauffälligen Blick auf Noah. »Sonst kriege ich gleich eine verpasst.«

Seitdem man mir meine Schwangerschaft ansieht, ist Ben dazu übergegangen, mich als Königinmutter zu bezeichnen, und ich habe aufgegeben, mich darüber zu beschweren.

»Kommt, wir essen«, sage ich und lasse mich auf den Stuhl fallen, den Noah fürsorglich für mich zurechtrückt. »Ich brauche etwas Köstliches, das mich über diese grauenhaften Rückenschmerzen hinwegtröstet.«

»Da ist mein Rührei perfekt geeignet.« Alex grinst und schaufelt mir eine große Portion auf den Teller. Jessy mustert mich aufmerksam, und zwischen ihren Augenbrauen bildet sich eine nachdenkliche Falte.

»Seit wann hast du diese Schmerzen?«, fragt sie mich, und ich zucke die Achseln. »Immer wieder mal seit heute Nacht. Aber es wird schlimmer.«

Ich schiebe mir eine Gabel voll Rührei in den Mund und krümme mich im nächsten Moment zusammen.

»Ahhhh«, stöhne ich, und als der Schmerz ein bisschen abflaut, sehe ich mich vier erschrockenen und angespannten Gesichtern gegenüber.

»Ich will ja nichts sagen«, meint Alex und fährt sich mit den Fingern über den Bartschatten an seinem Kinn. »Aber ich bin ziemlich sicher, dass du Wehen hast, Georgie.«

Bei seinen Worten schnappe ich nach Luft und frage mich, wie man bitte so blind sein kann. Kleine Schweißperlen treten mir auf die Stirn.

»Scheiße, natürlich!«

Noah schlägt sich die Hand vor die Stirn. Er ist kalkweiß geworden. »Was machen wir jetzt? Was, wenn das Kind gleich kommt?«

»Das glaube ich nicht«, beruhige ich meinen Schatz. »Wir haben doch im Vorbereitungskurs gelernt, dass es beim ersten Mal nicht so schnell geht. Und meine Wehen kommen ja auch noch …« Unregelmäßig, wollte ich eigentlich sagen, aber der stechende Schmerz kehrt just in diesem Augenblick in meinen Rücken zurück. Ich balle die Hände zu Fäusten und stütze mich auf dem Tisch ab. Es tut so weh.

»Ich rufe im Krankenhaus an«, sagt Jessy ruhig und angelt sich das Telefon von der Station. Sie wählt und spricht dann mit ruhiger Stimme in die Leitung.

»Wir machen uns auf den Weg«, sagt sie, als sie auflegt. »Ben, holst du die Tasche?«

Ben nickt, und Jessy wendet sich an Alex.

»Schatz, kannst du fahren?«, fragt sie.

»Ich kann doch fahren«, sagt Noah schnell, aber Jessy schüttelt den Kopf.

»Du, mein Lieber, bleibst schön bei Georgie.«

Ich beobachte fasziniert, wie sie alles koordiniert.

»Und jetzt los«, sagt sie und scheucht uns schließlich aus der Tür. »Ben und ich passen auf das Haus und die Tiere auf.«

An Noahs Arm gehe ich langsam nach draußen, wo Alex schon mit seinem Van auf uns wartet. Aber bevor ich auf den Rücksitz steigen kann, hält Noah mich zurück.

Er sieht zu mir nach unten und legt mir mit einer liebevollen Geste seine Hand auf den Bauch.

»Ich liebe dich, meine Schöne«, sagt er heiser, und seine Stimme schwimmt vor Emotionen. »Komm, begrüßen wir unser kleines, persönliches Wunder.«

Kapitel 26

Noah

»Herzlichen Glückwunsch, Mr Portman«, sagt eine freundliche Frau zu mir. »Sie haben eine kerngesunde kleine Tochter.«

Auf ihrem Arm hält sie ein winziges Bündel, und ich spüre einen Kloß in meinem Hals.

In den letzten Stunden habe ich jedes Zeitgefühl verloren. Ich habe keine Ahnung, wie viel Zeit wirklich vergangen ist, aber für mich fühlte es sich an, als hätte jemand nach unserer Ankunft im Krankenhaus die Zeit in den Slow-Motion-Modus umgeschaltet.

Ich habe Georgies Hand gehalten. Bei jeder Wehe, wieder und wieder haben sich ihre Finger so fest um meine Hand geschlossen, dass es ein Wunder sein muss, dass ich sie jetzt wieder bewegen kann. Ich habe beobachtet, wie sie ihr ein kleines zappelndes, nacktes Bündel auf die Brust legten.

Ich weiß nicht, was danach passiert ist, aber jetzt ist das Bündel in Stoff gehüllt, und die Schwester hält es mir entgegen.

»Möchten Sie Ihre Tochter halten?«, fragt sie mich, und mein Kopf bewegt sich in einem Nicken. Meine Hände sind schweißnass vor Aufregung.

Vorsichtig nehme ich das Bündel entgegen, das so leicht

ist, dass ich es kaum spüre und schwanke zwischen Angst und Glück. Dann fällt mein Blick das erste Mal auf mein Baby. Mein Kind, mein Fleisch und Blut. Ihre Augen sind geschlossen, und als ich ihre noch leicht zerquetschten Gesichtszüge betrachte, wird mir klar, dass ich noch nie in meinem ganzen Leben etwas so Schönes und Perfektes gesehen habe.

»Ich bin dein Daddy«, flüstere ich mit belegter Stimme, und eine Träne tropft von meiner Wange auf den Stoff, der meine Tochter umhüllt. »Und ich habe dich wahnsinnig lieb.«

Der Moment ist zu groß, zu viel, als dass ich ihn wirklich erfassen könnte. Mein Herz scheint geradezu vor Liebe zu platzen, als ich mich mit meinem Kind auf dem Arm vorsichtig an Georgies Bett setze. Meine Augen ruhen auf der Frau, die gerade dieses Wunder zur Welt gebracht hat und selbst ein einziges Wunder für mich ist.

Aus müden Augen strahlt sie mich überglücklich an. Die Strapazen der Geburt lassen sie in meinen Augen noch schöner wirken, und das Glück tut den Rest.

»Gefällt sie dir?«, fragt sie leise und entlockt mir damit ein atemloses Lachen.

»Oh, mein Schatz«, bringe ich stockend hervor. »Das ist … ich … ich liebe sie. Sie ist genauso wunderschön wie ihre Mama.«

Ich sehe Georgie in die Augen, Tränen laufen mir über die Wangen, und ich weiß ganz genau, dass ich diese Familie für nichts in der Welt wieder aufgeben werde. Ich liebe sie und ich werde Georgie und jedes einzelne Kind, das wir vielleicht noch bekommen, mit jeder Faser meines Herzens lieben. Solange ich kann.

Danksagung

Ich glaube nicht, dass es für mich jemals »normal« sein wird, das Wort ENDE unter eines meiner Manuskripte zu setzen. Aber jetzt habe ich das bereits zum dritten Mal getan, und auch dieses Mal gibt es so viele Menschen, denen ich danken möchte. Bestimmt vergesse ich jetzt wieder ganz viele, und hier ist sowieso nicht genug Platz, aber ich bin ganz sicher jeder von euch weiß, was ich an ihm liebe!

Jedoch gilt mein erster Dank wie immer meinem Gott. Ohne ihn wäre ich nichts, und ich bin dankbar für jede einzelne Segnung, die er mir zuteilwerden lässt.

Ein ganz besonderer Dank geht an meine Mama, die Hebamme mit Leib und Seele ist, mir die Liebe zu Kindern weitergegeben und mich gerade bei Georgies Geschichte mit hilfreichen Tipps unterstützt hat. Ich liebe dich, Mami! Du bist die beste Mutter und Freundin, die man sich wünschen kann!

Meinen Verlegerinnen Christiane und Eliane aus dem PIPER Verlag, sowie dem ganzen Team möchte ich danken, dass sie an meine Bücher glauben und mir die Chance geben, die Geschichten zu erzählen, die mich bewegen.

Meiner Lektorin Ulla Mothes möchte ich an dieser Stelle ganz besonders für die Zusammenarbeit danken. Auch für unser wirklich angenehmes und hilfreiches Telefonat, bei dem ich wieder einmal gemerkt habe, wie gut sie meine Geschichten versteht!

Euch ist doch sicher das wunderschöne Gedicht in Erinnerung geblieben, das ihr ganz vorn im Buch gesehen habt, oder? Für dieses Gedicht verdient meine liebe Freundin Kim ein ganz großes Danke und einen dicken Schmatzer! Ich bin froh, dass wir uns in der letzten Zeit so gut kennengelernt haben! Ich hab dich lieb!

Ein ganz besonders großes Dankeschön geht auch an meine Testlesergruppe. Allen voran aber an Jule, die herrlich ehrlich ist und mir so gut geholfen hat, Georgie noch mal den Kopf geradezurücken. Auch Denise muss namentlich erwähnt werden. Sie hat das Buch schwanger gelesen, und die Tatsache, dass sie jetzt schon ihr kleines Wunder in den Armen halten kann, ist so schön!

Meinen Testleserinnen und Freundinnen Silja und Bianca möchte ich einfach danke sagen für ihre tollen Kommentare und dafür, dass sie tatsächlich immer für mich da sind! Ich habe euch sehr lieb! Auch an Ayla und Leinani geht eine große Umarmung raus! Danke für eure tolle Unterstützung!

Mein Insta-SQUAF (Ja, Squaf!) darf natürlich nicht unerwähnt bleiben. Ich liebe es, dass ich jedes Mal, wenn ich online komme, mindestens hundert ungelesene Nachrichten von euch habe. Ich liebe es, dass wir uns morgens verstörende Storys zuschicken, um uns zu begrüßen, und ich liebe es, dass der Squaf sofort bereitsteht, wenn einer von uns Probleme hat, und dass wir über so viele … na ja … besondere Themen reden können! Es macht so Spaß mit euch. Einer für alle und so!

Ein dicker Kuss geht an meine Zeller Mädels raus! Tabea und Elena: Ich bin so froh, dass es euch gibt und ihr mich immer unterstützt. Ihr seid die besten Freundinnen, die ich mir wünschen könnte. Danke für den perfektesten Geburtstagssonntag überhaupt. Ich hab euch lieb.

Auch meine Carla muss dringend in diese Danksagung. Danke, dass du mich immer zum Lachen bringst. Übrigens: Lies das Buch, sonst werfe ich metaphorisch mit Krügen 😉! Just saying …

Nicht vergessen darf ich an dieser Stelle meinen besten Freund Timo! Ich bin froh, dass du das für mich bist, was Ben für Georgie ist!

Ein weiteres großes Dankeschön geht an Petra! Du weißt gar nicht, wie viel ich dir im letzten halben Jahr zu verdanken habe! Danke, dass du Band 1 geliebt, Band 2 als Testleserin regelrecht durchgesuchtet hast und mich mit deiner Vorfreude so sehr motivierst, Band 3 zu schreiben. Danke für jeden Hundespaziergang, jeden Kaffee (oder Ähnliches 😉), jedes Gespräch und jeden Lacher durch eure goldigen Mädels. Ich bin gerne bei euch. Mir geht es danach immer besser!

Und last but not least möchte ich wieder Dir danken. Dir, weil du dieses Buch gelesen hast. Ich freue mich so sehr über jeden einzelnen Leser, über jede Rezension auf den gängigen Portalen, über jede Nachricht, jedes Buchfoto und über jedes Leseupdate. Ihr macht mich damit unendlich glücklich und helft mir, dass ich weitere Bücher schreiben kann. DANKE!